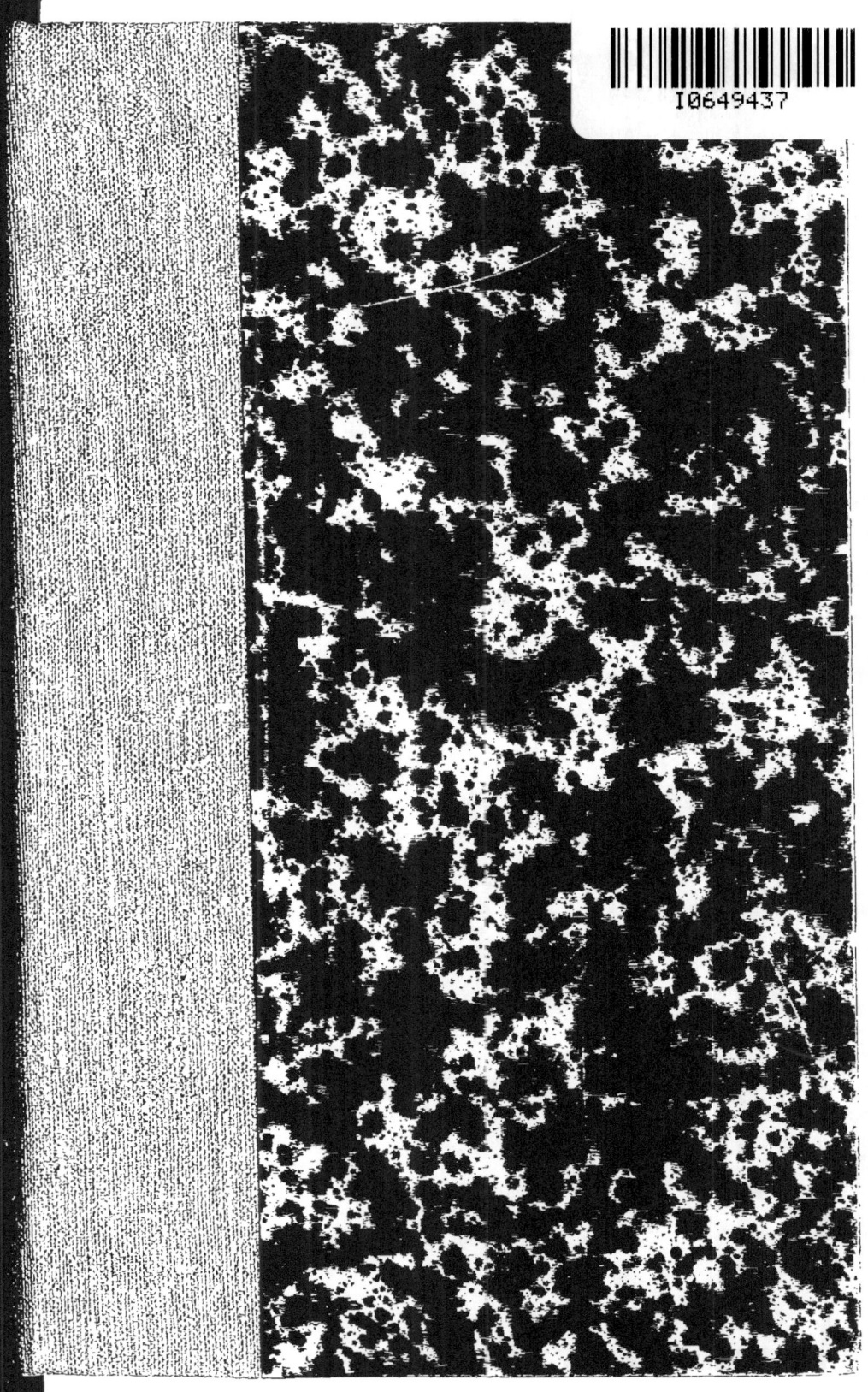

I0649437

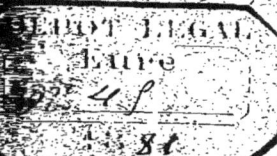
DÉPÔT LÉGAL
Eure
4 8
1881

LE

ROMAN CACHÉ,

Quatrième en Cachette

PAR

ALFRED DE COURCY.

f 64

S 74

PARIS,

LIBRAIRIE DE FIRMIN-DIDOT ET Cⁱᵉ,

IMPRIMEURS DE L'INSTITUT, RUE JACOB, 56.

—

1881.

Tous droits réservés.

LE

ROMAN CACHÉ.

28

469

Typographie Firmin Didot. — Mesnil (Eure).

LE
ROMAN CACHÉ,

PAR

ALFRED DE COURCY.

PARIS,

LIBRAIRIE DE FIRMIN-DIDOT ET CIE,

IMPRIMEURS DE L'INSTITUT, RUE JACOB, 56.

—

1881.

Tous droits réservés.

PHILOSOPHIA.

BIBLIOTHÈQUE NATIONALE

LA MAISON DORIQUE.

Dans la terrible semaine de la fin du mois de mai
1871, quand les dernières fureurs de la Commune vain-
cue livraient Paris aux flammes, on ne prévoyait certes
pas que, bien peu d'années plus tard, avant que se fussent relevées les ruines des Tuileries et de l'Hôtel de
Ville, un autre genre de fureur, celle de la bâtisse, cou-
vrirait de constructions à cinq étages des quartiers alors
entièrement déserts, préservés des atteintes du pétrole
par leur solitude même. Dans un de ces quartiers de la
banlieue annexée, la vaste plaine de Monceau, le cordeau
des ingénieurs de M. Haussmann avait tracé une large
voie à travers des espaces nus dont la plupart étaient
cultivés, dont d'autres servaient de dépôt aux terrassiers.
On n'y apercevait pas d'habitations, sinon quelques ca-
banes de nourrisseurs et de maraîchers autour desquelles
gloussaient des poules, paissaient des vaches, des chèvres
et des ânesses. Le soir, on y entendait chanter les cail-
les, à défaut des rossignols que n'attirait aucun bocage.
Un seul arbre, un cèdre superbe, témoin de quelque

1

parc disparu et dont la magnificence semblait en appeler un autre, rompait l'uniformité de la plaine. Il servait de refuge à des volées de moineaux, lorsque ces
effrontés étaient dérangés dans leur maraude par la bê-
che ou par l'arrosoir. Comme son ombre nuisait à la
culture d'une superficie assez considérable, il avait été
plusieurs fois menacé de la cognée au nom des intérêts
utilitaires; une autre pensée qui n'avait rien de plus
poétique, une vague pensée de spéculation sur la valeur du terrain, avait sauvé sa majestueuse vieillesse.

Au printemps de 1869, je ne dirai pas les passants,
il n'y en avait point en ces régions, mais les cultiva-
teurs et les charretiers virent se bâtir autour du cèdre
les murs d'un enclos d'un demi-hectare, puis se dessi-
ner et se planter un jardin, enfin s'élever les assises
d'une maison. Une jeune fille, descendant d'une voiture
de louage, venait souvent visiter les travaux et y présider avec une sorte d'autorité. Elle était accompagnée,
tantôt d'un homme à la barbe grise, qui était l'architecte, tantôt d'une femme d'une quarantaine d'années
dont la toilette était modeste et l'attitude respectueuse,
non sans quelque familiarité. On avait construit, près
du cèdre, un pavillon rustique d'une certaine élégance.
La jeune fille se plaisait à s'y arrêter un livre à la main,
tandis qu'à ses côtés sa compagne travaillait de l'aiguille. Comme on avait commencé par planter le jardin, il y eut bientôt quelques fleurs, un peu maigres à
la vérité, que la jeune fille arrosait parfois elle-même.
Elle ne se retirait pas sans emporter un bouquet, au
milieu duquel elle plaçait une menue branche du cèdre,

dont les longs rameaux horizontaux, balancés par la brise, s'abaissaient presque jusqu'au sol.

La construction avançait rapidement. C'était un bâtiment de brique aux arêtes et aux fenêtres de pierre de taille, à un seul étage et au toit presque plat. Un perron aux marches larges et basses attestait une attention particulière à faciliter l'accès du seuil. La maison n'était pas en façade sur la rue, mais séparée par une cour ouverte sur une grille de fer forgé. Des volets de tôle, assujettis à demeure sur toute la hauteur de la grille, interdisaient aux regards curieux de pénétrer à travers les barreaux, et cachaient entièrement le rez-de-chaussée. Au-dessus du perron, quatre colonnes d'ordre dorique supportaient un fronton triangulaire qui attendait manifestement une inscription. Ce fut le dernier travail des ouvriers.

En présence de la jeune fille, des sculpteurs un peu embarrassés et copiant avec soin un modèle gravèrent en relief sur la pierre, non point des armoiries, des chiffres ni des emblèmes, mais le mot *Philosophia,* écrit en lettres grecques.

S'il y avait eu des spectateurs, ils auraient bien conjecturé que c'était un philosophe qui devait habiter la maison isolée. Le propriétaire ne s'était jamais montré pendant la construction, il ne se montra pas davantage durant tout l'hiver qui en suivit l'achèvement. Il n'y avait pas de concierge, bien qu'une loge eût été disposée, et la maison dorique, qui ne contenait à la vérité aucun meuble, semblait tout à fait à l'abandon. Cependant, une fois par semaine, plus souvent lors des gelées, la jeune fille s'introduisait au moyen d'une clef, et donnait, suivant le temps, de l'air ou de la chaleur aux chambres. Quand les maraîchers voyaient la fumée s'échapper des cheminées. « Ah! disaient-ils, voilà Mlle Marthon qui est venue faire du feu chez elle. » Mlle Marthon, c'était le nom que les ouvriers avaient entendu donner à la jeune fille par sa suivante, nom qu'avaient répandu les conversations de cabaret ou de cantine, et il s'était formé une légende mystérieuse sur elle dans tout le voisinage, s'il est permis d'appeler un voisinage des baraques dispersées dont chacune était située à quelques centaines de mètres du manoir inhabité.

Une fois seulement, Marthe, à qui je donnerai désormais son vrai nom, eut, pour l'accompagner dans sa visite, en outre de sa fidèle suivante, un chevalier autre que l'architecte. Ce chevalier était un jeune homme à la tournure et à la moustache militaires. La nuit précédente, il était tombé de la neige, pas assez pour que la circulation fût difficile dans l'intérieur de Paris, et l'on était parti sans inquiétude. Mais à mesure qu'on s'éloignait des rues frayées, la marche devenait plus malaisée et plus lente. Le pauvre cheval de fiacre glissait, le cocher maugréait, la neige était de plus en plus épaisse. Il vint un moment où, l'animal s'étant mis à genoux et péniblement relevé, le cocher déclara qu'il refusait de s'aventurer davantage dans cette direction.

« A quelle distance sommes-nous encore? dit le jeune homme.

— A près d'une demi-lieue, dit Marthe.

— En vérité? Vous voilà obligée de retourner auprès

de votre père. Moi, je continuerai la route à pied. Vous voudrez bien me confier la clef. Je tiens absolument à connaître le lieu de votre future résidence. Puisqu'il me faut partir dès ce soir pour l'Afrique, Dieu sait quand j'en retrouverais l'occasion, et je serais inconsolable d'avoir manqué celle-ci.

— Cela contrarierait mon père, si je ne lui rendais pas la clef en rentrant. J'ai l'ordre de ne la confier à personne. Vous savez, ajouta la jeune fille avec un sourire, que je ne veux jamais contrarier mon père dans les plus petites choses.

— Ni dans les plus grandes, » dit gravement le jeune homme.

« Mais, reprit Marthe, je suis bonne marcheuse, je ferai comme vous, je continuerai la route à pied.

— Y songez-vous, chaussée de la manière dont je vous vois? C'est impossible. Vous auriez les pieds trempés pour le reste de la journée, et je risquerais d'être responsable d'une fluxion de poitrine.

— Rassurez-vous, Suzanne et moi nous avons là-bas un peu de linge de rechange, et nos sabots de fermières que nous mettrons pendant que nous sécherons nos bottines. N'est-ce pas, Suzon, que tu ne crains pas de faire la route à pied avec moi?

— Mademoiselle sait bien que je la suivrai partout, » répondit simplement Suzanne.

Ce colloque avait lieu dans la voiture, qui était arrêtée. Le jeune homme en descendit, referma la portière, fit quelques pas et hocha la tête en constatant l'épaisseur de la neige. Il jugea que l'offre était décidément inacceptable. Avant de se résigner au retour, il se rapprocha du cocher, afin d'essayer à voix basse un genre d'argumentation qui manque rarement son effet sur l'esprit logique des honorables membres de la corporation. Il paraît que son éloquence discrète fut suffisamment persuasive, car elle obtint un signe d'assentiment, et le jeune homme remonta joyeusement en voiture, en se félicitant d'avoir rencontré de la complaisance. Combien de destinées ont été ainsi à la merci du concours d'un subalterne et d'un inconnu!

On s'expliquerait moins que le raisonnement employé eût exercé aussi une action persuasive sur les jambes du cheval, qui se trouva cependant avoir recouvré plus de vaillance et de bonne volonté, malgré la difficulté croissante de l'obstacle. Ce fut d'une allure accélérée et sans trop de glissades que, tout fumant, il traîna le carrosse jusque devant la grille du petit temple. Depuis longtemps la neige ne montrait aucune empreinte.

On sait qu'il y avait une cour à traverser. Le jeune homme insista pour qu'il lui fût permis d'y pratiquer un sentier, et Marthe céda par considération pour sa compagne plutôt que pour elle-même. Sur les indications fournies, il eut vite trouvé des balais et des ustensiles de jardinage et, avec l'aide du cocher, dont l'obligeance était inépuisable, tracé un chemin et nettoyé le perron, au bas duquel il reçut Marthe. En se retournant, il leva les yeux et vit l'inscription *Philosophia*, qui n'avait pas encore appelé son attention. Un sourire amer plissa un moment sa lèvre. Il s'efforça de réprimer tout mouvement de physionomie. Son regard avait

rencontré celui de Marthe, et la jeune fille avait légèrement rougi. Il ne fit aucune observation, et tous deux
attendirent en silence Suzanne qui, s'étant introduite
par une porte latérale, ouvrait bruyamment de l'intérieur les vantaux et les volets du vestibule.

Ils entrèrent alors et passèrent dans une vaste pièce
à trois croisées, qui donnait sur le jardin. Suzanne
déployait les persiennes et refermait les fenêtres, puis
sortait pour continuer cette fonction de chambre en
chambre. Elle n'était pas une duègne d'une surveillance
gênante, et ne semblait prendre aucun souci de laisser
Marthe seule en société du jeune homme. Ils avaient
trouvé deux chaises de paille et un panier rempli de bois.
Le froid était piquant, et le jeune homme, moins peut-
être par ce motif, qui aurait suffi, que par contenance,
s'était mis en devoir d'allumer du feu dans la cheminée.
Il entassait des bûches les unes sur les autres, déchirait
des journaux, épuisait une boîte d'allumettes, sans atteindre aucun résultat satisfaisant. Tous ses efforts,
comme il arrive de tant d'autres, s'en allaient en fumée.

« N'avez-vous pas un soufflet? » demanda-t-il tout
d'un coup, presque d'un ton d'impatience.

Il y avait cinq minutes qu'il était en tête à tête avec
Marthe, et ce fut la première parole émise.

« Un soufflet? » s'écria Marthe en riant. « Et pourquoi faire, je vous prie?

— Pour attiser le feu, ce me semble.

— Erreur. Je vois que vous ne connaissez pas l'un
des principes de mon père.

— Votre père a beaucoup de principes... plus que
je ne souhaiterais.

— J'ai entièrement adopté celui-là.

— Et aussi quelques autres.

— Il ne s'agit pas des autres. Mon père soutient que
le soufflet est un instrument violent, excessif, et il déteste tout ce qui est excessif.

— Pas en fait de solitude, à en juger par les distractions qu'il vous procure... et par la résidence qu'il vous
destine.

— Restons-en au soufflet. Je suis de son avis. C'est
agaçant d'entendre haleter cette machine, dont on se
passe à merveille, puisqu'il n'y en a jamais eu dans
notre maison, ce qui ne nous empêche pas de bien nous
chauffer.

— Je ne vois même pas de plaque qu'on puisse abaisser dans votre cheminée. Est-ce encore un principe de
votre père?

— Précisément, et j'estime qu'il a de nouveau raison.
Il dit que la plaque n'est qu'un soufflet d'une violence
redoublée, à outrance, avec un danger de plus. On est
dérangé, on sort en oubliant de la relever, ce qui arrive
souvent à un domestique négligent; on retrouve la tôle
toute rouge, sinon le feu dans la maison, et le moindre
inconvénient est que le bois a été consumé. Depuis un
incendie qui a eu cette cause, et qui avait fort effrayé
mon père pour ses livres, plus encore que pour lui-même.
les plaques sont entièrement proscrites chez nous.

— Ce n'est pas la seule proscription qu'on y prononce.
Comment faire alors? Je donne ma démission.

— Vraiment? » s'écria Marthe en rougissant.

Le jeune homme rougit à son tour et ne répliqua pas. Il venait de sacrifier inutilement un certain nombre d'allumettes et de fragments de journaux.

« Allons, dit Marthe, vous n'y entendez rien, je vais vous montrer comment on allume un feu. C'est très facile, à la condition que le bûcher soit préalablement construit selon les règles de l'art, car c'est un art, dans lequel j'ai la prétention d'exceller.

— Oh! vous excellez dans tous les arts... dans presque tous. »

Je remarque ici qu'on n'a jamais vu deux personnes réunies devant une cheminée sans que l'une reprochât à l'autre de faire mal le feu. Je connais de vieux époux qui, après plus de trente ans de ménage, n'ont pas cessé de se livrer, en tisonnant, à cette dispute quotidienne.

Marthe renversa tout l'échafaudage de bûches noircies et fumeuses, en choisit trois seulement, mais pourvues de rugosités qui avaient la vertu d'empêcher une adhérence complète et de livrer passage à l'air. Elle prit dans la corbeille une poignée de sarments secs qu'elle disposa sous l'édifice, en y mêlant une petite feuille de papier arrachée de son agenda.

« Voilà qui est savamment préparé, dit-elle. Il ne manque plus qu'une allumette. Ah! mon Dieu! Vous avez été si prodigue que la boîte n'en contient qu'une seule. Si je ne réussis pas du premier coup, qu'allons-nous devenir?

— Il est certain, répondit le jeune homme, que le

1.

quartier vous offrirait peu de ressources pour des em-
plettes.

— Oh! reprit Marthe, Suzette est prévoyante, je
compte qu'elle saurait nous secourir... dans toutes nos
perplexités.

— J'en connais où elle est moins secourable.

— Et puis, j'espère réussir. Ne vous semble-t-il pas
que ce sera un bon présage?

— De grâce, ne me demandez pas de voir là un présage. Je craindrais trop qu'il ne fût mauvais.

— Ne soyez pas superstitieux, » dit plus gravement la
jeune fille.

Il y eut une pause, et sous le regard ardent du jeune
homme, presque anxieux devant une expérience si futile, Marthe frotta légèrement le bout de la menue bou-
gie. Une première, une seconde épreuve furent sans
résultat, et Marthe, qui avait annoncé gaiement un bon
présage, commença de se sentir troublée. Peut-être un
trouble antérieur avait-il causé l'insuccès. D'un mouvement plus vif, un peu nerveux, elle frotta encore,
et la flamme jaillit. Elle s'empressa de la communiquer
au papier qui la communiqua aux sarments, et l'édifice
entier ne tarda pas à s'embraser, avec ce pétillement
qui a toujours quelque chose de joyeux. Le feu répand en effet la gaieté, quand il ne répand pas la terreur. Dans la simplicité de nos anciennes mœurs villageoises, dans les fêtes de la Saint-Jean, le feu de joie
était le divertissement le plus apprécié. Aujourd'hui
même, pour les populations blasées des grandes villes, il n'y a pas de réjouissances publiques sans illumi-

nations ni sans feu d'artifice. L'éruption d'un volcan est le plus beau de tous les feux d'artifice, le plus admirable spectacle qu'il m'ait jamais été donné de contempler.

« Ce n'était pas plus difficile que cela, » dit Marthe en admirant son ouvrage.

« Il y a, répondit le jeune homme, des feux... qu'il est moins aisé d'éteindre... que d'allumer. »

Il est certain que tous deux avaient éprouvé une impression de joie. Marthe avait remporté une petite victoire, qui, chose rare, n'était pas moins agréable au vaincu. Les impressions d'un incident fortuit, si frivole qu'il soit, ne sont pas toujours fugitives. Parfois elles durent jusqu'à exercer leur influence sur des destinées entières. Celle-ci devait égayer au moins quelques instants, les derniers peut-être, que ces jeunes gens eussent à passer ensemble.

« Allons, s'écria le jeune homme. Vous m'avez donné une véritable leçon de physique, que je tâcherai de ne pas oublier. J'aurais à prendre de vous bien d'autres leçons.

— D'abord, une leçon d'architecture, dit Marthe. Le temps s'écoule, et il faut que je vous fasse faire la tournée du propriétaire, puisque vous êtes venu pour cela. C'est ce qui a déterminé mon père à permettre cette promenade champêtre. Convenez que vous ne vous seriez pas attendu à en avoir l'autorisation.

— Assurément, et je n'aurais pas osé la demander. N'est-ce pas vous qui en avez eu l'idée? Vous voyez qu'on obtient quelquefois... ce qu'on désire.

— Quand on ne le demande pas. Je n'aurais pas osé

davantage. Il a eu spontanément cette fantaisie de propriétaire. Il est très fier de son œuvre...

— Qu'il n'a pas vue.

— Non, puisqu'il ne sort jamais. Cela n'empêche pas
qu'il en connaît mieux que moi, et aussi bien que l'architecte, les moindres détails. Quel est le propriétaire
qui, après avoir bâti, ne se plaît pas à montrer à ses
amis ce qu'il a créé? Et il n'a pas d'autre ami que vous.

— C'est peu, à en juger par la fréquence de nos relations... et par la manière dont il les rapproche depuis
quelques années.

— Je vous avertis qu'afin que je puisse rapporter vos
appréciations, il faudra tout vanter.

— Jusqu'à la pensée de vous exiler dans ce désert.

— Ceci n'est plus de l'architecture, dit Marthe en
souriant.

— Je me félicite, reprit le jeune homme, que votre
père ait eu ce caprice, et mon motif est plus profond.
Désormais, je saurai où vous demeurez, et je vous
réponds que mon souvenir vaudra un appareil de photographie. Mais l'un ne nuirait pas à l'autre. Ne pour-
rai-je pas emporter une image du temple... ou une
image bien plus précieuse encore?

— Tous deux sont absolument impossibles, et par
une raison péremptoire. Mon père déteste la photographie. Il dit que c'est une profanation.

— Ah! oui. J'oubliais qu'un de ses principes est de
garder pour lui seul... tout ce qu'il possède. »

Marthe se leva vivement, et le jeune homme l'imita.
D'un regard distrait, il examina la vaste salle, entourée

de vitrines et qui devait être manifestement la bibliothèque. Les boiseries de chêne ciré étaient fort belles;
quatre pilastres de chêne, reproduisant les colonnes
du perron, soutenaient les bustes en bronze de So-
crate, de Zénon, de Platon et d'Aristote, dont les noms
étaient inscrits en lettres grecques. C'était, du reste, la
seule pièce décorée avec recherche et avec dépense.
Les autres chambres, d'une grande simplicité, n'auraient excité qu'un médiocre intérêt, si le jeune homme
n'en avait pris un tout particulier à voir celle qui était
destinée à Marthe. Elle était fort petite et communi-
quait avec la chambre à coucher du philosophe. Ce n'é-
tait guère qu'une cellule et un dortoir. Marthe avait en
outre à sa disposition, ou à celle de Suzanne, presque
tout le premier étage; ce qu'on appelait le salon, —
en le montrant elle fit l'observation qu'on se dispense-
rait de le meubler, — un atelier où elle exercerait son
talent de peintre de fleurs, enfin une véritable chambre spacieuse qu'elle ornerait à sa guise et où elle pourrait mettre un piano.

« Depuis que mon père ne sort plus, dit-elle simplement, j'ai renoncé à faire de la musique. Le piano lui
agace les nerfs, et notre appartement est trop sonore.
D'ici, je suis certaine qu'il ne m'entendra pas. Les cloi-
sons et le parquet ont été disposés exprès, et nous
sommes à l'extrémité du bâtiment opposée à son cabinet. »

Au rez-de-chaussée, la vue était complètement inter-
ceptée par les murs élevés de la cour et du jardin; mais
du premier étage, et notamment de la chambre de Mar-

the, qui occupait un angle, elle embrassait la moitié d'un immense panorama : Paris et ses monuments, émergeant de la brume ; sur la gauche, les coteaux de Meudon, de Sèvres et de Saint-Cloud ; plus à droite, la cime altière du mont Valérien, et dans le lointain jusqu'à la terrasse de Saint-Germain. On apercevait même çà et là le ruban sinueux de la Seine. Tout cela était recouvert d'un linceul de neige. Le jeune homme remarqua cependant qu'il y aurait là, dans la belle saison, des aspects splendides et d'admirables couchers de soleil. En parcourant cet étage, qu'on annonçait devoir rester inhabité, il ne put pas se défendre d'une autre réflexion, qu'il s'abstint d'exprimer. Malgré la bizarrerie systématique du père de Marthe, qui refusait d'écouter aucune proposition de mariage pour sa fille, n'y avait-il pas là, sinon une arrière-pensée, au moins une hypothèse ? Accoudé à une fenêtre, le jeune homme demeura plongé dans une rêverie qui, d'une vague illusion d'espérance, passa bientôt à une sensation douloureuse. Car il allait s'éloigner pour longtemps, et l'hypothèse ne pouvait qu'enfoncer dans son cœur une épine jalouse. « Il est évident, se disait-il, que je suis impossible. Militaire, — ou ignorant et oisif, — c'est le dilemme. Je n'ai pas ma place ici, je n'y serais bon à rien, je ne sais pas le grec ! Il n'y a qu'un helléniste qui eût des chances d'être agréé par cet homme, afin de l'aider à la composition de sa grande histoire de la philosophie grecque. »

Lui reprochera-t-on d'avoir pu être conduit à envisager une autre hypothèse qui aurait rendu à Marthe

sa pleine liberté, en privant le monde, par une brusque interruption, de l'achèvement de l'histoire de la
philosophie? Si sa rêverie ne repoussa pas ce genre
d'insinuation du malin esprit, il avait encore moins à
l'avouer devant Marthe. D'ailleurs, celle-ci n'était plus
là pour l'entendre. Il ne s'était pas aperçu qu'elle l'a-
vait laissé à sa contemplation, et fut stupéfait de la
voir tout à coup, chaussée de sabots, traverser le jardin, cueillir une branche du cèdre, puis gagner le pavillon rustique. Il se hâta de l'y rejoindre et la trouva
riant de la distraction. Il fut presque aussitôt suivi de
Suzanne, qui refermait derrière lui les persiennes et
les croisées. Il ne devait plus être seul avec Marthe,
et pensa que sa timidité lui avait fait manquer l'occasion d'une explication.

L'heure pressait. On dut regagner le fiacre. Le retour
fut lent et presque silencieux. Il était près de sept
heures quand Marthe fut déposée à la porte du numéro
22 de la rue Cassette, tout émue de l'inquiétude qu'elle
avait lieu de supposer à son père, inquiète elle-même
de l'accueil qu'elle allait recevoir. Son père, en effet,
se mettait à table au coup de six heures, et il était
d'une ponctualité rigide. Depuis que Marthe avait
reconnu que, pour la première fois, elle manquerait
d'exactitude, cette émotion était devenue de l'agitation, en faisant diversion à celle de la séparation
prochaine. Le jeune homme avait bien essayé encore
sur le cocher l'effet de son éloquence persuasive, afin
d'accélérer la marche, mais le résultat avait été
funeste, et le cheval s'était abattu. Une anxiété crois-

sante. que le jeune homme avait des raisons personnelles de partager, sembla dominer sinon absorber les
autres préoccupations. Les adieux se réduisirent à
une étreinte de mains.

Marthe se précipita hors de la voiture plutôt qu'elle
n'en descendit, tandis que d'une voix brève l'officier
ordonnait de le conduire à l'hôtel du Bon-la-Fontaine.

Il craignait de manquer le chemin de fer, de manquer le paquebot de Marseille, et d'encourir une punition à son régiment.

Je remarque ici que les punitions prévues ne sont
pas sans un certain avantage. Elles circonscrivent, elles
limitent le champ des perplexités, elles marquent un
maximum de crainte, ce qui est une sorte d'apaisement. Que de gens n'a-t-on pas vus accepter d'avance
la punition comme on accepte un dédit, comme les
arrhes risquées ou la rançon d'un but poursuivi! Ce
n'était pas une punition limitée que redoutait Marthe.
Elle grimpa trois hauts étages d'un escalier de pierre,
sonna violemment et se présenta tout essoufflée sous
l'œil sévère de son père.

EFFET DE NEIGE.

M. Brière. — c'était le nom du père de Marthe. —
était étendu dans un large fauteuil de cuir, devant une
table chargée de livres et de papiers. C'était un homme
d'environ cinquante-cinq ans, maigre, au front chauve,

avec de longs cheveux gris flottants sur son collet. Il
avait les jambes enveloppées d'une couverture. Un
volume de vieille reliure était sur ses genoux, mais un
volume refermé, qu'il ne lisait plus. Sa physionomie
était impassible, ou du moins eût paru telle à un observateur ordinaire. Marthe vit bien qu'elle était contractée. Il ne fit pas un mouvement, il ne dit pas une
parole, il attendait une explication.

Malgré cette impassibilité apparente, il avait beaucoup souffert. La contrariété de ne pas se mettre à
table au moment précis où six heures sonnaient à l'horloge de Saint-Sulpice aurait suffi pour être une souffrance. Contrairement à la plupart des travailleurs de
la pensée, il avait la passion de l'exactitude. Ayant la
prétention de ne jamais perdre le fil de ses idées, il
suspendait sans regret la lecture ou la rédaction au
milieu d'une phrase et même d'un mot. Les indiscrets
qui auraient visité son cabinet pendant le repas auraient
trouvé, sur sa table, le feuillet arrêté à une préposition
sans régime ou à un mot inachevé. Il y a deux sortes
différentes d'hommes : ceux qui pratiquent leurs maximes et ceux qui maximent leurs pratiques. Le père de
Marthe était de la seconde sorte. Il avait analysé ration-
nellement son habitude, de manière à en faire un de ses
principes. Il soutenait, et je serais volontiers de son
avis, que l'interruption du travail de la composition,
au milieu d'une phrase ou d'un mot, assure bien mieux
l'enchaînement de la pensée, lors de la reprise du travail, que l'achèvement de la période.

L'habitude était si forte, qu'en la circonstance pré-

sente il avait essuyé sa plume au troisième coup de six
heures. C'est alors qu'il s'était aperçu que Marthe n'était
pas rentrée. Comme il entendait les voitures circuler
librement, il ne soupçonnait pas la cause du retard.
Son imagination se donna donc carrière sur les manifestations diverses du principe de la causalité. Naturellement il examina plusieurs hypothèses d'accidents.
Mais il n'y a guère d'accidents de fiacre qui puissent
être à la fois funestes à trois personnes, et il aurait eu
des nouvelles.

« Ces jeunes gens, se disait-il, se seront oubliés à
bavarder ensemble et ils m'auront oublié. Ils ont tant
de communs souvenirs d'enfance! Ils ont été élevés
comme frère et sœur, et ils ne s'étaient pas vus depuis
deux ans. Dieu merci, ils vont être séparés plus longtemps, puisque Fernand va en Algérie. Je ne pouvais
vraiment pas lui faire mauvais accueil. Quel dommage
qu'il ait eu la sottise de vouloir être un officier! Autrement, et si j'avais moi-même la sottise de tant de pères,
celle de rechercher un gendre, je ne trouverais certainement pas mieux que lui. Mais que ferais-je d'un lieutenant de cavalerie? D'ailleurs ma fille m'est absolument
nécessaire, et je sens déjà combien elle me manque.
Je me suis constamment dévoué pour elle, je n'ai pas
voulu lui donner une marâtre. Il est bien juste qu'à son
tour elle soit résolue à ne point me quitter. Elle n'ac-
complit là qu'un devoir. Est-ce qu'elle n'est pas cent
fois plus heureuse auprès de moi qu'à courir les garnisons ou les autres aventures du mariage? »

On voit que M. Brière, suivant la remarque qui a été

faite tout à l'heure, raisonnait volontiers ses pratiques.
Là-dessus il ouvrit un volume de Platon et essaya de
lire. Il était distrait. L'horloge de Saint-Sulpice sonna
six heures et demie, et il tressaillit. L'anxiété de l'attente devient souvent un cauchemar qui amène les visions les plus affreusement fantastiques. Une vision
horrible, celle d'un complot, dont la promenade au
manoir aurait été le moyen d'exécution, de la fuite,
de l'enlèvement de Marthe, avec la complicité de
Suzanne, envahit tout à coup l'esprit de M. Brière. Il
avait beau la repousser, elle mettait à reparaître une
obstination cruelle. Il se représentait seul et abandonné.
Bien qu'il admirât particulièrement les stoïciens, je ne
sais trop quel secours il eût trouvé, pour consoler cette
disgrâce, dans les enseignements de Zénon et d'Épic-
tète. Il était temps qu'une autre vision dissipât le cauchemar, celle de Marthe elle-même, accourant haletante et déposant un baiser sur le front de son père.

Avec volubilité, elle donna l'explication très simple
et très vulgaire, comme la plupart des explications de
ce genre, du retard dont elle s'excusait, et dont elle
n'était vraiment pas responsable. M. Brière l'écoutait
et la contemplait. Il avait dans le regard une expression de tendresse, confiante sans doute, mais encore
troublée. Il ne répondait pas, il avait été trop ébranlé.
Après une vive angoisse, l'âme, même apaisée, ne
recouvre pas aussitôt son calme. Quand l'ouragan a sou-
levé les vagues, la mer, après qu'il a cessé, reste longtemps écumeuse et tourmentée. La cause s'est éloignée,
l'effet demeure et se prolonge par l'agitation des flots.

On dîna. Suivant l'usage, Suzanne servait; elle était autorisée à se mêler à la conversation, au besoin elle y aurait été incitée. Son dévouement, qui remontait à vingt-deux ans, lui avait donné bien des privilèges. Elle cumulait les fonctions de femme de chambre et de gouvernante de maison avec la situation d'amie. Elle avait été la nourrice de Marthe. Devenue veuve peu après être rentrée dans sa province, elle avait été rappelée auprès d'elle pour ne plus la quitter, lorsque l'enfant avait perdu sa mère. Très intelligente, elle avait un babil de bonne humeur, aiguisé d'accent bourguignon, égayé d'incorrections de langage et de locutions provinciales, qui avait le don de divertir M. Brière. Il lui pardonnait plus volontiers qu'à sa fille de le chicaner sur ses principes. Elle confirma en style pittoresque le récit des vicissitudes de la journée, et peut-être M. Brière ne fut pas fâché d'obtenir ainsi un contrôle. Il s'informa, d'un ton négligent, si Fernand partait bien le soir même. Suzanne ne pouvait pas l'affirmer, elle rendait seulement témoignage de l'intention arrêtée qu'il en avait, et de l'inquiétude qu'il avait montrée de manquer l'heure du chemin de fer. Par ailleurs, on parla fort peu de Fernand. Après le dîner, Marthe fit deux parties de rubicon avec son père, puis céda les cartes à Suzanne, qui avait acquis au piquet une habileté supérieure. A neuf heures et demie, M. Brière compta les points sans attendre la fin de l'épreuve commencée, embrassa sa fille en appuyant un peu plus qu'à l'ordinaire et se retira dans sa chambre à coucher. Telle était l'existence menée à la rue Cas-

sette. Elle suffisait à M. Brière, qui voulait se persuader qu'elle suffisait à sa fille. Il fallait cependant que
sa confiance à cet égard ne fût pas absolue, puisque
le simple incident d'un retard lui avait fait admettre
la possibilité d'une fuite.

M. Brière se levait à six heures, même l'hiver. Il
était de ces hommes qui refusent aux saisons le
droit de les déranger de leurs habitudes. A sept
heures, il avait souvent la visite d'un pauvre hère,
helléniste râpé, que la culture du grec ne paraissait
pas avoir conduit aux sources du Pactole, et qu'il
employait pour des recherches dans les bibliothèques
ainsi que pour des copies. Le lendemain, le visiteur
se présenta bien à l'heure accoutumée, mais ressortit
presque aussitôt. Il venait de recevoir la commission
de se rendre à l'hôtel du Bon-la-Fontaine, pour
s'enquérir soigneusement si Fernand était parti la
veille. La porte du cabinet se refermait à peine que
M. Brière y entendit frapper légèrement et fut surpris
de voir entrer Marthe, qui ne se montrait d'ordinaire
qu'une heure plus tard.

Elle avait mal dormi, et à travers les songes de l'insomnie un violent désir s'était emparé d'elle, celui de
retourner dès le matin au lointain manoir désert. Elle
avait besoin de l'autorisation de son père, elle avait
besoin de la clef. Il lui fallait aussi un prétexte. L'âme
de Marthe était d'une admirable sincérité, et pourtant
elle s'ingéniait à chercher une ruse. Elle se leva dès le
point du jour, et ouvrit avec précaution la fenêtre pour
se rendre compte de la température, qui pouvait être un

obstacle à son projet. Le ciel était clair, les étoiles pâlissantes scintillaient encore et Marthe fut très aise de constater qu'il n'était pas tombé de neige nouvelle. Elle s'habilla et passa dans la chambre de Suzanne qui s'éveillait.

« Ma bonne Suzon, dit-elle, j'ai envie d'aller revoir ce matin notre future maison. Ne me demande pas pourquoi. Imagine plutôt une raison à donner à mon père.

— Ce n'est pas difficile, répondit Suzanne, nous étions si pressées hier que nous avons laissé les feux mal éteints. J'en étais inquiète et impatiente moi-même d'aller voir ce qui a pu se passer. »

Au lieu d'une inquiétude, ce fut une satisfaction qu'éprouva Marthe, et elle aborda son père, enchantée d'avoir à lui présenter une raison aussi plausible. Elle ne réfléchissait pas si la supposition d'un incendie serait pareillement agréable à M. Brière, ni si le subterfuge qu'elle employait pouvait être avoué par la droiture. Tant il est vrai qu'une préoccupation vive domine, étouffe les pensées qui la gênent. C'est une lunette magique qui cache certains objets, qui en grossit d'autres, qui répand sur tous ceux qu'elle met en vue la coloration préférée.

Quand Marthe eut exposé sa requête, M. Brière fixa sur elle un regard pénétrant et dit :

« Mon enfant, tu crains les feux mal éteints. C'est très dangereux sans doute, mais le mal est fait, s'il était à faire, et Suzon saura bien le constater seule. Il est inutile que tu l'accompagnes. »

Marthe n'avait pas prévu cette réponse, dont le ton était péremptoire, et en fut déconcertée. Elle reprit cependant :

« Mon père, je l'ai toujours accompagnée pour ces courses, je vous supplie de me le permettre encore. »

M. Brière était étonné de cette insistance. L'helléniste aux habits râpés rentrait au même moment et, sans prendre garde aux signes qui lui étaient adressés, s'empressait d'annoncer que Fernand était bien parti la veille. Ce fut au tour de Marthe d'être surprise. M. Brière, rassuré, humilié de son soupçon, ouvrit un tiroir de son secrétaire, et tendit la clef à sa fille.

« Va, mon enfant, dit-il, mais, je t'en conjure, ne te fais pas attendre comme hier. Tu ne sauras jamais le tourment que tu m'as causé. »

Marthe et sa nourrice furent bientôt en route. La marche était moins difficile que la veille. Suzanne alla consciencieusement visiter les cheminées, tandis que la jeune fille se dirigeait vers le jardin. Les yeux baissés, elle marchait lentement et avec précaution. Que cherchait-elle ? Elle cherchait à retrouver et à suivre sur la neige la trace des pas de Fernand. Le cèdre, balancé par le vent, avait secoué çà et là son blanc manteau, et les rayons du soleil n'étaient déjà pas sans puissance. Les empreintes, à peine reconnaissables, s'effaçaient, et Suzanne accourait en rapportant d'un accent joyeux que toutes les cendres étaient entièrement refroidies.

HISTOIRE ANCIENNE.

Il convient que j'interrompe ici mon récit pour faire faire au lecteur plus ample connaissance avec les futurs habitants de la maison isolée, et dire comment leur existence avait été mêlée à celle d'un jeune officier de cavalerie.

M. Brière, qui avait choisi cette solitude sans la voir, n'était pas un homme morose ni un infirme, et ne se croyait assurément pas un tyran domestique. Il était doux et assez bienveillant, pourvu que la bienveillance ne lui coûtât ni un effort ni un écu. Entre les deux sacrifices, je ne sais pas lequel il aurait préféré. On a rarement l'occasion de rendre des services qui n'exigent pas l'un ou l'autre, aussi la vérité m'oblige à dire que la bienveillance de M. Brière ne rendait jamais de services à personne. Il aimait à se faire passer pour pauvre. Il ne l'était pas, mais il l'avait été, et il en conservait l'habitude. Il avait recueilli pour Marthe des successions importantes, et, sauf qu'on le voyait acheter plus de livres, il ne changeait rien au train fort modeste de son intérieur. Aussi ce fut un grand étonnement, parmi les autres locataires du numéro 22 de la rue Cassette et les fournisseurs du quartier, ainsi que dans la loge du concierge, quand on apprit qu'il avait un architecte et qu'il faisait bâtir. La renommée exagéra bientôt les proportions et l'élégance de la maison dorique, par suite la fortune de M. Brière. De l'aventure, il se trouva exposé aux recherches de deux sortes de gens qui flairent l'argent d'autrui, les uns pour se l'approprier directement, en vertu du principe de la charité bien ordonnée, les autres pour l'appliquer à une foule d'œuvres de bienfaisance. Il découragea vite ces deux sortes de quêteurs et de quêteuses. Il ne recevait pas, il ne répondait pas aux lettres, et, si l'on parvenait jusqu'à lui, il déclarait sentencieusement que son principe était de faire ses aumônes lui-même. Ici, il n'était pas facile de découvrir à quelles heures ni de quelle manière il pratiquait sa maxime.

Un aimable homme de bien, qui a laissé un nom célèbre dans les annales de la charité, M. Armand de Melun, sollicitait un jour devant moi une femme du monde de l'aider dans je ne sais quelle bonne œuvre.

« On vous donnera encore pour cette fois, dit-elle en minaudant, mais vous êtes trop constant dans vos attentions, vous quêtez toujours les personnes qui vous ont déjà donné.

— Voulez-vous, répondit-il, que je quête celles qui m'ont refusé? »

M. Brière agissait comme s'il avait entendu le mot. Il s'était mis prudemment à l'abri, en refusant tout d'abord.

Il imagina un autre moyen, que je crois bon à recommander, de s'affranchir d'un genre spécial d'importunité. Il avait été professeur au lycée Louis-le-Grand, et en cette qualité son nom n'avait pas pu échapper aux rédacteurs du gros almanach des adresses que publie la librairie Firmin-Didot. Ennuyé des plis multiples que

2

cela lui faisait ouvrir chaque jour, il envoya pour les
éditions suivantes une rectification de son nom, avec une
incorrection. De cette façon, il savait à première vue
d'où lui venaient tant d'obligeants correspondants. Tous
les plis adressés à M. *Brierre* étaient immédiatement
jetés au panier.

Sa prétention, ainsi que son application, était d'être
calme et de garder la paisible possession de son esprit.
Mentis compos. Il aurait dit le mot en grec. Je confesse
que je suis moins helléniste que lui, et je me permets de
supposer le lecteur résigné au même aveu. Peut-être son
application au calme de l'esprit renfermait-elle autant
de souci d'hygiène que de philosophie, les émotions pouvant être dommageables à l'organisme. S'il y a des malades irrités par la souffrance, on rencontre au contraire
des valétudinaires que l'instinct de la conservation a
guéris de l'irascibilité. M. Brière souriait volontiers, il
ne riait pas, le rire ayant à ses yeux quelque chose de
violent. Il n'oubliait pas que Platon a dit qu'un rire excessif est la marque d'une grande altération dans l'âme.
Assurément l'hilarité, surtout lorsqu'elle arrive au pa-
roxysme du fou rire, entraîne une contraction ou une
perturbation violente de diverses parties de nos organes.
L'expression « se pâmer de rire » cesse quelquefois d'ê-
tre une hyperbole, et M. Brière aurait craint de se pâmer.
Il ne grondait pas, estimant que la gronderie est encore
une sorte de violence. Il était de ceux, — je connais
particulièrement cette espèce d'hommes, — qui aiment
mieux être mal servis que de faire des reproches. Mais
quand il était contrarié, il avait un certain froncement

de sourcils auquel devait ressembler celui de Jupiter, qui suffisait à répandre la terreur dans tout l'Olympe.

On a déjà vu qu'il avait proscrit à son foyer l'usage des soufflets et des plaques de cheminée, et rencontré en sa fille une élève docile, consommée dans l'art d'allumer le feu sans violence. Par une raison analogue, il avait proscrit dans son intérieur l'usage des sonnettes. Il aurait voulu le supprimer à sa porte même, et il se dépitait de la difficulté de le remplacer. Le coup de sonnette, avec ses degrés divers de violence, lui était odieux, et il en avait au moins amorti le bruit. J'ai connu un distrait tellement accoutumé à se servir d'une sonnette portative que, ne la retrouvant pas sur sa table, il sortit avec impatience, appela son domestique et, comme celui-ci se présentait en personne, lui cria : « Cherche-moi donc ma sonnette pour que je te sonne! » M. Brière n'était pas exposé à cette distraction ni à cette impatience, et il se serait bien gardé de crier. Quoique très paresseux à se déranger, il aimait mieux se déranger, ou attendre, que d'emplir de bruit la maison.

Suzanne, au contraire, en dépit des exemples et des leçons du philosophe, était d'un naturel pétulant et mièvre. Ceux de mes lecteurs qui s'étonneraient de l'emploi de ce dernier mot sont invités à consulter le *Dictionnaire de l'Académie française*, ou simplement à se souvenir que M. Diafoirus dit, en présentant son fils Thomas : « Du temps qu'il était petit, il n'était pas *ce qu'on appelle mièvre et éveillé*. » J'en demande pardon à tous nos critiques d'art, *mièvrerie* est vivacité. Suzanne, dans un intérieur si austère, était gaie. C'était chez elle affaire de tem-

pérament, un des plus précieux dons qu'une fée bien-
faisante puisse déposer sur un berceau. Elle avait connu
les douleurs maternelles, elle était veuve, elle ne possédait rien au monde, et les gages chétifs que lui payait
M. Brière allaient aider à vivre, au fond du Morvan, ses
vieux parents pauvres. Elle était restée gaie. On voit des
soldats gais dans la tranchée, saluant les obus d'un mot
jovial, des matelots gais au milieu des horreurs de la
tempête. La gaieté est communicative, de même que la
tristesse est contagieuse. Ces amuseurs de nature sont
des bienfaiteurs, et Suzanne était assurément une bien-
faitrice. Elle portait à Marthe un culte, une adoration
passionnée, mêlée d'un certain orgueil de nourrice. Ah !
si elle avait perdu, si elle avait seulement quitté Marthe,
je crois qu'elle eût cessé d'être gaie. Il y a des secousses
qui brisent les aciers les mieux trempés, qui écrasent
la nature elle-même. Il y a des insolations et des gelées
qui ne se contentent pas de flétrir la feuille, qui taris-
sent la sève de l'arbre jusque dans ses racines.

C'est chez Marthe que le charme de la gaieté habituelle était bien une vertu, parce qu'il provenait d'un
effort. Je ne sais pas dans quelle mesure avaient pu
l'aider les dispositions natives. L'éducation aurait eu le
temps de les étouffer. Son enfance sans mère avait été
triste. M. Brière avait voulu lui enseigner lui-même les
éléments de toutes choses. Il avait cru faire un acte
de dévouement presque sublime en abandonnant exprès le professorat pour se consacrer exclusivement à
sa fille.

Il y avait là une double illusion ; une illusion com-

mune à bien des parents, qui s'imaginent mieux réussir
que des maîtres étrangers ; qui ne se rendent pas compte
de la lassitude que cause à l'enfance l'implacable constance de la sujétion à la même personne, du besoin
qu'elle éprouve de variétés, d'intermittences, de jours
de congé, de mois de vacances ; qui ne voient pas que
les enseignements du foyer domestique, mêlés de caresses et d'autorité morale, ne doivent pas être ceux de
la pédagogie. Il y avait aussi une illusion personnelle.
M. Brière quittait sans regret des écoliers mutins, re-
muants, dissipés, qu'il fallait parfois reprendre ou punir. Il n'avait aucun goût pour corriger des copies, pour
marquer et additionner des points, pour souligner
des barbarismes ni pour distribuer des pensums. Les
esprits obtus ou rebelles de plus de la moitié des gamins
lui causaient des impatiences, et l'espèce grouillante des
cancres lui ébranlait particulièrement le système nerveux. Ajoutons qu'il se croyait appelé à de plus brillantes destinées qu'à celle de dicter des thèmes latins,
et que l'assujettissement des occupations professionnel-
les lui semblait le détourner de ses études déjà favorites.
Il avait brigué sans l'obtenir une chaire de philosophie :
il avait conçu de cet échec un dépit médiocrement philosophique. Ce fut alors que naquit la pensée de se
sacrifier à l'éducation de sa fille qui venait d'avoir sept
ans. On appelle cela l'âge de raison, je ne sais pas bien
pourquoi, puisque la loi a fixé à vingt et un ans un autre âge de raison, et que je connais une multitude d'é-
lecteurs qui me paraissent absolument dénués du moindre discernement. Le saint dogme du suffrage universel,

2.

auquel je suis peu dévot, est même assez incivil pour refuser toute raison, quel que soit l'âge, à la plus aimable
moitié du genre humain, à celle à laquelle appartenait
Marthe.

La résolution de M. Brière avait coïncidé avec l'ouverture d'une succession de sa fille. On l'ignorait, ce qui
lui laissait l'honneur apparent du désintéressement. Il
y trouvait d'autres avantages. Marthe était douée d'une
vive intelligence qu'il prenait plaisir à cultiver et dont il
était fier de hâter les progrès, sans diviser son attention
entre une quarantaine de marmots ingrats. Au lieu d'un
labeur pénible, l'enseignement devenait pour lui une distraction, aux heures qu'il avait choisies, en lui laissant
le loisir de ses recherches dans les bibliothèques et de
ses chères études de prédilection. Par-dessus tout, quoiqu'il n'eût pas renoncé sans chagrin ni sans lutte à des
appointements, il donnait à la satisfaction de ses propres goûts la couleur et la parure du dévouement, ce
qui est une volupté suprême. Que de femmes passion-
nées pour d'autres parures, avides de distractions et
d'hommages, on entend se plaindre d'être condamnées
à conduire leurs filles dans les salons! J'en connais une
dont la fille avoue ingénument son aversion pour le
monde, où elle porte une figure ennuyée. Sa mère n'en
est que plus assidue à l'y traîner tous les soirs, afin de
redoubler de dévouement.

Le résultat avait été pour Marthe qu'elle n'avait pas
eu de compagnes et qu'elle n'avait pas d'amies, à l'âge
où le besoin du gazouillage, sinon des confidences, est si
impérieux. Plus tard, une femme peut se passer d'amies,

et s'en passe presque toujours. Pour une jeune fille, c'est
une privation cruelle. Marthe avait cependant connu
l'amitié, mais sous sa forme la plus dangereuse. M. Brière
n'avait pas constamment vécu dans une réclusion aussi
absolue. Il avait été lié d'une étroite amitié lui-même,
depuis le collège, avec le père de Fernand. C'était une
intimité qui, au premier abord, paraissait bizarre, car il
eût été difficile de rapprocher deux natures plus dissem-
blables. La chose est moins étrange pour la réflexion,
pour l'observation surtout, laquelle est bien obligée de
reconnaître qu'on en a de nombreux exemples dans les
meilleurs ménages.

Je pense qu'il importe essentiellement au bonheur de
l'association conjugale que ses deux membres soient
unis par la conformité des croyances, des sentiments,
des idées générales, parce qu'en ces matières on ne
transige pas. L'affection la plus tendre ne peut pas amener de concessions réciproques. La paix ne s'obtient qu'au
moyen du silence, ou par une victoire définitive. La
victoire a suivi de longs combats; le silence systématique, qui bannit des conversations confiantes du foyer
précisément les sujets dont l'esprit de chacun est le plus
pénétré, évite les querelles, mais est l'expression latente
d'une discorde continue. La conformité des goûts, bien
que souhaitable, a déjà beaucoup moins d'importance.
Il n'est pas indispensable qu'une femme aime la chasse
ou le cheval, l'érudition ou la philosophie grecque, ni
qu'un mari aime le bal, la toilette ou la musique. Les
goûts de chacun sont le champ propre des transactions,
des concessions mutuelles, souvent des attentions déli-

cates, en même temps qu'un certain domaine réservé
à l'indépendance et qui n'est pas sans prix. Quant aux
caractères, j'irais jusqu'à dire que leur diversité est dé-
sirable. Des vivacités égales sont un péril, des mollesses
pareilles sont fâcheuses. On se stimule, on se modère
alternativement, à la condition de n'être pas trop sem-
blables. Identité de sentiments, dissemblance d'humeurs,
volontiers je formulerais ainsi ma pensée, si je ne craignais de retomber dans les sentences de M. Brière.

Il en est de même en amitié. M. Dufresne avait été
un stimulant pour la paresse physique de son camarade.
Au collège, il le forçait à jouer aux barres et au ballon.
Il avait aussi plus de vivacité d'esprit, je ne dis pas plus
d'intelligence. Dans les compositions des classes, il
parvenait très rarement à disputer le premier rang, si
ce n'est en histoire, et il était en grec complètement
distancé. Il reprenait la supériorité à la récréation et les
jours de sortie. Il imposait alors une sorte de domination
acceptée. Cette puissance mystérieuse qu'on appelle
l'ascendant est souvent subie avec plus de plaisir encore
qu'elle n'est excercée. Tous deux, reçus bacheliers le
même jour, admis ensemble à l'École normale, y étaient
demeurés inséparables. Ils avaient été nommés professeurs dans le même lycée. Mais tandis que la nature
spéculative de M. Brière le portait vers les abstractions
de la philosophie, l'activité de M. Dufresne n'aimait à
se déployer que dans les champs moins immenses, quoi
que bien vastes encore, de l'histoire et de la géographie.
M. Dufresne raillait même agréablement l'objet des
études de son ami ; il ne comprenait la philosophie que

comme une gymnastique ou une jonglerie de l'esprit, à l'usage des originaux qui aiment ce genre de jeu, auquel d'autres préfèrent le billard ou le trictrac. Il lui refusait absolument la valeur d'une science et toute autorité probante; il ne distinguait guère entre les plus célèbres créateurs de systèmes et les sophistes; il s'amusait des contradictions des diverses écoles et de leur terminologie. M. Brière, qui, sur ce sujet, n'aurait souffert raillerie de personne autre, lui permettait toutes les plaisanteries, en affectant de n'y voir que des boutades. Intérieurement, je crois qu'il y voyait la démonstration d'une certaine infirmité d'intellect qu'il n'était pas fâché de constater; c'était, pensait-il, une lacune dans les facultés brillantes de son ami; aussi n'en était-il ni ébranlé ni contrarié. Il avait trouvé un point de résistance indomptable, c'était la protestation de son indépendance, la revendication de sa liberté. Il n'y a pas de joug que le front le plus soumis ne se plaise parfois à secouer, et le cœur humain est ainsi fait, qu'il est charmé de rencontrer une faiblesse dans la force qui le domine.

M. Dufresne s'était marié le premier. Il fallut encore l'ascendant de son exemple et de ses conseils pour déterminer M. Brière à en faire autant, il n'y aurait pas songé tout seul. Il fallut même que son ami lui découvrît et lui présentât une femme, dépourvue d'agréments personnels, mais ornée des espérances qu'appréciaient déjà les instincts de M. Brière. Il s'était marié sans aucun enchantement, ce qui ne lui avait causé aucun chagrin.

Fernand et Marthe avaient été les seuls fruits de ces

deux unions. Fernand était plus âgé de trois ans. Ils avaient passé pour ainsi dire ensemble leur enfance, jouant chez leurs parents ou dans le jardin du Luxembourg. La mort de M. Dufresne, suivant de près celle de Mme Brière, était venue non seulement apporter le deuil dans deux intérieurs paisibles, mais les détruire.

Le second de ces événements avait été pour M. Brière peut-être le plus douloureux, et certainement celui qui avait le plus ravagé sa vie. Le consolateur qui lui était resté ayant disparu, aucune influence ne pouvait désormais le secouer. Il n'éprouvait que de médiocres sympathies pour Mme Dufresne, qui, dans une situation de fortune très gênée, s'était d'ailleurs retirée en Auvergne, et la combinaison qui aurait rapproché les débris des deux foyers ne se présenta pas même à son esprit. Suzanne était venue lui apporter à propos un concours bien précieux avec une sorte de *modus vivendi* tolérable, qui lui permettait de garder sa fille auprès de lui, et au delà duquel il ne songeait à rien ambitionner. Étourdi, plus encore qu'affligé, du double coup qui l'avait frappé, ne demandant de secours qu'au temps ou à ses sentences, il s'était replié dans l'étude solitaire et dans la sauvagerie.

Mais Fernand lui rappelait trop l'ami regretté pour qu'il n'eût pas conservé à l'enfant un intérêt affectueux. Peu d'années après la séparation, Mme Dufresne, comme veuve d'un professeur, obtenait pour son fils une bourse au lycée Louis-le-Grand, et quel pouvait être le correspondant choisi, sinon M. Brière? Fernand passait donc ses jours de sortie dans l'appartement de

la rue Cassette, qui reprenait plus d'animation, et il
est aisé de comprendre quelle joie c'était pour Marthe.
Les enfants grandissaient, l'adolescence approchait,
avant que M. Brière en eût envisagé les périls. Il n'é-
tait cependant pas bien difficile de pressentir l'éternelle
histoire de Paul et Virginie, renouvelée de celle de
Daphnis et Chloé, à laquelle M. Brière aurait pensé de
préférence. Le plafond d'un troisième étage peut om-
brager une pastorale aussi bien que les pampres de la
Grèce ou les cocotiers de l'île de France. M. Brière, absorbé dans son travail, était bien l'esprit le moins tourné
vers l'idylle qu'on pût rencontrer. Il ne faisait pas cette
réflexion, et c'était assurément l'une des sentences
qu'on risquait le moins de lui entendre prononcer;
aussi n'était-il pas un Argus bien vigilant. Suzanne était
plus clairvoyante. Elle n'avait aucune raison de contrarier une inclination dont les suites probables lui
semblaient fort à souhaiter, en sorte qu'elle n'était pas
plus gênante.

Le temps marchait toujours. Quand Fernand eut
quinze ans, il convenait de se préoccuper du choix
d'une carrière. M. Brière avait essayé de lui inculquer
l'amour du grec, et s'était dépité plusieurs fois de l'insuccès de sa propagande. L'enfant ne se contentait pas
d'éluder le conseil, il réclamait, il disputait avec vivacité, il déclarait avoir en aversion la langue de Thucy-
dide, et, plus tard, s'ennuyer profondément de l'objectif
et du subjectif, des idées innées, du nominalisme, du
probabilisme, du positivisme et des cinq universaux.
Ce n'était pas adroit; pouvait-on exiger d'un écolier,

voire d'un philosophe... de dix-sept ans, la prudence consommée d'un diplomate? M. Brière n'était pas homme à pardonner aussi aisément à Fernand qu'il avait pardonné à M. Dufresne l'irrévérence avec laquelle ce maraud parlait des dieux. Parfois, cependant, reconnaissant l'ami regretté dans les spirituelles boutades du jeune homme, comme il le reconnaissait dans ses traits, il avait des moments attendris d'indulgence. Mais, en voyant Marthe rire complaisamment, il reprenait un visage plus sévère. Fernand, d'ailleurs, se compromettait davantage en affichant une vocation décidée pour la carrière militaire.

Bien vainement M. Brière épuisait, chaque jour de sortie, les objections, depuis l'argumentation philosophique contre le métier des armes jusqu'aux considérations plus vulgairement réalistes de la médiocrité du profit. Il dépeignait sous des couleurs peu engageantes le sort de l'officier dépourvu de fortune personnelle et réduit à sa solde de lieutenant ou de capitaine. L'enfant était inébranlable, il aurait plutôt bondi à ce mot de capitaine. Le principal attrait de ses études avait été l'histoire, en quoi il rappelait encore son père, et dans l'histoire il recherchait surtout la description des batailles célèbres. Aux distributions de prix de son lycée, il n'avait jamais manqué d'obtenir le premier prix d'histoire; il devait même en rapporter, au grand concours, la plus glorieuse couronne. L'ombre de M. Dufresne tressaillit, sans doute, ce jour-là.

Dans la langue à laquelle on a donné le nom de la sagesse des nations, il y a des proverbes à la portée des observations en apparence les plus contradictoires. Tel père, tel fils, dit-on, et l'écho infidèle répond : A père avare, fils prodigue. Les deux proverbes ont alternativement raison, et il n'est pas besoin de la psychologie de M. Brière pour les justifier tous les deux, pour les concilier en quelque sorte. Nier les puissantes influences du sang, de l'éducation, de l'habitude, serait nier l'évidence et contester la loi même de la nature physique, manifestée par la ressemblance des traits. Mais c'est une loi aussi qu'un excès en amène un autre, et tous les excès se ressemblent. L'oppression engendre la révolte, qui ne tarde pas à être oppressive. L'avarice et la prodigalité sont deux excès qui ont le même objet, l'or, dont l'usage est diversement compris. En entassant ou en dissipant, le père et le fils se sont ressemblé par le caractère excessif de leurs natures.

M. Brière avait longtemps ignoré à quoi était employé le peu d'or, le mot aurait manqué d'exactitude, dont disposait Fernand au moyen de sa petite pension hebdomadaire et des modestes étrennes qu'y ajoutait son correspondant. L'enfant ne le dépensait pas en friandises, ni plus tard en cigares et en bocks de bière ; il courait jusqu'au boulevard des Capucines, entrait dans une boutique de jouets à l'enseigne du *Nain-Bleu*, et y achetait de ces boîtes perfectionnées de soldats de toutes armes qu'on fabrique en Allemagne. Il était devenu le client le plus assidu du magasin et comme un ami de la maison ; les marchandes souriaient en le voyant entrer et lui souhaitaient gracieusement le bonjour ; elles s'étaient accoutumées à ne plus se déranger, à le laisser fureter lui-même, ouvrir les tiroirs, ouvrir les boîtes, éclairer son choix et varier son assortiment. Parfois, ne trouvant pas ce qu'il cherchait, il faisait des commandes qu'on lui promettait d'exécuter à Nuremberg, où les fabricants ont dû plusieurs de leurs meilleurs succès commerciaux aux indications inventives de Fernand. A la fois prodigue et avare, il dissipait et entassait à sa manière. Muni de son précieux butin, il gagnait alors la rue Cassette, d'où il ne sortait plus, et le déposait dans la chambre de Marthe avant d'aller saluer M. Brière. Bien que celui-ci ne fût pas curieux ni défiant et s'en rapportât entièrement à Suzanne pour la surveillance, il fut pris un jour de la tentation d'aller voir à quelle occupation, ou à quel jeu, les enfants pouvaient employer sans bruit de si longues heures. Ses pantoufles ne l'avaient pas trahi, Suzanne venait de sortir en laissant entre-bâillée la porte de la chambre de Marthe, les enfants tournaient le dos, il put tout voir et tout entendre sans être vu. Paul et Virginie ne se disaient ni ne se témoignaient aucune tendresse. Ils étaient penchés sur une vaste table, couverte de deux véritables armées qui avaient les uniformes de France et d'Autriche, au commencement du siècle. De petits drapeaux des deux nations, qu'avait confectionnés Marthe, marquaient les emplacements des divers corps; de petites maisons de bois figuraient les villages; des dunes de sable fin, où étaient plantés de menus feuillages, les collines et les arbres; des rubans azurés, les sinuosités des rivières. Les fourgons et les ambulances avaient leurs places. Paul donnait à Virginie la repré-

sentation de la bataille de Marengo; il faisait manœu-
vrer, comme les pièces d'un échiquier, les escadrons,
les batteries d'artillerie, les lignes profondes de l'in-
fanterie; il dictait à Virginie les commandements des
manœuvres correspondantes de l'armée opposée, de
l'armée française, car sa galanterie avait eu l'attention
de lui réserver la victoire; il ne voulait être vaincu que
par elle. Malgré le rôle ingrat qu'il avait choisi, il s'a-
nimait, il s'exaltait en précipitant les commandements;
il battit des mains avec enthousiasme lors du mouvement décisif de Desaix, qui consommait sa propre déroute.

A ce moment, Fernand se retourna et rougit en apercevant M. Brière. Marthe ne rougit pas. M. Brière ne
dit rien; il se contenta de sourire un peu amèrement et
se retira dans son cabinet, où il essaya d'achever la
période interrompue. Mais cette fois il y trouva de la
difficulté et s'en impatienta. Il était préoccupé, et des
pensées diverses se croisaient tumultueusement dans
son esprit.

« Pauvre enfant! se dit-il. C'est décidément une passion que le raisonnement serait impuissant à dompter,
et que je renonce à combattre. La passion militaire!
Elle n'est pas classée dans les traités des maîtres, il y a
là une lacune que je tâcherai de combler. Fernand ne
se doute pas qu'il vient de m'apporter une véritable révélation, le sujet d'une analyse et au moins d'un chapitre. C'est bien une passion spéciale et distincte; on a
pu la confondre avec l'orgueil, avec l'ambition, avec
l'amour de la domination. Évidemment, Fernand n'é-

tait agité d'aucun de ces mouvements de l'âme. C'est
peut-être cette passion qui a fait les grands hommes de
guerre, les envahisseurs, les conquérants, les pires
fléaux de l'humanité. Elle se manifeste dès la première
enfance; c'est elle qui excite des marmots à suivre un
régiment en marche ou à courir aux fenêtres pour
le voir passer. Ce ne peut cependant pas être une passion naturelle, celle dont l'objet est aussi contre nature
que la destruction. Elle n'est pas non plus un produit de l'éducation. Ce n'est pas au foyer de sa mère
ni au mien que Fernand a pu s'enflammer de la passion militaire, et ce ne sont pas les leçons d'Aristote qui en ont enflammé Alexandre. Qu'est-ce donc?
Mystère. »

Le lecteur ne s'attendait probablement pas à voir
Aristote en cette affaire. M. Brière eut bien quelques
retours plus personnels. Il se leva et se promena dans
sa chambre, ce qui ne lui était pas habituel. Il réfléchit
aux jeux de ces deux enfants qui grandissaient, il jeta,
pour la première fois, un regard sur leur avenir. Il en
fut épouvanté. Je crains, sans qu'il se l'avouât, que ce
ne fût pour lui-même. Il se représentait avec effroi l'a-
bandon où le laisserait Marthe, suivant un mari dans
les garnisons et emmenant Suzanne. Il se dit que son
devoir était de ne jamais permettre à sa fille de courir
de pareilles aventures, aux côtés d'un officier sans fortune et au risque de la guerre. Insensiblement, il en
vint à se réjouir de la vocation de Fernand. « Ah!
pensa-t-il, il aura méprisé mes conseils, il n'écoute que
sa passion désordonnée, il veut être militaire, tant

mieux. Il s'éloignera, il se dissipera, il cessera de nous voir, — et je garderai ma fille. »

Finalement, M. Brière n'avait envisagé un moment les perspectives du roman dont il venait d'avoir une scène sous les yeux que pour se jurer de n'en pas permettre le dénoûment.

Quand il eut fait ce serment, il se rassit, soulagé d'une perplexité, et retrouva aisément sa phrase. Les enfants étaient inquiets de la physionomie qu'il aurait au repas. Elle était sereine et bienveillante, et Fernand regagna son collège le cœur content.

LE PHILOSOPHE EN CÉRÉMONIE.

A partir de ce jour, Fernand n'eut plus à subir de discussions sur sa vocation militaire. C'était chose acceptée de M. Brière, qui, au grand étonnement des enfants, poussa la condescendance jusqu'à demander une seconde représentation sur table de la bataille de Marengo, disputée entre les soldats de plomb. Elle fut solennelle. M. Brière avait voulu que cette fois Fernand prît le commandement de l'armée française. Le jeune homme, encouragé, y mit beaucoup de fougue. S'il y a des circonstances où il ne déplaît pas d'être vaincu, dans toutes il est agréable de vaincre. Je crois qu'il n'avait pas conscience du présage qu'il aurait pu tirer d'une victoire remportée sur Marthe, sous les yeux de son père, mais celui-ci ne fut pas sans remarquer, et c'était peut-être ce qu'il avait désiré vérifier, que Marthe se résignait joyeusement à la défaite. Ces exercices furent ensuite suspendus. La fin de l'année scolaire approchait, Fernand se préparait à l'examen du baccalauréat, et il s'abstint de sortir plusieurs jeudis. Il n'y avait alors qu'une seule épreuve, et l'on devine qu'il en sortit à son honneur. Il partit aussitôt, sans attendre la distribution des prix. Il n'avait aucune prétention à cueillir les palmes accoutumées dans les champs de la dissertation latine. Ses adieux à Marthe furent exempts de tristesse. Il avait le triple enivrement de son diplôme, de ses dix-huit ans qui venaient de sonner, des vacances qui commençaient, et il allait revoir sa mère. Ignorant des difficultés de la vie, il ne faisait d'ailleurs aucun doute qu'il ne dût revenir à Paris, passer un an, sinon deux, dans une école préparatoire aux examens de Saint-Cyr.

Mais ces écoles coûtent fort cher, trop cher pour la malaisance de Mme Dufresne, et le crédit d'une veuve de professeur était épuisé. Elle avait peut-être espéré une offre généreuse de M. Brière. C'eût été une illusion bien vaine. Outre qu'il était de cette espèce d'hommes qui n'ont jamais un élan, une inspiration de générosité, et ne s'avisent pas de songer aux besoins d'autrui, on reconnaîtra qu'il avait, dans la circonstance, d'assez bonnes raisons de s'abstenir d'une initiative. Fernand resta auprès de sa mère, à Clermont, et n'eut pas la préparation de serre chaude à laquelle un an aurait certainement suffi. Ce ne fut qu'après deux ans qu'il eut la joie d'apprendre son admission à l'École militaire. Des parents, plus touchés de l'honneur qu'ils ne l'avaient été de l'effort, se cotisèrent alors pour aider sa mère. Il fut donc pendant deux ans éloigné de Marthe et presque sans nouvelles. Mais il fallait au saint-cyrien un correspondant à Paris, et l'on ne pouvait guère se dispenser de s'adresser encore à M. Brière, si naturellement désigné qu'il y aurait eu un manque d'égards, et même une offense, à ne pas réclamer son assistance. M. Brière qui, comme on sait, n'aimait pas les émotions, fut fort ému en recevant à la fois l'avis de la nomination de Fernand et la demande de Mme Dufresne.

Comment s'étaient écoulées ces deux années dans l'appartement de la rue Cassette? Si le lecteur a fait connaissance avec les trois personnages qui l'habitaient, il sera déjà en état de répondre. La description d'une journée serait à peu près celle de toutes. Seulement Marthe avait dix-sept ans. Ce n'est pas à cet âge que les changements que le temps amène peuvent être appelés des ravages. La fleur, dont la tige élancée avait achevé sa croissance et n'était déjà plus grêle, s'épanouissait. Et cependant elle était privée de soleil.

M. Brière conserva plusieurs jours la lettre avant de se décider à y répondre, et même à en donner connaissance à Marthe. Il regardait la fleur avec une attention inusitée; il était surpris de découvrir combien elle était belle. Il ne s'en était pas encore aperçu. Un de ses principes, qui lui avait été précieux vis-à-vis de Mme Brière, était d'ailleurs le dédain de la beauté physique. Rentré dans son cabinet, il se remettait en présence de la lettre importune, il la relisait, il la froissait, il en était gêné pour continuer son travail. Qui n'a connu cette obses-

sion d'une réponse à faire, d'une réponse embarrassante et différée, dont il semble que l'embarras s'aug-
mente en raison même du retard? Les promptes solu-
tions du télégraphe ont leurs perplexités souvent bien
graves : du moins elles ne prolongent pas l'anxiété.
M. Brière, qui avait, comme je l'ai dit, la prétention
de ne jamais perdre le fil de son raisonnement, se vit
un jour en défaut. Il se sentait distrait, il ne pouvait
pas suivre le développement d'une haute pensée qui
l'avait séduit, pour expliquer l'origine des idées; il
craignait de ne plus la retrouver. Il en éprouva un vif
mouvement d'impatience. Il recula bruyamment son
fauteuil, ce qui ne lui arrivait jamais, se leva, et, la
lettre à la main, d'un pas brusque, avec la furie d'un
poltron qui monte à l'assaut, il passa, sans frapper,
dans la chambre de Marthe.

Il n'y était pas entré depuis la seconde représentation
de la bataille de Marengo. Le premier objet qui frappa
ses regards fut la table restée toute dressée, et couverte
des deux armées. Marthe et Suzanne, tenant chacune
un petit plumeau, étaient en devoir d'épousseter, puis
de remettre soigneusement à leurs places les combattants. Marthe n'avait de Fernand ni un portrait, ni une
lettre, ni un cadeau. Comme souvenir matériel de l'ami
de son enfance, elle ne possédait qu'une bataille. Elle
tressaillit à l'aspect sévère de son père. Celui-ci fut
tenté de reculer, mais il n'avait pas encore épuisé son
élan d'assaillant.

« Apportez-vous quelque mauvaise nouvelle? dit
Marthe, dont la physionomie était troublée.

— Mauvaise ou bonne, je ne sais trop, répondit M. Brière. Oui, plutôt mauvaise. Et, avec un effort, il continua : Fernand est reçu à Saint-Cyr.

— Quel bonheur! s'écria Marthe.

— Ou quel malheur, reprit M. Brière. Tu sais que je déteste cette carrière, qui ne peut le mener à rien qui vaille. Voilà où conduisent vos jeux de soldats de plomb. Il va falloir être un soldat en chair et en os.

— Un officier, mon père.

— Je ne fais pas de différence, si ce n'est qu'en temps de guerre l'officier a plus de responsabilité de la barbarie de son métier, et en temps de paix plus de conscience de sa sottise. »

Si j'ai des lecteurs qui portent l'épée, je leur demande pardon de l'impertinence de l'aphorisme, et tiens à en laisser à un platonicien tout l'odieux, ou tout le mérite. Je ne sais pas ce que Marthe aurait répliqué, mais M. Brière continua sans s'arrêter :

« Le pire de l'affaire, c'est que Mme Dufresne me demande encore d'être le correspondant de son fils. Je ne suis vraiment pas propre à cette fonction, et je suis bien tenté de refuser.

— Oh! Monsieur, interrompit vivement Suzanne, refuser cela au fils de votre meilleur ami? Que dirait là-haut M. Dufresne? Vous ne le pouvez pas, et je suis certaine que vous ne le ferez pas.

— Ce n'est guère possible, en effet, » reprit M. Brière, faiblissant aussitôt.

Puis s'adressant à Marthe, afin de recouvrer sa vaillance :

3.

« Alors, je te préviens qu'il y aura bien du changement. Vous n'êtes plus des enfants, vous ne pouvez plus
jouer ensemble, seuls ni avec une bonne. D'ailleurs, ce
jeune homme s'ennuierait ici. Tu ne le verras pas souvent. Il aimera bien mieux courir les cafés avec ses
camarades.

— Vous croyez, mon père? dit Marthe.

— Il n'est pas étonnant que tu ne saches pas ce que
sont des saint-cyriens un jour de sortie. Des tapageurs
et des buveurs. Ils appellent cela se préparer à la vie
militaire, et ils n'ont pas tort. Encore le café est la distraction la plus honnête. Ils rentrent gris le soir à l'é-
cole, quand ils sont en état d'y rentrer. Ah! Fernand a
voulu de cette vie! J'ai assez essayé de l'en détourner,
et, puisqu'il n'a pas suivi mes conseils, je m'en lave les
mains. Ce n'est pas à ma fille à être la compagne d'un
apprenti officier... ni d'un officier, entends-tu? Je te
préviens aussi que je ne veux plus voir ces soldats de
plomb, et tu vas me faire le plaisir d'en débarrasser ta
table aujourd'hui même. Tu les enverras à l'école primaire. C'est bon pour des enfants.

— Vous ne craignez pas d'exciter parmi eux des voca-
tions militaires? » dit malicieusement Suzanne.

M. Brière était déconcerté. Il reprit :

« Je n'y pensais pas; vous avez raison, Suzanne, ce
serait une mauvaise action. C'est à moi que vous rendrez ces méchantes boîtes. Je les cacherai, ou je les
ferai détruire. »

Là-dessus il s'empressa de se retirer pour échapper
à de nouvelles observations, laissant Marthe et Suzanne

interdites. S'il imposait ses volontés, il n'avait pas coutume de les exprimer sous une forme aussi impérieuse. Il prit sa plume et il écrivit à Mme Dufresne. La lettre, froidement polie, acceptait la mission, mais ne contenait pas de félicitations. Il s'empressa aussi de la faire porter à la poste. Alors ses nerfs se détendirent et il crut avoir concilié tous ses devoirs. Ce qui acheva de l'apaiser fut qu'il eut la joie de retrouver, comme par enchantement, la suite de sa haute pensée sur l'explication de l'origine des idées. Quant à réfléchir s'il avait fait du chagrin à sa fille, il n'y songeait pas. Marthe sentit deux grosses larmes couler sur ses joues.

« Mon père n'a jamais été ainsi, dit-elle. Moi qui me réjouissais tant de la nomination de Fernand, et de la pensée de le revoir! Comme il doit être content! Est-ce que vraiment il faut déranger tous ses soldats? C'était une surprise que j'aurais aimé lui faire.

— Bagatelle! s'écria Suzanne. Qui sait s'il y aurait été fort sensible? Quand il aura son joli uniforme et qu'il figurera lui-même dans de véritables manœuvres, il ne se souciera plus guère de ces enfantillages. Rappelez-vous donc, ma petite Marthon, qu'il a vingt ans.

— C'est pourtant vrai, observa Marthe en soupirant.

— Votre père, continua Suzanne, nous rend peut-être service. Il nous épargne la peine que nous aurions eue si Fernand, — si M. Fernand s'était moqué de notre surprise. Souvenez-vous d'ailleurs, ma chère, qu'il faut toujours céder dans les petites choses, pour avoir la chance de ne pas céder dans les grandes. Allons, un peu de courage, attention au commandement, armez

votre plumeau : Feu !» Et d'un coup de plumeau Suzanne
renversa des files entières de guerriers. Marthe, étonnée, entraînée, avait obéi au commandement, et contribué pour sa part, quoique avec moins d'énergie, au
massacre.

« Le plus difficile est fait, reprit Suzanne. Maintenant, rangeons proprement dans leurs boîtes les morts,
les éclopés et les survivants restés debout. Votre père
sera ravi de notre docilité, et cela se tournera en bon
accueil pour Fernand. »

On voit si Suzanne avait le caractère bien fait, et si
elle possédait l'art des consolations. Elle ne se refusait
même pas les sentences. Le dialogue continua pendant
le travail assez long du rangement.

« Crois-tu, ma bonne Suzon, dit Marthe, que mon
père ne lui fera pas trop mauvais accueil ?

— Excellent, n'en doutez pas, rapportez-vous-en à
moi. Il grondera sur la carrière militaire, c'est évident.
On le laissera dire, sans discuter surtout, et le mieux
est de lui accorder qu'il a raison.

— Est-ce que vraiment... tous les saint-cyriens sont
des tapageurs comme les a dépeints mon père ?

— Le portrait est assez ressemblant, mais il n'y a
pas de règles sans exceptions.

— Oh! Fernand en sera certainement une.

— Je l'espère, ma petite. »

La besogne achevée, on entassa toutes les boîtes dans
un panier, rendu si lourd qu'on le portait péniblement,
et Suzanne alla le déposer sur une chaise de la salle à
manger. Lorsque M. Brière y fit son entrée, à six heu-

res, Suzanne, le visage souriant, lui montra le panier.

« Monsieur, dit-elle, vous n'avez qu'un mot à prononcer pour être obéi à l'instant même, et votre fille est un ange. Prenez ce panier, il est à vous, c'est la bataille de Marengo. »

M. Brière essaya de soulever d'une main l'anse qui résistait. On sait qu'il n'aimait pas les efforts violents. Suzanne éclata de rire, et y mettant les deux mains balança le fardeau.

« Voulez-vous, reprit-elle, que je le porte dans votre chambre?

— Non, répondit M. Brière. Je ne veux pas avoir chez moi une armée. Je réfléchis, d'ailleurs, qu'elle n'est pas à moi. Vous la rendrez à Fernand Dufresne.

— Convenez, dit Suzanne, que les soldats ont du bon. Se laisser rassembler et empaqueter ainsi sans se plaindre, c'est le prodige de la discipline et de l'obéissance passive. Vous n'obtiendriez pas cela d'autres hommes, pas même d'un régiment de philosophes. »

M. Brière avait été mis en belle humeur, et le repas, qu'avait redouté Marthe, se passa presque gaiement. Mais il ne fut plus question de Fernand.

Moins de quinze jours après, c'était Fernand en personne qui venait forcer à s'occuper de lui. Il était d'une taille élevée, le menton imberbe du bachelier s'était ombragé, il avait pris de plus en plus de ressemblance avec son père. M. Brière en fut très frappé, et le reçut cordialement. Un peu inquiet de l'accueil qu'il rencontrerait, Fernand était descendu dans un hôtel et avait eu la précaution, qu'il regretta, de s'engager à dîner avec des

camarades pour aller ensuite au spectacle. Il déclina donc
des offres d'hospitalité qui furent d'autant plus expressives, et peut-être d'autant plus sincères, qu'il déclarait ne pas pouvoir les accepter. Il devait être rendu à
Saint-Cyr le lendemain, et, déjà renseigné par un ancien,
il expliqua ce qu'il attendait de l'obligeance de son
correspondant. Ce n'était pas une petite affaire pour
M. Brière. Le rôle de correspondant d'un saint-cyrien
tourne vite à la sinécure, mais ne laisse pas que d'être
assez actif le premier jour. M. Brière fut épouvanté d'apprendre qu'il avait à se présenter en personne à Saint-
Cyr, à voir le général, le colonel, le major, je ne sais
combien de fonctionnaires à épaulettes, à signer des
paperasses et des registres. Heureusement le jeune
homme lui avait plu par sa bonne mine et ses manières.
Sous l'influence d'une impression favorable, M. Brière
fut amené à éprouver une sorte de curiosité de se promener un jour dans ce monde inconnu et d'y faire des observations. Des généraux et des majors étaient pour lui une
espèce exotique d'hommes dont il n'était pas fâché
d'avoir l'occasion de comparer les lignes faciales avec
celles du commun des bourgeois. Cette pensée, jointe
à celle d'un devoir à remplir, vint à propos adoucir la
souffrance d'un déplacement prévu et d'un dérangement
d'habitudes. Il se résigna donc à se mettre à la disposition de Fernand, et, le rendez-vous à la gare Montparnasse ayant été convenu pour le lendemain, il alla
chercher Marthe et Suzanne.

Marthe attendait depuis plusieurs jours, sans avoir
osé demander le moment précis de l'arrivée. Suzanne,

plus hardie, avait fait une tentative infructueuse, que
M. Brière avait découragée d'une manière bourrue. Il
devait, du reste, ignorer le jour de la convocation, à moins
qu'une lettre de Fernand ne l'eût directement informé.
Suzanne, n'y tenant plus, s'était avisée d'aller aux enquêtes la veille, dans un cabinet de lecture. Fernand ne
pouvait donc plus tarder, et l'on excusera chez la jeune
fille une assez vive excitation. Elle avait entendu sonner,
ce qui était rare, elle s'était levée pour aller ouvrir, et
ç'avait été un grand sacrifice fait à la retenue, ou à la
prudence, que de se rasseoir sur le conseil de Suzanne.
Puis elle avait entendu des pas sonores, puis une voix...
Elle comptait les instants, son cœur battait, et battit
davantage lorsque son père apparut. Elle le suivit, elle
redoutait plus encore le regard de Fernand que celui de
M. Brière. Peut-être est-il permis de donner le nom
d'entrevue à cette rencontre faite après deux ans de
séparation, à l'âge de tant de transformations. L'émotion était profonde de part et d'autre; les premières
observations rapidement échangées n'eurent pas un
résultat désavantageux, mais toute effusion était gênée
par la présence de M. Brière. Ce fut encore Suzanne qui
dut rompre la glace.

« Ah! monsieur Fernand, s'écria-t-elle, comme vous
êtes changé! Vrai, je ne vous aurais pas reconnu dans
la rue, avec votre barbe de sapeur.

— Monsieur Fernand? répondit le jeune homme.
Vous êtes bien cérémonieuse, Suzon. Appelez-moi donc
comme autrefois.

— Vous permettez, Fernand! dit Suzanne en lui

secouant la main. Je vois que vous êtes resté un bon
enfant. Si je m'en croyais, je vous embrasserais sur les
deux joues.

—C'est moi qui embrasserai les vôtres, reprit le
jeune homme.

Et il joignit l'effet aux paroles.

« Ces militaires ne doutent de rien, dit Suzanne en
riant. Attendez au moins d'avoir l'uniforme. »

L'exemple est d'ordinaire contagieux. Un regard de
M. Brière empêcha celui-ci de le devenir, mais la conversation s'anima peu à peu. Seulement, Marthe fut
déconcertée d'apprendre que le jeune homme ne dîne-
rait pas rue Cassette, et que la première sortie de Saint-
Cyr n'aurait lieu que le jour de l'an. Ce furent donc
bientôt encore des adieux. Quand Fernand fut sorti,
M. Brière eut une malice assez cruelle.

« Tu vois déjà l'effet de Saint-Cyr, dit-il. Il aime
mieux aller au café et au spectacle avec ses camarades
que de rester dîner chez nous. »

Marthe se retira dans sa chambre. Elle était agitée de
bien des pensées tumultueuses. Six heures ne tardèrent
pas à sonner à l'horloge de Saint-Sulpice, et avant de
se mettre à table elle dut s'essuyer les yeux. Elle ne
regrettait plus d'avoir détruit la bataille de Marengo.
Je ne sais pas si M. Brière avait quelque repentir de sa
méchanceté. Il parla de Fernand d'une manière bienveillante.

Le lendemain fut un jour d'une singulière solennité
et une date mémorable dans la vie de M. Brière. A
peine levé, et il se levait matin, il se préparait à partir

à midi et demi; il commandait son déjeuner plus tôt
qu'à l'ordinaire, ce qui était déjà une énormité; il
ordonnait de lui avoir un fiacre à onze heures, ce qui
en était une autre, et, la chose ne lui était pas arrivée
depuis bien des années, il s'abstenait de tremper sa
plume dans l'encre. Il se sentait trop distrait pour travailler, tout au plus essayait-il d'ouvrir successivement
quelques volumes de ses maîtres sans parvenir à fixer
son attention. Il allait et venait dans sa chambre,
ouvrait aussi des tiroirs et combinait une toilette de circonstance. Il se rasa de près, non sans quelques cou-
pures dont il fallut étancher le sang, ce qui le fit penser
aux blessures de la guerre. Il peigna lentement et à
plusieurs reprises ses rares et longs cheveux, qu'il portait à la manière des vieux savants et des étudiants du
quartier latin de ma jeunesse; il regretta de n'avoir pas
des flacons pour se parfumer comme Alcibiade. Il mit
un habit noir démodé qui n'avait pas servi depuis plusieurs années et dans la poche duquel il fut heureux de
trouver des gants blancs qui manquaient de fraîcheur.
Il avait un gilet noir, une cravate blanche qui était devenue jaune; un pantalon noir trop court laissait voir des
bas de couleur. J'ai souvent été frappé de l'observation
des pantalons trop courts, en usage dans le monde de
la pédagogie. La chose ne m'étonne pas chez les écoliers
qui grandissent, elle m'étonne davantage chez les professeurs, et il doit y avoir là des affinités mystérieuses. Le
chapeau, d'une propreté douteuse, fut soigneusement
brossé. Il était encore plus démodé que l'habit, et un
écolier malin, en jouant sur le mot, eût remarqué qu'il

avait perdu son lustre en en gagnant au moins un autre. Ce chapeau à lui seul était une synthèse, et aurait encore rappelé Aristote en son célèbre chapitre des chapeaux.

Tel fut l'appareil de cérémonie dans lequel M. Brière se fit conduire à la gare Montparnasse, dont le nom ne lui déplaisait pas à prononcer, bien qu'Apollon ne fût pas l'objet de son culte, et qu'il reprochât à la Grèce de n'avoir pas su donner une muse à la philosophie. Arrivé une demi-heure trop tôt, il se posa devant le guichet fermé qu'on lui indiqua. Il y était seul, contemplant un spectacle nouveau, le tohu-bohu de la foule ahurie qui assiégeait les guichets de Versailles, le croisement des chariots et des paquets. « Quelle vie haletante, pensait-il, et comme tous ces gens sont pressés! Il est impossible que l'esprit garde son calme au milieu d'un pareil tourbillon. » Lui-même était l'objet de bien des observations rapides et de bien des sourires.

Il y eut un coup de cloche, suivi d'un apaisement relatif, puis une nouvelle foule fit irruption, et cette fois c'était bien celle des jeunes élus de Saint-Cyr, de leurs pères et de leurs correspondants, qui se rangea derrière M. Brière. Celui-ci aperçut enfin Fernand, qui entrait dans la vaste salle. Les camarades qui accompagnaient le jeune homme furent pris d'un accès d'hilarité en lui montrant le chapeau invraisemblable, la cravate jaunie et les cheveux longs qui émergeaient au-dessus des têtes de la file, d'autant plus en évidence que M. Brière occupait la première place et s'agitait en faisant des signes de sa main gantée de blanc.

« Taisez-vous, dit Fernand en saluant, c'est mon correspondant. »

Les wagons furent trop vite assaillis pour que M. Brière et Fernand ne demeurassent pas séparés. Ce ne fut qu'en descendant de la gare de Saint-Cyr qu'ils se rejoignirent. M. Brière avait eu des compagnons très·bruyants, un peu avinés peut-être, qui avaient fumé irrévérencieusement au nez du philosophe. Il n'est pas toujours facile de distinguer entre les divers genres d'ivresse, et c'en était bien une qui fermentait dans tous ces jeunes cerveaux. M. Brière, déjà étourdi, se confirmait plus que jamais dans son dédain philosophique pour les mœurs de la soldatesque. Heureusement, il trouva Fernand respectueux et réservé.

Il n'était qu'au commencement de ses étourdissements. Il eut à faire de longues pauses; il vit le général; il vit le trésorier; il vit les chirurgiens; il demanda les professeurs, espérant rencontrer enfin des collègues en habit noir. Vain espoir! Il était bien le seul de son espèce. Ce n'était qu'une variété d'épaulettes, d'aiguillettes et de broderies. Jusqu'aux chirurgiens avaient des uniformes et des éperons. Il fut admis à contempler Fernand, subissant une visite médicale, la pudeur m'interdit d'avouer dans quel costume et me permet à peine une pieuse allusion au Paradis terrestre, avant la pomme fatale. Puis Fernand revêtit l'habit militaire. Ses cheveux, taillés en brosse, tombèrent sous les ciseaux, sa barbe soyeuse sous le rasoir, à l'exception de la moustache. Il reparut radieux. Il avait accompli le rêve de son enfance, il était soldat.

M. Brière eut peine à le reconnaître. Il fut consterné
en apprenant le dernier embarras qui lui incombait,
celui de rapporter la défroque civile de Fernand, cette
enveloppe de chrysalide abandonnée joyeusement, et
que le brillant papillon ne tarde pas à être heureux de
retrouver. Il n'avait pas prévu cette mission, il ne s'y
était pas préparé; il tira son mouchoir à carreaux et se
mit en devoir d'y enfermer maladroitement la dépouille
méprisée. C'est ainsi chargé qu'il regagna mélancoliquement la gare. Je souhaiterais qu'un de nos grands
peintres militaires, un Neuville ou un Detaille, pour se
reposer des images de combats, eût l'idée de représenter sur la toile le retour des correspondants des saint-
cyriens. Je souhaiterais qu'il eût rencontré M. Brière,
en toilette d'appariteur des pompes funèbres, tenant
d'une main le tuyau de poêle de Fernand, de l'autre le
mouchoir noué d'où sortaient des bouts de manches et
de pantalon. Les artistes d'un moindre mérite ne manquaient pas à Saint-Cyr. M. Brière fut caricaturé sur
plus d'un pupitre. Le pauvre Fernand eut à supporter,
au nombre de ses brimades, sur la tournure et la
cravate de son correspondant, bien des scies qui eussent
diminué aux yeux de Marthe le prestige de l'école,
et n'auraient pas été faites pour réconcilier M. Brière.
Le comble de la disgrâce fut que M. Brière manqua le
train. Il le vit s'ébranler comme il accourait sur le quai,
aussi essoufflé que la locomotive. Il attendit longtemps,
et de l'aventure il manqua, pour la première fois de sa
vie peut-être, l'heure de son dîner. Il arriva enfin. On
était inquiet de lui à la rue Cassette. Il était silencieux,

et Suzanne elle-même n'osa pas l'interroger. Il aurait
pu être exaspéré de son expédition malencontreuse.
mais on sait qu'il évitait soigneusement l'exaspération.
Il avait eu le loisir d'appeler à son aide les consolations
de la philosophie ; il jouissait de se retrouver chez lui
et de remettre sa robe de chambre ; il se répétait que
mal passé n'est que songe. Il avait d'ailleurs deux consolations plus personnellement effectives. Il s'admirait.
il était fier de lui, il avait la conscience du devoir accompli jusqu'à l'héroïsme ; il goûtait cette pure joie des
nobles cœurs. De plus, il s'imaginait qu'il avait recueilli
une ample moisson d'observations sur les mœurs militaires, pour compléter ses souvenirs de garde national.
et il se croyait désormais en état de traiter avec com-
pétence la question de la guerre.

Je serai bref sur les années qui suivirent, et j'ai hâte
de reprendre ce récit au point où je l'ai interrompu.
Les relations des deux jeunes gens furent très réservées.
Les jours de sortie, Fernand venait faire acte de présence chez son correspondant, dont la froideur n'était
pas engageante, et qui, sous prétexte de ne pas l'enlever à la société de ses camarades, s'empressait de lui
rendre sa liberté. Il n'était jamais seul avec Marthe.
pas même sous la surveillance indulgente de Suzanne.
Dans les intervalles de ses visites, M. Brière affectait
de ne jamais parler de lui. Il n'était pas malaisé à
Marthe de voir que c'était systématique. Elle n'avait
pas oublié le mot qu'il avait un jour prononcé, le jour
de la déroute des soldats de plomb, date mémorable
aussi de la déroute des rêves de la jeune fille, qu'elle

ne pouvait pas être la compagne d'un officier. Elle ignorait que, le premier jour de l'an, qui avait été la première sortie de Fernand, M. Brière avait servi pour étrenne au jeune homme une déclaration de principe analogue et non moins péremptoire.

Fernand, sous-lieutenant de cavalerie, dut passer encore un an à l'école de Saumur, puis fut envoyé en garnison dans une ville de l'Est. Comme celle de tant d'autres amitiés d'enfance, cette histoire semblait terminée, et M. Brière, s'applaudissant du succès de sa prudence, était en pleine sécurité. Fernand, ayant demandé d'aller en Afrique, avait traversé Paris et jugé de son devoir de se présenter chez M. Brière. Celui-ci, surabondamment rassuré par l'annonce de ce départ, lui avait fait bon accueil. Il lui avait montré une esquisse et les plans de sa future résidence ; il s'était un peu animé en les décrivant, et, tout à coup, sa vanité de propriétaire créateur, qui est aussi une passion fougueuse de l'âme, non classée dans les traités de philosophie, l'emportant sur la circonspection, il avait permis à un officier de vingt-cinq ans d'aller visiter la maison dorique, en société de l'amie de son enfance.

VISITE INATTENDUE.

Au commencement du mois d'avril suivant, une voiture de déménagement stationna plusieurs jours devant la maison isolée. Le premier jour, elle ne contenait que des paniers remplis de livres. Marthe, munie d'instructions écrites et détaillées, procédait à l'installation de la bibliothèque. Puis les meubles furent apportés. Ils étaient vieux plutôt qu'anciens, même à demi usés, ce qui contrastait avec la fraîcheur des papiers et des peintures. En outre, ils étaient clair-semés, et les chambres paraissaient nues. Il était évident que M. Brière, qui avait fait un si grand effort pour la construction, avait gardé la parcimonie pour le mobilier. Il fallait se hâter. L'appartement de la rue Cassette devait être livré le 15 à un nouveau locataire. Le 14, dans l'après-midi, M. Brière, accompagné de Marthe et de Suzanne, venait prendre possession de la résidence qu'il s'était préparée, et qu'il voyait pour la première fois. Il s'arrêta un moment au perron, regardant avec complaisance l'inscription grecque *Philosophia*. Par ailleurs, il ne témoigna aucune émotion ni aucune curiosité ; il s'était tellement pénétré des dessins et des plans qu'il n'avait pas l'impression de la nouveauté. Il gagna, sans être dirigé, son cabinet de travail qui n'avait été aménagé que le matin par les soins vigilants de Marthe, et fut satisfait d'y tout retrouver à sa place. Il s'assit dans le même fauteuil de cuir, devant la même table chargée des mêmes objets, rangés dans le même ordre ou, plus exactement, dans le même désordre. Il trempa aussitôt la même plume dans le même encrier pour achever la période que, suivant son système, il avait laissée interrompue au milieu d'un mot. C'était à cet achèvement qu'il avait pensé dans la voiture, en sorte que sa plume courait rapidement et comme sous la dictée de sa mémoire.

Comment un homme tellement esclave de ses habitudes

avait-il été amené à un acte de révolte aussi audacieux qu'un changement de domicile et de quartier, avec la résolution violente d'une construction à entreprendre? On pourrait le demander à toutes les révoltes des esclaves et à toutes les contradictions de l'esprit humain. On remarque parfois qu'il n'y a rien de plus excessif que les colères des gens doux, que les générosités d'un avare ou que la lésine d'un prodigue. En réalité, il y avait eu deux raisons déterminantes. L'une était une raison de santé. M. Brière était devenu sujet à des suffocations qui l'avaient un peu alarmé, malgré sa philosophie, et son médecin lui avait expressément recommandé d'éviter de monter les escaliers. Or il en grimpait beaucoup, et d'abord celui de la rue Cassette était de près de quatre-vingts marches fort raides. Ceux des bibliothèques publiques, qu'il fréquentait alors, ne sont pas non plus sans raideur. Enfin, il avait une ambition, même une passion ardente, celle d'être admis à l'Institut, comme helléniste, classe des inscriptions et belles-lettres, et il avait posé une première candidature. Dieu sait le nombre totalisé de degrés d'escalier que représentent les démarches nécessaires! Les ascenseurs de l'architecture moderne ont dû être inventés par des candidats à l'Institut, dont chacun pourrait bien accepter la célèbre devise : *Quo non ascendam?*

M. Brière avait eu quelques voix perdues que la vanité n'est pas embarrassée de considérer comme un encouragement; par malheur, la déclaration de son médecin avait été moins encourageante. Il était absolu et systématique en tout. Il avait pris alors la détermina-

tion de ne jamais sortir de son appartement, afin de
n'avoir pas à y remonter. Cette attitude de retraite
boudeuse ne lui déplaisait d'ailleurs pas. Il n'était pas
pressé de se montrer après un échec, il n'en aurait que
plus de loisir pour se livrer à la confection de son
grand ouvrage, qui devait, il n'en doutait pas, forcer
les portes de l'auguste compagnie, en lui procurant
une entrée triomphale. Il s'accommodait donc de sa
reclusion, d'autant mieux que les accidents de santé dont
il s'était inquiété avaient cessé ; mais son bail approchait du terme, et quand il essaya de le renouveler, il
rencontra des exigences. L'estimable espèce des propriétaires ne se refuse pas toujours de tirer avantage
des besoins présumés d'un occupant à qui un déplacement serait pénible, et je ne serais pas surpris que
celui de M. Brière eût cru pouvoir spéculer honnêtement
sur les habitudes de reclusion de son excellent locataire, jusqu'à ce moment traité d'ami. Ce fut alors
qu'éclata la révolte de M. Brière.

Vivant entièrement étranger à la politique, il n'était
abonné qu'à des recueils d'érudition. Marthe fut très
étonnée de l'entendre demander de lui faire acheter
un journal du matin, n'importe lequel. En possession
de cette emplette, M. Brière se mit à examiner attentivement le cours de la bourse. Il était en possession
de certaines actions industrielles, et savait, pour l'avoir
noté sur un inventaire de sa fortune ou, plus exactement, de celle de sa fille, qu'elles lui avaient été comptées
pour une valeur d'environ 200 000 francs. Il s'était
contenté d'en percevoir les revenus progressifs sans

s'aviser de rechercher quelle valeur elles avaient acquise. L'idée lui en venait pour la première fois. Il
n'avait aucune prétention à la science financière, mais
il lui était arrivé, parmi l'abondance de ses sentences,
d'en énoncer une qui pourrait être recommandée comme
une leçon de bon sens à bien des financiers de profession, c'est qu'on vit de revenus, et non de la valeur
idéale des papiers classés dans un portefeuille.

Il eut une sorte d'éblouissement en croyant découvrir
que ses actions valaient juste le double. Il refit ses calculs et les contrôla, ce n'était pas douteux. Il tira cette
conclusion, qu'en en vendant la moitié il aurait, sans
s'appauvrir, 200 000 francs à consacrer à la construction
d'une habitation selon ses goûts, où il serait à l'abri des
exigences des propriétaires, où il occuperait le rez-de-
chaussée, où il serait donc pareillement à l'abri de la
fatigue des escaliers, tout en pouvant prendre l'air et
se promener dans un jardin qui lui rappellerait celui
d'Académus.

Cette idée, qui conciliait tant de choses, s'empara de
lui avec force, et il résolut d'en commencer aussitôt
l'exécution. Il connaissait un architecte, membre de
l'Institut, et qui, bien que d'une autre classe que celle
où il ambitionnait une place, pouvait lui être ultérieu-
rement utile par ses relations. Il le fit appeler, lui demandant le plan d'une habitation, entourée d'un
grand jardin, qui coûterait 200 000 francs. Ce n'était
possible que dans les quartiers excentriques, où le terrain était encore à très bon marché. Tout enfiévré de
son projet, M. Brière, qui ne recevait guère plus de vi-

sites qu'il n'en faisait, n'avait aucune objection à l'éloignement. Il ouvrit le crédit de 200000 francs, avec in-
jonction expresse de ne le pas dépasser d'un centime ;
il aurait cru s'appauvrir de tout l'excédant.

C'est ainsi qu'en dépit de ses habitudes parcimo-
nieuses, il dépensa 200000 francs, afin de ne pas subir
une augmentation de 1000 francs de loyer. Il jouissait,
comme d'une revanche et d'une espièglerie, de la déception de son propriétaire, en s'empressant de lui écrire
avec quelque ironie pour rompre la négociation. Il
jouissait de la pensée de n'avoir plus de loyer à payer ;
je crois en vérité qu'il s'imagina en faire l'économie.
Il oubliait son aphorisme, et ne réfléchissait pas à ce
qui allait lui manquer de revenus.

Je ne sais pas si les locataires d'Athènes qui étaient
disciples de Platon se livraient à des raisonnements
financiers de cette profondeur. M. Brière était enchanté du sien. Un de ses principes étant qu'on ne doit
pas consulter les femmes sur les grandes choses, et
qu'il convient de les consulter toujours sur les petites,
il ne parla de sa résolution à Marthe qu'après s'être engagé à l'accomplir. Marthe en fut d'abord stupéfaite,
quand on lui montra, sur le plan de Paris, le terrain
qui venait d'être acheté. Elle se serait reproché de
troubler le contentement de son père, et elle était accoutumée à la condescendance. Admise à discuter les
plans, à y proposer librement des changements en ce
qui la touchait de plus près et à en surveiller l'exécution, elle s'y intéressa de plus en plus. C'était le jour
une occasion et un but de promenade, c'était le soir

une diversion plus précieuse à la partie de piquet et aux
sentences extraites ou imitées de la philosophie des
Hellènes. Elle s'attacha particulièrement à l'idée de
soigner des fleurs, et l'on a déjà vu qu'elle put se proposer de ne plus s'interdire, par égard pour les nerfs
de son père, les pures jouissances de la musique.

Je n'ai pas dit en quoi consistait la domesticité. C'é-
tait un ménage de braves gens sur le retour de l'âge,
qui devait bien suffire, sous la direction de Suzanne, .
au service des chambres et des fourneaux, en y ajoutant celui d'une loge, où l'on ne tirerait pas souvent le
cordon. La question des approvisionnements parut d'a-
bord une difficulté, mais Suzanne était active et ingé-
nieuse, et l'on était en définitive bien plus près de
toutes les ressources qu'on ne l'est d'ordinaire à la
campagne. Le voisinage immédiat procurait le laitage
et les légumes, et Suzanne se complaisait à installer
une basse-cour. D'ailleurs, les fournisseurs de Paris ont
des voitures. Les brillants équipages des magasins du
Louvre ou du *Bon-Marché* savaient découvrir la studieuse retraite de M. Brière, comme les fiacres et les
facteurs de la poste. La rue avait un nom, des écriteaux et des becs de gaz, si elle avait encore peu de
numéros. L'isolement, comme tant d'autres impressions, est une chose relative. Il paraissait extrême, parce
qu'on était à Paris. Combien de manoirs, où l'impression est différente, ont des situations plus isolées !

La température était douce et belle. Les fleurs s'é-
panouissaient. le second printemps d'un jardin a déjà

plus que des promesses, les papillons voltigeaient, les
abeilles butinaient, les alouettes gazouillaient, les pin-
sons chantaient. Quelques nids, sous les yeux attendris
de Marthe, se formaient brin à brin dans le cèdre et
jusque dans les losanges du treillage. L'habitation de
l'homme attire les oiseaux, ces hôtes délicieux et trop
confiants, ces charmeurs dont l'homme est si souvent
coupable de se faire l'ennemi. Ils n'avaient ici rien à
craindre, et Marthe leur émiettait du pain de sa fenêtre.
La jeune fille chantait aussi. Deux fois par jour, son
père, docile à un précepte d'hygiène, se promenait
avec elle, s'asseyait auprès d'elle dans le pavillon en
s'applaudissant de son œuvre. Une sorte de félicité,
justifiant l'inscription du fronton, semblait régner sous
le toit de la maison dorique, et y aurait régné en effet,
si la philosophie pouvait remplir le cœur d'une jeune
fille.

C'était le printemps, mais le printemps de l'année
1870. De sombres nuages s'épaississaient à l'horizon,
et M. Brière l'ignorait. Vivant dans l'abstraction et dans
le passé, il se glorifiait de n'être au courant de rien. On
n'aurait pas su dire à quel parti il appartenait, il ne le
savait pas lui-même; il apprenait par hasard, quand
il les apprenait, les événements contemporains les plus
considérables, et il aurait volontiers imposé silence aux
informateurs. Ce n'est pas lui qui, comme tant d'oisifs,
serait allé au cercle avant le dîner, en faisant cette question banale du désœuvrement qui s'ennuie : Qu'y a-t-il
de nouveau aujourd'hui? Les événements considérables, même ceux de la vie privée, ont presque toujours

quelque chose de tragique, et M. Brière avait horreur
du tragique, parce que c'est une émotion. Il détestait
les récits d'accidents, de scandales et de crimes dont
se remplissent les journaux, pour la satisfaction du vulgaire des lecteurs. Le vulgaire se complaît si bien aux
émotions violentes, que, non content de la réalité, il va
les demander aux fictions du roman et du théâtre.
M. Brière était exactement le contraire. Avant qu'il ne
se fût interdit de sortir, quand il rencontrait dans la
rue un attroupement, au lieu d'y courir comme y court
instinctivement le vulgaire, il revenait sur ses pas, il
prenait un détour et il se gardait bien de questionner.

En 1848, M. Brière, alors professeur, avait été garde
national malgré lui, obligé de s'affubler d'une tunique
d'uniforme, de manier un fusil, de monter des factions,
de faire des patrouilles et de passer des nuits au poste,
sur un lit de camp. Il s'était résigné, par l'action réfléchie de la volonté, par le sentiment du devoir et de la
dignité personnelle. Il n'avait pas manqué une prise
d'armes, ni esquivé une émeute, et aux journées de
Juin, au milieu de la fusillade et des barricades, il n'a-
vait pas été parmi les poltrons qui restaient enfermés
chez eux.

Tandis que tant d'autres rappelaient avec complaisance et amplifiaient leurs modestes prouesses, il ne
parlait jamais des siennes. Je pense qu'il faut attribuer
à la tension extrême que ses nerfs avaient alors subie
l'irritabilité qu'ils conservèrent. Pendant plusieurs années, il lui arriva souvent de tressaillir en croyant distinguer, dans les bruits de la rue, le sinistre avertisse-

ment du rappel, et il avait, la nuit, des réveils en
sursaut, causés par le roulement d'une voiture. Ces
impressions s'éloignèrent peu à peu. Il y faisait seulement allusion par une de ses sentences, qu'il fallait l'a-
voir observé de près, dans sa jeunesse, pour comprendre, et où Marthe ne pouvait, conséquemment, voir
qu'un paradoxe. Les hommes les plus courageux, disait-il, sont ceux qui manquent de bravoure.

Je pense aussi qu'on doit rapporter à la puissance des
mêmes souvenirs l'aversion profonde qu'il témoignait,
en toute occasion, pour la carrière militaire, aversion
qui devenait pour Fernand un tel désavantage dans
l'esprit de M. Brière, et un motif d'exclusion systématique. C'était, à ses yeux, la pire des professions. Il
avait des sentences banales, trop faciles à formuler,
contre l'oisiveté des garnisons et le métier de tueur
d'hommes, et le culte qu'il portait à Platon ne l'empêchait pas de lui reprocher d'avoir donné aux guerriers
un rang trop élevé dans la république. Tel était le personnage qu'allaient surprendre, au fond de la retraite
studieuse qu'il s'était choisie, la guerre allemande, une
révolution et le siège de Paris.

De la guerre menaçante, bientôt déclarée, même des
cruels désastres qui la commencèrent, il ne sut rien.
Marthe n'en savait pas davantage. Elle continuait de
chanter à sa fenêtre en jetant du pain aux oiseaux,
qu'elle accoutumait à la familiarité. Suzanne, qui allait
quelquefois dans l'intérieur de Paris, remarquait de
l'agitation et dut apprendre quelque chose. C'était le
moment des illusions renaissantes, des grandes vic-

toires annoncées sous Metz. le moment où un ministre
de la guerre déclarait à la tribune que, s'il disait ce qu'il
cachait, tout Paris illuminerait le soir. Suzanne, qui recueillait ces chimères, croyait, en rentrant, pouvoir
demeurer discrète, et ne se pressait pas de troubler la
placidité du manoir. Elle regardait, le soir, si les monuments ne s'illuminaient pas. Au lieu de la grande
victoire chimérique. on eut l'effondrement de Sedan, et
l'allégresse insensée du 4 septembre, dont une rue de
Paris, par une sanglante satire, garde la date, en témoignage de la domination de l'esprit de parti sur le
patriotisme. Une capitale humiliée, à la veille d'être
investie et affamée, se livrait à des transports de joie.
De cette joie bruyante, il ne parvint aucun écho à la
maison dorique. Mais bientôt la rue déserte elle-même
s'emplit de bruit. C'était l'exode de la banlieue qui
commençait, de la banlieue qui, par une extravagance
nouvelle, sous prétexte de se réfugier derrière des murailles, venait augmenter le nombre des affamés. Des
chariots, chargés d'humbles mobiliers. des familles entières, des bestiaux mugissants défilaient, fuyant l'approche des envahisseurs et cherchant un abri.

De son rez-de-chaussée, M. Brière ne voyait rien, et
il était dans ses principes de ne pas questionner. Mais
Marthe voyait, Suzanne alla aux informations et sut
la réalité, de jour en jour plus douloureuse. Toutes
deux agitèrent si elles avertiraient M. Brière. Ce n'eût
été utile qu'en vue d'une émigration à laquelle elles
pensaient qu'il ne se déciderait jamais. Le mouvement
dont elles étaient témoins se produisait d'ailleurs en

sens contraire, et prouvait qu'on estimait avoir plus
de sécurité à Paris. Elles n'osèrent pas, ou tardèrent si
bien que les portes de Paris se fermèrent. Alors elles
n'eurent plus qu'une étude, celle de respecter la quiétude de M. Brière et de ménager ses nerfs, en entrete-
nant le plus longtemps possible son ignorance de la
situation.

Si elles avaient eu affaire à un curieux, ce n'eût pas
été facile. Il n'est pas commode de mentir sans cesse,
alors même qu'on ne s'en ferait pas scrupule. Marthe
eût accepté malaisément et soutenu plus malaisément
encore un rôle de tromperie envers son père, quand
bien même celui-ci aurait proclamé, parmi ses maximes, celle que le but justifie les moyens ; mais j'ai dit
qu'il n'était pas interrogateur, et, à défaut de cette
maxime scabreuse, il en avait une autre, qui rassurait
Marthe, et que j'adopterais volontiers : c'est qu'on ne
doit jamais répandre inutilement les mauvaises nouvelles. Ce principe a peu d'adeptes, si j'en juge par
l'étrange volupté que trouvent la plupart des gens à
colporter les nouvelles sinistres, parfois à l'oreille des
intéressés, et à paraître au rang des premiers informés.
Marthe en sentait la justesse et s'en était pénétrée. Le
petit copiste avait continué de visiter, de temps en
temps, M. Brière, et c'était lui qu'on redoutait. Il fut
mis dans le complot, il eut d'autant moins d'objection
à y entrer qu'il connaissait mieux le philosophe.

Il est probable que Marthe, à elle seule, n'aurait pas
songé, plus que ne songèrent beaucoup de Parisiens,
à faire, pour cinq mois, des approvisionnements de

bouche et de combustible. Mais Suzanne, bien qu'elle
n'eût lu l'histoire d'aucun siège, était une femme de
précaution, qui poussait fort loin, en toutes choses, la
prévoyance. Elle aurait risqué, un peu plus tard, d'être
dénoncée comme une accapareuse, et la maison dorique se serait trouvée en grand danger de réquisitions.
Suzanne, en effet, avait acheté, dans la rue même, aux
arrivants effarés de la banlieue, des lapins et des volailles; elle fit, dans Paris, d'amples provisions de conserves de toutes sortes; elle n'oublia pas le bois ni le
charbon, si bien que la maison qu'elle gouvernait put
être longtemps pays de bombance, pendant que tant
de ménages se rationnaient ou étaient réduits aux expédients.

Les jours succédaient aux jours, et M. Brière continuait tranquillement d'écrire l'histoire de la philosophie grecque. Il en sera moins glorifié que ne l'a été
Archimède. Qui sait si l'illustre géomètre, absorbé par
la recherche de son problème, n'avait pas une fille aussi
attentive que Marthe, une ménagère aussi précaution-
neuse que Suzanne, et n'était pas protégé, dans ses
calculs pour l'avancement de la science, par la sécurité
de l'ignorance? Je me suis posé cette question depuis
que j'ai connu le cas de M. Brière. Archimède n'entendait pas les détonations de l'artillerie; M. Brière les
entendait. Il en était importuné quand le vent les apportait de son côté, et, plaçant avec plaisir des mots
d'étymologie grecque, il fit plusieurs fois, à table, l'observation que le polygone de Vincennes abusait des
expériences de pyrotechnie.

Un matin, c'était au commencement de décembre et la neige tombait abondamment, la rue retentit sourdement du galop d'un cheval qui s'arrêta devant la porte. Un cavalier, enveloppé d'un manteau, en descendit, attacha la bride au pommeau de la grille et sonna. Marthe avait couru au vestibule. Elle vit entrer un jeune homme dont le casque et la barbe touffue, couverts de neige, cachaient presque les traits. Il s'avança vers le perron. Là, il ôta et secoua son manteau, secoua aussi son casque et s'essuya le visage. La porte du vestibule s'ouvrit et la jeune fille poussa un cri. Elle était en présence de Fernand.

LA VIANDE DE CHEVAL.

Confuse, et plus inquiète encore du cri qui lui avait échappé, Marthe croisa un doigt sur ses lèvres, et tâcha de faire signe au jeune homme de la suivre sans bruit. Ce n'était pas facile avec de grosses bottes de cavalerie. Elle monta l'escalier, alla chercher et avertir Suzanne, sous la protection de laquelle elle voulait se placer, puis entra dans son petit atelier, où brûlait un feu de charbon de terre. Il y avait justement trois chaises, où tous trois s'assirent en silence. C'était la pièce la plus éloignée du cabinet de M. Brière. Personne ne se hâtait de parler. Fernand en attendait la permission.

« Par quel miracle êtes-vous à Paris? dit enfin Marthe à voix basse. Est-ce que l'armée y serait entrée?

— Quelle armée? demanda Fernand surpris.

— Pardon, reprit Marthe. Nous vivons ici dans une complète ignorance des événements, nous ne lisons pas de journaux.

— Vous liriez les journaux que vous n'en sauriez pas davantage. Ils mentent toujours. C'est peut-être nécessaire pour soutenir le moral de la population, dont j'admire la patience, car elle souffre beaucoup. Vous devez subir aussi bien des privations?

— Des privations? Aucune.

— Comment? Vous vous accommodez de la viande de cheval?

— Quelle horreur! Je ne vous comprends pas. Je n'en ai mangé ni n'en mangerai de ma vie.

— Depuis plus d'un mois, Paris ne mange pas autre chose. »

Marthe regarda Suzanne, qui souriait.

« Mademoiselle en mange tous les jours sans s'en douter, dit Suzanne, et M. Brière aussi. »

Ceci aurait pu s'ajouter au chapitre de l'imagination, dans les élucubrations de psychologie de M. Brière. Marthe avait exprimé un jour une violente répulsion de dégoût contre l'hypothèse d'être condamnée à manger du cheval, en déclarant qu'elle préférait la famine, et cette répulsion avait suffi pour mettre tout le complot en péril. Suzanne en avait donc fait à elle seule un autre, et, ce qui n'était pas sans attester des talents culinaires d'un ordre élevé, elle avait réussi à prolonger l'illusion. La basse-cour commençait à s'épuiser, et il convenait de la ménager.

« Méchante, dit Marthe, tu m'as manqué de confiance. Je devine pourquoi, et je te pardonne. »

Puis s'adressant au jeune homme :

« Je vous croyais en Algérie. Depuis combien de jours êtes-vous donc ici? »

Le jeune homme sourit à son tour.

« On n'y connaît personne qui n'y soit que depuis plusieurs jours, répondit-il. J'y suis..... oui, depuis bientôt trois mois. »

Marthe eut un mouvement de surprise où se mêlait un certain dépit.

« J'étais en effet en Algérie, bien loin de vous. Mon régiment a été rappelé. J'ai été désigné pour faire partie de l'état-major d'un des généraux qui défendent Paris, où je suis entré peu de jours avant le siège. Je suis constamment aux avant-postes, et je ne soupçonnais pas que vous fussiez restée dans cette fournaise.

— Vous n'avez donc pas eu la pensée de vous en informer?

— Pardon, j'avais couru à la rue Cassette. Le portier est nouveau venu, et ne savait rien. Des voisins m'ont assuré que vous étiez réfugiée en Bretagne. Je l'ai cru. Je regrette que cela ne soit pas.

— En vérité? Vous n'êtes pas aimable..... aujourd'hui, Fernand. »

L'accent dont ces courtes paroles furent prononcées eut plusieurs nuances. Il avait eu le temps de passer de celui du reproche..... presque à celui de la tendresse.

« Oui, reprit le jeune homme, attendri lui-même.

5

J'aimerais mieux ne pas vous voir, et vous savoir en sûreté.

— Je ne le suis donc pas? »

Fernand rougit et s'aperçut de sa faute. Il venait ébranler la sécurité de l'innocence, et sans aucune utilité, puisque la fuite n'était plus possible.

« Excusez-moi, dit-il, en s'efforçant de donner à son visage une expression sereine. J'ai la tête pleine de coups de canon, que j'y entends toujours retentir. Je ne réfléchis pas que vous êtes hors de la portée..... des plus savants projectiles. Vous avez raison, la retraite est bien choisie, et vous n'y courez aucun danger.

— C'est vous qui courez des dangers journaliers, et vous ne m'ôterez pas désormais cette inquiétude.

— Oh! moi, cela ne compte pas, c'est mon métier.

— Pourquoi l'avez-vous choisi, ce métier? »

Marthe commettait à son tour une faute. Elle ne s'apercevait pas de l'inopportunité de l'observation. Un nuage passa sur le front du jeune homme, qui se contenta de répondre :

« Que j'aie eu tort ou non de le choisir, vous conviendrez que ce n'est pas le moment d'en changer.

— C'est juste, dit Marthe un peu troublée. Ainsi vous ne pensiez pas me trouver ici?

— Non. J'avais quelques heures de liberté. Je cherchais un but. Qui ne cherche pas un but dans un loisir, même s'il n'en cherche plus un dans la vie? Un souvenir, resté très présent, m'a fait éprouver le désir irrésistible de revoir cette maison..... au moins une fois. »

L'entretien continua. Il avait un vif intérêt de part et d'autre. Il ne portait pas sur les événements. Fernand, résolu d'ailleurs à éviter d'alarmer la jeune fille, devait avouer qu'il n'était guère mieux renseigné qu'elle. Marthe apprit les deux expédients qui suppléaient à l'interruption des correspondances régulières, la poste en ballon et la poste aux pigeons. Je crois qu'ils ont été les seules expériences à peu près réussies d'une époque où s'est tant agité dans le vide le génie de l'invention. Marthe n'entretenait au dehors, non plus que son père, aucune correspondance quelconque. Ils étaient du petit nombre des lettrés qui n'écrivent pas de lettres. Ils n'avaient pas ressenti cette privation, qui a été une des plus cruelles souffrances du siège. Celui qui trace ce récit le sait, pour avoir été, pendant quatre mois et davantage, sans aucunes nouvelles de sa famille. J'étais réduit à des conjectures sur le lieu même de sa résidence. L'invasion avait envahi la province où je l'avais laissée sous un toit hospitalier, j'ignorais vers quelles régions elle avait pu fuir, j'adressais au hasard, dans des directions diverses, des lettres toujours sans réponse. Jamais je n'oublierai avec quel battement de cœur je déchirai l'enveloppe de la première dépêche, heureusement consolante, qui m'arrivait sur l'aile d'une colombe. Peu de jours plus tard, j'étais auprès d'une amie, d'une mère anxieuse, qui m'enviait encore mon bonheur comme un privilège, lorsqu'on lui apporta un message. « Lisez, s'écria-t-elle en me le passant, je n'en ai pas la force. » Et presque aussi tremblant qu'elle, au risque

de la voir tomber brisée à mes pieds, je dus lire le
message, qui ne fut mouillé que de larmes de joie.

Le bonheur est une chose relative et une chose fugitive. Le bombardement était dans toute sa fureur,
les ruines s'entassaient autour de nous, Paris affamé
allait succomber. Une mère, à qui ne manquaient pas,
plus près d'elle, d'autres soucis, les oubliait pour
s'enivrer, pendant quelques moments bien courts, à
une coupe de délices.

Si l'on s'avisait de réunir les messages du siège, ce
serait assurément un recueil dont la monotonie deviendrait vite fastidieuse. Mais cette monotonie serait celle
des meilleurs sentiments de la famille. Devant tant de
manifestations de la sollicitude et de la tendresse, un
observateur chagrin se surprendrait à rendre à l'humanité son estime. Hélas! pour la lui retirer aussitôt,
il n'aurait qu'à contempler l'occasion même de ces
élans. Il n'aurait qu'à penser à la barbarie, à la sauvagerie de la guerre, à ce rassemblement d'un demi-
million d'hommes arrachés à leurs propres foyers pour
s'appliquer, à l'aide de toutes les ressources de la
science, à tuer et affamer d'autres hommes.

La jeune fille écoutait Fernand sans faire ces réflexions. Elle n'attendait aucun pigeon, elle avait vu
passer bien des ballons sans se douter qu'ils fussent
des courriers de la poste. Elle raconta elle-même sa
vie paisible et la quiétude dans laquelle était demeuré
son père. Fernand était confondu. Il ne parvenait
pas à se représenter qu'il y eût à Paris un enclos si
bien muré que les émotions journalières du siège y

fussent ignorées. Il se demandait s'il avait rêvé, ou s'il rêvait maintenant.

« *Philosophia !* » s'écria-t-il en tirant sa montre. « J'en ai besoin, moi aussi, de philosophie, surtout pour vous quitter. Quand vous reverrai-je? »

Il ajouta tristement :

« Et à quoi bon vous revoir? Il vaudrait mieux tâcher de vous oublier.

— Moi, je ne vous oublierai pas, » répondit la jeune fille.

Fernand se leva, Marthe lui tendit une main qu'il baisa, et il se dirigea vers la porte.

« J'y songe, dit-il. Veuillez me donner votre adresse écrite. On ne sait pas les hasards. Je pourrais avoir une occasion... »

Il allait dire : de vous protéger. Il se retint. Marthe détacha d'un album une fleur qu'elle avait peinte. Elle inscrivit sous la fleur une date, une adresse sans signature, mais avec ces mots : « Gardez-la, et que Dieu vous garde. » Le jeune homme la serra dans un portefeuille et descendit lentement l'escalier. Il traversa la cour sous les yeux de Marthe. Avant de disparaître, il se retourna. Puis on entendit le galop de son cheval. La neige tombait toujours, et cette fois les empreintes furent vite effacées.

Le bruit du galop, celui des pas de Fernand sur l'escalier, des portes ouvertes et refermées, avaient laissé à Marthe un grand trouble. Elle balaya soigneusement les traces humides restées dans le vestibule, remonta et essaya de jouer du piano pour donner à sa physio-

nomie le temps de se reposer, à son cœur celui de se
calmer. Suzanne s'était retirée discrètement et en silence. Le jour tombait, Marthe se décida enfin à passer
dans le cabinet de travail de son père; elle avait le
prétexte d'aller, suivant son habitude, lui allumer une
lampe. Que répondrait-elle, si son père avait remarqué
une visite et demandait par extraordinaire une explication? Il lui sembla que M. Brière fixait sur elle un
regard scrutateur, et elle baissa les yeux. Peut-être
était-ce encore un effet de l'imagination. M. Brière ne
dit rien et parut s'absorber dans son travail. Marthe
sortit rassurée, et courut rassurer aussi Suzanne. Au
repas, il y eut bien d'abord un peu de gêne, que dissipa Suzanne par l'animation de son babil. Quand on
servit un plat dont Marthe ne pouvait plus ignorer le
déguisement, elle n'osa pas regarder Suzanne. Elle
hésita un moment. Il s'engagea une de ces luttes
terribles de la volonté contre la nature, de l'esprit
contre la matière, qui sont un spectacle pour les
philosophes, — et pour les anges. Si les anges la
voyaient, le philosophe ne la voyait pas. L'esprit eut
le triomphe, et la jeune fille, en portant vaillamment à ses lèvres une tranche de cheval, accomplissait
un acte héroïque de piété filiale.

LES PANTOUFLARDS.

On comprend que s'il avait pris à M. Brière la singulière fantaisie d'écrire ses mémoires, ce n'est pas à
lui qu'il aurait fallu demander l'histoire anecdotique

du siègede Paris. Ce n'aurait pas été non plus à Marthe ni même à Fernand. On connaît le récit de la bataille de Solferino, racontée par un dragon, lequel y
était bien. Son cheval s'étant déferré, il était resté
en arrière, cherchant de tous côtés un maréchal,
autre que Niel ou Canrobert. Il avait passé la journée entière à cette recherche dont il décrivait les
péripéties. C'était pour lui la bataille de Solferino.
Fernand avait eu certainement à la défense une part
plus militante et plus sérieuse, mais nécessairement
localisée. La fumée même du combat ne permet pas
aux combattants de voir loin. D'ailleurs, tout acteur
secondaire d'un drame ne sait que son rôle, et c'est
la vue du spectateur qui embrasse tous les personnages.

J'ai été, je l'ai déjà dit, spectateur de ce drame
étrange. J'étais à Paris pendant le siège. « Tout le
temps? me demandait avec sympathie une femme
douée de quelque ingénuité. — Oui, madame, tout
le temps. » J'étais forcément oisif comme tant d'autres, on verra tout à l'heure à quoi s'est borné mon
rôle actif. J'étais moins excité, plus froidement observateur que quelques-uns. J'observais. Peut-être le
lecteur me pardonnera de laisser un moment Marthe dans sa retraite pour retracer quelques souvenirs
personnels d'un temps qui s'efface rapidement. Ce n'est
pas un hors-d'œuvre, puisque ce sera la peinture des
fonds, du ciel nébuleux, du paysage tourmenté au
centre duquel rayonne, gardant la paix du foyer de
son père, la pure figure d'une jeune fille.

Après avoir cru mettre ma famille en lieu sûr,
j'étais rentré à Paris, cédant au point d'honneur qui
semblait interdire aux hommes de le déserter. J'avais
convié un vieil ami, pareillement isolé, à venir partager mon feu parcimonieux et ma maigre pitance.
Nous étions donc deux pour échanger nos idées attris-
tées, pour tromper l'ennui des longs jours par la lecture, par les cartes ou par le travail, pour nous que-
reller quelquefois. Il était d'humeur plus ardente que
moi, ou de tempérament plus belliqueux. Bien qu'il
eût trois fils sous les drapeaux, il était du parti des
outranciers. Il avait applaudi le mot funeste : « Pas
une pierre, pas un pouce. » J'avais, la suite l'a
montré, une vue plus nette de la situation. J'incli-
nais vers une diplomatie moins péremptoire, vers
une certaine résignation moins ajournée, qui n'aurait
pas été réduite à subir d'aussi dures conditions. J'é-
tais donc exposé à l'injure qui atteignait les capitulards. Ces deux tendances, qui se combattaient
partout, se combattaient aussi sous mon toit ; et
comme une longue réclusion agace les nerfs en menaçant d'aigrir les caractères, je bénis le ciel que nos
disputes aient pu demeurer amicales. Nous nous sépa-
rions plusieurs heures de la journée, afin d'aller,
chacun de son côté, vaquer à je ne sais quelles occupations devenues à peu près nominales, qui avaient
l'avantage d'être une sorte de devoir. Un devoir à
remplir est souvent un grand bienfait. Nous nous
retrouvions aux repas, chacun rapportant son bagage
de nouvelles suspectes et d'informations frelatées,

sans compter les mensonges imprimés, débités pour
un sou.

Je rapportais parfois quelque chose de plus subs-
tantiel. Une occupation qui n'était pas nominale consistait à faire une tournée chez les marchands de comestibles. On s'étonnera que je dise, — et c'est cependant
l'exacte vérité, — que ces tournées participaient de l'intérêt et de l'imprévu de la chasse. Rien de plus inégal
que l'approvisionnement journalier des magasins de
Chevet, de Potel et de leurs émules moins fameux.
Ces honnêtes industriels allaient eux-mêmes à la chasse
et mettaient des limiers en campagne, dépistant çà
et là une vache cachée ou flairant un fromage, séduisant des détenteurs de conserves ou décidant des
accapareurs. Il se fabriquait des pâtés invraisemblables. Le gibier qu'on ne découvrait pas un jour en
battant tous les buissons, on avait chance de le lever
le lendemain. Si je rentrais souvent bredouille, j'ai eu
des joies de rhétoricien en vacances introduisant un
faisan dans son carnier. Seulement, il ne fallait pas
marchander.

Comme c'était le seul luxe qu'on se permît, j'ai
observé que, malgré le haut prix des subsistances,
la vie de Paris a été, en définitive, très économique
pendant le siège. On n'achetait rien, on ne renou-
velait rien, on usait ses vieux habits de l'hiver précédent et son vieux linge, on n'allait pas au spectacle ni au bal, non plus qu'en villégiature, on ne
donnait pas de dîners, on n'avait pas ou l'on ne prenait pas de voitures, par la raison que les chevaux

5.

étaient mangés. Les occasions de dépense manquaient, et l'on ne payait même son loyer que si l'on y mettait une exquise délicatesse.

Le soir, quand le gaz fut éteint, faute de charbon, quand surtout fut venu le moment psychologique du bombardement, l'aspect de la grande cité était lugubre. Le roulement des voitures n'était plus un obstacle au retentissement des détonations de l'artillerie, qui faisait trembler mes vitres. On ne sortait pas, on ne se visitait pas, il y avait interruption des habitudes de la sociabilité, et la société polie offrait d'ailleurs cette singularité qu'elle était presque entièrement dépourvue de femmes. L'amie dont j'ai dit les angoisses maternelles était la seule femme avec qui j'aie conversé pendant plusieurs mois. J'essayais de lire, j'essayais d'écrire, au bruit du canon. Que lisais-je? *Le Projet de traité de paix perpétuelle* de l'abbé de Saint-Pierre. Je trouvais piquant d'étudier à une pareille heure cette chimère. L'exemplaire qui m'avait été confié avait des fleurs de lis sur sa reliure; il était maculé de plusieurs estampilles qui attestaient son histoire, non achevée, grâce à ma fantaisie. Il appartenait à la bibliothèque du Louvre, détruite par le pétrole avant que je l'y eusse réintégré, en sorte que, circonstance bizarre, la guerre a sauvé des flammes un volume : le rêve de la paix perpétuelle. Qu'écrivais-je? D'autres rêves. Je traçais les règles d'une république idéale, rationnelle, libérale, respectueuse de tous les droits, d'une république qui, si elle était bien différente de celle de Platon, ne diffé-

rait guère moins de celle que je suis condamné à
subir. J'ai communiqué depuis à quelques personnes,
je me suis même amusé à faire imprimer mon projet de constitution. J'ai la confusion d'avouer que je
n'ai eu que deux disciples. Ce n'est pas assez dans
un pays de suffrage universel. Je me console en pensant que Platon n'en aurait pas un seul, — pas
même M. Brière.

Il y avait bien, de temps en temps, quelques distractions à la vie monotone des assiégés. Les unes
étaient émouvantes et graves. Chacun avait, parmi
les corps belligérants ou aux états-majors des secteurs,
de jeunes amis, des parents, des neveux, sinon des
fils. On allait les visiter dans leurs campements, trop
heureux quand on ne les cherchait pas aux ambulances. J'ai fait ainsi plusieurs expéditions, je devrais dire
plusieurs longues promenades aux avant-postes. D'autres distractions étaient presque plaisantes. Dans une
population surexcitée, trompée, affolée, où, à mesure
que les estomacs étaient plus vides, les cerveaux se
remplissaient davantage de visions et de fumées
alternatives, le burlesque avait sa place et le patriotisme devait se mêler parfois à la bouffonnerie. J'ai
vu les enthousiasmes prodigués sur la place de la
Concorde à la statue de Strasbourg, à l'idole chargée
de lauriers et de couronnes, assourdie de clameurs
et de discours. J'ai vu, dans nos carrefours, des
municipaux en écharpe grelottant devant des tré-
teaux, sollicitant la libéralité publique, et recevant
de gros sous pour fondre des canons. Des stratégis-

tes de club avaient découvert qu'il nous manquait
seulement quelques canons pour repousser les Prussiens jusqu'à Berlin et au delà, et l'on demandait,
à l'ombre d'un drapeau, ces canons aux gros sous
des passants. J'ai vu des pelotons d'amazones, ou
de cantinières, rivalisant de bizarrerie dans le costume,
verser la gloire et l'eau-de-vie aux intrépides défen-
seurs de remparts qu'on n'attaquait pas. J'ai lu des
motions extravagantes, j'ai lu, hélas! les harangues
officielles.

J'ai assisté, dans les salons du ministère de l'ins-
truction publique, à une vente au profit des victimes de la guerre. Le bombardement était dans toute
sa force. La cruelle solennité du moment ne sauvait
pas et rendait plus choquant le caractère de frivolité
qu'ont d'ordinaire ces sortes de représentations, où la
vanité prend le prétexte de la charité. Les dames
de la république, vêtues de deuil, afin d'afficher le
deuil de la patrie, caquetaient et minaudaient devant
leurs comptoirs pour attirer les acheteurs, heureuses
de s'essayer au rôle de marquises, en plein faubourg Saint-Germain. Un écriteau désignait par son
nom chacune d'elles, ainsi qu'à la halle. Je me rap-
pelais le mot attribué vingt ans plus tôt à la citoyenne
Flocon : *C'est nous qui sont les princesses.* Beaucoup
d'œillades provoquaient M. Henri de Rochefort, qui
papillonnait autour des comptoirs, en lançant, aux
citoyennes habillées de noir, des galanteries de talons
rouges. D'autres œillades s'adressaient à la bourse
du financier Cernuschi. Afin qu'il ne manquât rien

à la couleur locale, des comestibles, en grand nombre, figuraient à la vente, comme objets de prix; des jambons, merveille rare, des boîtes de conserves et des sacs de lentilles. C'était bien le temps où Ésaü aurait fait un bon marché en troquant son droit d'aînesse, qui ne valait rien, contre un farineux très apprécié. J'ai eu le choix entre un autographe de Victor Hugo et un fromage de Gruyère. On m'excusera d'avoir préféré le fromage. J'ai rapporté un second objet, un très beau christ de buis sculpté. On s'étonnera que je l'aie trouvé là. La vérité me force à dire qu'il était caché. La vendeuse, qui me connaissait un [peu, l'exhiba mystérieusement en m'apercevant. Elle m'avait fait l'honneur de me le destiner; elle crut devoir l'accompagner d'une phrase de religiosité sentimentale et démocratique.

Je demande à rappeler encore un souvenir personnel, qui a eu quelque chose de piquant et de touchant à la fois. La supérieure des sœurs de Charité de mon quartier s'introduisit un jour dans ma cuisine, en s'enquérant si j'avais eu la précaution de quelques approvisionnements, si je n'étais pas réduit à la portion trop strictement congrue. A l'aspect de la cornette de Saint-Vincent de Paul, ma prudente ménagère ne douta pas qu'elle ne fût en présence d'une solliciteuse. Elle crut habile de me représenter comme dénué de tout et presque affamé, ne subsistant que des distributions rationnées de pain sec et de viande de cheval. Une heure après, une autre cornette déposait à ma porte quelques provisions. C'était de moi que ma pieuse voisine avait pris souci, c'était à

moi qu'elle faisait la charité. J'allai aussitôt protester
contre une ruse que la loyauté m'obligeait à désavouer.
Je n'étais pas trop à plaindre ; j'avais encore dans mon
jardin une demi-douzaine de volailles, ni plus ni moins
que M. Brière. C'était un rare privilège. Je les ménageais.
Jusqu'à la fin du siège, j'ai pu, chaque dimanche, offrir
à deux amis la faveur de partager, avec mon hôte et moi,
le rêve réalisé du Béarnais. Deux poulets, désormais sa-
crés, ont même survécu. Je les ai transportés à la campagne, où ils ont continué de jouir d'une immunité que n'ont
pas respectée le renard pour l'un, et la vieillesse pour le
dernier. Ah ! si les poules savaient écrire et observer !
Si elles avaient le sentiment des dangers auxquels elles
échappent ! Quels mémoires émouvants seraient ceux
des deux survivantes du siège !

Je reviens à ma bonne sœur. Elle sourit, sous sa coiffe,
de la ruse qui avait répondu à la sienne ; elle ne voulut
pas avoir le démenti de son attention, à laquelle je dus
trouver des compensations pour ses pauvres, et je m'honore, peut-être avec une plus sincère reconnaissance
que bien d'autres assistés, d'avoir été secouru par la maison de charité de mon voisinage.

Mais, de tous ces souvenirs, celui qui m'a laissé l'impression la plus vive et mérite le mieux d'aller à la pos-
térité est l'anecdote qui me reste à retracer. Il faut que
ma modestie se résolve à le dire, il faut que le lecteur
me le pardonne : j'en ai été l'incontestable héros. Il est
vrai que c'est dans une pièce du genre héroï-comique.

On sait de combien peu de secours ont été, pour la
défense de Paris, les centaines de mille hommes enrôlés

sous les drapeaux de la garde nationale. A la suite de
quatre mois d'exercices inutiles, d'élections et de promenades, le sacrifice de quelques bataillons de braves gens,
lors de la sortie *in extremis* de Buzenval, a jeté sur l'institution un manteau de pourpre, bientôt recouvert d'un
autre manteau plus tristement sanglant, qui l'a étouf-
fée. Je souhaite qu'elle ne ressuscite jamais. Je m'étonne
que les Prudhommes de la tradition révolutionnaire, si
dévots à toutes les rengaines, n'en aient pas encore demandé le rétablissement.

Je dois avouer que je n'avais aucun goût pour l'institution. Je l'avais trop amplement pratiquée, à ses
moins mauvais jours, en 1848 et 1849. Dispensé d'y reprendre un service actif au milieu d une génération
nouvelle, j'étais allé, dès le commencement du siège,
m'enrôler dans un corps qui s'organisait avec une sorte
de spontanéité en plusieurs quartiers, sous le nom de
garde urbaine, pour suppléer la police absente et faire
un service d'ordre localisé. Je n'ai pas su au juste quel
lien, s'il y en avait un, rattachait entre elles les diverses
compagnies de cette milice, quelle en était la constitution officielle, ni à quel commandement supérieur nous
étions censés obéir. Peut-être personne ne l'a su mieux
que moi. Ma compagnie se composait d'environ trois
cents hommes, tous du même quartier, dont quelques-
uns d'un âge très avancé, qui n'étaient pas les moins
vaillants de propos, quelques autres, au contraire,
bien jeunes pour s'être faufilés dans nos rangs. Ceux-ci,
d'allures plus modestes, redoutant les observations dé-
sobligeantes, prétextaient des raisons de santé. On n'y

regardait pas de près, on ne demandait pas de certi-
ficats ni d'actes de naissance. Nous étions tous de si
bonne volonté! On n'était pas plus exigeant pour l'uniforme, qui se bornait réglementairement au képi, notre
commandant étant chapelier de son état, et fournissant
la coiffure au plus juste prix. Le képi faisait l'homme; nos
vieillards se promenaient volontiers sous cet insigne, qui
donnait droit à un certain respect, en marquant un dé-
fenseur de la patrie. Le commandant s'était improvisé
en organisant la compagnie. Bien qu'il eût le titre de
délégué, nous l'honorions de celui de capitaine, qu'il savourait complaisamment, et justifiait en se fabriquant
un képi galonné. Mais la contagion de la fièvre électorale intermittente, qui a été une des épidémies du siège,
et pas la seule, ayant gagné notre compagnie, le scrutin
renversa, malgré son initiative d'organisateur, l'infor-
tuné chapelier qui manquait de prestige, et le remplaça
par un personnage plus pompeux. Nous eûmes aussi à
distribuer des galons de sergents et de caporaux.

Mes camarades, outre un ancien conseiller d'État,
qu'on appelait M. le baron, un rédacteur du *Journal des
Débats*, un savant bibliothécaire, un ancien notaire, un
vieux juge en retraite, qui devait être mon rival décon-
fit dans le glorieux tournoi que je raconte, étaient des
employés, de petits boutiquiers, des ouvriers en chambre,
des domestiques laissés à la garde d'appartements déserts, et, en très grand nombre, tous les portiers du
quartier, sans distinction d'âge. On réputait qu'ils avaient
des motifs légitimes de ne pas s'éloigner vingt-quatre
heures du cordon, pour voler à la défense des remparts.

On ne manquait pas d'hommes dans les bataillons, tandis qu'on manquait absolument de police. Nous apportions d'ailleurs une économie, et aucun de nous ne recevait les trente sous. Nous apportions aussi une économie d'armes. Nous n'avons jamais su comment est faite une cartouche, et, pour trois cents hommes, nous avions une vingtaine de vieux fusils hors de service, rangés au râtelier, dans le poste qu'on nous avait assigné. C'était une boutique vacante, à l'angle du boulevard Haussmann et de la rue de Miroménil. Je ne sais quelle fatalité a pesé sur cette boutique, quels fantômes de guerre, ou quels miasmes de corps de garde, en ont longtemps écarté les locataires. Pendant huit ans, elle est restée à louer, et je lisais chaque jour, en passant, ces mots : GARDE URBAINE, peints à l'huile sur le pan coupé de la muraille, qui me rappelaient ma gloire. Il n'a rien fallu de moins que les acides d'un dégraisseur pour nettoyer enfin la place en volatilisant le sortilège.

On avait dressé une guérite sur le trottoir du boulevard. C'est là que, durant quatre longs mois, tantôt réfugié sous la guérite pour m'abriter de la neige, tantôt marchant pour me réchauffer, j'ai passé bien des heures de méditation solitaire, en observant les mœurs de cette population oisive et surexcitée, transie de froid, mal nourrie et plus tard presque affamée, dont il est juste de dire que la résignation a été la remarquable vertu. On entendait peu de murmures, on voyait très peu de désordres. La nuit, l'obscurité était profonde. Quelques rares feux follets de lanternes se croisaient dans la brume, quand l'heure n'était pas trop avancée. Profond aussi était le silence, lorsqu'il n'était pas troublé par les détonations de l'artillerie.

Notre poste fournissait quelques patrouilles nocturnes, qui nous embarrassaient de quelques ivrognes. Mais notre principale utilité, qui a été sérieuse, était de faire faire la queue aux cuisinières et aux ménagères, à la porte des boulangeries et des boucheries. C'était ce qui remplaçait la queue des théâtres pour la pièce en vogue. Je ne regardais pas sans attendrissement ces pauvres femmes, exposées à toutes les intempéries, attendant plusieurs heures leur tour, avant de pouvoir emporter le pain de paille hachée ou le morceau de cheval. Notre quartier demeurait très paisible, et la sentinelle était rarement dérangée, sinon pour diriger dans leur route des passants égarés. Parfois cependant elle criait: *Aux armes!* en entendant un bruit de musique ou de tambours. Vite nous saisissions au râtelier les vingt vieux fusils, et nous nous rangions sur le trottoir pour faire honneur à un bataillon de garde nationale qui allait aux remparts en grand tapage, précédé d'un peloton d'amazones, aux bidons d'eau-de-vie bariolés et aux costumes fantaisistes.

Ces guerriers, à qui leurs officiers, l'épée nue, commandaient de nous rendre la politesse, nous témoignaient, du haut de leur vaillance, quelques dédains. Il nous appelaient les pantouflards. Du haut de notre désintéressement, nous les appelions les trente-sous. Il ne m'est pas démontré que leurs services soldés aient été plus utiles que les nôtres à la défense, qu'ils aient couru plus de dangers que nous ni mieux mérité la cou-

ronne obsidionale, mais je reconnais que le mot de pantouflards était assez bien inventé. Si nous faisions la
guerre nous-mêmes, il est certain que c'était en robe de
chambre; nos armoiries auraient pu être une paire de
pantoufles, avec le képi pour cimier. La discipline n'était
pas sévère, et chacun rentrait chez soi un peu selon son
bon plaisir, en négociant des arrangements pour que la
guérite ne fût pas déserte. Chaque fois que j'étais de
garde, je gratifiais le poste de deux jeux de cartes,
moyennant quoi je jouissais de quelques faveurs. Un portier, qui était mon caporal, m'honorait d'une bienveillance empressée dont j'ignorais le mobile. Un jour, il
vint m'offrir mystérieusement, au prix modeste de
soixante francs, un lapin de chou qu'il avait fait la
spéculation de conserver et qu'il ne pouvait plus aisément nourrir. Je lui conseillai d'attendre encore avant
de liquider son opération.

La Fontaine a eu bien tort de dire que ventre affamé
n'a pas d'oreilles. Les estomacs creux du siège de Paris
étaient tout oreilles et tout yeux, avides d'entendre des
nouvelles et de lire des journaux, gobant les bulletins
de l'état-major, avalant les petits succès quotidiens,
savourant la joie de deux prisonniers ramassés par hasard, et se repaissant de canards aux filets bien plus
succulents encore, bien que fantastiques. C'est ainsi, je
l'ai déjà dit, que se soutenait le moral de la population.
Je citerai, entre mille, un exemple dont je fus extrêmement frappé. C'était à la fin de décembre, nous étions
perdus sans ressources, près de succomber. Par un froid
de douze degrés, je faisais les cent pas devant la gué-

rite, quand vint à passer un homme transi et mal vêtu,
j'énonçai une banalité sur la rigueur de la température. « Tant mieux, s'écria-t-il, va-t-il en crever de
froid de ces Prussiens, quand nous allons les poursuivre! Il n'en rentrera guère dans leur pays. » Je restai
stupéfait, partagé entre l'admiration et la pitié. Cet
homme croyait sincèrement, pour l'avoir lu dans un
journal à un sou, que nous étions près de la délivrance,
de la victoire, de la déroute de l'armée ennemie.
Il le croyait, et c'est pour cela qu'il ne se plaignait pas
de ses souffrances et qu'il se réjouissait de la rigueur
du froid. Le nom de cet homme était légion, ou plutôt multitude; un million d'hommes pensaient comme
lui. Je n'essayai pas de le détromper. A quoi bon?
D'ailleurs il ne m'aurait pas cru et il m'aurait injurié.

Pourtant les gazettes ne pouvaient pas empêcher une
nouvelle accablante, la reddition de Metz, la reprise
d'Orléans ou celle du Bourget, de venir de temps en
temps, et trop souvent, percer la croûte épaisse des illusions, déconcerter, sinon décourager les espérances.
Les journées où se sont répandues ces nouvelles sinistres, et qui, en fait, se sont trouvées habituellement
des dimanches, ont été assurément les plus cruelles que
nous ayons traversées.

C'est à une de ces journées néfastes que se rapporte
mon anecdote.

On venait d'apprendre ainsi un gros désastre; la douleur patriotique était immense. Sous l'émotion de cette
douleur, mon camarade, le juge en retraite, alors âgé
de soixante-sept ans, imagina de rédiger, dans son ca-

binet, une éloquente adresse au général Trochu, par
laquelle la garde urbaine offrait ses services actifs et
militaires pour la grande sortie torrentielle qui devait
balayer les envahisseurs. Les pantouflards étaient hu-
miliés de se borner à garder l'angle de la rue de Miroménil, qui saurait se garder sans eux. Ils brûlaient
de présenter, en rase campagne, leurs poitrines à l'ennemi. Électrisé par sa prose, le vieux juge entra au
poste, la lut, et demanda la signature des membres présents. Pas un n'osa refuser.

C'était un dimanche. Le lendemain, le héros reparut
au poste pour recueillir la signature des nouveaux ve-
nus. A raison d'une trentaine d'hommes par jour, le
service revenait tous les neuf jours : il aurait fallu neuf
jours pour obtenir par ce procédé toutes les signatures.

La délivrance de Paris par le torrent des pantouflards
aurait donc été retardée de neuf jours. On en fit timidement l'observation, et quelques hésitations, d'une
autre nature peut-être, se produisirent. On jugea que,
pour chose de cette importance, une réunion plénière de
toute la compagnie était opportune. La réunion eut lieu
le mardi soir, dans la salle des écoles des Frères, rue
Malesherbes, aujourd'hui rue du Général-Foy. On voit
que je précise. Je n'invente pas un détail. Aucune invention ne vaudrait la simplicité sublime de la vérité historique. La compagnie des pantouflards était au grand
complet, grave, silencieuse, frémissante sous une émotion contenue. L'angle de la rue de Miroménil fut ce
soir-là mal gardé. Heureusement M. de Bismarck ne l'a

pas su. Un bureau avait été formé; l'ancien conseiller
d'État, M. le baron, présidait. A sa gauche était assis
Perrin Dandin, fier, radieux, serrant dans la main son
éloquent papier et s'apprêtant au triomphe. Je pris place
sans rien dire à droite, comme pour m'improviser scrutateur et faire face à l'assemblée.

On ouvrit la séance. Le président en exposa en peu
de mots le but, qui n'était ignoré de personne, et donna
la parole au vieux juge. Celui-ci se leva, toussa, déploya ses lunettes, déploya son papier et le lut avec
emphase, quoique d'une voix un peu chevrotante. Quand
il eut fini, malgré la vulgarité des gros mots de chau-
vinisme qui manquent rarement leur effet, il n'y eut pas
un seul applaudissement. L'assemblée était morne et
frappée de stupeur, on n'entendait pas même un chu-
chotement. Personne n'osait discuter, et faute de contradiction on allait signer. Signer quoi, grand Dieu?
L'offre de braver avec nos képis et nos parapluies les
canons Krupp et la mousqueterie des Allemands. Courage difficile, moins difficile, paraissait-il, que celui
de dire publiquement à Perrin Dandin qu'il radotait.

Je m'amusai quelque temps de cette angoisse, puis je
me levai en demandant la parole. J'observai aussitôt une
sorte de soulagement de l'assemblée, qui reprenait ha-
leine. Au moins une discussion allait s'engager, au
moins nous ne serions pas égorgés sans phrases. Je tâ-
chai de me souvenir des préceptes de la rhétorique, et
pensai que l'insinuation serait plus de saison que l'exorde
ex abrupto de la première *Catilinaire*. Bien que Perrin
Dandin projetât de nous mettre tous en chair à pâté.

il eût été un peu fort de le dénoncer comme un Catilina.

« Messieurs, dis-je d'une voix que je m'efforçai de rendre caressante, — entre pantouflards nous ne nous traitions pas de citoyens, — si je m'étais trouvé dimanche de service au poste, j'aurais signé l'éloquente adresse qu'un élan de patriotisme avait inspirée à notre excellent camarade. Il y a des moments dans la vie où l'on n'a pas, où l'on ne veut pas prendre le temps de réfléchir. On cède à l'entraînement irrésistible d'un sentiment généreux. Nous étions dans un de ces moments de crise aiguë. Moi aussi j'aurais subi l'entraînement, j'aurais éprouvé le besoin d'offrir à la Défense nationale, dans une circonstance douloureuse, le faible tribut de mon dévouement. Deux jours se sont passés, pendant lesquels la réflexion est venue nécessairement à vos esprits et au mien ; je me demande si la démarche qu'on nous conseille est bien opportune, si même elle paraîtra de nature à pouvoir être suivie d'effet... »

Il y eut dans la salle un mouvement de détente et un murmure approbateur. Je continuai :

« Faut-il vous le dire, mes chers camarades ? Je me demande si le général Trochu, assailli de tant de soucis, aura le temps de lire l'adresse de la garde urbaine du quartier de l'Europe. J'en doute fort. L'adresse sera lue par quelque jeune officier d'ordonnance, qui sourira peut-être de nos prétentions militaires. Et, de bonne foi, que sommes-nous au point de vue militaire ? Nous n'avons pas d'officiers et nous n'avons pas de fusils ; nous avons en revanche quelques rhumatismes. (*Sourires dans l'auditoire.*)

« Si l'on nous mettait des armes dans les mains, nous
ne saurions pas nous en servir. Y en a-t-il un parmi
nous qui sache charger un chassepot? Je confesse hum-
blement que ce n'est pas moi. (*Nouveaux sourires.*) Il
nous faudrait faire l'exercice pendant plusieurs mois,
et, lorsque la guerre serait finie, nous serions encore de
jeunes conscrits. (*Rires plus accentués.*) Voici, d'ailleurs,
où je vois le danger de la démarche. On ne nous enverra
pas à la guerre, mais on pourra nous envoyer garder
des murailles ou des mairies loin de nos demeures. Cela
ne vous amuserait pas, n'est-il pas vrai? Ni moi non
plus. (*Mouvement prononcé d'assentiment.*) Croyez-moi,
Messieurs, ne forçons pas notre talent. S'il y a quelques-
uns de vous qui se sentent en état de faire la guerre
demain, ils sont libres d'aller s'enrôler individuellement
dans les bataillons de marche, et je les invite à se déclarer. » (*Profond silence.*) Après une pause, je reprends :
« En masse, nous sommes très utiles là où nous sommes, nous serions gênants ailleurs. La bonne volonté qui
nous anime tous ne suffit pas. Nous serions, je le crains,
d'assez mauvais soldats, tandis que nous sommes sans
rivaux, et impossibles à remplacer, pour faire faire la
queue aux cuisinières. »

Ici, l'assemblée se livre à une bruyante hilarité mêlée
d'applaudissements, et je me sens assez maître de mon
auditoire pour risquer les grands effets de la péroraison.

« Mes chers camarades, attendons les ordres du
gouvernement de la Défense nationale, et promettons-
nous de ne pas lui marchander notre dévouement, mais
n'allons pas l'offrir sous une forme où il ne serait pas

jugé acceptable. Quant à moi, j'en suis tellement pénétré, qu'alors même que vous auriez tous signé, alors
que je resterais seul, j'aurais le courage (*enflant la voix*),
oui, Messieurs, le courage de refuser ma signature. »

A ces mots, je me rassieds, et un délire d'enthousiasme s'empare de l'assemblée des pantouflards. Les
salves d'applaudissements éclatent, se prolongent, se
répètent; on se lève en tumulte, on m'entoure, on m'é-
treint les mains. Les plus ardents étaient les infortunés
qui avaient signé le dimanche et qui n'en dormaient
plus depuis deux jours. Le président agite sa sonnette
et a grande peine à obtenir un moment de silence. Perrin Dandin balbutie quelques paroles. « Je crois inutile
d'insister, dit-il, en présence de l'accueil qu'a reçu
l'allocution de l'orateur. » Là-dessus il reploie son papier, le remet piteusement dans sa poche et s'esquive
plein de confusion. M. le baron fait consciencieusement
l'observation que, le projet d'adresse étant retiré, et rien
autre chose n'étant à l'ordre du jour, la séance est levée.
Les salves d'applaudissements recommencent, on me
congratule de toutes parts.

« Ah! Monsieur, disent les uns, quel bonheur que
vous vous soyez trouvé là! — Ah! monsieur le comte,
disent les plus émus, comme vous avez bien parlé! » Je
cherche à me retirer modestement, je passe entre deux
haies de mains qui applaudissent encore. Non, jamais
je ne reçus, jamais je ne recevrai une pareille ovation.
Elle eût été moindre, si j'avais conduit les pantouflards
à la victoire. S'il y avait eu là un pavois et des lauriers,
on m'aurait porté en triomphe.

6

Dans l'auditoire était mon vieux domestique, qui faisait partie de ce noble corps. Le digne homme n'accompagna pas ma retraite ; il était trop heureux de jouir de mon succès dont il était fier ; on le pressait de questions sur mon compte, on le félicitait de servir un si grand orateur. Je sus par lui, le lendemain, que la salle ne s'était que lentement évacuée. Pourtant les maris auraient dû être impatients d'aller calmer les anxiétés de leurs chastes épouses, qui les avaient crus voués aux obus prussiens par la jactance indiscrète de Perrin Dandin. Il y aura eu à domicile de nouveaux échos de mon succès, et le monde ignorera toujours dans combien d'épanchements intimes mon nom a été célébré.

J'avais été jusqu'à ce moment totalement inconnu de plus des neuf dixièmes des membres de ma compagnie. On comprend que je devins l'objet d'une grande notoriété et d'une haute considération. Quel dommage qu'il n'y ait pas eu d'élections le lendemain ! J'aurais eu beaucoup de chances d'être bombardé capitaine, on n'aurait voulu être mené au combat que par moi. On n'eut à m'offrir que des galons de sergent, que j'eus la modestie de refuser.

Voilà comment j'ai eu la gloire de sauver la vie à trois cents hommes à la fois. Je défie de citer un sauveteur, parmi les plus médaillés, qui en ait fait autant. Je n'ai sollicité pour cela aucun prix Montyon ni aucun ruban, pas même la médaille militaire. Je ne les avais sauvés que d'un ridicule, celui de signer une adresse bouffonne ; je leur en avais donné un autre, celui de l'enthousiasme qu'ils me prodiguaient.

Ce que mon anecdote a de sérieux, c'est de montrer combien, dans les temps troublés, peuvent manquer le bon sens et la calme possession de soi-même ; combien il est parfois difficile d'oser dire ce qu'on pense ; combien au contraire il est facile d'être conduit à une forfanterie par une faiblesse. J'ignore si le vieux juge, que je n'ai pas connu autrement, était sincère dans son élan le dimanche, ou s'il l'était encore le mardi ; s'il était un Prudhomme naïf ou un vaillant vieillard, comme on en a vu quelques exemples vraiment héroïques. Le marquis de Coriolis, tué à la sortie de Buzenval, était juste du même âge. Il n'avait rédigé aucune adresse patriotique. Vieux chasseur, il s'était contenté de prendre son fusil pour marcher à l'ennemi avec les jeunes. Je n'ai pas ouï dire que Perrin Dandin fût à ses côtés, et je crois bien que la démonstration lui a suffi. Peut-être aspirait-il simplement à la lire dans les journaux, avec mention de son initiative. A moins d'une illusion sénile, il ne pouvait pas penser que le général Trochu aurait la sottise d'en tenir compte. Aussi l'effroi des camarades était risible. Malgré cet effroi, ils auraient tous signé, signé par faiblesse et par la pusillanimité du respect humain.

. Je ne me fais non plus aucune illusion personnelle sur mon succès. Tout éclatant qu'il a été, il a tenu à la chance que j'ai eue de ne pas rencontrer en face de moi un orateur de club à la faconde passionnée, ambitieux d'un nom et d'une situation dans la démocratie. Si cet homme s'était rencontré, il m'aurait battu, il aurait retourné en sa faveur les applaudissements, il m'aurait conspué, et qui sait ? afin de ne pas paraître le seul poltron d'entre les pantouflards, l'*aristo* sans patriotisme et le capitulard, j'aurais peut-être été amené... à signer, comme les autres, la prose inepte de Perrin Dandin.

Peu de semaines après, Paris affamé succombait. Perrin Dandin a dû penser que c'est par ma faute. *Mea culpa*. J'avais arrêté le torrent des pantouflards. Je n'en ai pas trop de remords. On n'a pas oublié qu'un article de la capitulation, expressément dicté par nos vainqueurs, a été le désarmement immédiat de tous les corps autres que celui de la garde nationale. Sur l'insistance éplorée de M. Jules Favre, celle-ci put garder ses armes, dont elle a fait l'aimable usage que chacun sait. S'il avait daigné penser à nous, je suppose qu'il aurait obtenu la même faveur pour les pantouflards. Peut-être est-il plus excusable de cet oubli qu'il ne l'a été d'autres distractions. Ce qui est certain, c'est que la garde urbaine, étant un corps franc, je n'ai pas dit un corps de francs-tireurs, se trouva dissoute par la capitulation. Elle ne se réunit plus, et le redoutable arsenal du coin de la rue de Miroménil resta fermé. On ignore ce que sont devenus les vingt vieux fusils du râtelier. Les pantouflards, pour couronnement à leurs exploits, ont pu se vanter d'avoir inspiré une telle terreur à l'ennemi, que M. de Bismarck a exigé leur désarmement.

Le lendemain de mon triomphe, je l'avais raconté en détail à ma famille, dans une lettre à écriture serrée, confiée à la poste des ballons. C'est cette lettre conservée qui m'a permis d'être si précis. Ma famille n'a pas reçu moins de cinquante-deux de ces messages aériens, qui composent une sorte de journal anecdotique du siège. Elle y cherchait avidement des nouvelles, des appréciations générales de la situation. Elle était étonnée, presque déconcertée, de n'y trouver que de frivoles particularités personnelles et, autant que je le pouvais, des plaisanteries. C'était systématique de ma part. Qu'avais-je à dire des événements douloureux qui se déroulaient sous mes yeux avec une inexorable fatalité? Qu'avais-je à mander de mes appréciations découragées? J'avais bien plutôt à calmer les inquiétudes de l'affection, et à soutenir le moral qui pouvait être ébranlé. Je déteste les correspondances navrantes, et aussi la littérature navrante. C'est toujours un tort de propager les impressions du découragement, et si l'on a le malheur de les ressentir soi-même, c'est une vertu de les combattre, de les refouler. J'honore singulièrement la vertu de gaieté. Soyez gais, dirai-je à tous ceux qui ont charge d'âmes, et l'on se donne charge d'âmes lorsqu'on écrit. Soyez gais, — surtout quand vous êtes tristes.

PAIN BLANC ET PAIN NOIR.

Je m'aperçois que je ne suis guère moins abondant en sentences que M. Brière, et cette pensée me ramène naturellement à la maison grecque du philosophe.

Je n'ai pas eu la gloire de lui sauver la vie par mon éloquence, et il n'a pas eu celle d'être pantouflard, au sens héroïque et légendaire du mot, bien que, plus qu'aucun autre Parisien peut-être, il ait passé le temps du siège sans quitter ses pantoufles. Il n'y avait dans son

quartier aucun coin de rue à occuper militairement, et
il n'aurait eu à garder que lui-même. Il n'y avait pas
davantage de files de ménagères, et Suzanne, levée avant
le jour, allait bien loin faire la queue. Ses provisions
s'épuisaient, elle s'ingéniait en expédients, et il n'y a pas
d'ailleurs d'approvisionnements de pain. Vint le moment,
dont les Parisiens ont conservé un si amer souvenir, du
pain sans farine auquel est resté le nom de M. Jules
Ferry. Ce personnage devait mettre près de dix ans à
conquérir un autre genre de notoriété qui ne fera pas
plus d'honneur à sa mémoire, et à fournir aux appétits
surexcités de ses administrés un autre aliment encore
plus amer. Suzanne rentrait consternée, avec ses rations
de ce tourteau composite, auquel Cérès semblait étrangère, en désespérant de prolonger l'illusion, lorsqu'elle
trouva dans la loge un ballot à son adresse. Un inconnu,
en costume de garde national, l'avait déposé au point
du jour, en recommandant expressément de ne le remettre qu'à elle, et sans donner aucune explication.
Étonnée, elle emporta le ballot dans sa chambre, l'ouvrit, et en retira trois pains blancs dont la croûte dorée
était déjà, et depuis plusieurs semaines, un anachro-
nisme.

Vivement émue, elle appela Marthe pour lui faire
partager son attendrissement. On devine quel fut celui
de la jeune fille. Elle ne reconnaissait pas l'écriture de
l'adresse. On peut se demander d'ailleurs si l'écriture
de Fernand, qui avait dû se modifier depuis le collège,
lui était bien connue, et s'il convient que les jeunes filles
aient en cette matière un prompt discernement. Néan-

moins elle ne douta pas qu'il ne fût l'inspirateur d'une attention aussi opportune. Qui, autre que lui, aurait pu l'avoir et penser aux reclus de la maison isolée? Mais elle ne comprenait pas qu'il lui eût été possible de la réaliser.

Elle observa son père, quand celui-ci prit et rompit le petit pain blanc qui était une si rare friandise. Il lui sembla que M. Brière l'examinait, puis le goûtait avec une expression de physionomie où perçait une satisfaction mêlée de surprise. Ce fut un mouvement rapide, à peine perceptible et rapidement comprimé. Le philosophe recouvra bientôt la placidité froide de son visage et ne fit aucune question.

L'envoi se renouvela plusieurs jours de suite, à la même heure matinale. Le messager, invariablement coiffé d'un képi, changeait chaque fois. Interrogé, il ne savait rien, sinon qu'on lui avait donné la commission à l'Hôtel de Ville. Il ne la tenait pas d'un officier, mais d'un monsieur habillé en noir. Ces réponses déconcertaient Marthe et Suzanne.

Si le lecteur est tenté de trouver la chose trop invraisemblable, il est doué d'une certaine naïveté. Au moment de la capitulation, il restait bien encore à Paris quelques sacs de farine, non pas assurément assez pour nourrir deux millions d'hommes, mais assez pour nourrir un petit nombre de privilégiés. Or je ne suppose pas que le lecteur pousse la candeur jusqu'à croire qu'il y ait des gouvernants sans privilèges. Il suffisait donc d'avoir des intelligences avec un de ces privilégiés, ou avec un des subalternes qui les approchent. Je suis convaincu, par exemple, que M. Jules Ferry a eu du pain blanc

jusqu'au dernier jour, et ne s'est pas nourri des tourteaux qu'il nous servait. Je ne lui en veux pas. Si j'ai
mal digéré ses tourteaux, je les ai à peu près oubliés.
J'ai contre lui, pour des griefs plus graves, d'implaca-
bles rancunes de père de famille. M. Jules Ferry, — il faut
encore que les démocrates qui l'applaudissent en prennent leur parti, — avait des cuisiniers, il avait des maîtres d'hôtel formés à son image. Les plus purs citoyens
de notre Conseil municipal ont des huissiers qu'ils ne se
refusent pas de sonner. Ils briguent de bonnes places
bien rétribuées pour avoir des huissiers plus personnels
et des domestiques. Si le lecteur accueille la conjecture
que caressait Marthe, et que j'avoue être la mienne,
sur l'inspirateur des envois de pain blanc, qui empê-
cherait un des maîtres d'hôtel de M. Jules Ferry d'avoir
été, au régiment, une ancienne ordonnance de Fernand?
Il n'en faudrait pas davantage. Le messager au képi ne
s'expliquerait pas plus malaisément. Parmi nos héros à
trente sous par jour, il ne manquait pas de guerriers
disposés à doubler leur solde en quittant le lit de camp
de l'Hôtel de Ville pour aller porter un paquet à la plaine
de Monceau. En attendant que Fernand interpellé ait pu
éclaircir les doutes de la jeune fille, il me plaît de supposer que les petits pains blancs étaient dérobés à l'office
du citoyen maire de Paris. En temps de guerre, et en
temps de famine, la morale est indulgente pour ces lar-
cins. La France n'y perdait guère, et je me tiens pour
bien assuré que le maire de Paris n'y perdait rien.

Il convient donc peut-être de ne pas se récrier sur les
difficultés de l'entreprise ni sur l'invraisemblance du

succès. Les pensées de Marthe ne pouvaient pas s'abaisser à ce réalisme vulgaire. Pour elle, c'était une manne céleste qui était apportée chaque nuit, et son cœur bénissait en Fernand l'instrument de la Providence. Il est vrai de dire, d'ailleurs, que le mérite d'une attention est moins dans les obstacles qu'elle surmonte que dans l'inspiration qui l'a dictée.

Un matin, la manne n'arriva pas. On se troubla, on employa ce qu'on avait ménagé des ressources de la veille, et l'on attendit avec anxiété le lendemain. La nuit fut terrible. Le vent du nord apportait les détonations puissantes du bombardement commencé de Saint-Denis, et la maison tremblait. Marthe et Suzanne ne purent pas dormir. Elles guettèrent l'heure accoutumée du messager céleste. Il ne parut pas. Suzanne sortit et, après une longue absence, rapporta une ration de pain plus noir encore que ce qu'elle avait vu précédemment. On n'en avait pas d'autre. Elle alla visiter le bûcher, qui ne contenait de bois que pour trois ou quatre jours; la basse-cour, qui n'avait plus qu'une volaille; ses conserves, qui étaient presque épuisées. Elle regarda Marthe en silence en lui montrant le pain noir, et tout à coup, pour la première fois, elle pleura. Marthe lui prit les mains et pleura aussi. Le bruit du bombardement redoublait, avec les éclats et le roulement du tonnerre. Toutes deux se sentaient précipitées de l'espèce de bonheur dont elles avaient joui quelques jours, — le bonheur d'avoir du pain blanc, — et précipitées au plus profond de l'abîme. Ah! cette courte période avait bien été celle d'une sorte de bonheur.

La canonnade elle-même semblait avoir fait trève.
L'homme ne vit pas seulement de pain. Ce pain blanc,
c'était bien autre chose que la satisfaction physique du
moment, c'était l'apaisement, c'était l'espérance, c'était
la Providence visible, veillant sur la maison, c'était
aussi, pour la jeune fille, Fernand invisible, mais présent. Le rêve enchanteur avait fui, pour faire place à
l'affreuse réalité du pain noir, à des cauchemars plus
cruels encore, car on entendait la furie de la bataille,
et qu'était devenu Fernand?

« Allons, ma pauvre Marthon, dit Suzanne en s'essuyant les yeux. C'est peut-être l'assaut, autant vaut
que cela finisse, car nous sommes à bout! Il faut que
nous soyons braves comme des hommes, nous avons
aussi notre assaut à livrer ou à soutenir. Il est impossible qu'un pareil vacarme ait laissé votre père dans
sa sécurité, et nous n'avons à lui offrir pour explication que ce pain noir. Il faut lui avouer nos ruses,
qu'il nous reprochera ; il faut qu'il apprenne tout à la
fois', quand la situation est désespérée. Nous avons eu
tort peut-être, nous lui avons cependant épargné quatre mois d'angoisses, et Dieu nous jugera. Allons, j'aurai ce courage, mais à la condition que vous me lais-
siez entrer seule chez lui.

— Non, s'écria Marthe, le visage enflammé, je veux
que nous y entrions ensemble. »

Elles se dirigèrent vers la porte, croyant bien marcher à l'assaut. En ce moment elles entendirent sonner
à la grille, et coururent éperdues à la fenêtre. C'était
le facteur de la poste qui remettait une lettre.

Elles s'arrêtèrent, et la lettre leur fut apportée. Elles lurent avidement l'adresse, ainsi conçue : A Monsieur..... (le nom était en blanc) habitant de la maison située rue, — numéro, — Paris. Ici les indications étaient données d'une écriture fort nette, et il n'y avait pas à s'y tromper, la rue, à l'exception de-quelques baraques de maraîchers, n'ayant pas d'autre maison. Au-dessus, dans un angle de l'enveloppe, les mots : *très urgent*. La lettre était scellée d'un cachet de cire avec une empreinte armoriée surmontée d'une couronne. On raille parfois les personnes qui écrivent *très urgent* sur l'enveloppe d'une lettre confiée à la poste, comme si elles prétendaient hâter la marche des chemins de fer ou celle des facteurs. La raillerie est irréfléchie. L'avertissement ne s'adresse pas aux transporteurs officiels, mais à celui qui reçoit la lettre de leurs mains et qui est le plus souvent autre que le destinataire. Un portier peut ne pas trouver très urgent de monter quatre étages, le destinataire peut être sorti ou en voyage. La recommandation est loin d'être toujours superflue. Malheureusement l'industrialisme est venu en compromettre l'efficacité en la rendant banale, et Dieu sait combien de prospectus de marchands très pressés, combien d'offres très urgentes de papiers d'agioteurs je reçois journellement.

Suzanne, dans son émoi, fut au moment de rompre le cachet. Je crois qu'elle l'eût fait l'avant-veille. C'est une question délicate de casuistique que de déterminer dans quels cas il peut être permis de violer un cachet. Les mères s'en attribuent souvent le droit pour les lettres adressées à leurs filles : jusqu'à quel âge l'ont-elles? Les maris auraient-ils le même droit pour la correspondance de leurs femmes? Il y aurait bien des distinctions, dont on ferait un chapitre que je ne m'attarderai pas à écrire. Puis viennent les malades que l'on redoute d'émouvoir, et Suzanne, c'eût été son excuse, considérait un peu M. Brière comme un malade qu'elle gardait. Mais elle avait pris la résolution de lui causer une vive émotion. Celle d'un message ne pouvait pas être plus forte, et préparerait probablement sa tâche pénible. Elle fut presque soulagée de ce répit qui lui arrivait à propos et qui serait sans doute une transition.

« Restez, dit-elle impérieusement à Marthe. Je vais remettre cette lettre. Je reviens aussitôt, et à la grâce de Dieu! »

Elle frappa légèrement à la porte de M. Brière. Elle le trouva écrivant dans son attitude accoutumée; les détonations amenaient chez lui un petit tressaillement, dont il se remettait aussitôt avec un effort qui semblait douloureux. L'aspect d'une lettre produisit un effet semblable. Suzanne s'empressa de se retirer, et rejoignit Marthe. Aucune parole n'avait été prononcée. Toutes deux gardèrent encore assez longtemps le silence. Elles attendaient un appel comme on attend une condamnation, mais cet appel ne venait pas. L'heure du repas approchait, Suzanne alla mettre les deux couverts, en jetant de nouveau sur le pain noir un regard désolé. M. Brière entra, embrassa sa fille avec une sorte d'effusion qui ne lui était pas ordinaire et s'as-

sit. Il prit le pain, l'examina et le goûta, sans témoigner aucune répulsion. Marthe et Suzanne étaient stu-
péfaites. Leur respiration était suspendue.

« Hé bien, mon enfant, dit M. Brière d'une voix calme,
— son visage avait même un sourire bienveillant, —
nous avons donc mangé notre pain blanc le premier.
Nous ne pouvions pas le laisser moisir. Vous n'avez
rien à m'apprendre. Je sais tout, et depuis longtemps.
Je te remercie, je vous remercie aussi, Suzon, d'avoir
été si dociles à mes leçons. Vous n'ignorez pas que c'est
un de mes principes. Il ne faut jamais communiquer
sans utilité les mauvaises nouvelles. C'est bien assez d'y
être obligé lorsque cela devient un devoir. Vos communications eussent été inutiles. Elles n'auraient pas
remédié à l'horreur de la situation. A quoi cela nous
aurait-il servi de nous lamenter depuis quatre mois
sur notre sort? Nous ne pouvions pas y échapper en
ballon. C'est un poète qui a dit qu'on soulage ses maux
en les racontant, ce n'est pas un philosophe. On se
moque des autruches qui se cachent la tête sous l'aile
pour ne pas voir le danger. On a tort, et je prétends
que les autruches sont des oiseaux philosophes. »

Marthe et Suzanne exhalèrent un profond soupir.
Elles étaient dispensées de s'expliquer. Elles avaient
craint une explosion et des reproches, elles recevaient
des remercîments. M. Brière continua.

« Parce que je ne lis pas de journaux, avez-vous pu
penser que j'étais sourd aux coups de canon? Quand
j'ai pensé que c'était un devoir de m'informer, je me
suis informé.

7

— Auprès de qui, mon père, demanda Marthe, puisque vous n'êtes jamais sorti?

— N'avais-je pas mon vieux copiste? reprit M. Brière.
Je t'ai admirée, mon enfant. Tu te possèdes bien, tu as
le calme de la philosophie. Tu en auras encore besoin...
nous ne sommes pas au bout de nos épreuves. Je vous
ai admirée, Suzon. Les femmes ont rarement la discrétion que vous avez montrée. Vous m'avez nourri pendant quatre mois, et il ne m'a rien manqué. N'est-ce pas
que la viande de cheval est très passable, et que c'est un
préjugé qui en repousse l'emploi? Le monde est plein
de préjugés. Quant à ce pain, il est vraiment détestable,
mais il annonce que le dénoûment est bien prochain.

— Quel dénoûment? demanda Marthe.

— Celui de tous les sièges qui durent, répondit
M. Brière. Le siège de Troie a bien duré dix ans, ce qui
n'a pas empêché la ville d'être prise et saccagée. Il est
triste qu'après trente siècles l'humanité en soit encore
au même point de barbarie et n'ait pas su abolir la stu-
pidité de la guerre. On a changé les armes, voilà tout,
et du moins les Troyens n'avaient pas les oreilles assourdies comme nous les avons. Il y a eu cependant
quelques progrès. Tu ne risques pas, ma fille, ajouta
M. Brière d'un accent attendri, d'être emmenée en captivité comme une part du butin. Car le monde a vu cela,
et Homère a chanté sur sa lyre ces mœurs féroces. Platon a eu bien raison d'en blâmer Homère, et de bannir
les poètes de sa république. Seulement, Platon lui-même
a eu tort d'y tenir en grand honneur les guerriers. C'é-
tait une concession aux préjugés de son temps. La

philosophie ne devrait jamais rien concéder aux préjugés. S'il n'y avait pas de guerriers, il n'y aurait pas de guerre. »

Depuis bien des années peut-être, M. Brière n'avait pas parlé aussi longuement. On peut croire que Marthe, en ce moment, tenait médiocrement à connaître les appréciations de Platon sur Homère. Elle était plus curieuse de connaître le message apporté à son père.

« N'avez-vous pas reçu par extraordinaire une lettre? se hasarda-t-elle à dire.

— Ah! oui, répondit M. Brière. Je n'y pensais plus. Je n'ai jamais vu la personne qui me l'a écrite et qui ne sait seulement pas mon nom. Elle aurait bien pu se dispenser de ce soin, car c'était encore inutile. On ne fait pas courir des facteurs dans les rues un jour pareil, pour les exposer à recevoir des obus sur la tête. Il est vrai qu'il n'en tombe pas dans notre quartier, et vous conviendrez que j'ai bien choisi l'emplacement de ma maison. Il n'y a pas de danger que ces gens-là perdent leur poudre à bombarder la plaine de Monceau. Allons, mes enfants, *Philosophia!* Nous avons assez causé de ce que nous ne pouvons empêcher. »

Il était clair que M. Brière ne voulait pas s'expliquer davantage. Le frugal déjeuner s'acheva, et M. Brière se retira. Il avait guetté le regard de Suzanne, et lui avait fait des signes qu'elle avait compris. Elle ne tarda pas à le rejoindre. Ce n'était pas trop difficile, l'habitude étant que Marthe montât au premier étage, tandis que Suzanne restait pour ranger la petite salle à manger et prendre elle-même son repas.

« Refermez la porte sans bruit, dit M. Brière, et parlons à voix basse, — quoique avec ce maudit tapage nous ne risquions guère d'être entendus. Hé bien, ce pauvre Fernand! j'avais bien raison de le détourner de prendre ce sot métier. C'était bien la peine d'avoir des prix au grand concours... pour aller se faire tuer obscurément comme le dernier goujat.

— Fernand est tué? s'écria Suzanne.

— Du calme, du calme, Suzon. Je n'ai pas voulu donner brusquement cette mauvaise nouvelle à table, d'abord parce que c'était inutile, puisque nous n'y pouvons rien, et puis Marthe a peut-être besoin d'y être préparée. Pensez-vous qu'elle prenne cela très vivement?

— Si je le pense? dit Suzanne qui sanglotait. Ah! Monsieur, mais c'était la passion de son cœur. Vous ne le saviez donc pas?

— Je m'en doutais, cependant j'espérais que c'était oublié.

— Oublié, Monsieur? Quelles distractions avez-vous permises à votre fille, quelle vie lui avez-vous faite, pour qu'elle pût oublier? »

Il y avait dans ces paroles, et dans leur accent, un reproche qui fit monter le sang aux joues pâles de M. Brière. Il en fut troublé, ce qu'il prévoyait le moins, dans un pareil moment, étant un reproche. Il comptait plutôt être absous, par l'événement, d'avoir éloigné Fernand, depuis que celui-ci avait manifesté sa vocation militaire. Aussi, sans répondre à l'observation, il reprit :

« Préféreriez-vous que Marthe fût veuve? car, enfin, ce serait cela.

— Ah! Monsieur, je n'en sais rien, elle ne serait peut-être pas plus désolée. Elle aurait au moins connu des jours de bonheur. C'est absurde ce que je dis là. Pardonnez-moi, ma tête se perd. Pauvre chère enfant! comment lui annoncer cela? »

Et Suzanne pleurait abondamment.

« Il ne faut pas le lui annoncer, dit M. Brière. Nous garderons notre secret, Suzon. Après la guerre finie, ce sera moins actuel, moins palpitant, et l'on comptera tant de victimes! C'en sera une de plus. Marthe ignore que Fernand était à Paris.

— Mais non, Monsieur, elle ne l'ignore pas. Elle l'a vu ici, le mois dernier, et c'est lui qui vous envoyait du pain blanc.

— Elle l'a vu dans cette maison, à mon insu? Suzon, ce serait à moi à vous faire des reproches. Ce n'est pas le moment. Pensons à Marthe.

— Et comment avez-vous appris cette affreuse nouvelle?

— Par une femme inconnue qui a découvert, je ne comprends pas comment, mon domicile, par une baronne de Charmoise, dont voici la lettre. »

Suzanne, s'essuyant les yeux, lut avidement la lettre, poussa une exclamation, relut encore.

« Mais, Monsieur, s'écria-t-elle, que me dites-vous? Il n'est pas mort, il n'est que blessé.

— Je n'ai pas dit qu'il fût mort... hier. Mais aujourd'hui! Un blessé qu'on apporte sans connaissance, avec un éclat d'obus dans la tête! Le ton de cette lettre est assez clair, il ne laisse pas de place à l'espérance.

— Il y a toujours place à l'espérance, Monsieur. J'y cours. Je ne verrai pas Marthe. Vous lui expliquerez comme vous voudrez mon absence. Surtout, pas un mot de ce que vous avez appris. Mon Dieu! ayez pitié de nous! »

Et Suzanne, s'affublant d'un manteau, se précipita hors de l'enclos.

L'AMBULANCE DE LA BARONNE.

La baronne de Charmoise avait transformé en ambulance son hôtel du faubourg Saint-Honoré.

Je n'admire pas au même degré toutes les bonnes volontés qui, pendant le siège de Paris, se sont offertes ou ont offert leurs maisons au service de nos blessés. A côté de dévouements très méritoires, il y a eu les calculs de la prudence qui voyait dans la croix rouge une sauvegarde et une sorte de paratonnerre pour les édifices. Une ambulance ne pouvait pas être pillée par une émeute ni par des assaillants victorieux. Plus d'un signe usurpé a décoré des maisons qui n'avaient d'hospitalier que l'enseigne. Il y a eu d'autres inspirations de conservation personnelle. Certains enrôlés s'accommodaient mieux de panser les blessures d'autrui que d'être exposés à faire panser les leurs. Il y a eu aussi, chez certaines infirmières, des émulations de mode, de vanité ou de coquetterie. A tout prendre, cependant, quand on a vu quel entassement de souffrances abritaient ces hôpitaux improvisés, quand on se représente

le spectacle des amputations et des agonies, quand on
se rappelle que la peste de la variole venait ajouter ses
ravages à ceux de la guerre, on sait gré, même à la coquetterie, d'avoir eu le courage de la charité. Aucun
point d'honneur ne retenait à Paris ces jolies mondaines qui s'y sont renfermées pour revêtir le tablier de l'infirmière et porter des tisanes au lit des patients.

La baronne de Charmoise était une des plus actives.
Elle avait une intrépidité de bonne humeur qui était
déjà un bienfait. Elle se dépensait tout entière, elle se
prodiguait, elle avait un ascendant consolateur, la parole vive, la bouche constamment souriante. Elle possédait de trop belles dents pour ne pas aimer à les
montrer, et ses nouvelles fonctions ne lui en faisaient
pas perdre la douce habitude.

La baronne avait une quarantaine d'années; un peu
moins, disait la bienveillance; beaucoup plus, disait la
malice. L'impartialité hésitait, ou se prononçait en raison de la toilette. Elle avait cette beauté persévérante
que conserve un embonpoint sans exagération. Elle était
libre, quoiqu'elle ne fût pas veuve. Depuis longtemps
elle cheminait dans la vie par d'autres voies que le
baron, et cette séparation ne paraissait avoir chagriné
ni l'un ni l'autre. Tous deux avaient su se ménager des
distractions. Le baron était militaire, et assurément
Marthe Brière était plus touchée des dangers courus
par un jeune officier, étranger à sa famille, que ne l'é-
tait la baronne de ceux qui menaçaient son mari.

Je connais une noble comtesse, je ne veux pas dire
de quelle nation, qui brillait dans les salons de Paris.

tandis que le comte poursuivait sa carrière diplomati-
que. Elle apprit par les journaux qu'il était nommé
ambassadeur à Paris, ensuite que le cérémonial de la
présentation officielle de ses lettres de créance aurait
lieu un certain jour. Elle nous racontait gaiement, le
soir, qu'elle avait eu la curiosité de revoir le comte en
équipage de gala, et qu'elle s'était postée sur son passage, parmi la haie des badauds, devant un guichet
des Tuileries. « Je l'ai trouvé bien vieilli, » ajoutait-elle.
Elle ne demandait pas si l'ambassadeur avait pu faire
une observation analogue.

Au commencement du siège, la baronne avait été
mise à l'épreuve d'une rencontre qui aurait semblé devoir être plus émouvante, et qu'assurément sa curiosité ne recherchait pas. On avait apporté à son ambulance, la nuit, son mari, légèrement blessé au bras.
Il ne savait pas où le déposait le fourgon à la croix
rouge. Il ne s'en aperçut que lorsque, le jour levé, les
rideaux ouverts, la baronne vint faire à tous les lits,
après le pansement, sa visite matinale.

« Vous ici? s'écria-t-elle. Je ne vous reconnaissais
pas d'abord, sous votre casque à mèche. Vous avez
bonne mine, et je crains que cette égratignure ne soit
pas assez sentimentale pour présager le roman atten-
drissant d'une réconciliation. On se moquerait de nous.

— Exigez-vous, dit le blessé, que je me fasse couper
les deux bras... pour mieux vous y presser, baronne?
Vrai, j'ai eu peur pour l'un d'eux hier, mais le chirurgien m'a rassuré. Sur mon honneur, je ne me doutais
pas que je fusse chez moi, pardon, je veux dire chez

vous. Le mobilier de cette chambre est bien changé.
N'était-ce pas la mienne?

— En effet, vous ne vous trompez pas.

— Depuis combien d'années ne l'ai-je pas occupée?

— Histoire ancienne, colonel. Je crois que vous étiez
capitaine.

— Par ma foi, baronne, l'aventure est plaisante. Je
vous remercie, au nom de l'armée française. Vous avez
toujours eu le cœur compatissant, et vous êtes de ces
saintes femmes auxquelles il sera beaucoup pardonné,
parce qu'elles auront beaucoup aimé.

— Vous êtes trop bon. Il ne me serait pas difficile de
récriminer, mais en ce moment la riposte manquerait
de générosité. Attaquez-moi donc tant qu'il vous plaira,
je ne me défends pas; seulement, prenez garde de vous
animer, cela vous donnerait de la fièvre. Permettez
que je vous tâte le pouls; j'y suis devenue très habile.
Non pas le bras blessé, tendez-moi l'autre. »

Et de sa main potelée, la baronne, qui regardait une
montre à secondes, dans une attitude doctorale, serra
légèrement le poignet du colonel.

« Je ne vois plus l'alliance, dit-il.

— Taisez-vous donc, vous me forcez à recommencer.
Un pouls calme, régulier, pas la moindre fièvre. Allons,
ce ne sera rien. »

La baronne appela une de ses compagnes.

« Ma chère, dit-elle, je vous recommande le colonel,
que je vous confie particulièrement. C'est peut-être
trop de confiance. Je ne veux pas me charger de lui,
on m'accuserait de ne pas le soigner assez bien.

7.

— Pourquoi cela? demanda la compagne étonnée.

— Vous ne savez pas, ma charmante? reprit la baronne en riant. Parce que c'est mon mari. Au revoir, colonel, faites comme chez vous; vous ne vous plaindrez pas que je ne vous donne pas une jolie infirmière. »

Et la baronne continua sa tournée.

Ce ne furent pas des propos de ce genre qui se tinrent autour du même lit d'hôpital, lorsque, trois mois après, un jeune homme en défaillance, la tête enveloppée d'un mouchoir sanglant, y fut déposé. La baronne assistait à la première visite du chirurgien.

« Encore un, dit le docteur, qu'on aurait aussi bien fait de laisser sur le champ de bataille; il ne résistera pas au dégel de sa blessure, qui est affreuse. Il faut toujours essayer, et contre toute espérance. C'est notre honneur. Déshabillez-le. »

La baronne, aidée d'un infirmier, procéda elle-même à cette opération difficile, fouilla dans les poches de la tunique, afin de mettre en sûreté, suivant son usage, tous les objets qu'elles pouvaient contenir, et en retira un portefeuille. Il n'y avait assurément aucune indiscrétion à le visiter, pour vérifier l'identité du blessé qui pouvait avoir à Paris une famille. Elle y trouva les cartes du lieutenant Fernand Dufresne, avec l'adresse gravée d'une garnison d'Algérie: mais elle y trouva aussi la petite fleur qu'avait peinte Marthe Brière et qu'avait emportée Fernand, comme un souvenir ou un talisman; la petite fleur sous laquelle la jeune fille avait tracé ces mots : *Gardez-la, et que Dieu vous garde!* La baronne n'eut pas de peine à soupçonner qu'il y avait là quelque mystère du cœur, et comme elle était tendre de nature, elle en fut attendrie. Ce n'était pas une sœur, ce n'était pas une mère qui avait tracé ces mots, d'une fine écriture qui n'était pas signée. Elle songea peut-être au premier roman de sa jeunesse, à celui qu'on n'oublie pas. Pauvre jeune fille, pensa-t-elle. Il y avait une date qui n'était pas ancienne, et s'il n'y avait pas de nom, il y avait une adresse. A tout hasard, la baronne crut devoir sceller de sa couronne et jeter à la poste un avis qui, écrit sous l'impression découragée des paroles du chirurgien, laissait si peu de place à l'espérance que M. Brière put le considérer philosophiquement comme l'équivalent d'un avis mortuaire, sinon même comme un simple ménagement, préparant l'annonce prochaine d'une catastrophe qui déjà serait accomplie.

Quelques heures après, la baronne revint près du lit de Fernand. Il reposait. Sa plaie béante au front avait été lavée et pansée. Il ouvrit de grands yeux égarés. La baronne constata deux choses : qu'ils n'étaient pas offensés ni même injectés de sang, et qu'ils étaient fort beaux. Elle n'était pas indifférente à la beauté plastique, et les questions d'esthétique conduisaient assez volontiers chez elle à des questions de sentiment. Elle jugea que la donatrice de la petite fleur n'avait pas mauvais goût. « C'est vraiment dommage, pensa-t-elle.

« Où suis-je? dit le jeune homme d'une voix faible. Est-ce vous, Marthe? »

Il se trouva que c'était le prénom de la baronne, qui ne s'en intéressa que davantage au blessé.

« Oui, c'est bien moi, répondit-elle, un peu vieillie, un peu épaissie, n'est-ce pas? Vous verrez cela venir avec les années.

— Oh! les années, reprit Fernand, quand je n'ai pas une journée!

— Vous ne savez ce que vous dites, mon ami; je m'y connais, depuis cinq mois bientôt que je fais ce métier. Je ne me trompe pas à la voix ni au regard, et je vous réponds que nous vous tirerons de là, si vous êtes bien sage et bien docile.

— A quoi bon? Et pour qui vivrais-je?

— Pour une autre Marthe; mais assez causé, je vous ordonne de sommeiller. Je veillerai sur vous, mon ami. »

La baronne se retira, très sincèrement persuadée qu'il y avait tout lieu d'espérer. Il est bien connu que les blessures à la tête, malgré leurs effrayants ravages, sont les plus guérissables lorsqu'elles ne sont pas promptement mortelles. «Je me suis trop hâtée d'écrire, pensa-t-elle. j'aurai désolé une famille... ou une jeune fille. Il faut que j'écrive une autre lettre plus rassurante. Mais on ne l'aura que demain, si je la confie à la poste. La nuit approche, une nuit qui sera cruelle, il faut que je tâche d'avoir un messager. Ah! que je regrette de m'être tant pressée! Combien je souhaiterais de pouvoir rappeler cette lettre ou devancer son arrivée! Si j'avais ma voiture, je commanderais d'atteler, j'irais moi-même, et je serais ravie de voir mon homonyme. »

Les voitures ne manquaient pas sous la remise, mais

les chevaux étaient mangés. La baronne écrivit. Elle
eut l'attention de tracer ces mots sur l'adresse : *Meilleures nouvelles,* et elle se mettait en quête d'un messager, quand on vint l'avertir qu'une femme demandait
à être admise auprès du lieutenant Dufresne. Elle descendit précipitamment au parloir et se trouva en présence de Suzanne, qui avait pour introduction la première lettre de la baronne.

Suzanne était haletante et ruisselait de sueur. Elle
insistait d'une façon impérieuse, elle déclarait qu'elle
ne se retirerait pas sans avoir vu le blessé, dont on
n'avait su, dans la confusion bien naturelle qui régnait,
lui donner à la porte aucune information précise.

« C'est impossible, dit d'un ton bienveillant la baronne. Il repose, et toute émotion lui serait funeste ;
mais rassurez-vous, je le quitte à l'instant, il va bien
mieux, et nous le sauverons.

— Vous ne me trompez pas? s'écria Suzanne, dont le
regard était ardent.

— Je vous jure que non. Tenez, vous arrivez à propos, voici une lettre que je viens d'écrire, lisez ce que
porte l'enveloppe. »

Suzanne saisit la lettre et lut : *Meilleures nouvelles.* Elle
voulut repartir aussitôt, mais elle pâlit et s'affaissa.
Ses genoux vacillaient, et elle s'appuya sur le dossier
d'un fauteuil. On voyait trembler ses doigts qui se cris-
paient.

« Oh! quel malheur! dit-elle, je me sens incapable
de marcher. Pardonnez-moi, Madame, j'ai trop couru,
et je n'ai rien mangé de la journée.

— Ce n'est que cela? dit la baronne, qui avait craint
d'avoir un malade de plus à soigner. Asseyez-vous, on
va vous porter un bouillon et du pain, ici nous en avons
encore. »

L'ordre fut vite exécuté. La nature avait dompté Suzanne épuisée. La nature commença un travail réparateur, le visage de Suzanne se colora peu à peu. La
baronne était demeurée auprès d'elle.

Malgré l'avidité avec laquelle elle mangeait, Suzanne
s'arrêta tout à coup, après avoir dévoré la moitié du
pain blanc qui lui avait été donné.

« Madame la baronne, dit-elle en le montrant, me
permettriez-vous d'emporter ce qui reste? Ce serait une
faveur ajoutée à toutes vos bontés.

— Comment donc, ma chère, on manque donc de
pain chez vous?

— Hélas! oui, Madame.

— Combien de personnes avez-vous à nourrir?

— Deux, dit Suzanne, qui s'oubliait.

« Hé bien, je vous remettrai deux pains à emporter.
En ma qualité d'ambulancière, j'ai encore ce privilège,
je ne sais pas pour combien de temps. Mais je vous ordonne de manger à votre appétit. »

La baronne sortit du parloir, et y revint bientôt après
avec les deux pains.

« Allons, dit-elle, vous allez pouvoir partir. De grâce,
ne courez pas, vous tomberiez en chemin. La tortue
arrive plus sûrement que le lièvre. Je vous répète que
nous sauverons ce jeune homme.

— Vraiment, Madame?

— Oui, je vous le promets, et de plus, de vous envoyer tous les jours de ses nouvelles, et de vous dire quand il ne sera pas imprudent de le voir. Mais j'allais oublier de vous demander votre nom ?

— Oh! mon nom importe peu.

— Comment ? il importe peu pour adresser des lettres ?

— C'est juste. Quand les nouvelles seront bonnes, adressez-les... à Mlle Marthe Brière. Et par exemple, veuillez mettre son nom sur l'enveloppe que voici. Si elles étaient mauvaises... vous les adresseriez à Mme Suzanne. Je tâcherais d'amortir le coup. »

La baronne prit une plume et remplit le nom de Marthe Brière.

« A propos, dit-elle, qu'êtes-vous donc à ce jeune homme ? »

Suzanne fut déconcertée de la question. Elle ne savait pas mentir et répondit :

« Je ne lui suis rien.

— A-t-il une famille à Paris ?

— Aucune.

— Et que lui est Mlle Marthe Brière ? Une cousine, sans doute ?

— Non, Madame, pas même une cousine. Je vous supplie de ne pas m'en demander davantage. Marthe est un ange de vertu, Madame la baronne.

— Vous me direz bien au moins ce que vous êtes à cet ange ?

— Oh! oui, ceci est facile. Je suis sa nourrice. »

Suzanne se leva et sortit. La baronne remonta auprès de ses pensionnaires. Elle passa sans bruit devant le lit

de Fernand, qui dormait. Un singulier écho la poursuivait. Elle entendait résonner ces mots que l'homo-
nymie rendait piquants : « Marthe est un ange de vertu. »

Pendant ce temps, que s'était-il passé dans la maison
isolée? Fort peu de chose. M. Brière était resté très
impressionné, moins peut-être de la mort de Fernand,
dont il ne doutait pas, que de la profondeur du sentiment dont l'aveu avait échappé à Suzanne. Malgré la
sincère amitié qu'il avait portée au jeune homme, et
surtout à l'enfant, je crois qu'il aurait pris philosophiquement son parti de la catastrophe, comme de tout
mal sans remède. Il avait une assez laide consolation
personnelle, celle de se répéter que Fernand avait dé-
daigné ses conseils, en embrassant la carrière qui lui
déplaisait le plus, et que c'était là que menait le jeu
stupide des soldats de plomb. Que diable allait-il faire
dans cette galère? C'est le cri de l'éternelle vérité du
cœur humain. Il avait une autre consolation plus laide
encore. Fernand, même éloigné, était un embarras, une
menace à l'horizon, et combien de gens acceptent d'être
délivrés d'un embarras, ou affranchis d'une menace,
au prix d'un chagrin! Mais la douleur de Marthe pouvait être un embarras plus grave. M. Brière se souvenait aussi du reproche que Suzanne lui avait adressé
avec violence, celui de n'avoir procuré aucune distraction à sa fille. « Il y a du vrai, pensait-il. Si c'est au
bal que les jeunes filles rencontrent souvent des dangers, c'est au bal qu'elles oublient les absents et qu'elles
remplacent les amis d'enfance. Mais pouvais-je mener
Marthe au bal? Chez qui, puisque je ne connais per-

sonne, et avec qui? Il n'est pas d'usage qu'une jeune
fille aille au bal accompagnée de sa nourrice. » M. Brière,
qui avait senti l'épine, cherchait ainsi à l'arracher et
à s'absoudre, ce qui est encore un des besoins de notre
âme.

Soit que le vent eût tourné, soit qu'il y eût vraiment
interruption du bombardement, on n'entendait plus les
détonations. Je me souviens de l'espèce de soulagement et de détente que causaient ces répits. On respirait mieux à l'aise, comme lorsque cesse d'éclater un
orage; on se serait fait volontiers l'illusion d'espérer
qu'on ne les entendrait plus. L'illusion ne durait pas
longtemps. M. Brière avait essayé de se remettre au
travail. Marthe ne s'était pas aperçue de la sortie de
Suzanne. Ne la voyant pas remonter, elle redescendit
elle-même pour la chercher. Troublée, elle voulut interroger son père.

« Où est Suzanne? demanda-t-elle.

— Je n'en sais rien, mon enfant, répondit M. Brière
sans lever les yeux. Je ne lui ai donné aucune commission. Ne me dérange pas. »

Marthe remonta et s'installa devant la fenêtre, dans
une des chambres qui avaient vue sur la grille.

Suzanne, mal assurée de ses forces, avait suivi d'abord
la recommandation de la baronne, et songé à la tortue. Mais à mesure qu'elle approchait de la maison
dorique et qu'elle se sentait plus confiante, elle hâtait
le pas. Elle courait avant de s'arrêter et de sonner vivement à la grille. La nuit n'était pas entièrement
close, elle aperçut Marthe à la fenêtre. Elle agita la

lettre qu'elle tenait à la main. Marthe se précipita au bas de l'escalier.

« Meilleures nouvelles! » cria Suzanne en l'embrassant.

Ce fut ainsi que la jeune fille apprit la blessure de Fernand.

M. Brière avait entr'ouvert sa porte et entendu le cri. Suzanne ne tarda pas à lui confirmer la bonne nouvelle. Le cœur humain a des abîmes. Je n'oserais pas garantir que le philosophe éprouvât une satisfaction sans mélange de la perspective bien inattendue d'une guérison de Fernand. Cela dérangeait le cours de ses idées, en lui montrant tout à coup des embarras renaissants et aggravés. Sans doute il n'était pas insensible à l'éloignement, au moins à l'ajournement de la crise aiguë de douleur qu'il avait redoutée pour Marthe, et il n'était pas insensible non plus au sort du jeune homme. Mais il avait pensé que cette crise passerait, comme toutes les crises aiguës, et se confondrait même en quelque sorte parmi tant d'émotions de l'heure présente. Une sollicitude prolongée, avec ses alternatives, lui présageait une succession de crises journalières, et l'hypothèse du terme le plus favorable d'une convalescence avait d'autres menaces redoutables. Puis, il était disposé à tout pardonner à Marthe en deuil; il était moins indulgent pour Marthe obstinément attachée à une espérance; il aurait voulu pouvoir continuer d'ignorer ou de paraître ignorer, et reconnaissait que ce n'était plus possible. Je crois que si M. Brière s'était livré à l'analyse psychologique des

mouvements de son âme, il aurait constaté que, toutes
compensations faites, il eût mieux aimé être au surlendemain de la mort de Fernand, qu'à l'avant-veille
d'une guérison.

ENLÈVEMENT D'UNE POULE.

La baronne tint parole. Chaque matin, la poste
remettait un bulletin rassurant, signé du docteur. Peu
de jours après, une carriole à la croix rouge s'arrêtait à
la grille, et la baronne elle-même en descendait. J'ignore
si elle avait une commission du blessé, ou si la curiosité
seule l'avait poussée à désirer voir son homonyme. Elle
fut frappée de l'aspect étrange de cette solitude, des
colonnes doriques, et de l'inscription grecque qu'elle
était excusable de ne pas traduire. Elle fut plus frappée
de la candeur et de la beauté de Marthe. — J'ai cependant eu cette candeur, pensa-t-elle. Peut-être elle ajouta :
et cette beauté. Comme cela s'envole ! Qui sait ? Si le bon
colonel m'avait mieux comprise, j'aurais été capable
de demeurer un ange. — Elle ne fit pas part de ces
réflexions. Elle s'exprimait avec volubilité, elle ne doutait plus de la guérison du blessé. Elle avait apporté
quelques provisions, et notamment, par une attention
opportune, un peu de combustible, qui allait faire entièrement défaut. Quoiqu'elle parût très pressée, elle demanda de visiter la maison et le jardin.

« Qu'entends-je ? dit-elle tout à coup. Une poule qui
glousse ? Vous avez des volailles, et vous vous plaignez ?

— Des volailles? répondit Suzanne en souriant. Il nous en reste jusqu'à une.

— N'importe, reprit la baronne, c'est un capital, c'est une trouvaille, un quine à la loterie, ce que je cherche inutilement depuis deux jours pour le premier repas de notre lieutenant. Nous allons faire un échange, je vous enverrai tout ce que vous voudrez, — si vous n'êtes pas trop exigeantes, — tout, excepté un filet de bœuf, mais il faut absolument que vous me permettiez d'emporter cette poule. Quelle bonne inspiration j'ai eue ! »

On devine que Marthe n'opposa pas un refus. Ici, l'on me reproche peut-être de retomber souvent dans ces détails vulgaires d'alimentation. La vérité est qu'ils étaient devenus, à la fin du siège, la préoccupation dominante de tous. La muse peut s'en voiler la face, la muse est moins puissante que la nature.

Le Créateur a négligé de m'appeler à ses conseils. J'avoue que, comme Garo, je l'aurais dissuadé de beaucoup de choses, et de plus importantes que le gland et la citrouille. Mon esprit est confondu par cette loi inexorable qui veut que les créatures se repaissent les unes des autres. Je ne vois pas les agiles hirondelles raser le sol ou plonger dans l'azur sans réfléchir qu'elles sont des bêtes féroces, insatiables, constamment en chasse, la gueule béante, et dévorant chaque jour des milliers d'innocents moucherons. Je supporte avec une impatience particulière la nature carnassière de mon espèce. Je ne traverse pas un marché sans songer avec répugnance aux effroyables tueries qui ont été nécessaires pour l'approvisionner. La Société protectrice des

animaux a des banquets, où les convives, après avoir
fait des discours attendris, avalent des huîtres vivantes
et déchirent des chairs à belles dents. Je serais volontiers de la secte des frugivores, quoique je confesse en
être resté jusqu'à ce jour à la tentation, ou à la théorie.
Un pauvre poulet, le dernier survivant d'une tribu déjà
égorgée, allait être le gage du sentiment le plus pur,
envoyé par la plus douce des jeunes filles. Il fallait
pour cela qu'il fût égorgé, qu'il fût dévoré lui-même.
La jeune fille n'en avait aucun scrupule, et elle le
livrait avec joie.

La baronne était joyeuse aussi, en pensant à cette
aile de poulet qu'elle allait pouvoir servir au cher
blessé. Elle ne voulut pas se retirer sans demander à
voir M. Brière. Suzanne, après l'avoir mise rapidement
au courant de la situation, alla prévenir le philosophe
du désir qu'elle exprimait. C'était un bien gros événement pour M. Brière! Il était fort tenté de s'excuser et
sentait que c'était difficile. Il hésitait s'il devait aller
au-devant de la baronne ou la recevoir dans son cabinet. Il était confus de sa toilette, il ouvrait ses tiroirs, cherchant son habit noir et sa cravate blanche.
Au milieu de ces agitations, la baronne fit irruption.

« Monsieur, dit-elle, je ne m'assois pas, j'ai voulu
vous dire, ce que vous n'ignorez pas, n'est-il pas vrai?
que vous avez une fille charmante. Je suis déjà son
amie, et j'entends devenir la vôtre. Il lui faut un peu
de bonheur, à cette enfant. J'y travaillerai de mon
côté, et je compte que vous m'aiderez. »

La baronne disparut, laissant M. Brière interdit. Elle

embrassa Marthe, emporta son poulet qui criait, et la carriole à la croix rouge s'ébranla.

Le lendemain... Le lendemain, c'était, hélas! l'humiliation de l'orgueilleuse capitale. La faim, qui allait être assouvie, se résignait. Pourtant, dans les masses qui s'étaient nourries de chimères, il y eut une déception subite et amère, qui fermenta comme un levain de révolte.

Je me souviens de ces jours, où les douleurs du patriotisme se mêlaient aux tiraillements de l'estomac et aux aspirations plus nobles du cœur, où les tronçons dispersés des familles s'agitaient convulsivement pour se rejoindre. Les portes allaient nous être ouvertes, mais dans quel état trouverions-nous les routes de la France, infestées peut-être de pillards et de soudards débandés? Des groupes s'organisaient pour voyager de compagnie, en s'armant de revolvers pour leur défense. Je crus plus sage, sinon plus héroïque, de partir seul, à pied et sans armes. Je suis de ceux qui pensent que, lorsqu'on n'est pas le plus fort, la meilleure défense est d'être désarmé. J'avais à faire quatre-vingts lieues pour chercher mes enfants aux environs d'Autun, quartier général de nos étranges auxiliaires les garibaldiens, ce qui n'était pas rassurant. J'étais dans l'ignorance absolue des moyens de transport et, à vrai dire, de toutes choses. Je me dirigeais vers un but sacré, à travers l'inconnu.

L'odyssée de mon voyage a eu des incidents assez pittoresques, sans m'avoir couvert d'autant de gloire que mes campagnes du coin de la rue de Miroménil. Il

fallut d'abord me procurer un passeport allemand,
que je dus faire viser à la sortie des fortifications. En
franchissant la ligne de ces murailles qui m'opprimaient
depuis cinq mois, on me pardonnera d'avoir exhalé
un soupir analogue à celui que pousse le prisonnier,
étonné d'être rendu à la liberté. Je réussis à gagner le
soir Corbeil, où je trouvai la bonne chère. Les faisans
et les chevreuils étaient à vil prix, ç'avait été pays de
cocagne. La difficulté, l'impossibilité plutôt était d'avoir
un lit, toutes les auberges étant encombrées d'officiers
allemands. Un hôtelier, qui fut vraiment hospitalier,
voulut bien, avec la permission de nos vainqueurs,
m'offrir la faveur d'une banquette dans une chambre
où ils jouaient gros jeu en parlant à haute voix et en
buvant de l'eau-de-vie. On devine quel genre de sommeil je pus goûter là. Le lendemain, un chemin de fer,
exploité par des Allemands, me déposait à la gare de
Montargis. C'était, parut-il, le domicile d'un de mes
compagnons de voyage, fugitif de Paris comme moi,
car il rencontra un indigène, qui s'empressa de lui
dire : « J'ai vu votre femme hier, elle va très bien. —
Ah! mon ami, répondit l'époux attendri jusqu'aux
larmes, ils ont découvert la cachette! » Je vis qu'il
était déjà renseigné, je n'en fus pas moins touché de
ce cri du cœur.

Ce n'était pas non plus la bonne chère qui manquait
à Montargis, mais j'appris avec consternation que les
moyens de communication vers le Midi faisaient entièrement défaut. Le chemin de fer ne marchait pas, et
il était impossible de se procurer une voiture pour

avancer au moins de quelques lieues. J'allais me remettre en route à pied. A tout hasard je me rapprochai
de la gare. En interrogeant, je sus qu'on attendait un
convoi de wagons à bestiaux, le premier qui allait
chercher des bœufs du Nivernais pour le ravitaillement
de Paris. Me reprochera-t-on d'avoir essayé de parlementer avec le Hun à barbe rouge qui commandait la
gare? Que les pères, que les mères qui ne se sentent
pas capables de cette faiblesse me jettent la première
pierre. Le Hun était probablement père, car il compa-
tit à ma détresse. Il me permit de me glisser en fraude
dans un des wagons-étables qu'on attendait, et c'est
en cet équipage, ouvert au froid piquant de la nuit.
sans un siège pour m'asseoir, sans un manteau ni une
botte de paille pour m'étendre, que je m'acheminai
vers la capitale du Nivernais, avec une vitesse accélérée... de deux lieues à l'heure.

J'arrivai cependant. *Chi va piano, va lontano.* Nevers
était un camp en désordre, plein de tristes recrues
plutôt que de débris de l'armée de la Loire. Bien des
traîneurs de sabre, galonnés de neuf et qui n'avaient
pris part à aucun combat, péroraient, accusaient les
capitulards et voulaient recommencer la guerre à outrance, dont ils savaient n'être plus menacés. A les
entendre, ils auraient sauvé la patrie si on ne les
avait pas laissés inactifs. Je quittai ces guerriers pour
en admirer d'autres à Autun, les ultramontains aux
chemises rouges. qui se pavanaient sur les places, qui
remplissaient les cafés. qui occupaient aussi les églises
à leur manière. Je causai avec un officier superbe, à

la veste éclatante de fin drap rouge tout galonné d'or.
J'étais tenté de l'appeler *signor marquese*, — ou *signor
Fontanarose*. Je crus pouvoir hasarder la politesse d'un
remercîment pour le secours que des Italiens nous
avaient volontairement apporté.

« Ah! Monsieur, me dit-il, de cet accent musical qui
donne à l'emphase une saveur particulière, si nous
avions été *plous* d'Italiens, les choses auraient pris *oune*
bien autre *tournoure*. Malheureusement, nous étions
trop peu d'Italiens dans notre corps.

— Comment, repris-je naïvement, votre corps n'est
pas composé d'Italiens !

— Non, répondit le *signor marquese*, nous étions
à peine douze cents. Le reste, des Polonais, des
Hongrois, des Grecs, et beaucoup de Français. Ah !
Monsieur, si nous avions été dix mille Italiens ! »

Je n'insistai pas, malgré ce qu'avait de médiocrement
courtois le dédain témoigné aux enrôlés mes compatriotes; et comme on s'instruit toujours en voyageant,
après avoir noté, à Paris, que la capitulation était due
au refus de Trochu d'ordonner la grande sortie torrentielle et à l'inertie des pantouflards, dont j'avais glacé
l'ardeur; à Nevers, que la France succombait parce
que les traîneurs de sabre, rassemblés en ce lieu,
n'avaient pas dégainé; je notais, à Autun, que la vraie
cause de nos désastres était que le corps de Garilbaldi
n'avait pas *contenou* un *plous* grand nombre de héros
de *pour* sang italien.

Quelques heures après, j'apparaissais enfin, comme
un fantôme, au foyer chéri où je n'étais pas attendu.

8

Quelle fut l'émotion de ce moment, je n'essayerai pas de le décrire. Les pères et les mères qui veulent bien me lire me comprendront sans que je le dise, les autres ne me comprendraient pas.

Quand j'eus le loisir de réfléchir à ce qu'avait été ce voyage, je ne pus me défendre d'un retour vers des souvenirs historiques. Je venais de traverser, seul et sans armes, les hordes victorieuses des envahisseurs, les rassemblements des vaincus irrités, les bandes indisciplinées des auxiliaires étrangers; j'avais passé des reîtres aux condottieri. Je n'avais pas subi la moindre offense, pas une vexation, pas une insolence; je pensais même aux égards témoignés par les Huns de l'auberge de Corbeil et de la gare de Montargis. J'avais sur moi de l'or, et pas un soudard n'avait songé à visiter mes poches. Je laissais, dans la ville prise après un long siège, des amis dont je n'étais pas inquiet; je retrouvais, sous un toit isolé, des femmes, des enfants qui avaient entendu de près le canon de la bataille et qui n'avaient subi non plus aucune injure. On ne saurait le nier, il y a un progrès des mœurs, et j'ajouterai, malgré ce que le mot a de banal, de la civilisation. La guerre reste la guerre, c'est-à-dire le règne de la violence et l'interruption de la plupart des lois morales. Mais les guerres que j'ai vues n'ont pas eu la barbarie de celles de l'antiquité classique, de celles du moyen âge, ni de celles de temps plus rapprochés. L'invasion de la France par les modernes Germains a été marquée, dans le détail, de bien des incidents cruels; elle n'a pas ressemblé à l'invasion du Palatinat, systémati-

quement ravagé par le grand Turenne. C'est ainsi que
d'ordinaire je tâche non de me consoler des tristesses
de l'heure présente, mais de m'apaiser en me réfugiant
dans l'histoire.

M. Brière, qu'on me reproche peut-être d'oublier
pour m'attarder à ces souvenirs personnels, vivant
dans l'hellénisme, remontait plus haut, et ainsi qu'on
l'a vu, jusqu'au siège de Troie. Il n'en faisait pas
moins la même observation, et il ne redoutait pas que
Marthe fût emmenée dans les forêts de la Germanie,
comme part de butin d'un burgrave. Il n'avait pas d'enfants à rejoindre et ne se connaissait aucun motif de
solliciter un passeport allemand. Heureux de n'avoir plus
les oreilles assourdies du bruit du canon et d'être affranchi de l'anxiété journalière de la nourriture, médiocrement sensible aux douleurs patriotiques et assez porté
à mettre dans l'arsenal de ses maximes l'adage : *Ubi
bene, ibi patria,* il jouissait de la paix, confirmé dans
son horreur de la guerre. Il s'était remis avec d'autant plus d'acharnement au travail; il se hâtait, il
revisait les premiers chapitres de son manuscrit, qu'il
voulait livrer sans retard à l'imprimeur. Il supposait en
effet qu'il devait s'être produit des vides à l'Académie
des inscriptions, et qu'il était urgent de publier l'histoire de la philosophie grecque. Son principal souci,
dans un autre ordre d'idées, je ne sais pas lequel le
préoccupait davantage, était le souci de la convalescence de Fernand. Il n'en parlait jamais devant Marthe,
il avait seulement un jour déclaré péremptoirement
qu'une ambulance de militaires est un lieu où les con-

venances ne permettent pas à une jeune fille de se présenter. Il se félicitait de n'avoir reçu d'elle aucune confidence et se gardait bien de fournir des occasions à l'expansion. Qui n'a connu ce tourment de l'appréhension d'une confidence prévue et redoutée, cette froideur qui décourage les avances, ce trouble qui détourne brusquement le sujet de la conversation, qui va quelquefois jusqu'à couper discourtoisement la parole? Il n'est pire sourd, on le sait, que celui qui ne veut pas entendre.

M. Brière ne voyait pas ce qu'une cicatrice au front, fût-elle rehaussée d'une croix d'honneur sur la poitrine, ajouterait, pour lui, aux agréments de Fernand, ni retrancherait aux désavantages de sa situation. M. Brière professait d'ailleurs un suprême dédain pour les distinctions honorifiques. Il était arrivé, par la philosophie, aux mêmes impressions où le sentiment démocratique avait amené le pauvre Clément Thomas, lorsqu'en 1848 ce général improvisé de garde nationale compromit sa popularité, en appelant les décorations de misérables hochets de la vanité.

On a déjà pu remarquer que j'adopte, sur plusieurs points, les idées de M. Brière; je les partage notamment en cette matière. Ce n'est pas seulement à raison de la profusion des décorations. Mon chapelier, mon maçon, mon menuisier, mon chemisier, mon notaire, mon médecin et mon apothicaire sont décorés, ce qui n'a augmenté en rien l'estime que je leur porte. Ce n'est pas non plus parce qu'en France nos gouvernements changent si souvent, et ce qui est mérite aux yeux de

l'un est si facilement flétrissure aux yeux d'un autre,
qu'on ne sait jamais si l'homme d'un âge mûr dont on
voit la boutonnière enrubannée a reçu cette distinction
pour ses vertus ou pour ses crimes. La signification d'une
légion d'honneur, comme jadis celle de la croix de Saint-
Louis, supposerait, ce me semble, la stabilité du gouvernement qui récompense ainsi ses meilleurs serviteurs.
Ainsi, je ne me défends pas de l'émotion que j'éprouve
en lisant le charmant récit de Sterne sur le chevalier
de Saint-Louis qui vendait des petits pâtés. Mon indé-
votion à l'institution a des motifs plus généraux, qui
tiennent, ainsi que chez M. Brière, à l'ordre philosophique. Quand, dans un chemin de fer, je me trouve
en face d'un inconnu décoré, j'interroge ce petit ruban,
je crois l'entendre me répondre : « Regardez-moi bien,
je ne suis pas un homme comme un autre, et je n'appartiens pas, comme mes voisins, au commun des
mortels. J'appartiens à une élite, et je vaux mieux que
vous. — Ce n'est pas prouvé, suis-je tenté de répliquer.
Mais cela fût-il vrai, ce ne serait pas à vous à vous en
vanter en m'écrasant de votre supériorité; ce n'est pas
modeste et ce n'est pas poli. Quant à moi, si j'avais la
prétention de valoir mieux que vous, je n'aurais pas
l'impertinence de vous le dire. »

M. Brière n'examinait pas si la passion immodérée
qu'il avait d'être nommé membre de l'Institut était
suffisamment philosophique et ne participait pas aussi
de la vanité. Je suis d'avis qu'il aurait pu distinguer
sans sophisme. Les membres de l'Institut, quoique
l'honneur soit moins prodigué, sont plus modestes et

plus courtois envers le public. Ils n'affichent pas leur
dignité sur leurs chapeaux ; ils ne crient pas à la foule
des profanes : « Regardez-moi, c'est moi qui suis
Guillot. »

J'excuse aisément Fernand Dufresne de n'avoir pas
abordé ces considérations, et j'accorde qu'il faut compter avec les prestiges. La baronne de Charmoise avait
du crédit et lui avait promis qu'il ne serait pas oublié.
Elle était devenue pour lui une amie et une confidente ;
elle admirait cette nature forte et douce. Elle avait rencontré sur son chemin des cœurs aussi vaillants, jamais
d'aussi purs. Sa rêverie se laissait gagner au regret de
n'avoir pas fait, vingt-cinq ans plus tôt, une pareille
rencontre. Elle comparait le colonel. Parfois, repas-
sant dans sa mémoire sa vie agitée, elle avait, en quittant la chambre du convalescent, des moments de
mélancolie ; il lui venait une bouffée de confusion et
puis une bouffée de révolte contre l'impuissance de
rappeler les années envolées. Elle s'effrayait tout à
coup de se sentir jalouse d'une autre Marthe.

Le crépuscule du soir n'est pas jaloux de l'aurore,
parce qu'il la présage et la ramène pour lui succéder encore. Le soleil couchant d'une femme ne ramènera pas
l'aurore. Aussi en est-il toujours jaloux, à moins que
ses rayons déclinants ne se réchauffent, ne se raniment
en se confondant avec d'autres rayons, à moins que ce
ne soit le soleil couchant d'une mère, et la baronne
n'était pas mère. Elle rougissait de cette suggestion
mauvaise, elle la repoussait avec une sorte d'horreur.
« Allons, se disait-elle, par un mouvement plus avoua-

ble, puisque je ne peux pas être la rivale de cette jeune
fille, je veux être sa protectrice. »

ENLÈVEMENT DE MARTHE.

Tandis que la baronne agitait ces pensées, elle ne savait pas qu'elle inspirait elle-même à la jeune fille une
jalousie compliquée de bien des troubles divers. Marthe lui enviait les soins prodigués au blessé, en s'affli-
geant de ne pouvoir au moins les partager. Son cœur
accueillait d'autres soucis. Suzanne et elle ne faisaient
aucun doute que la baronne ne fût veuve; on ne le
leur avait pas dit, mais c'était tellement l'apparence,
qu'elles ne songeaient même pas à s'en enquérir. On ne
parlait à l'ambulance, où Suzanne était allée quelquefois, que de l'hôtel, que des meubles, que des gens,
que des ordres de la baronne et de son autorité obéie.
Le baron n'était jamais nommé, et personne n'avait
imaginé de raconter la courte apparition du colonel,
déjà vieille de trois longs mois. La baronne dissimulait
bien par sa vivacité une dizaine d'années; elle avait les
dents si blanches, la taille si bien prise, la physionomie
si gracieuse, que Marthe, la voyant d'ailleurs sous les
auspices les plus favorables, l'avait trouvée charmante
et ne s'était pas avisée de se rendre compte de son âge.
Pourquoi Fernand ne lui aurait-il pas reconnu autant
de charmes? Il avait contracté envers elle une dette
sacrée; il lui devait le retour à la vie; il la voyait, depuis un mois, à tous les instants de la journée et dans

les conditions les plus attachantes. Pourquoi ne se se-
raient-ils pas sentis attirés l'un vers l'autre?

C'est une chose assez vulgaire, vulgaire comme ce
qui est selon la vraisemblance et la nature, que de voir
un attachement réciproque naître et s'épanouir en de
circonstances de ce genre. Si la flamme jaillit du choc
de deux cailloux, à plus forte raison peut-elle jaillir du
rapprochement de deux cœurs, et l'appréhension de
Marthe n'était assurément pas sans bases. Elle était obligée de reconnaître non seulement que Fernand n'avait
envers elle aucun engagement, mais encore que l'attitude de M. Brière était absolument décourageante. Elle
ne pouvait pas exiger que le jeune homme sacrifiât
tout son avenir à une amitié sans espoir, puisqu'il était
manifeste que M. Brière n'en autorisait aucun. Marthe
arrivait à la pensée généreuse que c'était à elle à se
sacrifier. Avec cet enthousiasme du sacrifice qui s'empare souvent de la jeunesse, elle se surprenait à faire
des vœux pour que Fernand, en l'oubliant, trouvât le
bonheur. C'était un noble combat qu'elle se livrait ainsi.
C'eût été trop demander que de vouloir qu'il fût sans
souffrance.

Elle ne faisait pas part à Suzanne de ce travail solitaire de sa pensée, que la nourrice ne devinait pas.
Pour la première fois elle se cachait de Suzanne, tant
il est vrai que la confiance la plus intime finit par avoir
ses réticences! Comment s'en étonner? Notre cœur a
des secrets pour lui-même.

Dès que Fernand fut en état de voyager, il partit pour
aller revoir et consoler sa mère, qu'une maladie avait

empêchée de venir le soigner à Paris, et pour achever
sa guérison auprès d'elle. Il ne se présenta pas dans la
maison isolée. M. Brière commençait à ne plus le craindre, ne parlait jamais de lui, et, continuant d'imiter
l'autruche, avait recouvré sa quiétude comme s'il n'était
rien survenu d'extraordinaire depuis six mois, quand
Suzanne vint lui annoncer un jour une seconde visite
de la baronne, qui insistait pour le voir seul avant de
se retirer. Cette fois, elle ne descendait pas d'une carriole d'ambulance, mais d'un élégant coupé; elle avait
fait ouvrir la grille par son valet de pied, et un cheval
impatient, tout glorieux d'avoir échappé à la bouche-
rie, piaffait devant le perron aux colonnes doriques.
Elle n'avait plus la toilette simple de l'infirmière, sa
robe de soie à longue traîne bruissait en balayant le
parquet, et elle traversait une atmosphère parfumée.
Elle avait une majesté tempérée par l'affabilité du sourire. Suzanne, qui la reçut la première, appela d'abord
Marthe, sur sa demande, et sortit pour avertir M. Brière.
Très intimidée, la jeune fille ne savait en quels termes
formuler une reconnaissance qu'elle avait à peine le droit
d'exprimer, à moins de ne la faire porter que sur l'envoi de quelques provisions de bouche au moment de la
famine. Malgré ce que le service avait eu d'éclatant et
d'opportun, ce n'était pas précisément celui qui lui avait
laissé les souvenirs les plus émus.

« Vous avez été trop bonne, Madame, balbutiait-elle,
de prendre tant de soins... de nous.

— De vous? Et peut-être aussi d'un autre, n'est-ce
pas? dit la baronne. Vous m'en remerciez, c'est ma ré-

compense. Quel brave jeune homme! Savez-vous, ma
charmante, que vous avez bon goût? »

Marthe tressaillit en rougissant.

« Allons, continua la baronne, ne vous étonnez pas,
j'ai reçu ses confidences. Je n'en aurais peut-être pas
eu besoin, car je l'entendais rêver. On avance vite dans
la confiance, au chevet d'un blessé. Vous ne me demandez pas de ses nouvelles? Excellentes, ma chère.
Je viens de le renvoyer à sa mère, en voie d'entière
guérison. Il ne gardera qu'une balafre au front..... au
front d'un officier, c'est une beauté de plus. Ne vous
chagrinez pas qu'il ne soit pas venu vous voir. Ça été
mon conseil. Il aurait pu commettre quelque imprudence, et dans sa situation il faut être extrêmement
prudent. Je me suis chargée de ses commissions. Croiriez-vous que je me suis découvert, auprès de lui, une
véritable vocation d'infirmière? C'est au point que je
suis tentée de m'offrir comme novice aux bonnes sœurs
de Saint-Vincent de Paul. Mais elles auraient l'insolence
de me dire que je suis trop vieille pour une novice, et
puis j'allais oublier un autre empêchement, mon mari.

— Vous avez un mari? s'écria Marthe étonnée.

— Eh oui! Vous l'ignoriez? Il n'est pas gênant, il le
serait cependant pour cela. Aussi j'ai envie de me consacrer à d'autres œuvres pies, et d'entrer dans la con-
frérie des marieuses. Ce sera peut-être encore un moyen
de guérir des blessures. »

Et la baronne ajouta intérieurement : « Ou d'en faire
d'inguérissables. »

Marthe éprouva une joie subite et profonde. Le nuage

noir qui avait assombri son horizon se déchirait, en montrant l'azur. S'il y a un bonheur dans l'acceptation d'un grand sacrifice, on accordera qu'il y en ait un, de nature moins sublime à la vérité, dans la révélation qui en dispense, en n'en laissant subsister que le mérite. La baronne lui parut resplendir d'une grâce et presque d'une jeunesse qui n'étaient plus une rivalité; mais un nouveau nuage ne tarda pas à passer sur le front de la jeune fille, et celui-là, qui le déchirerait?

Elle gardait le silence, et la baronne reprit :

« Allons, ma petite, ne vous troublez pas. Il est donc bien difficile à fléchir, votre père? Contez-moi un peu ce que vous avez déjà fait pour cela, avant que je commence l'attaque.

— Je n'ai rien fait, je ne ferai rien, dit vivement Marthe, et je vous supplie de ne pas essayer, Madame. Ce serait inutile. Jamais je ne contrarierai mon père... ni ne tenterai de le fléchir.

— A merveille, mon enfant. Aussi s'agit-il de ne pas le contrarier, et de l'amener tout doucement à vouloir, à ordonner... ce qui vous serait agréable, n'est-il pas vrai? C'est difficile, mais j'aime les choses difficiles. Aujourd'hui, soyez tranquille, je ne brusquerai aucun assaut, je me contenterai d'une simple approche, tout au plus d'une escarmouche. Quand on sort d'un siège, on a la tête pleine de ces vilains mots. Et c'est bien un siège que j'entreprends. Quand la place est bien cernée, nous savons trop qu'elle n'est pas imprenable. »

On vint annoncer que M. Brière était prêt à recevoir

la baronne. Elle embrassa Marthe, qui restait interdite, et elle passa dans le cabinet du philosophe.

M. Brière avait eu le temps cette fois d'arborer le vieil habit noir, la cravate jaunie et le pantalon trop court. Il avait composé son attitude. Il était debout, la main appuyée sur un volume de Platon, comme sur le bouclier de Minerve. Il avait ôté son bonnet grec, et peigné ses longs cheveux gris. Je crois qu'il avait préparé un exorde, que la volubilité de la baronne ne lui permit pas de placer.

« Monsieur, dit-elle, je suis rendue à la liberté, mes derniers pensionnaires m'ont abandonnée, et je viens d'expédier à sa mère M. Fernand Dufresne. Il est aussi bien que possible, et sa guérison complète est assurée. J'ai le droit d'aller me reposer un peu dans mes terres, où je trouverai tout en désordre. Avant de quitter Paris, j'ai voulu revoir une fois votre aimable fille. Je vous confesse que je l'ai prise en passion. Devinez ce que je viens vous demander? Pour elle, un consentement..... et pour moi un véritable faveur, que vous ne me refuserez pas. »

M. Brière avait grande peur de deviner, et le mot de consentement l'eût fait pâlir, si son teint ordinaire avait été susceptible de cette communication.

« Madame la baronne, dit-il en s'inclinant et en lui montrant un fauteuil, ce n'est pas un pauvre solitaire comme moi qui pourrais avoir l'occasion de vous accorder ni conséquemment de vous refuser une faveur.

— Justement, vous vous trahissez, reprit la baronne en s'asseyant. Vous aimez donc bien la solitude?

— Beaucoup, Madame.

— Eh bien, je vous demande de l'aimer encore davantage, et de consentir... à vous priver de la société
de votre fille. Franchement, c'est une singulière manière d'aimer la solitude que de vouloir toujours être
accompagné d'elle. Je connais des jeunes gens qui s'ac-
commoderaient peut-être de cette solitude-là, et qui ne
se croiraient pas au fond de la Thébaïde. »

M. Brière se laissa choir plutôt qu'il ne s'assit sur
son fauteuil de cuir, et sa main trembla en saisissant
le bouclier de Minerve.

« Ah! Madame, dit-il, que me demandez-vous là! »

La baronne, qui avait promis à Marthe de ne pas
brusquer un assaut, avait singulièrement tenu sa promesse. La tentation d'une riposte l'avait entraînée bien
plus loin qu'elle n'avait prévu, et au cœur même de la
place. Il en est souvent ainsi des plus savants plans
d'attaque. Elle eut presque pitié de l'assiégé, ou elle
craignit de s'être témérairement engagée.

« Que comprenez-vous donc? s'écria-t-elle en riant.
Rassurez-vous, mon cher monsieur Brière, je ne serai
pas indiscrète. Je me contenterai d'un mois, de quinze
jours, si c'est trop de vous demander un mois. Je vais
être aussi très solitaire, plus que vous, si vous me refu-
sez. Je serais enchantée d'enlever votre charmante fille.
Elle a besoin d'air, de distraction, de changement, et
un séjour à la campagne lui ferait du bien. Je vous la
rendrai quand vous voudrez. Vous voyez bien qu'il dépend de vous de m'accorder une faveur. »

M. Brière respirait. Si la baronne s'était expliquée

9

clairement tout d'abord, il aurait trouvé inacceptable, énorme, une prétention qui, comparée à ce qu'il avait appréhendé, ne l'effrayait presque plus. La comparaison est un puissant instrument d'optique. Elle grossit ou elle réduit démesurément les objets placés devant son foyer.

« Avez-vous parlé de ce projet à ma fille? demanda-t-il encore inquiet.

— Je vous jure que non. J'aurai besoin aussi de son consentement; mais j'y compte, si j'obtiens le vôtre. Elle est si docile! Elle m'a dit qu'elle ne voudrait jamais vous contrarier en rien... en rien, monsieur Brière. Vous êtes un heureux père, mais n'abusez pas de vos avantages, et faites un peu part aux autres de votre trésor. C'est une idée qui m'est venue tout à coup et qui est excellente. Nous allons en Normandie, au bord de la mer... »

La baronne ne se trompait pas en croyant habile de jeter ce mot de Normandie. Fernand était en Auvergne, et elle remarqua une nouvelle impression de sérénité dans la physionomie de M. Brière. Elle continua :

« Je gage que votre fille n'a jamais vu la mer?

— En effet, madame la baronne, et je vais bien vous étonner, ni moi non plus.

— En vérité, monsieur Brière? Savez-vous que vous êtes un phénomène? Est-ce par un esprit d'exclusion systématique que vous avez tenu rigueur à la blonde Amphitrite?

— En aucune façon, Madame. Je suis Auvergnat, Amphitrite n'est pas honorée dans ma province, et je n'aime pas les voyages. Je suis venu travailler à Paris, comme tant de mes compatriotes. Seulement, ajouta M. Brière en souriant, au lieu de ramoner des cheminées, j'ai labouré le champ de la science...

— Et le jardin des racines grecques, je crois?

— Un jardin plein de fleurs et de fruits, Madame, où malheureusement je ne pourrais cueillir un bouquet digne de vous être offert. »

On voit que l'influence des beaux yeux de la baronne commençait à s'exercer. J'ignore depuis combien d'années il n'était pas arrivé à M. Brière de tourner une phrase galante à l'adresse d'une femme. La baronne s'empressa de saisir l'occasion.

« Mon cher monsieur Brière, dit-elle, à défaut de bouquet, j'emporte la plus jolie fleur de votre parterre. C'est convenu, vous me donnez votre fille. Et j'y songe, quand vous voudrez la reprendre, c'est vous qui viendrez la chercher et voir la mer. Le château est vaste, nous aurons place pour vous et pour Suzanne. Vous aurez un pavillon isolé, où vous serez aussi libre de travailler qu'ici, où vous serez servi dans votre chambre, si vous le préférez, où vous ne risquerez, comme ici, d'avoir le chagrin d'être dérangé que par ma visite. »

Il y a des moments dans la vie où l'on se surprend disposé à écouter la suggestion la plus imprévue, où l'homme le plus calme est prêt à un coup de tête. Peut-être M. Brière était-il simplement séduit par cette idée de voir la mer. Peut-être éprouvait-il, lui aussi, le besoin qu'ont eu tous les assiégés de sortir des murailles

de Paris. Peut-être entendait-il sourdement gronder le
formidable orage qui s'amoncelait encore, et qu'il n'é-
tait pas fâché de fuir. Il n'opposa qu'une faible défense
à l'insistance de la baronne, il parla de consulter Suzanne.

« C'est très juste, dit la baronne. Le temps presse,
je pars dans deux jours, et nous pouvons la consulter
sur l'heure. »

Suzanne fut appelée. Marthe, n'ayant plus de motifs de mettre des limites à sa confiance, depuis qu'elle
avait appris que la baronne n'était pas veuve, lui avait
tout raconté en s'excusant de lui avoir caché quelque
chose. L'enthousiasme de Suzanne pour la proposition de la baronne fut tel, qu'elle n'avait que la
crainte de l'exprimer trop vivement. M. Brière n'était
vraiment plus de force à lutter contre deux assaillants
de cette puissance; il ne s'engageait pas encore lui-
même, mais il cédait pour quinze jours sa fille, dont
on ne songeait seulement pas à réserver le consentement. Suzanne se retira, et la baronne s'était levée,
fière de sa victoire, quand un retour offensif du vaincu
vint prolonger la bataille en remettant en question
le résultat.

« Madame la baronne, dit-il, envahi par une inquiétude soudaine, je vous confie ma fille avec une
profonde reconnaissance, mais vous me promettrez...
qu'elle ne verra pas Fernand Dufresne?

— En Normandie et d'ici quinze jours? Ah! Monsieur, il en a encore pour plusieurs mois de soins, ce
n'est pas difficile à vous promettre.

— Ce n'est pas tout. Je vous demande, je vous supplie... de ne pas parler de mariage à ma fille.

— Ah! mon Dieu, l'étrange idée! Ne pas parler mariage à une jolie fille de vingt-deux ans? Eh! de quoi voulez-vous donc que je lui parle? De philosophie? »

Ce n'était assurément pas la réponse qu'avait pu prévoir M. Brière, et il demeura étourdi de la vivacité du propos. La baronne continua.

« Ceci n'est pas très philosophe, mon cher monsieur Brière. Vous vivez trop dans vos livres; vous poursuivez votre idéal, et vous ne voulez pas que les jeunes filles poursuivent le leur, qui est différent? Je vous jure que je n'ai reçu aucune confidence de Marthe, car je l'appellerai Marthe, cette chère enfant. C'est aussi mon nom, mais il y a longtemps, ajouta plus gravement la baronne, que personne ne me le donne plus, et il n'y aura pas de confusion. Hé bien, soyez certain que Marthe a un idéal, qui n'est pas un petit chien ni un singe, et qui n'est pas non plus Platon. Vous en êtes aussi convaincu que moi, puisque, d'après ce que je vois, vous supposez que c'est Fernand Dufresne. Si c'était lui, que lui reprocheriez-vous?

— Je lui reprocherais... de m'enlever ma fille.

— N'avez-vous pas enlevé Mme Brière? Les filles sont faites pour être enlevées. Ce n'est pas nous qui avons arrangé les choses ainsi, il y a six mille ans, et nous n'y pouvons rien. Si Fernand Dufresne vous déplaît ou déplaît à Marthe, nous en chercherons un autre.

— Oh! il ne me déplaît pas, au contraire.

— Au contraire? Je vous confesse qu'il ne me plaît que médiocrement, à moi. Il n'a pas les goûts de la jeunesse, il est distrait, il est sauvage, il ne savait pas être galant avec moi, il ne joue pas, il ne va pas au café, il n'a pas de dettes. Un lieutenant de cavalerie qui n'a pas de dettes! Et il ne lisait pas un roman, il me demandait des livres d'histoire.

— Il ne me semble pas que ce soient de grands défauts.

— Pardon, je voudrais quelqu'un qui fît briller davantage votre fille, qui la conduisît dans le monde, où elle aurait tous les succès. M. Dufresne, à mon avis, ne serait pas son affaire; il serait plutôt la vôtre, monsieur Brière. Je le croirais homme à s'accommoder d'une chambre dans cette maison, avec une bibliothèque, et à y corriger vos épreuves, même en grec. Je lui ai arraché l'aveu que, dans ses loisirs, il étudiait le grec.

— Il étudiait le grec? s'écria M. Brière très excité.

— Hé, oui, cela n'a pas le sens commun, pour un officier, et je me suis moquée de lui.

— Quel dommage qu'il soit officier! car, enfin, il va courir les garnisons d'un bout de la France à l'autre.

— Oh! il y a une certaine garnison de Paris, dont la caserne est rue Saint-Dominique, au ministère de la guerre, où l'on reste longtemps dans les bureaux, avec des protections, et M. Dufresne n'en manquerait pas. J'ai, comme on dit, les bras longs, je les aurai plus longs encore; j'ai soigné des généraux, et les ministres sont mes amis. Ce ne serait pas une difficulté. Mais ne pensez pas à cela; je vous répète que ce n'est pas l'affaire de Marthe, et que j'aurais pour elle des visées plus brillantes. Laissez-moi la diriger, la distraire, et, si elle est occupée de M. Dufresne, je saurai lui faire oublier cet enfantillage.

— Vous trouvez donc bien nécessaire de la marier, madame la baronne?

— En aucune façon, si vous préférez qu'elle entre au couvent. C'est encore une ressource pour les jeunes imaginations, et pas pour celles qui sont de moindre valeur. C'est un idéal; si vous ne voulez pas que je lui parle de mariage, je suis toute prête à lui parler du couvent; seulement, c'est l'un ou l'autre, entendez-le bien, et vous avez le choix. Pardon, je m'attarde auprès de vous et vous me faites manquer un rendez-vous. Voilà qui peut être irréparable à mon âge. Adieu, mon cher monsieur Brière; donnez-moi la main en gage de votre parole, que je retiens. Après-demain, à six heures, ma voiture viendra chercher Marthe, et je la garde... jusqu'à ce que vous arriviez en personne la reprendre. »

Il semblait à M. Brière qu'il eût encore mille choses à dire à la baronne, mais elle était sortie en refermant la porte. Craignant d'être suivie, elle ne fit qu'embrasser Marthe, que Suzanne avait mise au courant du projet improvisé.

« Tout va bien, dit-elle, je compte sur vous après-demain; soyez prête à six heures. »

Et elle se jeta dans son coupé.

M. Brière restait complètement étourdi. La baronne lui avait paru un tourbillon, mais il est de la nature des tourbillons d'entraîner. Mille échos confus se répercutaient dans son esprit, Marthe ayant des succès dans le monde sous les auspices de la baronne, ou Fernand corrigeant des épreuves dans la maison dorique, Fernand qui avait étudié le grec, le tintement de la cloche du couvent, la baronne qui était l'amie des ministres et qui pouvait aider si efficacement un candidat à l'Institut, la grande voix inconnue de la mer se mêlant à tous ces bruits. C'était beaucoup, même pour un philosophe. Quand il revit Suzanne et essaya de parlementer, il la trouva sourde à toute objection et considérant qu'il avait engagé sa parole. Quand il revit Marthe, elle le remerciait avec une effusion caressante d'avoir permis un voyage qui la charmait. Il n'y a rien qui déconcerte plus l'hésitation que le remerciement qui la nie. Il finit par s'abandonner à la fatalité. Après tout, sa promesse n'était que pour quinze jours, Fernand n'était pas guéri, la Normandie est loin de l'Auvergne, et il aurait quinze jours pour mûrir ses réflexions.

LA FUITE DU PHILOSOPHE.

Marthe fut exacte et partit, enlevée par la baronne. Les quinze jours que M. Brière s'était donnés pour réfléchir n'étaient pas terminés, qu'un événement terrible venait lui apporter d'autres perplexités. L'insurrection de la Commune éclatait.

Je n'ai aucun goût pour retracer, d'un crayon léger, la physionomie de cette époque néfaste. Assurément, le burlesque n'a pas plus manqué au drame que pendant le premier siège, mais la naïveté avait disparu, l'amertume était partout, et la caricature elle-même avait des grimaces effrayantes. La province anxieuse attendait ce que deviendrait la lutte étrange engagée à Paris. Les destinées de la France étaient suspendues à un fil : c'était un fil de fer, à la vérité, celui de l'esprit militaire. On admirait sa puissance, on n'était pas sans inquiétude en analysant sa trempe. Ce fil pouvait casser à chaque instant. Il aurait suffi de peu de chose, d'un revers qui aurait démoralisé les troupes, d'un capitaine qui aurait fait mettre la crosse en l'air et qui aurait fraternisé avec les insurgés. Ni d'un côté ni de l'autre on ne savait pourquoi l'on se battait, et il fut très heureux qu'en adoptant un drapeau différent de celui de l'armée, l'insurrection eût eu la maladresse de symboliser visiblement une révolte dont les causes étaient invisibles.

Cette fois, la plaine de Monceau était bien près du champ de bataille. Le mont Valérien tonnait, les obus pleuvaient sur Neuilly, non loin de la maison de M. Brière. Suzanne n'aurait pas essayé d'entretenir une illusion, dès les premiers jours impossible. Sans être pusillanime, la plus simple prudence conseillait de fuir. Où fuir, sinon pour rejoindre Marthe, dont les lettres ne parvenaient plus? M. Brière se souvenait

9.

des offres d'hospitalité de la baronne, et, malgré la
peine qu'il avait à s'ébranler, son parti dut être pris.
C'était Versailles qu'il fallait gagner, et Suzanne s'é-
tait renseignée sur les moyens d'accès que présentait
la gare du Nord. Un matin, M. Brière, effaré, dit adieu
à sa bibliothèque et, pour se donner du courage, contempla longtemps l'inscription : *Philosophia*. Du
moins, il emportait dans une valise son manuscrit
qu'il venait d'achever.

« S'il est sauvé, pensait-il avec une complaisance sincère, mon nom ne périra pas, et l'Institut me décernera
peut-être une couronne posthume. »

A la gare du Nord, il eut un tremblement. Pendant
que Suzanne, engagée dans les barrières, faisait la
queue pour prendre au guichet des billets, il était dé-
visagé par des fédérés aux uniformes fantaisistes et à
la face aussi rébarbative que barbue.

« Ouvrez cette valise, citoyen, dit impérieusement
un sergent. Qu'y a-t-il là dedans. »

Le héros savait à peine lire le français; il vit du
grec, il crut avoir fait une trouvaille et saisi des dépêches chiffrées adressées aux Versaillais. Peu s'en
fallut que l'histoire de la philosophie grecque ne fût
confisquée pour être envoyée à la Préfecture de police.
L'auteur aurait risqué d'être fusillé comme espion ou
réservé pour l'être comme otage. Un officier inter-
vint; il était brodé de la tête aux pieds, il avait un
chapeau à plumes, une large ceinture rouge qui soutenait des pistolets, et il traînait un grand sabre de
cavalerie.

« Tiens, s'écria-t-il, c'est vous, monsieur Brière? »

Quoique l'accent de cette exclamation ne fût pas malveillant, le philosophe était éperdu.

« Monsieur, citoyen, mon général, balbutia-t-il, je ne croyais pas avoir l'honneur...

— Comment, mon maître, vous ne reconnaissez pas Galichard? »

A ce nom, M. Brière dut reconnaître, malgré la barbe grise et l'accoutrement, un ancien pion du lycée Louis-le-Grand.

« Pardonnez-moi, reprit-il. De grâce, mon général, ordonnez qu'on me rende mes papiers. »

Galichard jeta les yeux sur le manuscrit, puis éclata de rire.

« Laissez passer cet homme, dit-il, je réponds de lui.

— Avec ses papiers, capitaine?

— Oui, avec ses papiers. Je vous jure, — et Galichard appuya en effet l'affirmation d'un juron selon la formule la plus énergique, — que tous les Versaillais ensemble ne comprendraient pas un mot à ces paperasses. »

Le sergent, qui avait déjà flairé de l'avancement pour sa trouvaille, lâcha sa proie en grommelant. M. Brière, refermant sa valise, tâchait de mettre de l'effusion à remercier Galichard, tout en étant gêné dans sa reconnaissance par le mot méprisant de paperasses qui avait mal résonné à ses oreilles. Suzanne observait la scène avec une vive inquiétude sans pouvoir se dépêtrer de la barrière. Elle arrivait enfin au secours de M. Brière.

« Où allez-vous ainsi? demanda le capitaine.

— Je ne sais trop; je crois que nous allons en Normandie.

— Bon voyage, mon maître, c'est un beau pays. »

Et Galichard chanta, sur l'air bien connu : « C'est le pays qui m'a donné le jour. »

M. Brière prit place en silence dans un wagon de troisième classe. Il continuait de s'abandonner à la fatalité, mais il commençait à regretter les obus de la plaine de Monceau. Il eut à Saint-Denis un spectacle inattendu et assez émouvant, celui des casques à pointe qui occupaient la gare et remplissaient les rues. Il n'avait jamais vu un soldat prussien et se trouvait comme dans un camp ennemi. Il n'était pas le seul à s'étonner de la situation d'une ville française se défendant contre une armée française sous l'œil dédaigneux et railleur d'une armée allemande. Mais il n'avait pas le loisir des réflexions et il suivait la foule. *Versailles! Versailles!* criaient les cochers d'une centaine de véhicules de toutes formes. M. Brière et Suzanne montèrent dans une tapissière, qui se remplit d'autres fugitifs. C'était un pêle-mêle de femmes, d'enfants, de vieillards que chaque train versait ainsi dans de nombreuses voitures, un convoi presque ininterrompu qui contournait le cours de la Seine, en soulevant la poussière de la route, qui passait sous le canon du mont Valérien, et qui, malgré l'allure inégale des chevaux, était bien une sorte de convoi funèbre menant le deuil de la patrie.

La tapissière n'avait pas la marche fort accélérée.

La nuit tombait quand elle déposa ses voyageurs devant le palais de Louis XIV. M. Brière et Suzanne se virent au milieu d'un nouveau camp. Jamais la vaste place d'Armes, couverte de tentes et de canons, n'a mieux mérité son nom. Ils eurent de la peine à trouver, non point la nourriture, qui ne manquait pas, mais les moyens de la prendre dans les restaurants encombrés. Trouver des chambres, et à une pareille heure, était encore plus difficile et fut même reconnu impossible. Suzanne, qui s'était emparée résolument de la direction des mouvements, frappa vainement à bien des portes. En désespoir de cause, elle se fit indiquer la gare des Chantiers, dont les salles aussi étaient assiégées par la foule. Brisé d'émotions, fatigué du poids de sa valise, M. Brière était épuisé.

« Nous avons eu tort de partir, ma pauvre Suzanne, dit-il avec consternation. Il vaut mieux attendre la mort dans son lit que de la poursuivre au prix de tant de fatigues. L'horrible chose que la guerre! A peine apaisée, la guerre étrangère a engendré la guerre civile, — si les deux ne viennent pas ensemble.

— *Philosophia!* » répondit Suzanne.

Et l'on pouvait dire qu'en fait de grec, elle était déjà au bout de son latin.

M. Brière rougit de la leçon qui lui était donnée par une femme. Suzanne continua :

« Et le plus dur est fait. Une mauvaise nuit est bientôt passée, et dans deux jours vous embrasserez Marthe.

— Oh! dans deux jours. Nous avons mis une journée entière à faire cinq lieues. »

A force de s'ingénier, Suzanne, après s'être informée de l'heure du départ pour Granville, réussit à se procurer chèrement, chez un boutiquier, non pas des lits, mais un abri et de modestes chaises. Je ne garantis pas que M. Brière, malgré sa lassitude, y ait goûté un sommeil réparateur.

Deux jours après, un cabriolet de louage, pris à la gare de Granville, gravissait les pentes de la route d'Avranches. M. Brière et Suzanne étaient silencieux. Au sommet d'une côte escarpée, la mer se déploya tout à coup sous leurs yeux. Le soleil l'inondait de ses rayons. Les flots, faiblement agités au large, scintillaient. La brise gonflait les voiles blanches de nombreuses barques de pêche qui croisaient leurs harmonieuses évolutions. Les vagues de la marée montante se brisaient sur mille écueils en lançant d'éblouissantes gerbes d'écume, parfois diaprées des couleurs de l'arc-en-ciel. Je plaindrais l'homme qui serait insensible à la magnificence de ce spectacle. M. Brière poussa un cri d'admiration.

« Arrêtons-nous ici, » dit-il.

Il descendit de la voiture avec Suzanne et se rapprocha du bord de la falaise. Pour la première fois de sa vie peut-être, il resta plongé dans la contemplation de la nature. Suzanne partageait son enthousiasme. Ce fut elle pourtant qui arracha M. Brière à cette contemplation.

« Remettons-nous en chemin, dit-elle. Nous ne sommes plus qu'à trois lieues de Marthe. »

M. Brière tressaillit. Il oubliait ses émotions et ses

fatigues, il oubliait la guerre, il oubliait sa fille. Ils trouvèrent le conducteur, qui, le dos tourné à la mer, fumait nonchalamment une pipe. Ils ne purent s'empêcher d'exprimer leur admiration.

« Vous allez voir mieux que cela, dit-il. De beaux pommiers, de belles prairies et de belles vaches. Je donnerais bien la mer tout entière pour deux journaux de prés. »

Cet homme était réaliste. Il n'avait cependant pas tort de vanter la vallée dans laquelle allait s'enfoncer la voiture. Ces vallées de la basse Normandie sont charmantes. C'était avril, c'était le réveil du printemps. Si les grands arbres n'avaient pas encore recouvré leur parure, les prairies étaient déjà verdoyantes. Les buissons bourgeonnaient autour des courtils. Les oiseaux chantaient, les ruisseaux chantaient, les pâtres chantaient. Cet heureux pays semblait ignorer ce qui se passait entre Paris et Versailles. Le voiturier était devenu bavard. Suzanne imagina de le questionner sur la baronne de Charmoise.

« Elle est venue hier en ville, avec une Parisienne, qui est bien jolie. Tout le monde la remarquait. Mme la baronne est très aimée, surtout depuis la guerre, parce qu'elle a guéri plusieurs soldats du pays. Il paraît qu'elle avait fait un hôpital dans sa maison, et qu'elle était comme une bonne sœur. On a été bien content de la revoir, et l'on espère qu'elle va marier la Parisienne.

— On parle déjà de cela? s'écria M. Brière.

— Dame, Monsieur, ça ferait bien l'affaire de M. le comte Raoul, et ça serait un beau couple.

— Qu'est-ce que c'est que le comte Raoul, je vous prie?

— C'est un cousin et un voisin de Mme la baronne. On dit qu'il ne bouge plus du château depuis l'arrivée de la Parisienne, et il était encore hier en ville avec elle. C'est tout simple, les beaux jeunes gens recherchent les jolies filles, et il est bien temps qu'il fasse une fin. Seulement, on ne sait pas si elle sera assez riche pour deux, car le comte Raoul est allé un peu vite, avec ses grandes chasses et ses chevaux. Ah! les beaux chevaux, Monsieur! Après ça, Mme la baronne n'a pas d'enfants, et si elle aime tant que ça la Parisienne... et elle aime bien M. Raoul, aussi. C'est un fameux cavalier, Monsieur, il n'y en a pas un meilleur dans le pays. Il faut le voir aux courses! Et quel chasseur! Figurez-vous que, l'année dernière, il a été renversé par un sanglier... »

Le voiturier ne tarissait pas sur les mérites du comte Raoul, lequel avait la popularité que donnent toujours dans les campagnes l'audace et la force aux exercices du corps, unies à la dépense. M. Brière n'était pas en disposition d'écouter très attentivement l'anecdote spéciale du sanglier. Il s'alarmait de la situation qui lui était révélée, il se reprochait d'avoir confié Marthe à la baronne. Suzanne aussi, qui n'avait pas prévu le comte Raoul, accueillait des soucis de nature assez compliquée. La voiture reparut plusieurs fois au sommet de la falaise. M. Brière ne regardait plus la mer. Elle s'engagea enfin dans une longue avenue de sapins et de hêtres au bout de laquelle on apercevait la façade

d'un château à tourelles d'apparence monumentale. Le
voiturier croyait conduire ses voyageurs au bourg voisin
qui portait le même nom que le château, et demanda
où il devait s'arrêter.

« Nous allons chez la baronne de Charmoise, » dit
simplement Suzanne.

— Vraiment? reprit-il étonné. Vous trouverez nombreuse compagnie. Il y a justement aujourd'hui un
grand dîner au château, en l'honneur de la Parisienne. »

En ce moment, un cavalier dépassait en galopant la
voiture. Le conducteur le saluait profondément.

« Tenez, dit-il, c'est le comte Raoul, qui est naturellement du dîner. Sans lui, ce serait une fête manquée. Voyez comme il se tient bien, et quel beau cheval!
Il l'a payé quatre mille francs, s'il les a payés, car il
ne paye pas toujours comptant. Et il en a comme
cela une demi-douzaine. »

Le comte Raoul était déjà loin. Il franchissait la
grille, et l'on entendait des voix de femmes qui, du
perron, lui souhaitaient la bienvenue. M. Brière n'a-
vait pas pu remarquer ses traits, il dut se contenter
d'admirer sa prestance, ainsi que l'aisance de son attitude. Un carrosse découvert débouchait aussi d'une
route transversale, il contenait des dames en toilettes
élégantes. M. Brière se sentit envahir d'un grand
trouble.

« Jamais, dit-il à Suzanne, je n'oserai me présenter
ainsi dans ce château. Retournons à Granville, d'où
j'écrirai à Marthe de venir nous rejoindre à l'hôtel.

— Y songez-vous? Quand vous n'avez qu'à vous montrer pour l'embrasser.

— Justement, je ne veux pas me montrer. »

Et s'adressant au voiturier :

« N'y a-t-il pas ici une auberge?

— Oh, Monsieur, un cabaret de buveurs de cidre.
Mais si vous voulez, je vous conduirai chez le curé.
Dans nos pays, quand on est embarrassé de quelque
chose, on va chez le curé.

— Hé bien, allons chez le curé. »

La voiture tourna devant la grille, au lieu d'y entrer.
Marthe était à la fenêtre de sa chambre. Depuis longtemps elle observait ce cabriolet qui se rapprochait
lentement, et dont elle ne pouvait détacher ses yeux.
A mesure que les voyageurs prenaient des formes moins
indécises, ce qui n'était d'abord qu'une hypothèse,
qu'elle-même ne jugeait pas sérieuse, se colorait de
vraisemblance et lui faisait battre le cœur. Quand la
voiture tourna pour disparaître, elle ne douta plus,
elle avait reconnu son père et Suzanne. Éperdue, elle
descendit précipitamment. La baronne, entourée de
ses invités, étalait au salon toutes ses grâces, et
parlait précisément de la jolie prisonnière qu'elle
avait faite au siège de Paris. Marthe entr'ouvrit la
porte.

« Excusez-moi, Madame, dit-elle. Il faut que je coure
après mon père, je viens de l'apercevoir.

— Courir après votre père? Vous rêvez, ma chère
enfant.

— Non, je ne rêve pas. Je suis certaine de l'avoir

reconnu, ainsi que Suzanne. Ils ont pris à gauche, devant la grille.

— Mesdames, dit la baronne, vous permettez que j'aille éclaircir ce mystère? »

Elle sortit. Marthe était si affirmative que la baronne ne pouvait pas lui refuser une recherche. Toutes deux passèrent d'abord dans la cour des communs, où l'on n'avait aucunes nouvelles d'une voiture de louage. Une porte de derrière conduisait au presbytère, qui était très proche, et la baronne voulut bien aller jusque-là pour se renseigner. Le cabriolet, qui avait dû faire un détour, y arrivait en même temps, et Marthe se jetait dans les bras de son père. Je ne pense pas que la baronne, qui pensait à ses invités et à son dîner, trouvât le moment très opportun, mais personne ne l'avait choisi.

Quelqu'un qui fut bien surpris et bien fier fut le voiturier, en découvrant qu'il avait eu l'honneur de conduire le père de la belle Parisienne. Suzanne ne pouvait être que sa mère. M. Brière ne fut pas trouvé généreux au moment du pourboire, mais il avait si piètre mine qu'on daigna l'excuser. J'ai dit que le voiturier était bavard. Il était impatient de rentrer à Granville pour répandre la nouvelle, et je crois que son cheval y perdit beaucoup en repos et en avoine. Le lendemain, la ville entière savait que le père et la mère de la Parisienne étaient arrivés providentiellement, pour assister au repas de fiançailles de la jeune fille qu'adoptait la baronne. On commentait le chiffre de la dot fournie par la baronne, et qui allait en grossissant.

Les créanciers du comte Raoul étaient dans l'allégresse, et le notaire calculait les honoraires du contrat. Les marchands se réjouissaient de la fermeture de Paris, qui forcerait de s'adresser à eux pour la corbeille, et préparaient des correspondances avec Londres, par la voie de Jersey, afin de n'être pas pris au dépourvu. Un bijoutier indigène et une modiste étaient particulièrement excités. Les imaginations vives des épouses et des demoiselles des estimables sécheurs de morue brodaient le roman sentimental de la rencontre du comte Raoul et de Marthe dans l'ambulance de la baronne, pendant le premier siège. On inventa au comte une grave blessure que la jeune fille avait pansée. Le comte Raoul était un peu conquérant, et, s'il n'avait pas reçu de blessures, il pouvait en avoir fait. On assure que, pour parachever le tableau, il y eut quelques pleurs versés en secret.

DIPLOMATIE.

Après les premières effusions devant le presbytère, il avait fallu parlementer et délibérer. La baronne voulait que les voyageurs la suivissent immédiatement au château. M. Brière faisait résistance. Il alléguait trois bonnes raisons : sa fatigue, son costume et sa sauvagerie. Il refusait absolument de se produire devant les hôtes et les invités de la baronne. Il n'avait même pas apporté son vieil habit noir. Il ne se rendait pas compte qu'il aurait été plus ridicule sous cet accoutrement dé-

modé de cérémonie que sous son veston poudreux de
chambre et de voyage. La courtoisie de la baronne
n'insistait qu'assez faiblement et sans conviction. Elle
aussi était obligée de reconnaître que le philosophe aux
longs cheveux gris était embarrassant à placer à sa
droite dans un grand repas, et Suzanne, qu'elle ne savait comment devoir traiter, était un autre embarras.
Les influences du costume, de la tournure, de l'ensemble de choses qui compose l'extérieur d'un homme,
sont considérables. Il n'est personne qui n'en subisse
la puissance, et ce n'était pas une femme de l'élégance
de la baronne qui pouvait y être insensible. Aidée de
ses conseils, la modiste de Granville avait bien suffi à
parer la jeunesse de Marthe, pour qui la nature avait
tant fait, et dont la simplicité, qui était un charme
de plus, n'avait aucune gaucherie. M. Brière, sorti de
son cabinet de travail, où il n'était pas sans quelque
dignité imposante, devenait essentiellement gauche.
Bien des tailleurs et des coiffeurs, de Granville et autres
lieux, se seraient escrimés avant de lui enlever ce caractère. Il prêtait un peu à rire, comme un personnage
de comédie, et, par égard même pour Marthe, la baronne ne se souciait pas d'exhiber devant ses voisins
rassemblés un pareil Géronte.

Il fallait cependant une prompte solution. Le curé
l'apporta en intervenant et en proposant son hospitalité.
Il avait deux petites chambres et deux lits à offrir, il
n'en avait pas trois, ce qui, indépendamment de convenances impérieuses, excluait la demande de Marthe de
partager le refuge de son père. La baronne, de l'accent

péremptoire qui ne laisse pas de place à la réplique,
s'empressa de déclarer que c'était une combinaison
excellente, au moins provisoirement, et qu'on aurait le
loisir de réfléchir le lendemain. Elle se retira en exigeant la promesse que Marthe la rejoindrait au château
dans un quart d'heure. Tout était arrangé, et la fête
donnée au voisinage ne serait ni manquée ni troublée.
Je souhaiterais aux maîtresses de maison de se tirer
toujours aussi bien des guignons subits et des surve-
nances malencontreuses.

M. Brière succombait véritablement à la fatigue, et
ce fut lui qui congédia bientôt Marthe. Il ne le fit pas
sans une recommandation solennelle.

« Mon enfant, dit-il, nous voici réunis pour ne plus
nous quitter, j'espère. Nous causerons demain du parti
que nous aurons à prendre, je n'aurais pas aujourd'hui
assez de liberté d'esprit. Je te conjure, je te supplie
d'être prudente... et de veiller sur ton cœur.

— Sur mon cœur? répéta Marthe. Ce n'est pas ici
que j'en éprouverais le besoin.

— Tu aurais tort. Je ne te dis qu'un mot. Méfie-toi
des attentions du comte Raoul.

— Vous connaissez le comte Raoul? s'écria en riant
la jeune fille. Rassurez-vous, il n'est pas redoutable,
et dormez en paix. »

Marthe rentra au château, fort intriguée de comprendre comment le beau comte Raoul portait déjà
ombrage à son père. Celui-ci fut, de la part du curé,
l'objet de soins dont il ne pensait pas avoir à se méfier.
Il avait échappé à tous les dangers qu'il s'admirait

d'avoir affrontés, il n'entendait plus le bruit du canon, il avait vu la mer, il avait retrouvé sa fille, qui venait de lui dire de dormir en paix. Il ouvrit sa valise, il contempla le précieux manuscrit qui, lui aussi, avait échappé à de graves périls. Après un frugal repas, il se mit au lit et s'endormit profondément.

Personne ne dormait au château. On s'étonnera peut-être du moment qu'avait choisi la baronne pour donner à son voisinage une sorte de fête. C'était bien moins une fête que le renouvellement ou la continuation d'habitudes hospitalières. La partie de la Normandie qu'habitait la baronne était certainement une des régions de la France qui avaient le moins souffert de la guerre. On y était loin des combats, loin même des rassemblements et des passages de troupes, on n'y avait pas connu d'agitations populaires, et la mer libre était une sécurité. Dans un pays riche et fertile, où l'hiver a peu de rigueurs, l'abondance avait constamment régné, et l'on ne connaissait pas les privations. La population maritime n'avait pas éprouvé de pertes. Après la paix, le retour des mobiles, presque tous sains et saufs, ramena la joie dans les familles, et les pots de cidre coulèrent à flots par les villages pour célébrer la rentrée de cette jeunesse. Dans les châteaux, on avait à célébrer de plus la rentrée glorieuse de la baronne elle-même. Elle marchait accompagnée de deux prestiges, celui du dévouement qui l'avait rendue célèbre et celui de la belle Parisienne, dont on racontait diversement la mystérieuse histoire. Marthe avait eu le plus grand succès, et le comte Raoul, s'il était le

plus empressé, n'était pas le seul hobereau qui flairàt
une adoption. L'insurrection de la Commune, sans
aucun écho dans une contrée qui n'a pas d'aggloméra-
tions ouvrières, ne semblait de loin qu'un accident
brutal et absurde, qui inquiétait peu. On n'en avait de
nouvelles que par les bulletins et les journaux de Versailles, qui la représentaient chaque matin comme
agonisante.

Marthe, transportée tout à coup, de la solitude austère où elle avait vécu, au milieu des caresses et des
hommages, avait subi une périlleuse épreuve, périlleuse
leuse aussi pour le souvenir de Fernand. Elle n'avait
plus Suzanne pour l'entretenir de l'ami de son enfance ;
la baronne ne le nommait jamais et s'abstenait même
de toute allusion. Cela paraissait systématique. Marthe
ne pouvait pas oublier que, le jour de sa seconde visite à la maison isolée, la baronne lui avait arraché
une confidence, en disant qu'elle avait reçu celle du
blessé. Il semblait impossible que celui-ci n'eût pas écrit,
au moins une fois, en annonçant son arrivée en Auvergne. C'était le devoir le plus strict de la politesse
et de la reconnaissance, et Fernand n'y avait certainement pas manqué. Il était difficile de mettre sur le
compte de la légèreté le silence gardé par la baronne,
et qui devenait pour Marthe un problème dont elle
cherchait la solution sans oser la demander. Il y a un
proverbe méchant, d'une observation trop souvent vé-
rifiée, qui dit que les absents ont tort. Dans les choses
du cœur, ce n'est vrai que lorsqu'ils sont remplacés.
Question de temps, question d'occasion, question de

mesure, aussi, dans la puissance ou la profondeur du sentiment soumis à l'épreuve. L'absence, qui parfois efface, parfois au contraire ravive les couleurs de l'image. Il s'agissait de savoir si l'image de Fernand serait remplacée. Peut-être, mais cette hypothèse ne venait pas à la pensée de Marthe, était-ce l'expérience que voulait faire la baronne?

Enjouée, spirituelle, d'une activité toujours en éveil, la baronne était une charmeuse. Elle sentait elle-même un attrait de plus en plus vif pour sa jeune compagne, elle multipliait les cajoleries et les distractions. Elle jouissait de voir se dilater, s'épancher en quelque sorte une nature si longtemps comprimée. Tout était nouveau pour Marthe. On n'a pas dit quelles avaient été ses impressions enthousiastes en présence de la mer. Elle ne s'était pas contentée de la contempler du haut d'une falaise, il y avait eu des promenades, des parties de pêche, jusqu'à une course à Jersey. C'est une traversée de trois heures, la mer était très mauvaise au retour, et la Parisienne, qui n'avait pas été malade, s'était acquis une réputation par la vaillance de sa bonne humeur. La baronne, habile écuyère, avait fait naître en elle un autre goût, celui de l'équitation, en lui donnant un poney, aux douces allures, sur lequel la jeune fille s'émerveillait de chevaucher, en recevant des leçons du comte Raoul. Les réunions de châteaux étaient presque journalières. Un scrupule arrêtait encore pour danser, mais n'aurait pas tenu longtemps, sans la fâcheuse nouvelle de l'insurrection de Paris. Il n'arrêtait déjà plus pour chanter. On sait que Marthe était musicienne. Sa

10

voix, fraîche et forte, soulevait des applaudissements qu'elle n'avait jamais connus. Certes, la jeune fille était excusable d'être un peu étourdie, peut-être même enivrée. Quand, le soir, sa pensée solitaire se reportait vers le troisième étage de la rue Cassette et vers la plaine de Monceau, elle doutait si elle rêvait maintenant ou si elle avait rêvé vingt ans.

Suzanne avait une excellente raison de ne pas lui adresser de longues missives, elle savait à peine écrire. M. Brière en avait une moins bonne, il détestait écrire une lettre. La rareté des correspondances ne chagrinait donc pas Marthe. Elle ne lisait jamais de journaux, et le peu qu'elle avait appris des événements de Paris n'était pas de nature à l'inquiéter beaucoup pour des reclus étrangers à la lutte. Quand elle commença d'en avoir du souci, elle vit à propos arriver inopinément son père. Rien ne semblait devoir l'empêcher d'apporter aux invités de la baronne, avec un visage riant, sa part ordinaire d'affabilité.

Rien? ai-je dit. Je crains de me tromper. La tendresse filiale avait été, dans son premier élan, sans arrière-pensée. Accusera-t-on la jeune fille d'avoir senti presque aussitôt un trouble l'envahir? Le regard habitué à l'obscurité ne passe pas impunément à la pleine lumière du soleil, ni le regard ébloui aux demi-teintes. Marthe rougissait de s'apercevoir que son père lui était apparu sous un aspect nouveau. Ce n'était pas lui qui avait changé, c'était elle, et elle l'avait vu avec d'autres yeux. Il venait sans doute la chercher, la rappeler à la vie sérieuse et austère. Elle était prête à en accepter les

devoirs. C'eût été beaucoup exiger que de vouloir que
ce fût sans regret. L'oiseau captif ne chante pas en
rentrant dans sa cage, après avoir goûté les joies de la
liberté.

La baronne elle-même éprouvait quelque gêne. Elle
avait eu le temps d'avertir ses hôtes de ne point questionner Marthe sur M. Brière, qu'elle avait représenté
comme un savant d'une grande distinction, un peu original et sauvage, ce qui n'étonne pas des vieux savants.
Son arrivée inattendue ne laissait pas que de piquer la
curiosité. Elle n'était pas agréable au comte Raoul, qui
ne trouvait pas ses affaires assez avancées, et qui redoutait d'avoir à se mettre en frais avec ce personnage.
Sa présomption n'allait pas jusqu'à croire que le terrain de la philosophie lui fût favorable. Il aurait préféré avoir à séduire une notabilité du *sport*. Le repas
n'eut rien qui mérite d'être particulièrement mentionné.
Dans la soirée, le comte Raoul crut devoir essayer de
redoubler de galanterie envers la jeune fille. Elle était
distraite ou sur ses gardes, elle ne l'écoutait pas.

Pour la baronne aussi, c'était une crise. Si elle prolongeait la situation, elle ne savait vraiment que faire
de M. Brière, qui était décidément un fâcheux et, selon
l'expression vulgaire, venait se jeter comme un chien
à travers un jeu de quilles. Il était dans le caractère
de la baronne d'affronter résolument les crises et de les
précipiter. Dès le lendemain matin, elle faisait demander à M. Brière de la recevoir aussitôt qu'il serait levé
et avant d'avoir vu sa fille. M. Brière, qui, tout au rebours, ne se plaisait qu'à éloigner les crises, fut cons-

terné d'apprendre qu'à peine reposé de tant d'émotions, il lui fallait se résigner à en éprouver une nouvelle. Le curé était à son église, où Suzanne l'avait suivi. L'entretien eut lieu dans la salle à manger du presbytère.

La baronne, très simplement vêtue cette fois, ne s'amusa pas aux protocoles diplomatiques et entra vivement en matière.

« Mon cher monsieur Brière, dit-elle, asseyons-nous et causons de votre fille. Elle est charmante et je l'aime de tout mon cœur. Une mère ne serait pas plus désireuse de son bonheur. Venez-vous me la reprendre ? Et avez-vous du bonheur à lui donner ?

— Ah! madame la baronne, répondit M. Brière embarrassé, il s'agit bien de bonheur pour elle ou pour personne ! Assurément, il serait dans l'ordre que je reprisse ma fille, en vous remerciant de l'avoir accueillie, mais je suis un pauvre fugitif, je n'ai pas de domicile, ma maison est peut-être en flammes...

— A cela vous ne pouvez rien, monsieur Brière. Si votre maison brûle, nous n'y enverrons pas d'ici nos pompiers, n'est-il pas vrai ? Vous penserez à son inscription, que je n'ai pas oubliée : *Philosophia!* Une grande leçon dont je tâche de profiter. Est-ce que la philosophie n'est pas de souffrir ce qu'on ne peut empêcher?

— C'est juste, dit M. Brière, flatté de ce souvenir.

— A propos, reprit la baronne. Et votre ouvrage, l'avez-vous achevé ? Et avez-vous mis le manuscrit en sûreté ?

— Il est achevé, Madame, et j'ai là-haut le manuscrit, sauvé de bien des dangers.

— Et vous vous plaindriez, monsieur Brière ? Je n'avais que cette inquiétude. Vous n'avez plus besoin de bibliothèque. Savez-vous ce qu'il y a de plus pressé ? C'est de faire imprimer et de publier votre livre. Il est très heureux que les événements aient retardé les élections à l'Institut. J'ai bien des amis, et je vous aiderai. »

La baronne n'avait pas préparé cette habileté. Elle ouvrait les cieux devant M. Brière, dont la figure terne s'illumina :

« Après cela, je vous offre de parier que votre maison ne souffrira aucun dommage. Tenez-vous le pari ? Si je gagne, vous me laissez votre fille.

— Que feriez-vous d'elle ? demanda M. Brière, qui n'était pas fâché d'échapper à une réponse par une interrogation.

— Si j'étais égoïste, je ne serais pas embarrassée. Je la garderais comme une société bien douce. Je ne livrerais pas à d'autres mon trésor. Mais je vous répète que je l'aime... d'un amour de mère. Les mères savent se sacrifier pour leurs enfants. Je n'ai pas eu d'enfants, monsieur Brière, je suis bien seule au monde. Je saurais aussi me sacrifier au bonheur de Marthe. »

Il y avait dans la voix de la baronne un ébranlement inusité. M. Brière se sentit ébranlé lui-même.

« Madame, dit-il, vous reparlez encore du bonheur de Marthe, vous pensez donc qu'elle ne peut pas le trouver auprès de moi... ni auprès de vous ?

— Hé non, mon cher monsieur Brière. Soyez donc philosophe, et comprenez ce qu'est une jeune fille aussi richement douée. Auprès de vous, pardonnez-moi de

10.

vous le dire, ç'a été la prison, la compression de tous les instincts de la jeunesse. Auprès de moi... ce pourrait être le succès, les hommages, les distractions renouvelées, les plaisirs. Ce ne serait pas encore le bonheur. Croyez-vous par hasard que je sois une femme heureuse?

— Où est le bonheur? » s'écria mélancoliquement M. Brière. « Et est-il bien nécessaire de le chercher, puisqu'on ne le trouve jamais?

— Oui, dit la baronne, la jeunesse a besoin de le poursuivre, au risque de ne pas l'atteindre. L'oiseau a besoin de voler, au risque d'être arrêté dans son vol par le plomb du chasseur. Lui couperez-vous les ailes, pour lui éviter la chance de les avoir brisées? »

Il y eut quelques moments de silence. M. Brière reprit :

« Madame, depuis que vous m'avez fait l'honneur de venir me voir dans mon ermitage, je n'ai rien appris, je ne sais rien. Expliquez-moi de grâce... ce que c'est que le comte Raoul.

— Comment, dit la baronne en riant, qui a pu vous parler déjà du comte Raoul? Est-ce Marthe? Ce serait grave.

— Je vous jure que ce n'est pas elle.

— C'est donc mon curé?

— Pas davantage.

—Ah ! monsieur Brière, vous avez une police secrète, je ne vous croyais pas capable de me surveiller ainsi. Je vous en aurais parlé, du comte Raoul. Ce n'est pas le premier venu. Un des plus beaux jeunes gens de notre

pays, un de mes cousins et de mes amis. Il dînait hier
avec nous. Grand chasseur devant le Seigneur, cavalier
superbe. Point militaire, monsieur Brière, et point bachelier non plus, à la vérité. Il trouve Marthe fort à
son gré, il n'a pas tort, et pour peu que vous désiriez
que votre fille soit comtesse...

— Moi, Madame ? Je n'ai pas, Dieu merci, cette sotte
faiblesse de vanité.

— Pourquoi sotte ? Elle est si commune ! Il est vrai
que la sottise est bien commune aussi. Je vous avertis
que le comte Raoul serait très friand d'une grosse dot.
Que voulez-vous ? C'est un des besoins de sa jeunesse,
qui a eu beaucoup de besoins. Et à cette occasion, puisque nous sommes dans les confidences, il faut que vous
me permettiez de vous demander quelle dot vous comptez donner à Marthe.

— Mais, Madame... je n'y ai jamais pensé.

— Je vous crois. Il faut y penser. Elle a sa fortune
maternelle, qui est assez belle, je l'ai su à Paris par
mon notaire. Moi aussi j'ai eu ma police, et je n'ignore
pas que Marthe sera un fort bon parti... quand elle le
voudra.

— Le lui auriez-vous dit ? » s'écria M. Brière d'un ton
véhément qui ne lui était pas ordinaire.

La baronne comprit qu'elle avait touché une corde
sensible.

« Pas un mot, sur ma parole, répondit-elle, et Marthe ne s'en doute pas. »

La physionomie de M. Brière s'éclaircit, pour s'assombrir de nouveau quand la baronne ajouta :

« Mais je pourrais le.lui dire, je le devrais peut-être... et Marthe est majeure. »

On comprend maintenant que M. Brière appartenait à l'espèce florissante des pères de famille qui n'aiment pas régler les comptes de tutelle de leurs enfants ni leur reconnaître des droits. Son esprit, imbu des idées de l'antiquité sur la puissance paternelle, protestait contre le code civil. Je consens que ce fût son excuse. Le résultat était que M. Brière, bien que toute la fortune assez considérable dont il jouissait fût la propriété de Marthe, lui faisait à peine une chétive pension et gardait le reste. La profonde soumission de la jeune fille et l'ignorance de Suzanne le mettaient à l'abri des réclamations. Aux raisons pour lesquelles on sait déjà qu'il n'était pas pressé de marier sa fille s'en joignait donc une autre, de nature peu avouable et qu'il ne s'avouait pas à lui-même. Les revenus étaient cependant très supérieurs à sa dépense, mais il avait le goût d'entasser, selon le mode moderne de thésaurisation, en replaçant l'excédent tous les six mois, et il entassait.

Ainsi le philosophe si retiré, si calme, si modeste dans les habitudes de sa vie cachée, avait le cœur dévoré de deux passions violentes : l'ambition et l'avarice. Pour toutes deux, il découvrait qu'il était dans la dépendance de la baronne.

Il y eut encore une pause, et M. Brière sembla rêver.

« Madame, dit-il tout à coup, avez-vous des nouvelles de Fernand Dufresne?

— J'en ai eu il y a une quinzaine de jours, répondit

négligemment la baronne. Il va bien, pas assez bien, heureusement, pour s'être rejeté dans la bagarre de Versailles, je l'espère du moins pour lui. Entre nous, mon cher monsieur Brière, je le crois un peu oublié ici.

— Vous croyez?

— Oui, et d'abord j'ai suivi vos recommandations, je ne prononce jamais son nom, et Marthe ne le prononce pas davantage.

— En vérité?

— C'est tout simple. Tant que vous l'avez gardée sous clef, sans lui laisser voir un seul autre jeune homme, elle devait rester préoccupée de cet enfantillage. Elle ne pouvait pas comparer. Vous étiez imprudent, monsieur Brière. Moi, au contraire, qui suis une femme d'expérience, je lui ai montré tout un assortiment de jeunes gens. C'était le meilleur moyen d'entrer dans vos vues, et d'effacer une image que vous vous contentiez d'éloigner. Vous comprenez, par exemple, que le comte Raoul, qui est très assidu et très empressé, a ici un bien autre prestige qu'un obscur lieutenant qui demeurera défiguré, qui soigne sa blessure au fond de l'Auvergne, — et qui s'appelle M. Dufresne.

— Vous reparlez du comte Raoul. Ce serait donc sérieux?

— Cela dépendrait de la dot... ou des apports, mon cher monsieur Brière. Le comte Raoul a son blason à redorer, et il est très positif, quoiqu'il n'ait pas fait son droit. Mais en Normandie nous sommes tous un peu juristes. Seulement, vous concevez que ce serait dire adieu à Marthe. Il est clair que le comte Raoul, qui a

un château dans nos environs, qui n'aime que la
chasse et les chevaux, n'irait pas s'enfermer avec vous
dans votre maison de la plaine de Monceau pour corriger vos épreuves.

— Madame la baronne... est-ce qu'il ne serait pas
sage... que ma fille revît Fernand? »

Le mot qu'attendait la baronne était lâché. Elle voulut aiguiser encore par la contradiction le désir naissant de M. Brière.

« A quoi bon, dit-elle, puisque ce jeune homme ne
peut pas vous convenir? Laissez-le donc. Il est destiné
à courir les garnisons et ne vous enlèverait pas moins
votre fille.

— Ne m'avez-vous pas dit... qu'il pourrait être placé
dans les bureaux du ministère de la guerre?

— C'est vrai, ce serait très facile, s'il y consentait,
mais il n'y consentirait pas.

— Oh, je vous réponds qu'il y consentira, si Marthe
le lui demande.

— Et vous pensez qu'elle le demandera? Je crains
qu'elle ne préfère le comte Raoul. Au surplus, on peut
en essayer, et je suis à vos ordres. Si vous le voulez,
je vais faire part de votre arrivée à Fernand, et l'inviter à venir passer ici quelques jours. C'est bien com-
promettant, monsieur Brière, mais vous l'aurez voulu,
et je m'en lave les mains.

— Madame la baronne... je vous en supplie. »

La baronne se retira. Sans désemparer elle se hâta
d'écrire à Fernand. Puis un scrupule la prit. Si elle
avait dit vrai! Si Marthe était en disposition d'oublier!

Elle ne le pensait pas, elle jugeait nécessaire de s'en assurer. Impatiente, elle passa dans la chambre de la jeune fille. Elle y trouva Suzanne, et Marthe pleurait.

« Qu'avez-vous, mon enfant? dit la baronne en l'embrassant tendrement. Contez-moi un peu vos peines. Je mérite votre confiance, et je viens vous le prouver.

— Oh! Madame, vous m'avez comblée, et j'hésite à vous remercier. Il faut que je vous quitte, aujourd'hui même. Il le faut absolument, et c'est un grand sacrifice. J'ai eu tort de sortir de ma prison, j'y étais accoutumée. Je retrouve ma chère Suzanne, je retrouve mon père, et je suis bien coupable! Quand je devrais être joyeuse, je ne parviens pas à étouffer mes regrets. C'est de cela que je pleure.

— Vous ne me quitterez pas aujourd'hui, mon enfant...

— Je vous demande pardon, Madame, j'y suis résolue.

— Ni demain. Il faut bien laisser à Fernand le temps d'arriver.

— Qu'ai-je entendu? s'écria Marthe, dont le visage s'enflammait. Que voulez-vous dire?

— Ce que je dis. J'invite Fernand à venir passer quelques jours avec nous, et voici ma lettre. A moins que vous ne préfériez que je la déchire.

— Déchirez-la, Madame. Sous les yeux de mon père, c'est impossible. C'est bien assez que j'aie vu le soleil avant de rentrer dans la nuit, qu'au moins je n'aie pas revu Fernand. »

La baronne prit la lettre entre ses deux mains et fit
le geste de la déchirer. Marthe tressaillit.

« Allons, mon enfant, dit la baronne, j'attends vos
ordres. Seulement, je vous avertis que je suis d'accord
avec votre père.

— Avec mon père? Vous l'avez vu?

— Et nous avons causé longuement ce matin. Je
suis un peu diplomate. C'est lui qui m'a suppliée d'appeler Fernand, pour mettre en fuite le comte Raoul.

— O Madame, » dit Marthe en se jetant dans les bras
de la baronne, « vous êtes une magicienne. Je savais que
vous êtes la charité, que vous êtes la grâce. Vous êtes
aussi la Providence. »

TOUT A UNE FIN.

On devine quelle fut la surprise de Fernand, à la
réception de l'invitation pressante de la baronne. La
lettre, rapidement écrite, n'entrait dans aucun détail,
sinon que la baronne se hâtait de saisir la permission
de M. Brière, qui était auprès d'elle ainsi que Marthe,
et qu'il convenait de se hâter aussi. C'était peut-être
suffisamment éloquent. Malgré l'opposition des médecins, Fernand était au moment de se mettre en route
pour rejoindre l'armée de Versailles; on lui pardonnera d'avoir changé d'itinéraire. Il partit sans s'annoncer. Il se trouva prendre à Granville le même cabriolet
qui avait conduit M. Brière, avec le même voiturier bavard. Celui-ci entra en conversation dès la première côte.

« Monsieur vient sans doute pour la noce? dit-il.

— Quelle noce? demanda Fernand.

— Ah! je pensais que monsieur était un ami du comte Raoul depuis la guerre, car on voit bien que monsieur a été à la guerre.

— On le voit en effet. Qu'est-ce que c'est que le comte Raoul?

— Vous ne le connaissez pas? Alors, je n'ai rien à dire. On parle toujours trop. Monsieur est peut-être le frère de la Parisienne?

— Je ne suis le frère de personne. Qu'est-ce que c'est que la Parisienne?

— Puisque monsieur va au château, il la verra bientôt et je n'ai rien à dire. Est-ce que toutes les demoiselles de Paris sont aussi jolies que Mlle Marthe?

— Pas précisément. Elle est donc bien jolie?

— Ah! Monsieur, comme Mme la baronne, il y a vingt ans. Et pas fière. Toujours une parole douce pour le pauvre monde. Aussi elle est déjà bien aimée dans notre pays.

— Est-ce qu'elle y est depuis longtemps?

— Depuis plus d'un mois. Mais c'est son père qui a une drôle de tête! Vous n'êtes pas son parent, au moins?

— Nullement. Dites tout ce que vous voudrez... de lui. Est-ce qu'il est venu ici avec elle?

— Oh! non, Monsieur; il n'est arrivé que la semaine dernière. C'est moi qui l'ai conduit dans cette voiture.

— Il était seul?

— Non; il avait sa dame, qui n'a pas l'air d'une grande dame, non plus. C'est égal, elle n'a pas une

tête comme lui. Quelle drôle de tête ! On ne croirait
jamais qu'il a pu avoir une fille aussi jolie. Et il n'est
pas généreux. Il m'a donné quatre sous de pourboire.
On lui aurait bien donné deux sous à lui-même, sur sa
bonne mine. Si ce qu'on dit est vrai, le comte Raoul
n'aura pas à se vanter d'avoir un pareil beau-père.
Heureusement on n'épouse pas son beau-père. »

Le souvenir de la gratification de quatre sous était
amer au digne homme, et l'on doit lui savoir gré de
n'avoir pas reporté sa rancune sur la jeune fille. Fernand n'aurait été que médiocrement étonné de la parcimonie de M. Brière. Il y faisait peu d'attention. Il était
plus troublé d'apprendre que le bruit courait d'un
mariage de Marthe avec ce comte Raoul. Il lui semblait
cependant impossible que la baronne eût eu la cruelle
indélicatesse de l'inviter à en être témoin.

« Dites-moi donc ce que c'est que le comte Raoul. »
répéta-t-il.

Le voiturier s'étendit longuement sur les mérites déjà
connus du comte Raoul. Il n'omit pas le récit de la
lutte corps à corps contre le sanglier, qui était le plus
célèbre exploit du jeune comte.

« Il va souvent au château? reprit Fernand.

— Dame, c'est tout simple, si ce qu'on dit est vrai.
Mais on parle toujours trop et cela ne me regarde pas.
Puisque monsieur va au château, il en saura bientôt
plus que moi. »

On entendit le galop d'un cheval et le voiturier se
retourna.

« Tenez, dit-il, c'est juste comme la semaine der-

nière, et lorsqu'on parle du loup... Regardez-le bien
quand il va nous dépasser. Dame, je n'ai pas d'aussi
beaux chevaux que lui. Mais les miens sont payés, et je
ne dois rien à personne. »

Le cavalier, un gros cigare à la bouche, frôla de si
près Fernand qu'il lui envoya au visage une bouffée de
fumée, mais à quelques centaines de mètres on le vit
tourner à gauche et quitter la route que suivait la voiture.

« C'est étonnant, dit le voiturier. Il ne va pas aujourd'hui au château. Je ne comprends pas où il peut
aller de ce côté. »

Fernand fut un peu soulagé de cette observation. Il
ne se souciait pas d'arriver, distancé par le comte
Raoul. Il ne fit plus de questions et resta plongé dans
ses réflexions. Il se rassurait en se répétant qu'il était
impossible d'accuser la baronne d'une grossière offense.
Néanmoins, il appréhendait un danger, une comparaison, une concurrence peut-être, et il ne parvenait
pas à bannir l'image importune du comte Raoul.

Il entra dans la longue avenue. Le cœur lui battit
quand il franchit la grille et contempla la façade du
château. Deux femmes, attirées par le roulement de la
voiture, apparaissaient à une fenêtre. Il reconnut la
baronne et Marthe. La baronne agitait un mouchoir,
puis descendait seule pour le recevoir au perron. Plus
généreux que M. Brière, Fernand jeta une pièce d'or au
voiturier. Je crois que celui-ci, en rentrant à Granville,
y répandit le bruit qu'il était survenu au comte Raoul
un rival redoutable.

La baronne s'était enfermée avec Fernand et le mettait rapidement au courant de la situation, avant d'appeler Marthe.

« De grâce, demanda-t-il, expliquez-moi un certain comte Raoul, qui m'a fait trembler. »

La baronne éclata de rire.

« Comment, dit-elle, ce foudre de guerre a fait trembler même l'Auvergne? C'est la fleur de nos chevaliers, un de mes bons amis, que vous aimerez aussi. Il nous a été très utile, et sans lui vous ne seriez pas ici. Il a été non pas mon diplomate, le ciel ne lui a pas départi cette vocation, mais ma double diplomatie. C'est par lui que j'ai voulu éprouver la constance des sentiments de Marthe, c'est de lui que j'ai fait peur à M. Brière. »

Cette histoire pourrait finir ici, puisqu'on ne prévoit plus de péripéties. Je n'aurais pas besoin de conduire le lecteur jusque devant l'autel, pour qu'il entende le curé glorifier en paroles bien senties, selon le mode banal en usage, l'héroïsme du balafré, les vertus sublimes de Marthe, voire les vertus plus douteuses du savant modeste qui allait être l'illustration de la philosophie et auquel l'Institut tendait un fauteuil. Tout bon élève de rhétorique composerait le discours, peu différent de celui qui devait être prononcé. Bien que je me sois distrait des événements publics, et qu'on n'y songeât guère sous le toit de la baronne, au moment où je me suis arrêté, ils étaient trop graves pour ne pas imposer une assez longue expectative. D'ailleurs, un officier ne se marie pas sans un formalisme qui n'était pas de saison. Froce était donc d'attendre.

Il n'est rien, a-t-il été dit, qui dure autant que le provisoire. Bien des arrangements de la politique, sans compter quelques salles d'opéra, ont justifié ce paradoxe. Deux mois après l'arrivée de M. Brière au presbytère, pour y trouver un gîte d'une nuit, il y était encore. Aucune combinaison de vie ne lui aurait convenu davantage. Il s'était fait un ami du curé, qui, ancien professeur, aimait le grec et la philosophie et possédait une petite bibliothèque classique. M. Brière avait pris goût au cidre mousseux, et ses repas en tête à tête avaient une animation qu'il ne leur avait jamais connue. Suzanne, remplaçant à propos la gouvernante obligée de s'absenter, présidait au ménage. M. Brière n'avait pas le loisir de s'ennuyer. Il corrigeait les épreuves de son ouvrage, dont un typographe de Granville avait eu l'insigne honneur d'entreprendre l'impression, en se pourvoyant exprès d'un supplément d'ouvriers et de caractères. Le curé l'aidait intelligemment à cette besogne qui était très pressée, en vue des élections futures qui demeuraient l'objectif des ambitions de M. Brière, et pour lesquelles la baronne continuait de lui faire espérer sa protection. Il n'allait pas au château. Il recevait chaque jour la visite de Marthe qu'il voyait heureuse, de Marthe, accompagnée de la baronne, et accompagnée aussi de Fernand. Il était enchanté d'échapper aux assiduités d'une cour qui, si elle a du charme pour les acteurs, en a moins pour la galerie. Je crois, en vérité, que dans l'existence de M. Brière, peu de périodes, pas même celle où il fai-

sait la cour à Mme Brière, lui ont laissé de meilleurs
souvenirs que ceux de son exil en Normandie, après
une succession de si poignantes anxiétés. Il y savourait,
pour la première fois de sa vie, près du curé lettré, une
joie bien rare, celle d'être admiré à domicile. Le chef
de famille est aimé... quelquefois; respecté, un peu
moins rarement; redouté, souvent; admiré, presque
jamais. Franchement, il eût été difficile d'exiger de
Marthe, de Suzanne ou de la jeunesse de Fernand, que
la philosophie de M. Brière fût de leur part l'objet d'un
sentiment habituel d'admiration. Le curé apportait
cette jouissance inconnue.

J'engage les cœurs compatissants à ne point trop
plaindre le comte Raoul. L'aspect de M. Brière l'avait
déjà un peu refroidi. Pour le guérir entièrement de sa
passion pour la jolie Parisienne, il suffit à la baronne de
lui dire à l'oreille que la dot serait très maigre. Il avait
le caractère bien fait et ne cessa pas ses visites au château. Il y fut bientôt l'ami de Fernand; il se plaisait à
se promener à cheval avec lui, en lui montrant tous
les environs. Il avait été singulièrement touché de l'intérêt expressif qu'avait pris Fernand à entendre le récit
de ses prouesses de chasse et de courses, et notamment
une seconde édition de la mémorable lutte corps à
corps contre le sanglier. Peu de temps après, il sécha
les larmes de la fille d'un riche marchand de morues,
laquelle est aujourd'hui tout aise et tout heureuse de
s'appeler la comtesse Raoul de Ferville. Dieu sait combien de fois elle a entendu l'anecdote du sanglier! Elle
est souvent fière de la raconter elle-même.

On apprit enfin la délivrance de Paris. La vérité m'oblige à dire que la nouvelle fut désagréable à M. Brière, dont elle dérangeait les récentes habitudes, en ne lui rendant les anciennes que profondément modifiées. Fernand s'empressa d'aller juger la situation. Il trouva la maison dorique intacte. Un éclat égaré d'obus avait seulement enlevé la première moitié de l'inscription ; il ne restait que les dernières syllabes, *sophia*, ou sagesse.

M. Brière fut très frappé de la leçon du sort et se jura d'être sage. Comme la sagesse est modération, il fut très modéré dans les avantages qu'il daigna reconnaître à Marthe, et, bénissant la discrétion de la baronne, il aima d'autant mieux Fernand que celui-ci ne manifesta aucune exigence. La baronne avait voulu se charger de la corbeille et du trousseau, ce qui acheva d'enchanter M. Brière.

Le mariage, célébré par le curé, avec accompagnement de la rhétorique qu'on sait déjà, eut lieu dans la chapelle du château, et M. Brière fut particulièrement attendri de son propre éloge. Puis il fallut bien se disperser.

La baronne tint toutes ses promesses. Fernand fut placé dans les bureaux du ministère de la guerre, et M. Brière, ne le voyant pas en uniforme, put oublier qu'il avait manqué à ses principes en donnant sa fille à un officier. Quand vinrent des élections à l'Académie des inscriptions, l'impression de l'histoire de la philosophie grecque était terminée. L'ouvrage n'était assurément pas sans mérite, pour ceux qui aiment ce genre de littérature. La baronne, de retour à Paris, déclara qu'elle faisait son affaire des démarches. Voici comment elle s'y prit. Très élégamment vêtue, arrivant en équipage et escortée d'un valet de pied, elle se faisait introduire, précédée de sa carte, auprès d'un académicien et lui remettait les deux gros volumes, imprimés à Granville, mais publiés chez Firmin-Didot, où j'engage les amateurs que pourrait tenter ma recommandation à se les procurer. Il doit en rester en magasin plus d'un exemplaire.

« Monsieur, disait-elle, vous excuserez ce que ma démarche a d'insolite. Mon excellent ami, M. Brière, est depuis longtemps dans un état de santé qui lui interdit les visites personnelles. Il a consacré les loisirs de sa retraite à la composition de ce livre que vous me permettrez de ne pas juger, que je n'ai pas lu et que vous êtes libre de ne pas lire vous-même. M. Brière a été un brillant élève de l'École normale et un professeur de l'Université; je ne doute pas qu'il n'ait fait une œuvre de talent. Il est dominé par une passion qui est devenue une manie de malade et dont je n'ai pas pu le détourner, celle de se présenter à vos suffrages. Il a si peu de relations, il est si oublié qu'il n'a, je le sais, en présence de concurrents beaucoup plus connus, absolument aucune chance. Mais il y aura plusieurs tours de scrutin; s'il n'obtenait pas une seule voix au premier tour, ce serait pour lui une déception si amère, une humiliation si cruelle, qu'elle abrégerait ses jours. Tout ce que je vous demande, c'est de me promettre votre voix au premier tour, après quoi vous serez libre de la reporter sur le candidat que vous préférez. Il n'y aura aucun dommage pour le résultat final, et vous aurez accompli un acte de véritable charité envers un malade. Je vous en garderai le secret avec une éternelle reconnaissance. »

La baronne était belle, elle avait un salon en renom, elle donnait des dîners à des académiciens, et l'on a dit qu'elle était une charmeuse. Elle emportait une promesse qui tirait si peu à conséquence et que protégeait si bien le secret!

Vinrent les élections, et les académiciens se regardèrent stupéfaits. Tous avaient été séduits. M. Brière, qui n'avait aucune chance, était nommé à l'unanimité, au premier tour de scrutin. Pour comble d'allégresse, il ignora toujours le moyen. Sa vanité satisfaite, de même que son avarice satisfaite, purent se tourner en procédés affectueux pour Marthe et pour Fernand.

C'est ainsi qu'a été couronnée la philosophie de M. Brière. Seulement il ne jouit pas longtemps de la couronne. Moins de deux années après, il disparaissait presque subitement de ce monde. Marthe le pleura sincèrement. On voudra bien pardonner à Fernand de n'avoir pas été inconsolable. Il se trouvait en possession d'une fortune dont il était bien loin d'avoir soupçonné l'importance; la maison dorique, à elle seule, était devenue une magnifique opération. Ce qu'on appelle un demi-hectare, lorsqu'on parle d'un jardin, prend le nom d'un terrain de cinq mille mètres pour les architectes et les spéculateurs. Il vint un jour où le tentateur dut triompher des répugnances de Marthe à vendre la soli-

tude de la plaine de Monceau. Elle n'avait vraiment pas
de raison d'y prolonger son séjour, au milieu de la
poussière des hautes constructions qui lui interceptaient
même la vue. On chercherait donc vainement aujour-
d'hui, dans un quartier desservi par des tramways, le
cèdre de la maison isolée. Marthe s'est pieusement réservé les quatre colonnes doriques et l'inscription réta-
blie en son entier par M. Brière. Elle se propose d'en
décorer un pavillon lorsqu'elle aura une maison de
campagne. En attendant, elle va chaque année passer
un mois, avec son mari et ses enfants, au château de
la baronne, et elle a semé dans le parc, ainsi que dans
le jardin du curé, des graines du cèdre.

Et Suzanne? Dès qu'elle vit Marthe heureuse, elle se
rendit auprès de ses parents, en cachant son véritable
projet afin d'éviter une scène d'adieux. Elle ne les a
plus quittés. Elle a fermé les yeux de son père, elle
soigne encore, dans un humble village du Morvan, la
vieillesse de sa mère qu'elle peut entourer d'une certaine aisance, grâce aux libéralités de Marthe. Elle soigne aussi les pauvres. Elle fait cela simplement et sous
l'œil de Dieu. Elle n'a aucune prétention à la philosophie, ni aucune ambition d'un prix Montyon.

FIN DE PHILOSOPHIA.

UNE

ILE DÉSERTE

AUX CHAMPS-ÉLYSÉES.

UNE

ILE DÉSERTE

AUX CHAMPS-ÉLYSÉES.

SOUS UN PALMIER.

Un dimanche de la fin de mai, vers cinq heures du soir, la belle comtesse de Montuy, bien connue dans le monde élégant, revenait avec sa fille Lucie des offices de Saint-Philippe du Roule. Elle avait à traverser la grande allée des Champs-Élysées pour regagner son hôtel, situé en façade, de l'autre côté de l'avenue. C'était jour de courses à Longchamps. Il y avait eu quelque témérité à s'aventurer ainsi, et d'ordinaire la comtesse, plus prudente, n'entendait le salut qu'à sa paroisse de Chaillot, si elle n'allait pas aux courses elle-même. Ce jour-là, l'attraction d'un prédicateur en renom avait vaincu celle des tribunes du bois de Boulogne, sur laquelle elle était un peu blasée, et elle comptait d'ailleurs assister de son balcon à la fête agitée du retour. Comme elle sortait très rarement à pied, elle n'avait pas suffisamment réfléchi

aux périls de la traversée. Après plusieurs minutes
d'attente sur le trottoir, et plusieurs faux départs,
elle crut pouvoir profiter d'une éclaircie, et s'engagea
en courant, suivie de sa fille, jusqu'au milieu de la
chaussée. Le torrent des voitures se précipitait, il lui
fut impossible de continuer; la retraite était pareillement fermée, les deux femmes se trouvèrent séparées
l'une de l'autre et se perdirent de vue, parmi la mêlée
des carrosses. Les cochers, arrêtant violemment leurs
chevaux, poussaient des cris auxquels la comtesse,
éperdue, répondait par d'autres cris. Elle faisait quelques pas en zigzag, et, tout sang-froid l'ayant abandonnée, elle était en grand danger, quand une voiture
à quatre chevaux, qui l'avait particulièrement ef-
frayée, fut son radeau de sauvetage. Une portière put
s'ouvrir, des bras vigoureux la saisirent, et elle s'affaissa, pâmée, sur les coussins, entourée de jeunes
gens de tout âge qui portaient à la boutonnière leurs
cartes d'abonnés du pesage.

Ils étaient assez embarrassés de ce supplément d'é-
quipage. L'un d'eux avait reconnu la comtesse, mais
ignorait son adresse, et elle était hors d'état de s'expliquer. Force fut d'ailleurs de suivre le courant jusqu'à la place de la Concorde, avant de délibérer aux
pieds de l'obélisque. La comtesse n'avait pas repris
ses sens. On se dirigea vers l'officine d'un pharmacien
où elle fut déposée. Le lecteur me permettra de l'y
laisser quelques moments. Il doit être désireux d'avoir
des nouvelles de la jeune fille.

Celle-ci, après avoir eu sa part d'émotions, s'était

réfugiée sur un de ces petits îlots récemment disposés,
comme des bouées d'asphalte, par l'édilité parisienne.
Elle n'y fut pas longtemps seule. Un jeune homme,
de bonne mine et d'une mise soignée, sautant adroi-
tement à travers les files de voitures, avait gagné le
même abri et se tenait silencieusement auprès d'elle.
Lucie avait été très anxieuse au sujet de sa mère et
regardait avidement du côté où elle l'avait perdue
de vue. Fort heureusement une similitude de taille et
de toilette la trompa. Elle aperçut une femme qui
parvenait à gagner la promenade latérale dans cette
direction, et ne douta pas que ce ne fût sa mère.
Ainsi rassurée, elle put accepter sans trouble la situation dans laquelle sa jeunesse et sa bonne humeur
voyaient même une petite aventure assez joyeuse.

Lucie était jolie, et elle avait dix-huit ans. Élevée
au couvent, puis confiée à une gouvernante anglaise,
qui venait de la quitter depuis quelques jours, trop
tôt au gré de la comtesse, elle n'avait pas encore été
présentée dans le monde. La comtesse n'était pas
pressée d'opérer une présentation qui est une sorte
d'abdication personnelle. Elle préférait garder pour
elle-même les hommages que justifiait une réputation
méritée de beauté, laquelle n'avait pas d'autre tort
que de remonter à une date un peu ancienne. Au bal,
elle valsait à ravir, non pas toute la nuit, mais à ses
heures, et quand il lui plaisait d'accorder capricieuse-
ment cette faveur, qu'il lui arrivait même de décerner
spontanément. Elle se tenait volontiers étendue sur un
fauteuil dans quelque pièce reculée où les bruits de

l'orchestre ne parvenaient qu'amortis, où les empressements savaient la découvrir, où elle jouait de l'éventail et de la prunelle, libre de se lever à sa fantaisie, de prendre un bras, de circuler ou de demander ses gens. Elle ne se souciait pas d'avoir à passer la nuit clouée sur une chaise au rang des mères nobles et séparée des hommes par une guirlande de jeunes filles. Elle ne voyait pas sans chagrin se rapprocher la perspective de cette fonction, ou de cette faction maternelle, et s'était donné au moins une année encore de répit.

Le comte ne la gênait pas en cette matière, non plus qu'en aucune autre. Pourvu qu'on ne le gênât pas lui-même, il était un mari fort commode. Membre du Jockey dès avant son mariage, grand amateur et connaisseur de chevaux, bien qu'ancien officier de marine, il était un de ces docteurs de science hippique qui rendent des oracles. S'il accompagnait rarement sa femme dans les salons, il n'évitait pas de l'y rencontrer. Il avait sa voiture, comme la comtesse avait la sienne. Assidu au cercle, il ne jouait pas, ce qui lui valait la réputation d'un homme rangé et le faisait choisir volontiers pour arbitre des cas délicats. Il était le parrain le plus recherché des jeunes candidats qui affrontaient timidement le scrutin secret pour être admis dans l'auguste corporation. Quand le comte de Montluy avait daigné honorer un postulant de son patronage, un échec était sans exemple. Mais il n'était pas prodigue de son crédit, qu'il ménageait avec un soin jaloux, pour ne le pas compromettre. Il n'avait

pas d'écurie de courses et ne pariait pas. Il préférait
le rôle austère de juge, réglait les départs ou décidait
des arrivées. Il exerçait un sacerdoce. Souvent en
voyage, se montrant sur tous les hippodromes et invité à toutes les grandes chasses, il était un des oisifs
les plus constamment affairés. Il n'avait pas le temps
de s'occuper de sa femme ni de sa fille.

Afin de rendre les politesses reçues, la comtesse
donnait fréquemment des dîners, et c'étaient les occasions où le ménage paraissait le plus uni. Le comte
rivalisait d'affabilité avec elle. Lucie n'assistait jamais
à ces réunions, où, à la vérité, sa présence eût été
un peu embarrassante, vu la nature habituellement
assez libre des conversations. Elle mangeait dans sa
chambre, et son existence était ignorée de la plupart
des amis cosmopolites accueillis à la table de ses parents. S'il arrivait qu'un convive, mieux informé, de-
mandât de ses nouvelles, la comtesse glissait vite en
affectant de l'appeler sa fillette, ou sa petite pensionnaire. Ce jour-là, précisément, un dîner de vingt couverts, annoncé pour huit heures, devait rassembler
l'élite des revenants des courses, et il est indubitable
que chacun des conviés s'apprêtait à témoigner, dans
les mêmes termes galants, à la comtesse, en la saluant, son étonnement de ne l'avoir pas vue à Longchamps. Le comte avait à exprimer la même surprise.
C'était à son insu que la comtesse, ne sachant que
faire de Lucie, affriandée d'ailleurs par la vogue d'un
dominicain, avait eu subitement le pieux caprice de
se diriger vers la maison du Seigneur, où elle avait

entendu, non sans en être un peu déconcertée vis-à-vis de sa fille, un sermon véhément sur les devoirs maternels.

Lucie s'appuyait au tronc de bronze qui soutient les branches d'un candélabre, sorte de palmier planté au milieu de l'îlot. Elle cherchait à distinguer les personnes qui apparaissaient aux fenêtres de l'hôtel de son père, mais le feuillage touffu des marronniers en fleurs interceptait presque entièrement la vue du balcon et des croisées du premier étage. Le livre de messe, élégamment relié, qu'elle avait à la main, sa toilette d'une sobre distinction et la pureté qui rayonnait sur son visage légèrement coloré, tout attirait vers elle une attention respectueuse et interdisait les suppositions défavorables. Debout au bord de la plateforme, le jeune homme échangeait souvent des signes avec des cavaliers et avec des femmes qui descendaient rapidement sous leurs ombrelles, en voiture découverte. Des figures se retournaient, des sourires lui étaient adressés, accompagnés de gestes d'interrogation et de surprise. Lucie réfléchissait que sa curiosité aurait trouvé en lui un précieux indicateur de noms propres, mais un instinct de retenue l'empêchait de le questionner. Il y eut quelques minutes de silence. Blâmera-t-on le jeune homme de s'être déterminé à le rompre ?

« Mademoiselle, dit-il en se découvrant, il faut vous résigner à rester ici près de deux heures.

— Vous croyez, Monsieur ? s'écria Lucie avec un air consterné.

— A peu près, à moins que vous n'osiez vous risquer plus tôt dans la bagarre, en acceptant le secours de mon bras.

— Merci, Monsieur, je n'ai pas l'avantage de vous connaître.

— Malheureusement, et il n'y a personne qui puisse me faire l'honneur de me présenter. Si Robinson avait rencontré sur son île une jeune naufragée, pensez-vous qu'il aurait dû attendre une présentation pour lui offrir ses hommages et son secours?

— Sans doute, s'il n'avait prévu que deux heures d'attente.

— Combien d'heures, de jours ou de mois êtes-vous d'avis qu'il aurait dû attendre, par égard pour les convenances?

— C'est un problème que je n'ai jamais eu à me poser, et vous me permettrez de n'en pas souhaiter l'occasion. »

D'autres jeunes filles se sont posé le problème, sans avoir eu l'excuse de l'occasion. Je me souviens d'une conversation de couvent que m'a racontée en riant une très respectable mère de famille. Des pensionnaires, dont elle était une, avaient longuement discuté l'hypothèse de la rencontre d'un aimable Robinson avec une charmante naufragée. Elles avaient fait à ce sujet de la haute théologie, se demandant si les délaissés ne pouvaient pas, en conscience, voir dans leur rapprochement une intention spéciale de la Providence, et, en élevant un autel de gazon, se jurer devant Dieu une foi réciproque. La question, vivement controversée, avait finalement été tranchée par un vote de majorité dans le sens de l'indulgence, non sans les protestations persévérantes de la minorité. Je regrette sincèrement de n'avoir pas entendu les plaidoiries. L'amie de qui je tiens l'anecdote avouait qu'elle avait opiné avec la majorité.

La thèse de casuistique qui venait de se dresser sur l'île déserte des Champs-Élysées avait moins d'importance, n'ayant pour sujet que la dispense du formalisme de la présentation. Peut-être quelques lectrices sévères protesteront aussi contre la solution pratique qui lui fut donnée par l'indulgence de Lucie. Le jeune homme ne poursuivit pas la discussion, et préféra se croire absous.

« Vous n'étiez certainement pas seule? dit-il.

— Non, je me suis trouvée séparée de ma mère, qui a pu traverser l'avenue, et doit être fort inquiète de moi. C'est ce qui me met en souci moi-même. Autrement, on est assez bien ici, pour voir le défilé...

— Est-ce que c'est un spectacle nouveau pour vous, Mademoiselle?

— Pas du tout. J'y ai plusieurs fois assisté, mais d'une fenêtre, et les arbres empêchent de bien voir. Puis, je n'avais avec moi que mon institutrice, qui ne savait le nom de personne.

— Vous avez une institutrice? dit le jeune homme étonné. L'épanouissement de la fleur chez Lucie semblait, en effet, n'avoir plus besoin de cette aide.

— Elle m'a quittée depuis peu, reprit Lucie, et n'est pas encore remplacée.

— Remplacée? » s'écria le jeune homme, dont la surprise redoublait.

Lucie continua :

« C'est ce qui fait que ma mère n'est pas allée aujourd'hui aux courses, où elle va toujours.

— Et vous ne l'y accompagnez pas?

— Moi? jamais. Ma mère assure qu'on n'y voit pas de jeunes filles.

— Quelques-unes.

— D'ailleurs, je n'accompagne jamais ma mère, et je n'ai pas de chance aujourd'hui, pour la première fois qu'il m'arrive de sortir avec elle. »

Cela fut dit avec une parfaite simplicité, et Lucie était bien éloignée de mettre dans ses paroles une intention de plainte ni de reproche : du moins n'en avait-elle pas conscience. Mais si l'expression, se contenant, reste souvent en deçà de la pensée, souvent au contraire elle la devance, en l'attirant après elle. Parfois, surtout à l'âge des transformations de la jeunesse, la parole jaillit tout à coup, et c'est le son qu'elle a rendu qui va éveiller la pensée. Alors il faudrait renverser la définition, et reconnaître dans la pensée l'expression de la parole.

Lucie en fit l'expérience et s'aperçut en rougissant de ce qu'il y avait eu de doublement grave dans l'articulation de ces mots, prononcés devant un jeune homme inconnu, qu'elle n'accompagnait jamais sa mère. C'était un reproche, peut-être trop juste, et c'était une confidence, assurément déplacée. Elle comprit aussi la signification des exclamations du jeune

homme, qui ne l'avaient pas frappée quelques instants
plus tôt, lorsqu'elle avait parlé d'une institutrice, et
elle en entendit résonner l'écho dans son propre cœur.
Un autre écho plus lointain s'y répercutait, celui du
sermon du dominicain sur les devoirs maternels.

Bien peu de paroles, et d'une nature bien banale,
avaient été prononcées. Elles avaient suffi pour ouvrir
un vaste champ d'observation au jeune homme, chez
qui naissait un intérêt, un vaste champ de réflexion à
la jeune fille, chez qui venait de naître un trouble.

Il y eut encore quelques minutes de silence, et l'insistance du jeune homme n'eût pas été habile en ce
moment; elle aurait trouvé Lucie sur ses gardes et
très réservée. Un brillant équipage à quatre chevaux,
conduit à la Daumont, vint à raser l'îlot d'assez près
pour s'imposer comme une distraction. Deux femmes
occupaient le fond de la voiture. Des voix s'élevèrent.

« Mon compliment sur votre bonne fortune, cher
marquis, disait l'une.

— Vous verra-t-on ce soir? » disait une autre.

La voiture avait déjà disparu.

« C'est la duchesse de B.... fit le jeune homme.

— Ah! c'est elle? s'écria Lucie étourdiment.

« Vous la connaissez, Mademoiselle?

— Non, mais ma mère la voit souvent. »

La jeune fille rougit de nouveau, en regrettant ce
qui lui avait échappé. Cela pouvait cependant être
l'équivalent d'une sorte de présentation. Il devenait
évident pour Lucie, et pour son chevalier de hasard,
qu'ils appartenaient à la même société, et la duchesse

était un lieu. Le jeune homme se mit à désigner successivement ainsi un grand nombre de personnalités et de noms diversement notables, des ambassadeurs, des ministres, des marquises et des financiers. Bien que Lucie s'observât, il était impossible qu'elle ne témoignât pas l'intérêt qu'elle prenait à cette nomenclature, et, les manières du jeune homme étant d'une respectueuse courtoisie, elle se sentait de plus en plus encouragée à se laisser aller à une conversation qui s'animait peu à peu. Il était naturel aussi que sa curiosité ne se concentrât pas tout entière sur les tableaux mouvants de la lanterne magique, et se reportât, plus près d'elle, vers un objet moins mobile et resté plus mystérieux.

« Je remarque que vous connaissez tout le monde, dit-elle.

— Tout le monde qu'on voit constamment aux mêmes endroits, Mademoiselle, ce n'est pas difficile. En revanche, j'étais il y a une demi-heure dans un lieu où je ne connaissais personne.

— Où cela, s'il vous plaît?

— Au sermon.

— Au sermon? J'y étais aussi.

— Je m'en doutais. Vous deviez être moins étonnée que moi de vous y voir, quoique, certainement, ajouta le jeune homme en souriant, j'en aie besoin plus que vous. On sait que les sermons sont surtout écoutés par les gens qui ont le moins besoin de les entendre. J'étais parti pour les courses, lorsqu'il est survenu un accident à mon cheval. Il m'a fallu rentrer. Je n'avais

rien à faire, je n'aurais trouvé personne au cercle. Je
m'ennuyais. J'ai rôdé comme une âme en peine, j'ai
passé devant Saint-Philippe, j'ai suivi la foule, et par
désœuvrement, je le confesse, je suis entré.

— L'avez-vous regretté?

— Nullement. J'ai entendu un discours éloquent. Je
n'avais pas à en profiter personnellement, puisqu'il s'a-
dressait aux mères de famille. Je vous avoue que je
suis resté en admiration devant deux spectacles qui
m'ont plus frappé que le discours lui-même, et qui
m'ont laissé rêveur. L'auditoire, d'abord...

— Qu'avait-il donc de particulièrement admirable?

— Rien, et tout. Je réfléchissais que dans la même
ville, au même moment, deux foules, répondant à des
appels si différents, étaient assemblées, pareillement
attentives, l'une suspendant son émotion aux naseaux
d'un cheval, l'autre aux lèvres d'un moine. Je réfléchissais à l'incident léger qui m'avait jeté dans une de ces
foules, la moins nombreuse, celle où j'étais bien obligé
de reconnaître le plus de dignité humaine, le plus de
grandeur morale. Et, malgré moi, je prenais l'autre en
pitié.

— Vous parliez d'un second spectacle, dit la jeune
fille, vivement excitée par cette tirade inattendue.

— Ah! oui, reprit le jeune homme, celui de l'orateur
lui-même. Je contemplais ce moine rasé, qui, sous sa
robe blanche, me semblait une sorte de fantôme du
moyen âge. Il est jeune, il a de beaux traits, l'œil plein
de feu. C'est un esprit très orné, il me paraît manifeste
que ç'a été un homme du monde, et d'une éducation

brillante. Il s'est renfermé dans un cloître, d'où il ne sort que pour monter en chaire. Il prêche les femmes, et il s'est interdit la famille. N'est-ce pas encore un spectacle étrange? »

Le ton interrogatif embarrassa Lucie. Jamais elle ne s'était avisée de réfléchir au phénomène. Sa jeunesse eût été une surabondante excuse, qui n'était même pas nécessaire. Le résultat des habitudes, de l'éducation et des influences du milieu est de faire accepter sans étonnement, comme très naturelles, les choses consacrées par l'usage qui sont le plus extraordinaires pour la pensée. Tous les habitants d'une commune rurale trouvent aussi simple d'avoir un curé que d'avoir un maire, aussi naturel au premier de n'être pas marié qu'au second de l'être. Aucun d'eux ne songe qu'il y a eu un jour où M. le curé, dont la fonction isolée est tellement séparée de l'idée de famille que son nom est ignoré de la plupart de ses paroissiens, a dû faire le sacrifice de s'interdire la famille. Pour Lucie, élevée par des religieuses et accoutumée à entendre des religieux, il n'y avait eu rien de plus étrange dans le spectacle d'un moine occupant une chaire à Paris en plein dix-neuvième siècle, quel que fût l'éclair des yeux de ce moine.

Elle ne répondit pas, et le jeune homme continua :

« Je serais très curieux de savoir ce qu'il a été avant de s'enfermer au couvent.

— Je le sais, dit aussitôt Lucie. J'ai lu sur sa vie une notice. Il a été officier d'artillerie.

— Officier d'artillerie! s'écria le jeune homme. Élève de l'École polytechnique, par conséquent. J'hésite à vous remercier de me l'apprendre, Mademoiselle. Vous ne vous doutez pas que vous renouvelez le chagrin de ma vie. Moi aussi, je voulais rechercher l'honneur d'entrer à cette école. Mes parents ne l'ont pas voulu, sous prétexte que j'étais fils unique et que je devais rester auprès d'eux. Je les ai perdus, et je n'étais plus auprès de personne. Il était trop tard, ce mot si triste ! J'avais passé l'âge de l'admission à toutes les carrières, je suis un oisif, et je ne m'en console pas. Avez-vous des frères, Mademoiselle ?

— J'en ai un de quatorze ans, qui est au collège.

— Dites-lui bien d'avoir une carrière, n'importe laquelle, et de ne pas traîner une vie oisive. J'ai essayé d'être soldat pendant la guerre, au moins j'espérais servir à quelque chose. Cela ne m'a servi à moi-même qu'à être blessé et prisonnier, ce qui est peu. Si j'avais eu une épaulette sérieuse, j'en aurais deux, et je vous jure que je ne ferais pas comme j'ai vu faire tant de sots en se mariant, je les aurais gardées, mes épaulettes, à moins que je ne me fusse jugé digne de les échanger contre un froc... Pardon, » ajouta le jeune homme en s'interrompant lui-même par un éclat de rire, « vous voyez les effets du sermon. Regardez donc ce mail à quatre chevaux, c'est celui du prince Kariatoff. Une mode nouvelle, le prince tient lui-même les rênes et le fouet, tous ses amis sont sur les banquettes extérieures, et les domestiques se prélassent dans la voiture. »

Depuis quelque temps, Lucie ne regardait pas les carrosses. Elle était plus attentive à la conversation de l'inconnu, et elle regretta cette brusque interruption. Elle s'intéressait médiocrement aux domestiques du prince Kariatoff, et je ne suis pas certain qu'elle eût entendu l'information qui les concernait. Elle avait été plus frappée de l'imprécation amère contre la vie oisive et de la boutade sur les sots qui donnent leur démission en se mariant. Malgré son inexpérience du monde, il en avait pénétré dans son esprit assez de bruits, par les entretiens des jeunes filles et ceux de son institutrice, pour qu'elle fût étonnée des déclarations de l'inconnu. Une de ses amies, plus âgée qu'elle d'une année, s'était mariée récemment, et précisément à un officier qui quittait à cette occasion le service. Autour d'elle, chacun avait trouvé la résolution toute naturelle ; on racontait même que ç'avait été la condition du mariage, les parents ne voulant pas que leur fille courût les garnisons ni fût menacée de voir son mari partir pour la guerre. Lucie, qui se savait riche, avait déjà subi, à cet égard aussi, les influences du milieu. Elle était persuadée que la richesse dispense de la loi du travail.

C'est, dans l'existence d'une jeune fille, un moment psychologique très grave que celui où elle apprend pour la première fois le mariage d'une contemporaine et d'une amie. Les rêves jusque-là vagues de l'adolescence se dessinent avec plus de précision, et l'idéal commence à chercher sa formule, s'il ne l'a déjà rencontrée. Il est impossible que le fiancé qui vient d'être agréé ne soit pas l'objet d'un examen plein de retours réfléchis, que la jeune fille ne s'interroge pas elle-même en se demandant si elle l'aurait agréé avec joie, que les félicitations qu'elle est obligée d'adresser n'aient pas

mille nuances d'accent en raison des impressions personnelles. Puis viennent la contemplation des assiduités
que l'usage autorise, l'observation des physionomies,
les allusions, les questions, les réserves ou les confidences, les rayonnements ou les mélancolies, les bouquets, les anneaux, les attentions, les bijoux aux chiffres
entrelacés, l'emplette de la robe de noce, le choix
du souvenir de l'amitié, l'exposition de la corbeille,
enfin la cérémonie si émouvante, le discours qui arra-
che des larmes, et le départ furtif de la mariée, qui
disparaît dans le nuage d'un voyage, comme une colombe qu'enlèverait un milan. On ne la reverra plus
qu'investie d'une dignité nouvelle, assujettie à de nouveaux devoirs, affectueuse encore peut-être, mais assurément moins confiante. La jeune fille qui assiste à
ces péripéties a plus rêvé en quelques semaines qu'elle
n'avait rêvé en quelques années, et elle a fait de ces
songes que n'efface pas le réveil. Dans l'ombre d'un
mur élevé, sous le souffle du nord, le frais bouton peut
rester longtemps fermé, en dépit de la saison printanière qu'il ignore; mais qu'on transporte dans l'atmosphère d'une serre chaude le rosier frileux, ou qu'on
abatte le mur qui lui cachait le soleil, c'est à vue d'œil
que s'épanouira la rose.

Et puis, il y a pour la jeune fille une autre expérience. Elle s'aperçoit du vide qu'a laissé dans son cœur
l'amie envolée, et elle sent que désormais une amitié
ne suffirait pas à le remplir.

Lucie venait de passer par ces épreuves. En écoutant
les propos de l'inconnu, elle se surprenait à le compa-

rer. Il avait la taille svelte, les traits expressifs, une
rare distinction, de la chaleur dans la voix et des rayons
dans le regard. Un petit liséré rouge, si étroit qu'il
semblait se dissimuler, frangeait sa boutonnière. Lucie
ne l'avait remarqué qu'au moment où l'inconnu rappelait une blessure reçue à la guerre. Un doute envahit
tout à coup son esprit. Elle en fut confuse, et cependant éprouva la tentation irrésistible de l'éclaircir aussitôt.

« Je ne vous comprends pas bien, dit-elle, vous avez
donc été officier, et vous avez fait ce que vous blâmez
chez les autres, puisque vous ne l'êtes plus. Serait-ce
aussi, ajouta-t-elle en baissant les yeux, que vous auriez donné votre démission... pour vous marier?

— Pour me marier? s'écria le jeune homme. Est-
ce que j'ai l'apparence d'un père de famille? Vrai, je
plaindrais ma femme, la femme d'un oisif du Jockey-
Club ou d'un voyageur. Non, je suis vieux garçon, et
endurci. Si j'ai gardé cette liberté, je n'ai pas eu celle
de garder mes épaulettes. Je n'ai été, quelques jours,
qu'un pauvre officier de fortune, et de mauvaise fortune. La guerre finie, je me suis retrouvé ce que j'étais,
bon à rien, qu'à voir courir des chevaux. Cela ne peut
pas durer, et je veux absolument tâcher d'être bon à
quelque chose. Je me suis fait admettre dans la Société
de géographie, et je pense à entreprendre de longs
voyages.

— Je conçois bien ce goût, reprit Lucie, j'aurais
moi-même la passion des voyages.

— Peut-être pas comme je l'entends, Mademoiselle.

12.

J'hésite entre le pôle nord et l'intérieur de l'Afrique.
Vous conviendrez que ce n'est pas précisément pour
ces stations qu'une jeune fille, ou une jeune femme,
prendrait à la gare de Lyon des billets de coupés-lits,
et c'est ma meilleure raison de rester garçon.

— Ah! mon Dieu, et qu'irez-vous faire là?

— Il n'y a plus que là qu'on puisse espérer voir du
nouveau. Quant à visiter des capitales, elles se ressemblent toutes, et ne valent pas Paris. Autant demeurer
à Paris, en s'épargnant l'ennui de boucler et de dé-
boucler sa malle. D'ailleurs, ajouta l'inconnu plus gravement, ce que j'ambitionnerais serait d'être utile et
de me faire un nom par la science, puisque je n'y ai pas
réussi par la guerre. Malheureusement je suis un ignorant, et là encore je commencerai trop tard. N'importe;
il y a des hommes déjà savants, ardents, intrépides,
prêts à se dévouer. D'ordinaire ils n'ont pas de ressources. J'ai quelque fortune à mettre à leur service dans
l'association, et je m'instruirai à leur école, tout en
voyageant. Cela ne vaut-il pas mieux que de jouer au
baccarat, ou de parier à Longchamps?

— C'est un projet admirable, Monsieur, dit Lucie.
Je voudrais pouvoir... elle s'arrêta, et se reprenant : je
voudrais être un homme afin de pouvoir en faire autant.

— Je voudrais..., répondit l'inconnu, en s'arrêtant
aussi quelques instants, je souhaiterais que, pour m'accompagner, il ne vous fût pas nécessaire d'être un
homme. »

C'était la première parole galante qui lui échappait.

et une vive rougeur colora les joues de Lucie. Il s'empressa de changer d'accent et ajouta d'un ton léger :

« Je ne crois pas qu'il soit besoin de cette métamorphose pour me suivre l'espace de trente pas, dans un voyage devenu sans péril. La chaussée n'est plus trop encombrée, et il me serait facile de vous la faire traverser. Voulez-vous accepter mon bras, ce qui serait indispensable ? »

Et comme elle semblait hésiter :

« Vous l'accepteriez bien au bal, et sous les yeux de votre mère...

— Je dois être sous ses yeux, » dit la jeune fille, encouragée par cette pensée, dont l'inconnu ne comprit pas l'expression.

Il guetta le moment favorable, s'engagea derrière un carrosse, en attendit un autre pour avancer de quelques pas. Lucie avait de petites émotions d'effroi et se serrait contre son guide. Il la rassurait et n'eut en effet pas de peine à opérer la traversée. Dès qu'il eut atteint la large contre-allée, où les piétons s'écoulaient assez nombreux encore, il dit :

« Ce n'était pas plus difficile que cela, Mademoiselle. Je ne puis pas vous laisser seule dans cette foule. Où voulez-vous maintenant que je vous conduise ?

— Merci, Monsieur, je suis juste à ma porte.

— Comment, vous demeurez dans cet hôtel ?

— Est-ce que je ne vous l'avais pas dit ?

— Non, Mademoiselle. Excusez ma surprise. Vous seriez la fille de la comtesse de Montuy ?

— Elle-même. Vous connaissez ma mère ?

— J'ai cet honneur; j'aurai peut-être celui de vous
revoir bientôt. »

Ils étaient à la porte de l'hôtel. Le jeune homme
toucha le bouton de la sonnette, salua profondément
et disparut.

SOMMEIL TROUBLÉ.

La syncope de la comtesse n'avait pas été de longue
durée. Il fut plus long de lui procurer un fiacre, qui,
par une route détournée, la déposa près de son hôtel.
Elle faillit se trouver mal de nouveau en apprenant
que sa fille n'y était pas rentrée, mais les domestiques
lui dirent bientôt que des fenêtres élevées on voyait
Mlle Lucie sur un abri, causant fort tranquillement avec
un autre réfugié. Ses inquiétudes étant ainsi calmées,
la comtesse se hâta de se mettre entre les mains de
sa femme de chambre. La toilette de sermon, un peu
dérangée dans la pharmacie, ne ressemblait pas à
celle d'un grand dîner à présider; deux heures n'étaient
pas de trop pour la transformation. Il fallait employer
plus d'un artifice, et la soubrette avait une habileté
au moins égale à sa discrétion. Une arithmétique très
élémentaire et très réaliste a calculé le temps que représente la toilette dans la vie d'une femme soigneuse de
sa personne. A raison de quatre heures par jour, ce
qui est modéré pour plusieurs, ou du sixième de la
journée de vingt-quatre heures, cela représente dix ans
dans une vie de soixante ans. La comtesse n'en avait

que quarante-deux à peine, et n'avait donc pas encore
consacré plus de sept années consécutives à l'exercice
d'une vertu recommandée par saint François de Sales,
mais que d'autres saints personnages ont été loués d'a-
voir particulièrement méprisée.

Je me suis quelquefois demandé, ayant très fréquemment vérifié l'observation, pourquoi les grands écrivains, les vieux savants, les hommes d'étude en général,
aussi bien que les gens d'une haute piété, sont enclins
à se négliger jusques et y comprise la malpropreté.
Ce n'est pas seulement parce qu'avares du temps qui
s'écoule, ils pensent pouvoir l'utiliser mieux qu'à des
soins personnels. Ce n'est pas non plus par l'effet du
dédain que témoignait Philaminte à cette guenille qui
est notre corps. Il y a une raison plus naturelle et plus
vulgaire. On n'aime pas à être dérangé dans l'occupation qu'on préfère et qui réclame une certaine tension
assidue de l'esprit. Or la science, l'étude, la composition littéraire ou artistique, comme la piété à un certain
degré, supposent cette tension assidue de l'esprit, qui ne
se détourne pas volontiers de son objet, qui juge importune la sollicitation d'une simple bienséance et est
toujours tenté de l'ajourner ou de l'éconduire. Il ferme
le verrou aux soins fâcheux, et leur dit : « Je n'y suis pas
pour vous. » Le poète craint de ne pas retrouver sa verve,
le musicien son inspiration, l'astronome sa planète.
Une propreté douteuse, une barbe inculte. quelques
taches sur les vêtements paraissent un moindre dommage. Moi-même, au moment où je m'amuse à tracer
cette légère esquisse, je n'ai certes pas la prétention

de croire que le lecteur perdrait beaucoup à ce que je
fusse dérangé. Je ne cache pas cependant que je ne re-
cevrais pas sans impatience la visite d'un tailleur
qui insisterait pour me prendre mesure d'un habit
neuf, me démontrât-il que celui que je porte a trop
vécu.

La comtesse de Montuy n'avait pas à lutter contre
ce genre d'impatience, puisque chez elle la tension de
l'esprit se dirigeait précisément vers le résultat de la
toilette. Aussi, lorsque Lucie, en rentrant, courut à la
chambre de sa mère qu'elle désirait revoir et embrasser,
ce fut elle qui trouva le verrou fermé. Elle dut se contenter d'échanger quelques mots à travers la porte.
C'est elle qui aurait troublé les inspirations de l'art, et
elle eût été gênante pour plus d'une confidence.

Le comte, à qui ses fonctions ne permettaient de
quitter les tribunes qu'un des derniers, revint de son
côté vers sept heures, et gagna directement sa chambre
sans rien savoir de ce qui s'était passé. Lui, aussi,
avait à subir une transformation qui exigeait un assez
long recueillement. N'y destiner qu'une heure, c'était
se hâter. Il était ponctuel, il fut le premier au salon,
les moustaches cirées, les cheveux lustrés, en tenue irré-
prochable. Quelques invités arrivèrent avant que la
comtesse ne fît son entrée triomphale et embaumée, en
sorte qu'il n'y eut pas d'aparté conjugal. Le salon se
remplit peu à peu. Les hommes étaient en majorité, par
l'excellente raison que plusieurs étaient de nobles étrangers en voyage et d'autres des célibataires. L'élite des
amateurs émérites, franchement grisonnants ou réparant

les outrages des ans, était là. Une femme, qui avait
une réputation incontestée d'élégance, la confirma en
se faisant attendre, et il était huit heures et demie
quand on se mit à table. Le vainqueur du prix principal,
joignant l'honneur au profit, était placé à droite de la
comtesse, qui se confondait en regrets de n'avoir pu
l'applaudir au moment de la victoire. Ces félicitations
charmaient médiocrement le vaincu, qui était là aussi.
Le vaincu, c'était celui dont le cheval était arrivé second, d'une demi-tête. On ne daignait pas même mentionner les autres, le vil troupeau des distancés, dont
l'oubli ensevelissait les efforts. Toute l'émotion de la
lutte s'était concentrée dans un duel. Les deux favoris,
se disputant les chances, les appréciations, les sympathies ardentes et aussi des vœux animés d'une flamme
plus intéressée, avaient eu des partisans passionnés
pendant toute la course, le vainqueur s'était cru vaincu
et avait commencé à désespérer, quand, à quelques
mètres du poteau, un dernier bond avait changé la déroute en triomphe, au milieu des trépignements, des
protestations, des acclamations contradictoires de la
foule. Au jugement calme et souverain du comte de
Montuy, il s'en était fallu d'une demi-tête. La destinée
des hommes et celle des nations tiennent souvent à moins
encore. Pascal a parlé du grain de sable de Cromwell,
en lui attribuant la restauration de la monarchie anglaise. En tout temps on a vu le gain des batailles
amené par les incidents les plus futiles.

  À la table de la comtesse, on ne faisait pas ces réflexions philosophiques, et les observations ne dépas-

saient guère non plus en hauteur... une demi-tête. Il
est inutile de dire que les courses en furent le sujet
presque exclusif. Mon incompétence n'essaiera pas de
reproduire des conversations dont j'ignore même la
langue. Je commettrais trop de contresens et j'ajou-
terais trop de barbarismes à ceux qui furent prodigués.
En outre des expressions propres de la science hippique, qui a nécessairement sa terminologie, et de l'argot
spécial de l'agiotage des paris, que je comprends moins
encore, l'usage a introduit je ne sais quel jargon
hybride de convention où se choquent des mots anglais, que la prononciation défigure jusqu'à les rendre
méconnaissables à nos voisins d'outre-Manche. J'avoue
qu'il m'est particulièrement désagréable d'entendre
des lèvres de femmes se complaire à ce patois de *turf*
et de *high life*. Cette dernière locution est une de celles
qui, dans une bouche française, ont le don de réjouir
le plus les insulaires. Il convient de joindre les sobriquets invraisemblables des chevaux, d'ordinaire re-
cherchés avec une affectation de bizarrerie, pour se
représenter ce qu'était devenue, après le champagne,
une conversation heurtée, bruyante, disputeuse, mar-
telée des noms des illustrations de la journée, *Qui
qu'en-Grogne, Chloroforme, Couche-tout-nu, Zut, Kiss-
me-thick, Jujube, Caleçon* et *Maroc II*.

Un jeune homme restait silencieux, et son attitude
ne fut d'abord pas remarquée dans le brouhaha. La
comtesse, profitant d'un moment de calme relatif, vint
cependant à l'interpeller.

« Et vous, mon cher marquis, s'écria-t-elle, vous ne

dites rien. Avez-vous été moins sage que d'ordinaire, et auriez-vous des motifs d'être morose?

— Je ne puis pas en avoir, Madame, répondit-il. Je n'étais pas aux courses.

— Et où étiez-vous donc? En bonne fortune? Pardon, je suis indiscrète. »

Le jeune homme éprouva un malaise qui le fit rougir. Il reprit :

« J'étais peut-être moins loin de vous que vous ne pensez.

— Eh! oui, interrompit le prince Kariatoff. Au retour, le marquis, que j'avais vainement cherché à Longchamps, était planté devant vos fenêtres, sur un des nouveaux abris : une sotte invention de votre république, imaginée pour faire trébucher nos chevaux et accrocher nos voitures. Je l'ai salué en passant, il n'a pas voulu me voir. Il était trop occupé d'une jolie femme avec laquelle il paraissait s'entendre à merveille. Sur mon honneur, elle m'a semblé charmante, mais que diable, mon cher, quand on est en aussi bonne compagnie, on ne se cache pas, à six heures, au beau milieu des Champs-Élysées!

— Je n'avais pas à me cacher, dit gravement le jeune homme.

— Contez-nous cette aventure, reprit la comtesse. Cela nous distraira, et, sans reproche, on parle depuis assez longtemps des chevaux.

— Je préférerais vous la conter en particulier, Madame... quoiqu'elle n'ait aucun mystère.

— Non, non, j'exige une confidence publique, puisque vous vous êtes montré en public.

— C'est bien simple. Une jeune fille de la meilleure
société, qui revenait de l'église, comme en témoignait
son livre, et que je n'avais pas l'honneur de connaître,
s'est trouvée séparée de sa mère, et réfugiée, en même
temps que moi, sur un des abris que critique le prince.
Je lui ai adressé respectueusement quelques paroles,
et quand il a été possible de traverser, je me suis fait
un devoir de la conduire à sa porte. Elle n'a pas su
mon nom, et je ne la reverrai probablement jamais.
Vous voyez que la confidence publique n'est pas difficile.

— Ah! mon Dieu, dit la comtesse avant d'avoir
suffisamment réfléchi, c'était ma fille!... »

Il y eut des exclamations. Pour la plupart des convives, l'existence de Mlle de Montuy était une révélation.
Tout en vantant la beauté de la jeune inconnue, le
prince Kariatoff protestait galamment qu'il était impossible que la comtesse eût une fille de cette taille.
D'autres demandaient à la voir après le dîner, pour
juger si la vérité était vraisemblable, et trouvaient
déjà une vraisemblance dans la beauté de la jeune
fille. Pour s'excuser de ne pas la produire, la comtesse
fit l'observation qu'à l'heure avancée que marquait
la pendule, les enfants étaient couchés. Le comte,
à son tour, importuné de ce débat, déconcerté de ne
s'être pas informé de sa fille en rentrant, était intrigué. Il adressait, d'un ton sérieux, des questions à
sa femme et au marquis, et celui-ci fut bien obligé de
dire à quelle porte il avait ramené la jeune fille. Il
fallut que la comtesse se décidât à une confession im-

parfaite de ce qui lui était arrivé à elle-même. Elle
n'eut pas le courage de la compléter par l'aveu de sa
défaillance et de la visite chez le pharmacien, et elle
s'efforça de traiter légèrement la chose, comme une
anecdote sans conséquence, en quoi elle était aidée
par le marquis. Celui-ci faisait remarquer, avec assez
de raison, que ce genre d'incident est très commun
pour les piétons, et qu'il n'y a pas de jour où les sergents
de ville ou d'honnêtes officieux ne rendent plusieurs
fois à des femmes le petit service d'escorte que le hasard l'avait amené à rendre à Mlle de Montuy. On ne
parvenait pas à rétablir la gaieté devant la physionomie
contrariée de l'amphitryon. Il avait le sentiment que
son ignorance était ridicule, et de tous les blâmes que
s'adresse la conscience d'un homme du monde, peut-
être le plus cuisant est-il celui qui aboutit à un ridicule.

Contrairement à l'habitude, la fin du repas fut donc
beaucoup moins bruyante, et une certaine gêne régnait dans la réunion. Il était tard, et l'on se dispersa
vite; la plupart des hommes allèrent terminer la nuit
au cercle, où ils recommencèrent à parler des mérites
de *Zut*, des performances de *Caleçon* et de la trahison
reprochée au jockey du favori *Jujube*. Comme dans
toutes les autres batailles, les vaincus des paris de
courses ont la ressource, peu profitable, de s'en prendre
à une trahison. Le comte prétexta la fatigue et ne
sortit pas. Il regarda sa montre, sa fille devait être endormie depuis longtemps; il crut devoir remettre au
lendemain un entretien qu'il désirait avoir avec sa
femme. Celle-ci, d'ailleurs, n'était pas seule; elle faisait

atteler pour aller au bal, en compagnie d'une étrangère qu'elle avait promis d'y conduire. Le comte, pour
la première fois, en éprouva du déplaisir. Retiré dans
sa chambre, il causa longtemps avec son oreiller.

« C'est pourtant vrai, se disait-il; je n'avais pas
déjeuné chez moi, je n'ai pas vu ma fille de la journée.
En revanche, tout Paris a pu la voir aux Champs-
Élysées, en société d'un jeune homme très répandu,
et c'est ainsi que tout Paris apprendra que j'ai une
jolie fille à marier. Car elle est belle, et elle a juste
l'âge qu'avait sa mère, lorsqu'il y a près d'un quart de
siècle j'ai commis la double sottise d'engager ma vie
et de briser ma carrière. Oui, l'année prochaine nous
pourrions célébrer nos noces d'argent, mais ce n'est pas
ma femme qui rappellera volontiers cet anniversaire,
ni moi non plus. Qu'en ferions-nous? Nous ne serions
d'humeur ni l'un ni l'autre à jouer la comédie de l'attendrissement, et j'excuserai ma femme de ne pas
trouver l'occasion bonne pour avouer son acte de
naissance. Un quart de siècle! C'est bien court, et c'est
bien long. Je serais peut-être vice-amiral, plusieurs
de mes camarades de promotion le sont. J'aurais un
nom dans mon pays, je commanderais des esca-
dres, j'aurais pu commander des armées pendant la
guerre, j'aurais une valeur, je serais quelqu'un. Et
j'ai l'insigne honneur de juger que *Zut* est arrivé premier d'une demi-tête. Ce n'est pas assez. Et puis je
ne connaîtrais pas la pire des lassitudes, celle de
n'avoir pas de devoirs à remplir. J'en ai encore, des
devoirs, on en a toujours, et je les néglige. Je ne serais

d'accord sur aucun avec ma femme. Elle déteste la campagne, que j'aimerais. J'y ai laissé se perdre toute l'influence traditionnelle de ma famille et ne suis pas même maire de mon village. Ma femme préfère aller au bal à Paris au mois de juin, elle préfère ensuite aller aux eaux, à Nice, à Florence, partout où elle retrouvera le monde. Je la suis, et par complaisance, et par habitude, et plus encore par décorum; c'est une espèce de devoir. Puisque je ne suis pas un homme de guerre, je veux être un homme de paix, éviter les querelles, et ne pas donner au public le spectacle de dissensions conjugales. J'y ai réussi, nous avons résolu le problème d'être un des ménages à la fois les moins tendres et les plus pacifiques. Je ne changerai pas les goûts de ma femme, mais voici que ma fille a grandi. Que sera-t-elle, cette pauvre enfant, dirigée par une pareille mère, lancée par elle dans un pareil tourbillon? Elle est attachante et douce, elle est intelligente, et elle paraît sérieuse; elle doit l'être, elle comprend sans doute nos torts à son égard. Comment faire? Pour elle, il vaut peut-être mieux la cacher que la produire. Je crois qu'il conviendrait de la marier de bonne heure, oui, si elle trouvait un mari qui fût un guide. En ai-je été un? Mon exemple n'est pas encourageant; où est le jeune homme que je souhaiterais pour gendre? Je ne le connais pas, et celui qui me plairait ne plairait probablement pas à ma femme. Ce marquis, qui a été aujourd'hui, par hasard, j'espère, le chevalier de ma fille, est encore ce que je vois de mieux dans notre jeunesse dorée. Il ne joue pas, il ne s'affiche pas, il est réservé, il écoute, plaçant à propos quelques paroles brèves et qui portent coup; je l'avais déjà distingué; tout à l'heure il a été remarquable de discrétion et de tenue. Il est un peu sauvage, et doit avoir un mystère : je tâcherai de l'observer davantage. Pauvre Lucie! Tandis que sa pensée m'empêche de dormir, tandis que sa mère recherche des hommages dans un salon, elle dort innocemment, elle, elle rêve peut-être, et c'est honteux, je ne l'ai pas vue de la journée! A partir de demain, j'essaierai de me faire d'elle une amie. Ce sera l'intérêt de ma vie... pour combien peu de temps! »

Le jeune homme, acceptant une place dans la voiture du prince Kariatoff, s'était laissé conduire jusqu'à la porte du cercle, où il prenait congé de lui.

« Comment, cher marquis, vous ne montez pas?

— Non, prince, je vais me coucher comme un bourgeois.

— Il est de trop bonne heure, et j'ai mille louis à rattraper, que m'a fait perdre ce coquin de jockey de *Jujube*. Je le cravacherais volontiers. Montez donc.

— Je n'ai rien à rattraper, et je ne me soucie pas qu'on me reparle de Mlle de Montuy.

— Je vous ai peut-être contrarié en vous dénonçant. Excusez-moi, ce n'est pas de ma faute. Pouvais-je me douter que la belle comtesse cachait une aussi jolie fille, à qui vous faisiez la cour en pareil lieu?

— Je vous jure que je ne lui faisais aucune espèce de cour, et que je ne la connaissais pas plus que vous. Ç'a été un pur hasard.

— Je vous croirai par politesse, si vous l'exigez absolument. Mais vous étiez bien silencieux à table, vous n'êtes pas venu aux courses, et, depuis quelques jours, je remarque que vous êtes préoccupé comme un amoureux. Il y a d'ailleurs des romans qui commencent ainsi, par hasard. Bonsoir, mon cher marquis, et si c'est un commencement de roman, bonne chance! »

Au lieu de rattraper ses mille louis, le prince en alla perdre mille autres, ce qui ne lui fit pas gagner en compensation un bon sommeil. Le jeune homme ne dormit guère mieux; les dernières paroles du prince lui avaient été désagréables à entendre. Il n'avait aucune envie de commencer un roman, bien qu'un certain attrait correspondît intérieurement à cette suggestion extérieure qui devenait importune. Il eut des songes agités qui lui représentaient des images bizarrement mêlées et successivement transformées; c'était un refuge au milieu de l'Océan, c'était une fontaine ombragée de palmiers dans les sables d'Afrique. C'était une oasis qui surgissait en fleurs dans un autre désert, dans le désert de la vie.

L'EXILÉE.

Il y eut le lendemain plusieurs graves résolutions prises.

Le comte s'était proposé d'avoir avec sa fille une conversation sérieuse, et il en avait médité le plan. Il n'eut pas à la provoquer, et, comme il arrive souvent, il ne fit rien de ce qu'il avait préparé. Il en est ainsi des plus savants plans de campagne; ils sont complètement renversés par l'offensive imprévue de l'adversaire qu'on projetait d'attaquer.

Lucie frappa légèrement à la porte de la chambre de son père aussitôt qu'elle le sut levé. Elle entra et se jeta dans les bras du comte.

« Mon père, dit-elle, j'étais impatiente de vous embrasser. Je ne vous ai pas vu hier de toute la journée.

— Je le sais trop, répondit le comte.

— Avez-vous eu, reprit Lucie, un motif de me faire ce chagrin? Expliquez-moi mes torts, je suis prête à vous en demander pardon. »

Le comte était humilié; il sentait trop que c'était lui qui avait eu tort. Pouvait-il à son tour demander pardon à sa fille de l'avoir oubliée? Il la regardait avec une complaisance attendrie. Elle était en simple peignoir, dans une sorte d'attitude de suppliante, de longs cheveux blonds flottants sur ses épaules et contenus au sommet de la tête par un bandeau. Quoiqu'elle fût pâle et eût les traits fatigués, jamais elle ne lui avait paru aussi belle, et il ignorait presque qu'elle eût une aussi magnifique chevelure.

« Je te jure, mon enfant, dit-il, que je n'ai eu aucune intention ni aucun motif de te faire de la peine.

— Merci, mon père, mais soyez franc : vous m'avez reproché d'avoir si longtemps causé avec ce jeune homme inconnu, et d'avoir accepté qu'il me ramenât; je me le suis assez reproché moi-même.

— Rassure-toi, je ne l'ai su qu'à onze heures du soir, quand tu étais déjà endormie.

— Oh! endormie! Je n'étais même pas déshabillée; je ne me suis couchée qu'à minuit après la sortie de la voiture. J'avais entendu se retirer vos invités, puis des pas dans votre chambre; j'étais bien tentée d'aller vous souhaiter le bonsoir; je n'ai pas osé, j'étais si confuse!

— Que pouvais-tu faire là, seule jusqu'à minuit?

— J'avais prolongé ma prière, j'essayais de lire, je réfléchissais surtout. J'avais ouvert ma fenêtre, la nuit était superbe; j'entendais de tous côtés les orchestres des concerts; je voyais se croiser encore les lanternes de mille voitures; on ne dort donc pas à Paris? Et en levant les yeux, je contemplais d'autres feux, en me rappelant mes leçons élémentaires d'astronomie. »

Le comte était vivement ému et ne répondait pas. Il réfléchissait à son tour que, tandis que la foule frivole prolongeait la fête nocturne, une pure jeune fille, qui était sa fille, prolongeait, elle, sa prière, au bruit des chants impurs des cafés-concerts, dont heureusement elle ne pouvait pas saisir les paroles, et des valses d'un bastringue. La jeune fille, solitaire dans sa chambre, avait entendu le tapage d'un festin qui se donnait chez elle; solitaire à sa fenêtre, elle avait assisté à la sortie du carrosse qui emportait sa mère au bal, qui aurait pu l'emporter lui-même au milieu des joueurs. Elle avait contemplé alternativement les feux du ciel et ceux de l'avenue constellée. Peut-être

13.

avait-elle détourné ses regards d'un des plus brillants, d'un des plus rapprochés d'elle, du candélabre qui éclairait le petit abri dont l'hospitalité avait laissé à son innocence un reproche.

Le comte ne sut qu'embrasser Lucie avec une tendresse inusitée.

« Vous me pardonnez? dit-elle rassurée; j'ai bien senti que j'avais eu tort d'accepter le bras d'un inconnu. Cela ne m'arrivera plus.

— J'espère, répondit le comte en souriant, qu'il ne t'arrivera plus d'en avoir besoin. C'est une bagatelle. Heureusement, ma chère enfant, le hasard t'a bien servie; le jeune marquis de Liré est un homme de la meilleure compagnie, et il s'est exprimé hier soir, à cet égard, de la manière la plus respectueuse.

— Que dites-vous? s'écria Lucie très excitée, le marquis de Liré, c'était lui?

— Tu ne le savais pas?

— Et vous l'avez vu hier soir?

— Il était un de nos convives.

— Il m'avait bien semblé reconnaître une voix dans l'antichambre, lorsque vos invités sont partis, mais je n'en croyais pas mes oreilles. La coïncidence est si étrange!

— Il ne t'avait donc pas dit son nom?

— Nullement, et je pensais ne le jamais revoir. Maintenant, si je le rencontrais, ce serait plus embarrassant. Vraiment, c'était le marquis de Liré?

— Lui-même. D'où parais-tu connaître si bien son nom?

— Il avait une sœur à mon couvent, un peu plus

âgée que moi, et que j'aimais beaucoup. Elle s'est
mariée, l'année dernière, en province et m'a écrit
quelquefois. Elle nous parlait sans cesse de son frère
avec une admiration passionnée; elle nous le représentait comme un héros. Il avait été blessé à la guerre,
oui, c'est bien cela; quand elle l'apprit, elle eut une
douleur violente et des inquiétudes qui excitèrent toutes nos sympathies. A sa demande, nous faisions des
neuvaines en cachette pour la guérison du blessé.
Puis, lorsqu'il revint voir sa sœur, c'était à qui pourrait se vanter de l'avoir aperçu au parloir; je n'étais
pas moins curieuse que les autres, mais vous savez
qu'on ne me demandait jamais au parloir. »

Ces derniers mots, si aigus, malgré la simplicité
avec laquelle ils étaient prononcés, pénétrèrent
comme une épine dans le cœur du comte. Il pensa
que l'incident de la veille acquérait beaucoup plus
de gravité par la révélation du nom de M. de Liré, en
se liant à des souvenirs qui avaient déjà frappé l'imagination de Lucie. Il pensa aussi que la clôture d'un
couvent peut être bien insuffisante pour murer l'imagination des jeunes filles. Il faudrait supprimer les
visites au parloir, les visites mêmes des tuteurs,
M. de Liré en était un. Ce ne serait pas assez : il faudrait fermer la bouche des sœurs qui aiment à parler
de leurs frères, et serait-ce assez?

« Tu avais fait ta neuvaine? dit le comte.

— Devais-je refuser? J'aurais été la seule.

— C'est dommage, n'est-ce pas? que tu n'aies pas
rappelé cela hier à M. de Liré.

— Oh! mon père, reprit la jeune fille en rougissant, vous ne m'avez donc pas pardonné?

— Je plaisante, ma chère enfant; je n'ai rien à te
pardonner, et je suis charmé de l'écouter. Je te supplie d'être toujours confiante. Désormais nous causerons bien davantage ensemble, et tu vas voir un grand
changement dans mes habitudes. Aujourd'hui, pour
commencer, je me promène avec toi toute l'après-midi,
et c'est à moi que tu donneras le bras. »

Lucie témoigna sa joie de cette promesse inattendue
et se retira.

C'était l'heure du passage du facteur, et l'on remit
au comte plusieurs lettres. Il y en avait une de son
régisseur, remplie de doléances sur les conséquences
de l'abandon où il laissait sa propriété en Bretagne,
et de détails qui appelaient sa présence avec une certaine urgence. Le château exigeait des réparations,
des brèches s'étaient ouvertes dans les murs du parc,
des fermiers réclamaient des modifications à leurs
baux ou des constructions nouvelles. De plus, une
influence hostile au comte grandissait dans la commune par l'effet de son absence, et des élections mu-
nicipales étaient prochaines. La lettre ne pouvait pas
arriver plus opportunément; elle confirmait, avec
l'autorité d'un document péremptoire, qu'on ne l'accuserait pas d'avoir dicté, une résolution que le comte
croyait avoir déjà prise, mais dont la communication
n'était pas sans devoir soulever des objections. Il
acheva de s'habiller, demanda la femme de chambre
et lui dit de prier la comtesse de l'avertir aussitôt

qu'elle serait en état de le recevoir; il avait à causer avec elle avant le déjeuner.

La comtesse s'était couchée à trois heures; il en était près de onze quand, répondant à l'appel d'une sonnette, la soubrette entra dans sa chambre, ouvrit les rideaux et les persiennes et put s'acquitter de la commission dont elle était chargée. Le soleil inondait le sanctuaire, et elle referma les épais rideaux de soie. La comtesse fut un peu étourdie de ce message qu'elle se fit répéter, et dont la solennité ne lui parut pas de bon augure. Elle n'était pas accoutumée à des visites aussi matinales de son mari, non plus qu'à des entretiens suivis avec lui. Elle eut à délibérer sur les apprêts de toilette qui convenaient pour la circonstance, et je n'aurai pas l'indiscrétion de les décrire. Je laisserai le lecteur conjecturer quel en fut le degré de recherche ou d'art. Tandis qu'on la coiffait, elle agitait des hypothèses, persuadée qu'il devait s'agir de Lucie. La cameriste, interrogée, ne savait rien, sinon que mademoiselle s'était rendue de bonne heure auprès de son père et qu'après une assez longue conversation elle était revenue fort gaie. On entendait en effet chanter la jeune fille : ceci rassurait la comtesse qui avait craint des reproches, bien qu'elle s'expliquât difficilement cette gaieté. Une autre information était que le comte avait reçu plusieurs lettres par la poste et en tenait une déployée à la main lorsqu'il avait donné la commission. La comtesse réfléchit tout à coup que la lettre renfermait peut-être une proposition de mariage et avait été communiquée à Lucie avant de l'être à elle-même. Elle éprouva de la supposition un double déplaisir et un violent dépit, un peu consolée par la pensée que c'était elle qui aurait le droit d'adresser des reproches. Sous cette impression, qui déterminait une impatience, elle hâta ses apprêts, les simplifia même, passa dans un élégant boudoir qui confinait à sa chambre et attendit la visite annoncée.

Le comte avait eu le temps de préparer son discours et de l'apprendre en quelque sorte par cœur. Il avait, cette fois, tous les avantages de l'offensive. Il ne voulait ni consulter ni discuter. Chef de la famille, il venait, au nom du principe d'autorité, faire part de décisions prises et les imposer. Il était résolu à l'obstination froide et rectiligne qui n'admet pas d'objections. Les colères des hommes habituellement doux sont quelquefois effrayantes, mais elles sont passagères, et le ressort qu'elles ont fait agir est vite détendu ou brisé. Une volonté qui garde son calme a bien autrement d'ascendant et de puissance.

Le comte avait composé son visage et entra d'un air souriant qui étonna sa femme. Il avait à la main, comme une sorte de passeport, la lettre de son régisseur.

« Ma chère amie, dit-il, j'ai là des nouvelles de Coëtmeur qui me forcent à m'y rendre et à y faire un long séjour. Votre santé, Dieu merci, est excellente, puisqu'elle résiste à tant de mauvaises nuits, et vous n'avez aucun besoin des eaux. Nous resterons donc tout l'été à la campagne, et je vous préviens que nous partirons aussitôt après la course du grand prix. De plus, je vous prie de ne pas continuer vos démarches pour trouver une institutrice. Lucie est d'âge à s'en passer. »

La comtesse n'avait pas prévu ces déclarations, dont l'accent péremptoire la frappa. Son mari ne lui avait jamais parlé ainsi. L'association conjugale de près d'un quart de siècle avait connu trois périodes : la plus courte, celle de la passion, la plus longue, celle de l'indépendance réciproque, et la période intermédiaire des querelles. L'autorité calme ne s'était jamais manifestée.

« Vous n'êtes pas mon médecin, dit-elle un peu aigrement, pour décider ce qui convient à ma santé. Une saison à Wiesbaden m'est formellement ordonnée.

— En cette matière, ma chère amie, les médecins reçoivent quelquefois des ordres de leurs clientes avant de rendre des ordonnances. Si vous voulez aller à Wiesbaden, vous êtes libre d'y aller seule. Ce n'est pas la place de Lucie, que j'emmènerai en Bretagne. Vous me préviendrez seulement, dans la journée, si votre intention est d'y venir avec nous. »

Le comte ne s'était pas assis et n'attendit pas de réponse. Il sortit content de lui, fier de s'être tenu parole. On entendit sonner le premier signal du déjeuner. Il entra au salon, où Lucie, devant le piano, chantait en s'accompagnant, et s'interrompit à sa vue.

« Continue, mon enfant, dit-il. Sais-tu bien que tu as une voix charmante? » — Il ne s'en était pas encore aperçu! — « Ou plutôt, continua-t-il, cède-moi ta place. Je vais essayer de retrouver mes notes. » Et, avec un soupir, il ajouta : « Il y a vingt ans que j'accompagnais ainsi ta mère.

— En vérité! s'écria Lucie. Vous allez m'intimider, et ma voix tremblera plus qu'à l'ordinaire.

— Ne sois jamais timide avec ton père, reprit le comte. Il t'aime tant!

— Oh! merci, moi qui vous avais cru fâché! Vous me donnerez des conseils?

— En toutes choses, si tu veux bien les accepter... Que chantais-tu là?

— L'*Exilée*. Une vieille romance que j'ai rapportée du couvent. Elle est trop triste, et je ne veux plus la chanter.

— Pardon, j'ai envie de la connaître. Allons, commençons. »

Le comte préluda, d'abord avec un peu d'embarras et bientôt d'une main mieux assurée. La jeune fille, dont la voix tremblait en effet, chanta :

Sur la rive étrangère
N'est pas toujours l'oubli.
L'infortune est légère
Quand le cœur est rempli.
Pour une autre exilée
On doit s'apitoyer ;
Elle trouve, isolée,
L'exil à son foyer.

« Tu avais raison, s'écria le comte en froissant le papier de la romance. Ne chante plus cela. »

La comtesse, après le départ de son mari, était restée sous une impression de stupeur mêlée d'irritation,

mêlée aussi de secrets reproches qu'elle cherchait à
repousser. Elle s'étonnait de subir l'ascendant d'une
volonté, elle agitait confusément des pensées de révolte. Le comte avait laissé ouverte la porte du salon,
et les accents de la jeune fille parvenaient plus dis-
tincts aux oreilles de sa mère. Elle eut un mouvement subit et se dirigea vers le salon. En voyant
le comte au piano, elle s'arrêta vivement émue. Ses
pantoufles, glissant sur le parquet, n'avaient pas ré-
vélé son approche, et, après avoir entendu le dernier
vers, dont l'écho la troublait, elle se retira sans bruit,
bien persuadée de n'avoir pas été aperçue. Mais une
glace l'avait trahie. Le comte venait de tressaillir
comme devant une apparition. Son regard rencontrait
dans le miroir l'image de la comtesse, appuyée à
l'angle de la porte. Il ne vit pas, ce fut peut-être un
malheur, qu'en se retirant elle essuyait ses yeux.
Lucie ne faisait pas face à la glace. Elle ignora l'apparition fugitive, dont son père garda le mystère.

On annonça le déjeuner, il était midi. La comtesse
se fit moins attendre que d'ordinaire et ne s'arrêta
pas à la porte du salon. Sa physionomie était contrainte. Lucie crut cependant remarquer un peu plus
d'élan dans la manière dont elle l'embrassa silencieusement. A table, la présence de domestiques eût été
gênante pour des effusions ou des explications. Du
reste, les repas étaient habituellement très graves et
même mornes. On n'échangeait que du bout des lèvres quelques paroles banales. C'est assez l'usage dans
certaines grandes maisons, alors même que la fa-

mille est plus nombreuse. J'en connais où les enfants ont reçu la défense absolue de parler à table, et où les parents, qui se sont réservé la permission, n'en usent que très sobrement. Ces repas de chartreux, s'ils manquent de gaieté, sont du meilleur genre. Ils contrastent avec les habitudes bourgeoises et celles de la province, où le repas de famille est le moment le plus animé de la journée, et celui, à la vérité, où se commettent le plus d'imprudences de langage, devant des auditeurs rarement touchés de la grâce sacerdotale de la discrétion. C'est là que se rassemblent les matériaux de la gazette des cuisines. Le comte n'avait pas à s'accuser de l'avoir alimentée, et, sous un autre rapport, le bon genre avait été singulièrement approprié à la nature d'un tête-à-tête prolongé, dont l'intrusion d'une institutrice anglaise, avec Lucie, avait peu altéré le caractère.

Ce jour-là, il fut moins taciturne. Affectant une grande aisance de ton et de manières, il questionna plusieurs fois Lucie. La musique était une excellente occasion, et le sujet aurait permis de rester dans les généralités. Mais quand des interlocuteurs ont une préoccupation commune, il n'est pas de conversation si générale qui n'amène des allusions, qui n'effleure par l'association des idées les points délicats, et ne fasse vibrer, c'est le cas de le dire de la musique, les cordes sensibles.

« Ma chère amie, dit le comte en s'adressant à sa femme, si ce n'était si ridicule à mon âge, ou si vous me juriez le secret, je me remettrais à prendre des

leçons de piano. Bah! serait-ce plus ridicule qu'autre
chose? Je serais moins indigne d'accompagner Lucie,
dont la voix mérite d'être cultivée, et je veux, dans
tous les cas, lui donner un bon maître de chant. »

La comtesse, interpellée, ne sut pas résister à la tentation de répondre par une malice.

« C'est en basse Bretagne que vous comptez trouver ces excellents professeurs? Au lutrin de la paroisse
sans doute.

— Il n'est pas difficile d'en faire venir de la ville ou
de Paris pendant les vacances. Cela se voit dans beaucoup de châteaux. Vous-même, au commencement de
notre mariage, vous invitiez des artistes. Et puis, qui
sait? Nous ferons peut-être danser le voisinage. Je veux
tâcher d'amuser Lucie, pendant qu'elle est jeune fille.
C'est le meilleur moment. Je suis de l'avis de la chan-
son. Vous n'irez plus au bal, madame la mariée. »

La comtesse ne répliqua pas. Elle avait compris les
allusions, et puis le lecteur a pu remarquer que le
comte avait dit deux fois : je veux.

A la fin du repas, il annonça qu'il allait conduire
Lucie à l'exposition de peinture, et qu'ensuite il mon-
terait en voiture avec elle. Il *voulait* profiter des quelques jours qui restaient avant le départ pour lui faire
visiter les principaux monuments de Paris qu'elle ne
connaissait pas, et qu'il serait charmé de revoir lui-
même. Lucie alla joyeusement s'apprêter. La comtesse
se levait aussi.

« Je vous rappelle, dit le comte, que je désire savoir ce soir si vous nous suivez en Bretagne. A propos,

je devais dîner au cercle, mais j'ai changé d'avis. Je
dînerai ici. Serez-vous des nôtres?

— J'avais accepté une invitation d'une de mes amies,
qui me menait dans sa loge à l'Opéra.

— Comme il vous plaira. Il suffit que je trouve deux
couverts mis. »

Lucie sortit bientôt, appuyée au bras de son père.
La comtesse s'était enfermée dans sa chambre.

Tandis que ces choses se passaient à l'hôtel du comte,
Albert de Liré avait employé très activement sa ma-
tinée. Il avait revu les jeunes savants, un ingénieur de
l'École centrale et un chimiste, avec lesquels il avait
déjà jeté les bases d'un projet d'exploration au centre
de l'Afrique, et il s'était engagé à mettre cent mille
francs au service de l'association. L'argent étant le nerf
des expéditions scientifiques, aussi bien que celui de
la guerre, on ne prévoyait plus d'obstacles, et l'enthousiasme s'était emparé de ces jeunes têtes. On s'était
distribué les rôles, l'ingénieur se chargeait d'organiser
les préparatifs, le chimiste devait recueillir les instructions de l'Institut, dont il était bon d'avoir une mission, Albert celles de la Société de géographie, qui avait
précisément ce jour-là une séance. On se sépara en se
donnant rendez-vous pour le lendemain. Absorbé par
son projet, Albert déjeuna seul, dans un restaurant des
Champs-Élysées, et se trouva, en sortant, à la porte
de l'exposition. Il entra, presque machinalement, ache-
ta un livret et se mit à errer dans les vastes salles. Il
était distrait, et, quoiqu'il aimât beaucoup les arts, il

parvenait difficilement à fixer son attention. Il pensait qu'il aurait bientôt sous les yeux d'autres tableaux, à la fois moins variés et plus émouvants. Il passait rapidement devant les portraits des bourgeois décorés, à la face béate, des magistrats en rabats, fiers de montrer leurs toques, des sots qui ont voulu poser en négligé, et qui, à défaut d'autre insigne, arborent un cigare à demi consumé qu'ils tiennent entre leurs doigts ; des matrones bien nourries qui invitent la foule à juger la manière dont elles font craquer leurs corsets ; même devant ceux des femmes à la mode, ou désireuses de l'être, qui ont payé cher un artiste en renom, pour mettre le public dans la confidence de tous les contours de leurs épaules. Elles se voilent seulement au livret d'une initiale qui pique la curiosité. On m'a conté que plusieurs apostent des officieux qui ont soin de murmurer obligeamment, à demi-voix, le mot de l'énigme. Elles me rappellent la modestie de la bergère fuyant vers les saules.

Albert s'arrêta cependant en contemplation devant une chaude peinture inondée de soleil : c'était le désert. L'artiste était célèbre, les journaux avaient vanté le tableau, deux raisons meilleures que le mérite de la peinture pour qu'il y eût affluence d'appréciateurs. Quand Albert se retourna, ses regards rencontrèrent ceux du comte, qui lui parut seul, et s'abaissèrent avec un certain embarras. Mais le comte lui serrait cordialement la main.

« C'est vraiment beau, sur la toile, dit celui-ci. Ce doit être bien triste dans la réalité, et je ne suis pas pressé de vérifier la ressemblance.

— J'en suis plus pressé, et je vous annonce mon prochain départ pour l'Afrique centrale.

— Quelle résolution subite !

— Pas si subite. J'y pensais depuis longtemps, et n'ai vu que ce matin mes compagnons de voyage. »

En ce moment, Lucie, qui s'était avancée dans la foule pour regarder de près le tableau, et que la voix du jeune homme avait émue, se montrait à côté de son père. Albert s'inclina profondément, et, comme la veille, il disparut en continuant sa promenade.

« C'est très singulier, se hâta de dire le comte. Il a la fantaisie d'aller voir le pays du désert.

— Il me l'avait annoncé hier, » répondit simplement la jeune fille.

Le comte ne put s'empêcher de trouver étrange que Lucie fût déjà informée de ce projet, mais il ne fit aucune observation, et ne parla plus d'Albert. Apprenait-il sa résolution avec joie, ou avec regret? Je ne sais. Je crois qu'il ne le savait pas lui-même. J'incline à penser qu'entre les deux sentiments qui se combattaient dans la sollicitude paternelle, c'était celui du regret qui dominait l'autre. Peut-être aurait-il souhaité un départ dont il était affligé. La vie est pleine de ces contradictions. Peut-être, — si l'on y réfléchit bien, ceci n'est pas une naïveté de langage, — ne regrettait-il de voir s'éloigner le jeune homme... que parce qu'il venait d'apprendre que le jeune homme s'éloignait.

CHATAU DE CARTES.

La comtesse de Montuy avait eu, ainsi qu'on l'a su, un ébranlement de sensibilité au moment où sa fille chantait la vieille romance. Si Lucie, s'en apercevant, était venue se jeter dans ses bras, peut-être la glace eût été rompue, et cette histoire finirait. Mais la jeune fille n'avait rien vu, et le comte s'était mépris, en remarquant que sa femme refusait d'entrer en sa présence. Il avait donné à cette retraite une interprétation défavorable, qui n'avait pas été étrangère au ton un peu sec de ses observations à table. La comtesse fut blessée à son tour, et du ton, et des allusions, qui ressemblaient à des épigrammes. Sous cette impression, plus encore sous celle d'une jalousie naissante, l'attendrissement s'était dissipé, pour faire place à un sentiment amer. Elle avait eu le temps de se remettre de ce premier mouvement dont, suivant un mot connu, il faut toujours se méfier, parce qu'il est bon.

« On se passe de moi ici, se disait-elle, et l'on a envie de s'en passer. Cette affectation du comte à se faire une société et une amie de Lucie, jusqu'à prendre des leçons de musique avec elle, jusqu'à vouloir s'enfermer avec elle au fond de la Bretagne, est une offense. Il ne m'a même pas proposé de l'accompagner aujourd'hui, dans cette visite au Salon. Je gênerais des épanchements, où Dieu sait comment je serai peut-être traitée.

Il consent à ce que j'aille seule aux eaux, et il ne demande pour ce soir que deux couverts. Eh bien, il n'en aura que deux, et je ne me priverai pas de l'Opéra ! »

La comtesse n'examina pas si elle y trouverait les plaisirs accoutumés, mais elle vint à entendre résonner dans son cœur l'écho des derniers mots de la romance, et à se les appliquer. N'était-ce pas elle qui allait connaître l'exil à son foyer? Ce fut une souffrance aiguë. Elle s'était habituée depuis si longtemps à l'indépendance conjugale, qu'on ignore si elle avait éprouvé autrefois la jalousie de l'épouse. Une autre jalousie, celle de la mère, s'éveillait avec violence. Tout à coup son esprit, cherchant à s'apaiser, moins par un dévouement que par une revanche, se porta sur la perspective du mariage de Lucie, et cette idée, qu'elle avait jusqu'alors éloignée, lui apparut sous un jour tout nouveau, comme devant être son but, comme ayant presque un caractère d'urgence. Le comte, dans la ferveur de néophyte de sa tendresse paternelle, le comte, qui voulait prolonger son séjour à la campagne avec Lucie, ne devait pas être pressé. S'occuper du mariage de Lucie, c'était briser cette situation offensante, en renversant un plan égoïste, c'était esquiver le séjour en Bretagne, c'était ressaisir le beau rôle aux yeux du monde, un rôle de mère, et elle attachait au jugement du monde une énorme importance. Il n'y avait plus à cacher sa fille, de qui chacun devait parler depuis l'anecdote de la veille, mais à être fière d'elle, à la vanter, à se vanter aussi de l'avoir si discrètement élevée jusqu'au moment venu de la produire.

Quand cette idée se fut emparée de la comtesse, tout
lui sembla la corroborer et devoir s'y subordonner. Dans
les perplexités de l'âme, c'est un grand soulagement
de s'être arrêté à un but vers lequel tendront toutes
les démarches et qui déterminera la solution de toutes
les petites indécisions. Il convenait de prendre au plus
tôt l'avance sur le comte, et l'impatience de la comtesse ne voulait pas perdre un jour. Elle en vint à penser, avec une parfaite sincérité, que ce serait une faute
de ne pas se rendre au dîner où elle était attendue, et
à l'Opéra le soir. Le comte commettrait probablement
cette faute en ne se montrant pas au cercle, comme s'il
y avait lieu de paraître embarrassé d'un incident futile.
Elle, au contraire, aurait soin de se montrer en public.
Elle serait allée plutôt tout exprès dans le monde et
au spectacle; elle y aurait mené triomphalement sa
charmante fille, si celle-ci avait eu des toilettes. Bref,
si elle ne refusait pas l'Opéra, ce n'était pas qu'elle se
fût souciée de s'en priver, c'était uniquement par dévouement pour Lucie.

De l'idée acceptée d'avoir un gendre à la recherche
d'un gendre, il n'y avait pas loin, il n'y avait que le
saut de la pensée, et la comtesse chercha autour d'elle.
Elle ne pouvait pas chercher longtemps sans trouver
l'hypothèse du marquis de Liré, qui se présentait tout
naturellement. Il était du meilleur monde et allié aux
plus nobles familles; très agréable de sa personne, il
avait la réputation de ne pas jouer, le prestige de ses
services de guerre et de son ruban. Il était riche et maître de sa fortune; il avait une terre patrimoniale. Ce

dernier point était important. Il serait le gendre le plus commode et qui laisserait à une belle-mère le plus d'indépendance. Sauf le sacrifice de quelques tours de valse qui commençaient à la fatiguer, la vie de la comtesse ne serait aucunement dérangée. Il était caressé par plusieurs mères de famille sur lesquelles il serait glorieux de remporter la victoire. Leurs filles n'approchaient certainement pas des charmes de Lucie, et la comtesse se persuada aisément que l'entrevue fortuite de la veille avait été ménagée par la Providence. A la réflexion, l'attitude silencieuse et réservée du marquis, pendant le repas, prouvait qu'il en était resté préoccupé.

L'imagination de la comtesse s'enflamma donc de plus en plus, et son impatience devenait de la fièvre. Elle sonna sa femme de chambre et donna ordre d'atteler pour quatre heures. Elle voulait aller seule au bois, où Albert se promenait tous les jours à cheval. Elle le rencontrerait sans doute, l'arrêterait sous le prétexte très plausible de le remercier, lui demanderait peut-être son bras, et projetait d'engager une prudente diplomatie. Pendant qu'elle l'habillait, la camériste remarqua que la comtesse était distraite, moins exigeante qu'à l'ordinaire, regardait la pendule, et ne causait pas. Au moment de sortir et déjà gantée, elle se souvint que le comte avait demandé une réponse. Elle ôta ses gants et prit une plume. Il y avait bien des années qu'elle n'avait écrit à son mari, et elle hésitait sur la formule à employer. Elle se tira d'embarras en n'en employant aucune. Elle jeta sur un

papier parfumé ces simples lignes, sans signature,
qu'elle scella d'un cachet armorié :

« J'ai de bonnes raisons de ne pas dîner aujourd'hui
à l'hôtel, mais je vous suivrai quand vous voudrez en
Bretagne. Seulement, j'aurai probablement à vous
prier de différer le départ. Vous saurez et vous appré-
cierez mes motifs. »

Elle trouvait assez habile de ne paraître ni boudeuse
ni indocile, et d'avoir, pour différer le départ, de
bonnes raisons qu'elle ne disait pas.

Elle monta en voiture en ordonnant d'aller au bois.
Elle eut beau faire plusieurs fois le tour du lac, elle
ne vit pas Albert. Elle parla de lui négligemment à
d'autres cavaliers qui ne l'avaient pas vu davantage,
non plus qu'au cercle. Elle revint déconcertée, chan-
gea de toilette et sortit de nouveau, avant la rentrée
du comte. « Il visite les monuments de Paris, pensa-
t-elle. Quel enfantillage! pendant que je m'occupe de
choses plus sérieuses pour l'avenir de Lucie. » — Elle
étala ses meilleures grâces à table, avec une grande
désinvolture, et vanta intrépidement sa fille comme
un assemblage de toutes les perfections, sans omettre
le chiffre fort rond de la dot qui lui était destinée. Malgré son inexpérience de débutante dans ce rôle, elle
le jouait en artiste. Les mères qui le jouent depuis plusieurs années trahissent quelque lassitude, surtout à
l'époque où l'on était, et quand elles reconnaissent que
c'est encore une saison manquée. On se rendit à l'O-
péra. Dans un entr'acte on se mit à parcourir les journaux du soir. La comtesse poussa involontairement

une exclamation en rencontrant le nom du marquis de
Liré. Elle lut qu'à la séance de la Société de géographie, une exploration dans le centre de l'Afrique avait
été décidée, que le marquis en faisait les frais et devait la diriger, et qu'il avait reçu à cet égard, pour
son courage et sa générosité, les plus vives félicitations. Cela s'était passé à l'heure où la comtesse le
cherchait au bois de Boulogne.

Elle fit effort pour ne pas témoigner une contrariété
qu'elle n'était peut-être pas la seule à éprouver. Il y
avait d'autres mères dans la loge. On commenta diversement la résolution du marquis, qui expliquait une
sorte de sauvagerie remarquée depuis quelques mois
dans ses habitudes et ses manières. On essaya de remonter plus haut, par l'analyse conjecturale des causes
premières. Une femme, de celles qui avaient joué depuis plusieurs années le rôle que j'indiquais tout à
l'heure, apporta une médiocre bienveillance à cette
étude rétrospective. Le rideau était levé depuis plusieurs minutes qu'on jasait encore du marquis, dont
on était plus occupé que de la scène, et les murmures
du parterre durent réprimer ce babil. Il était plus de
minuit quand la comtesse regagna son hôtel. Lucie
était couchée. Le comte, réfléchissant, lui aussi, qu'il
était à propos de se montrer, était allé au cercle.
Deux heures auparavant, on y avait parlé du projet
du marquis de Liré. On l'avait raillé généralement.
On n'en parlait déjà plus.

La comtesse dormit mal. Elle avait vu s'écrouler,
comme un château de cartes, tout l'échafaudage que

son imagination avait si rapidement bâti. Il fallait le reconstruire sur un plan nouveau, avec la pensée d'un autre couronnement, et elle s'aperçut que les matériaux manquaient. Ce n'était pas la saison, et la dispersion de la société allait se précipiter. Elle était obligée d'ajourner à plus de six mois la présentation de Lucie dans le monde. Cette exhibition, un peu banale, pour laquelle les mères semblent allumer la lanterne de Diogène et chercher un homme, n'était pas, on le sait, du goût de la comtesse, et d'ailleurs il fallait, en attendant, trouver l'emploi de plus de six mois. Les perplexités renaissaient.

Quand elle fut levée, ce ne fut pas le comte, mais Lucie qui entra dans sa chambre en l'embrassant.

« Mon père a été bien heureux de votre petit mot, dit-elle, et je viens aussi vous en témoigner ma joie. Nous allons donc partir ensemble pour la campagne, et y passer tout l'été, ce qui m'enchante. J'aime tant la Bretagne ! Pouvez-vous me dire quels motifs vous avez de différer le départ ? Mon père vous attendra, mais je vous avoue mon impatience. »

La comtesse sentit que son billet l'avait engagée. Il y avait une véritable impossibilité morale à ce qu'elle retirât sa promesse au moment où sa fille en annonçait l'acceptation avec cet élan. Ni le papier timbré ni même la signature ne sont nécessaires à l'obligation créée par quelques lignes d'écriture, et c'est d'ailleurs un principe de bienséance autant que de droit qu'un contrat naît de l'acceptation de la promesse. Elle sentit aussi qu'elle n'avait plus de motifs de demander un

14.

atermoiement comme un débiteur besogneux. Il lui
semblait difficile d'en inventer, et puis elle réfléchissait
que le comte allait être assailli d'occupations à la campagne et n'aurait pas le loisir de se consacrer à sa fille
comme il paraissait disposé à le faire à Paris. Le terrain serait plus favorable pour essayer de lui disputer
la confiance de Lucie ; cela pouvait devenir un but, à
défaut de celui qui s'était éloigné. Et puis, n'y avait-il
pas un choix possible de gendres dans les châteaux de
Bretagne ? Avec une mobilité d'impression qui est bien
dans la nature féminine, la comtesse déclara que rien
ne la retenait plus à Paris et qu'elle était prête à partir
pour la Bretagne aussitôt qu'on en donnerait le signal,
sans même attendre le grand prix. Lucie courut annoncer à son père ce résultat inespéré de son ambassade.
Le comte en fut surpris, et presque inquiet. Il aurait
cru la négociation plus difficile. La comtesse de Montuy demandant de quitter Paris avant le grand prix et
pour s'enfermer en Bretagne, c'était si étrange, qu'il
devait y avoir là quelque mystère.

VIEUX MANOIR.

Huit jours après, le château de Coëtmeur, aux environs d'Hennebont, revoyait ses propriétaires, qui l'a-
vaient abandonné depuis plusieurs années.

C'était un long bâtiment, bien vaste pour une famille
aussi peu nombreuse. L'architecture, irrégulière et sans
art, rappelait plusieurs époques de construction ; la

maison n'avait ni l'aspect imposant et pittoresque des
vieilles tours, ni l'apparence élégante des châteaux modernes. Les distributions intérieures correspondaient à
des habitudes fort différentes de celles du luxe contemporain, et, assurément, rien ne ressemblait moins
aux raffinements de l'hôtel des Champs-Élysées. Le
régisseur était loin d'avoir exagéré les dégradations
causées par le temps et le défaut d'habitation. Le mobilier étalait sa décadence, ou la cachait mal sous des
housses déchirées. Les serrures, rouillées, criaient
et fermaient mal; il n'y avait de rideaux à aucun lit ni
à aucune fenêtre, et la comtesse aurait été fort en peine
de sonner sa femme de chambre.

C'était là que le comte avait passé son enfance, puis
ses joyeuses vacances, puis même, jusqu'à la mort de
ses parents, une partie des premières années de son
mariage. Malgré la poésie des souvenirs, malgré les in-
dulgences de l'amour du pays natal, il n'échappait pas
aux impressions de la réalité; il était déconcerté du
coup d'État qu'il avait brusqué, il était embarrassé de
sa victoire. Ses regards évitaient de rencontrer ceux de
la comtesse, dans lesquels il craignait de lire un reproche. S'il revoyait les choses avec d'autres yeux, que
pouvait-il attendre de sa femme? Un temps sombre et
pluvieux n'était pas fait pour égayer le tableau. Le
vent de la mer mugissait dans les sapins, mêlant le
bruit de ses rafales à celui des girouettes. Les grandes
pièces, si longtemps inhabitées, avaient, en dépit de
la saison printanière, une humidité pénétrante et
froide. Il s'en exhalait une sorte d'odeur de moisissure.

On allumait du feu, mais la fumée, repoussée par la tempête, remplissait la salle. Assisté du régisseur, qui perdait la tête, le comte, agité, nerveux, allait et venait, distribuant des ordres, présidant à des installations, gourmandant l'inertie de domestiques amenés de Paris, qui ne dissimulaient pas leur mauvaise humeur. Ils ne trouvaient rien à leur gré; le chef cherchait en vain son gaz et ses fourneaux, le cocher ses robinets, sa sellerie et ses ustensiles, le maître d'hôtel son office. Ils prenaient en mépris les rustres ahuris de la ferme qui offraient leurs services, parlant breton entre eux, et ne comprenant pas toujours le français.

Tels furent les auspices sous lesquels le comte de Montuy, l'un des vice-présidents du jockey-club, faussant compagnie au grand prix de cent mille francs de la Ville de Paris, reprenait possession, au fond de la Bretagne, de son château patrimonial.

Quelle était l'attitude de la comtesse? Il faut lui rendre justice. Elle était calme et ne faisait entendre aucune plainte.

Fille d'un riche financier, élevée au Sacré-Cœur, elle ne s'était pas mariée, à vingt ans, sans entraînement. Elle avait été séduite par la personne, autant que par le nom et le titre d'un brillant officier de la marine, qui lui avait fait, bien jeune, le sacrifice de son épée. Elle-même n'avait cru faire aucun sacrifice à l'aspiration de tant de jeunes filles de la finance, aspiration si commune depuis le temps où les millions de Samuel Bernard se répandaient, par les canaux de trois alliances, dans les familles Molé, Lamoignon et Mirepoix.

En dépit de nos révolutions et de nos mœurs démocratiques, être présentée avec un titre dans les salons du faubourg Saint-Germain, c'est encore presque le prestige d'une présentation à la cour. Belle, instruite, de manières distinguées et alors timides, Laure Dupont, ç'avait été le nom de la comtesse, réunissait trop d'avantages personnels pour n'avoir pas été bien accueillie, et elle n'avait entendu jamais une parole malsonnante. L'heureux officier, de son côté, n'avait reçu que des félicitations, envieuses peut-être, mais exemptes de tous commentaires railleurs. Malgré la disproportion des fortunes, son blason n'avait pas besoin d'être redoré : il aurait pu se faire l'illusion de n'être sensible qu'aux charmes et aux qualités de sa fiancée et se vanter de contracter un mariage d'inclination. avec le surcroît d'une dot. Le mariage s'étant célébré au printemps, les présentations mondaines avaient été ajournées. C'était à Coëtmeur que s'était écoulée la saison enchantée de plusieurs lunes de miel consécutives. Comment une union qui avait eu de tels commencements était-elle devenue, après quelques années, ce que le lecteur l'a vue? Comment l'opulence échue, lors de la mort prématurée de M. Dupont, des amitiés compromettantes, l'émulation d'exemples trop éclatants, l'admission dans une coterie de femmes à la mode et les hommages des hommes avaient-ils fait de la comtesse une des célébrités de la haute coquetterie parisienne? Qui, même, dans son ménage, avait eu la responsabilité des premiers torts? Ce serait une triste histoire, que je n'ignore pas, que je pourrais raconter

un jour, une histoire autre que celle que je raconte
ici.

La comtesse, aux côtés de sa fille, avait eu le loisir
d'y songer en voyage, à mesure qu'elle se rapprochait
des lieux où elle avait connu les plus purs enchante-
ments de sa jeunesse. Ce n'était pas sans attendrissement qu'elle avait gravi le perron, aux dalles disjoin-
tes, marquetées de touffes d'herbes, du manoir dont
elle avait reçu l'hospitalité patriarcale. Ç'avait été l'é-
poque où les délicieuses idylles de Brizeux, acquérant
une popularité tardive, avaient tracé autour du front
de la Bretagne une poétique auréole. L'imagination de
la nouvelle mariée s'était facilement enflammée pour
les paysages agrestes et aussi pour les vieilles mœurs
de la province ; elle avait respiré l'arome des genêts en
fleurs ; elle avait voulu voir le pont Kerlô, s'y asseoir
près de son mari, tous deux

> Laissant pendre en riant leurs pieds au fil de l'eau ;

y répéter de mémoire les vers du poète :

> Seuls en ce lieu désert et libres tout le jour,
> Nous sentions en jouant nos cœurs remplis d'amour.

Elle avait assisté aux fêtes villageoises, aux veillées,
aux pardons, aux feux de la Saint-Jean ; elle avait visité les monuments druidiques, le champ des martyrs
de Quiberon et les rochers de la grande mer. Son enthousiasme aurait pu être une attention délicate envers
sa nouvelle famille, mais il était trop sincère pour avoir

besoin d'être joué, et la cordialité des châtelains l'avait laissée bien indifférente à ce qui manquait d'élégance ou de confortable à l'habitation. Après plus de vingt ans, elle y retrouvait comme un trésor enfoui d'impressions, qui n'attendaient que sa présence pour faire éclater la pierre froide qui les avait recouvertes. Je ne sais si elle se souvenait encore des derniers vers de la ravissante idylle.

Elle n'aurait eu qu'un chiffre à y changer.

> Bien des jours ont passé depuis cette journée,
> Hélas! et bien des ans! Dans ma quinzième année,
> Enfant, j'entrais alors; mais les jours et les ans
> Ont passé sans ternir ces souvenirs d'enfants.
> Et d'autres jours viendront, et des amours nouvelles,
> Et mes jeunes amours, mes amours les plus belles,
> Dans l'ombre de mon cœur mes plus fraîches amours,
> Mes amours de quinze ans refleuriront toujours.

La comtesse était donc distraite et grave, et lorsqu'elle regardait sa fille, sa mélancolie avait un sourire. Elle lui souhaitait des joies pareilles à celles qu'elle avait goûtées, mais plus durables. Quant à Lucie, elle témoignait une gaieté enfantine, reconnaissait chaque chambre et chaque meuble, se multipliait activement afin d'aider à ouvrir les caisses et à en ranger le contenu, ne demandait qu'un rayon de soleil pour réjouir son cœur en éclairant la campagne. Ce rayon, un rayon de soleil couchant, se montra, déchirant la nue, dorant la flèche dentelée de l'église du village qui perçait le demi-cercle d'un arc-en-ciel. Tous les coteaux boisés, surgissant de la brume, comme s'ils répondaient suc-

cessivement à un appel, s'étageaient, se superposaient
jusqu'à la frange lointaine et bleuâtre des crêtes de la
montagne d'Arrez, tandis que l'occident s'empourprait,
que la grande mer apparaissait à la fois écumeuse et
scintillante. C'était le coup d'une baguette magique. Les
oiseaux, sortant de leurs retraites, voltigeaient et chantaient; à la fenêtre ouverte, Lucie était dans une sorte
d'extase, puis exprimait avec feu une admiration qu'elle
conviait sa mère à venir partager. Le comte entrait au
même moment. On entendait tinter la cloche du village. La jeune fille, enthousiasmée, murmurait l'*Ange-
lus*, et ses parents se surprenaient à le dire avec elle.
C'était la première fois que tous trois avaient fait en
commun une prière.

On dîna sous des impressions déjà bien améliorées,
et l'on se retira de bonne heure pour réparer les fatigues du voyage. Le lendemain le temps était splendide.
Des ouvriers avait été mandés de la ville, et il convenait, sur bien des points, de consulter la châtelaine.
C'était une épreuve que redoutait le comte. Il s'étonna
de trouver sa femme bien mieux disposée qu'il n'avait
espéré à se concerter avec lui, acceptant même de prendre la direction des travaux de tapisserie et d'autres
installations intérieures; il fut doublement heureux de
lui abandonner ce soin, qui serait une occupation et un
intérêt pour elle. Lucie errait autour du château, il ne
lui était jamais arrivé de sortir seule, et elle s'enivrait
d'indépendance. Son âme, jusqu'alors comprimée,
s'ouvrait aussi à la compréhension de la nature. Elle
ne l'avait connue que par les livres ou par les pro-

menades de Paris. Si belles que soient les œuvres de
Le Nôtre, revues et corrigées par M. Alphand, il est
permis d'admirer davantage l'œuvre de Dieu. Dans
nos climats, elle ne saurait se déployer plus brillamment, sous les yeux des hommes, qu'au commencement de juin, par un ciel pur, le lendemain d'un
orage. Tout le bocage chantait un hymne d'actions de
grâces; les hêtres, dans la première fraîcheur de leur
feuillage, fournissaient déjà des abris virgiliens; les noirs
sapins eux-mêmes, comme s'ils interrompaient leur deuil
éternel pour une fête, semblaient avoir voulu s'égayer
en s'enveloppant d'une parure d'un vert tendre, destinée à s'assombrir bien vite. De vrais torrents, grossis
par la pluie de la veille et qu'une nuit avait suffi à cla-
rifier, précipitaient bruyamment leurs eaux sur de vrais
rochers; la rosée étincelait dans les prairies, tous les
buissons étaient en fleurs, et la jeune fille aspirait un
air embaumé, sans se douter du charme qu'elle ajoutait au paysage.

Sa mère y songeait. De sa fenêtre, touchée elle-même
de la beauté du spectacle, elle la suivait des yeux, et
la contemplation la plongeait en diverses sortes de rêverie. Elle vit le comte se rapprocher de Lucie qui bon-
dissait à sa rencontre et qu'il embrassait avec effusion.
Ce fut une impression jalouse; elle se sentit rougir, et
se jura que, désormais, elle voulait avoir chaque matin
le premier baiser de sa fille.

LE PHARE.

Il y avait autour de Coëtmeur un nombreux voisinage. Fort heureusement il ne se trouvait aucun autre
château habité sur la même commune. Lorsque deux
ou plusieurs châtelains se rencontrent en concurrence, on peut tout redouter des rivalités de clocher,
de mairie, d'influence, de chasse, des comparaisons de
fortune ou de générosité, des divergences d'intérêt
pour le tracé ou la rectification des routes, et j'ajouterai, des disputes de préséance à l'église, sans compter
les terribles compétitions électorales. J'ai vu des voisins
brouillés à l'occasion du banc d'œuvre, des bonnes sœurs
ou du pain bénit; j'ai vu s'envenimer et se perpétuer
des querelles de familles dont l'origine était un lièvre
contesté; j'ai observé une espèce de fièvre, d'une malignité particulière, qui sévit sur les châtelaines. On connaissait déjà la fièvre des foins, celle des marais et celle
des défrichements. Celle-ci pourrait se nommer la fièvre
routière, car elle se déclare à l'occasion de l'ouverture
d'un chemin qui doit traverser la propriété, couper des
bois ou des prés, s'éloigner ou se rapprocher de l'avenue. Elle est intermittente, avec des accès d'inégale durée, dont la discussion redouble la violence. Ses symptômes diagnostiques sont de faire voir, sous les couleurs les plus noires, la face des agents voyers et du
préfet, plus encore celle du voisin qui est accusé d'avoir
influencé, dans son intérêt, sinon par malveillance,
le tracé jugé offensant. Le seul moyen curatif est le

changement d'air, encore n'est-il pas toujours efficace,
et l'agitation persiste souvent malgré l'éloignement de
la malade. Je sais une alliance, concertée depuis plusieurs années entre deux familles et à laquelle se préparaient les principaux intéressés, qui a été rompue
dans un accès de cette fièvre et à cause de la direction d'une route. Un mauvais plaisant prétendit que
c'était un mariage qui était resté en chemin vicinal.

On a des exemples de terres mises en vente pour
cause d'ennuis et de rivalités de voisinage. Je m'é-
tonne que les rédacteurs des annonces qui vantent,
avec une pompe si banale, les vues magnifiques, les
eaux vives et les chênes séculaires, n'insistent pas,
lorsqu'ils le pourraient, sur la circonstance que la
commune ne renferme pas d'autre château; c'est la
première chose dont doit s'informer la prudence d'un
acquéreur.

J'ai dit que Coëtmeur avait cet inappréciable avantage; aussi l'arrivée du comte n'avait porté ombrage
qu'à un petit personnage envieux et remuant, ennemi
personnel du château, plutôt que du châtelain, comme
chaque bourgade en possède au moins un, qui avait
espéré se glisser dans les honneurs municipaux. Les
esprits n'étaient pas encore mûrs en Bretagne pour
son avènement, et la lutte devenait trop inégale. Le
comte n'eut qu'à se montrer pour joindre au prestige des traditions celui des espérances, et faire
rentrer sous terre la cabale. Élu en tête de la liste,
il se vit obligé de céder aux instances de ses rus-
tiques collègues et d'accepter les fonctions de maire.

A Paris, la comtesse avait témoigné un grand mépris pour cette magistrature. Il fut remarquable que ses dispositions étaient entièrement changées; elle s'était presque passionnée au moment des élections, elle voulait être la femme de M. le maire, en attendant qu'elle fût celle de M. le conseiller général ou de M. le député.

Déjà l'on avait pu observer avec quelle majesté, dès le premier dimanche, elle avait pris, à l'église, possession du banc d'œuvre. Le siège de bois n'était pas moelleux, et son habitude était d'être plus commodément assise; elle sembla n'avoir été attentive qu'aux vieilles sculptures, et cependant elle proposa bientôt à Lucie, ce qui fut accepté avec empressement, de travailler en commun à des coussins de tapisserie. Elle avait rapporté une impression très favorable de l'affluence qui remplissait la nef, ainsi que du pittoresque des costumes. On lui aurait pardonné de n'être que médiocrement édifiée du prône breton, et pourtant, par l'effet de l'association des idées, il se trouva qu'elle en fut fort touchée. Il y avait juste deux semaines qu'elle avait assisté au sermon du dominicain de Saint-Philippe du Roule; elle s'apercevait des espaces que sa pensée avait parcourus durant cette quinzaine, et elle entendait résonner, dans son cœur de mère, comme un écho importun.

Les semaines qui suivirent furent occupées en visites dans tous les châteaux, à trois ou quatre lieues à la ronde. On y avait beaucoup commenté la nouvelle de l'arrivée du comte; c'était un événement, et l'on atten-

dait ses visites avec un vif intérêt de curiosité, où la
vérité m'oblige à dire que la bienveillance ne dominait
pas. On admettait généralement la conjecture d'ambitions électorales; quelques hommes, dont elles auraient
dérangé les calculs, étaient sur la réserve, tandis que
la réputation de suprême élégance de la comtesse troublait quelques châtelaines. Elle avait à se faire pardonner la supériorité d'une fortune qu'exagérait encore la
renommée; mais ce n'est un écueil que pour la sottise.
Le comte avait, dans les manières, une grâce naturelle,
et la coquetterie de la comtesse connaissait les moyens
de plaire. La question était de savoir si elle voudrait
les employer, et elle le voulut. Quant à Lucie, elle
n'avait besoin d'aucun effort pour plaire, et elle fut
partout trouvée charmante. La tournée eut donc un
plein succès; les visites furent vite rendues, vite sui-
vies d'invitations. La vaste salle de Coëtmeur reprenait,
avec plus de luxe de table, ses traditions hospitalières,
et chacun se piquait d'émulation. Puis vinrent les célèbres pardons de Rumengol et de Sainte-Anne d'Auray,
les excursions dans la montagne, aux vallées alpestres
d'Huelgoat, aux cascades de Saint-Derbot, et sur la
côte aux grottes magnifiques de Crozon et aux rochers
vertigineux de Penmarch; la saison des vacances avait
complété la famille en amenant le collégien, à la plus
grande joie de Lucie; on n'était pas à plus de deux
lieues de la mer; on y allait en cavalcade pour prendre
des bains. Un jeune homme du voisinage, André de
Kerglaz, possédait un joli cotre de plaisance qu'il avait
nommé la *Sainte-Anne;* il le manœuvrait habilement,

avec l'aide de deux vieux marins; il s'était empressé de
l'offrir pour des promenades en mer, des parties de
pêche et de curieuses descentes dans les îles. L'été se
passait en fêtes.

Assurément, rien ne ressemblait moins à cette reclusion, à cet exil en Bretagne, dont la comtesse avait reçu
l'annonce à Paris comme une lettre de cachet et une
disgrâce de courtisan. Elle ne regrettait pas les mono-
tones distractions du monde, transportées dans une
ville d'eaux; elle s'émerveillait de goûter d'autres
jouissances, elle recueillait aussi d'autres hommages.
Si elle n'avait plus autour d'elle ce qu'en profanant un
mot qui devrait être sacré elle appelait ses amies, elle
n'avait pas de rivales, et personne ne lui disputait le
triomphe. Elle avait des satisfactions d'un ordre plus
élevé que celles de la vanité; elle retrouvait la dignité
de l'épouse, elle exerçait le bienfaisant patronage de
la châtelaine, et, par-dessus tout, elle assistait à l'épanouissement de sa fille.

Lucie, en effet, semblait s'ouvrir à la vie. Tout pour
elle était nouveau. Depuis qu'elle était jeune fille, elle
n'avait pas vu la mer, et l'on peut dire qu'elle n'avait
pas vu le printemps. Ce qu'elle avait connu moins encore, c'était d'être l'objet des caresses maternelles, et,
en dehors de la famille, d'attentions et d'empressements universels. Il y avait de quoi exalter une imagination naturellement très vive, et un peu d'étourdisse-
ment aurait été bien excusable; mais elle avait une
grande modestie, et elle semblait absolument exempte
de coquetterie. Si elle mettait quelque recherche à

plaire, c'était seulement à ses parents, parce qu'elle
avait compris qu'il y avait là une mission à remplir,
qui réclamait une certaine diplomatie. Par ailleurs, ses
attentions personnelles étaient celles de la charité. Le
père du comte avait fondé, au village, une maison de
sœurs qui était restée fort négligée. Lucie faisait chaque matin une visite aux bonnes sœurs, s'intéressait à
tous les détails de l'école et de la pharmacie, accompagnait parfois les religieuses auprès des malades. Elle
prenait d'elles des leçons de breton, s'amusant à expéri-
menter ses progrès, en essayant de converser avec les
pauvres gens qu'elle rencontrait et avec les fermiers.
On juge bien que ce ne fut pas l'une de ses moindres
séductions, lorsque le bruit se répandit que la jolie
Parisienne apprenait et commençait à parler la langue
des campagnes. Cela fut très remarqué dans les châteaux, en faisant supposer qu'elle ne serait pas éloignée
de la pensée de se marier en Bretagne. Plus d'une espérance s'éveilla, qui se serait crue téméraire; ce n'était
pas de nature à diminuer les empressements, ni à re-
froidir les louanges prodigués à la jeune fille.

André de Kerglaz devint particulièrement attentif et
fut bientôt considéré comme un compétiteur redoutable.
Son goût pour la mer n'était pas sans avoir amené entre lui et Lucie une sorte de correspondance, ni sans
attirer la bienveillance du comte, qui donnait encore
des regrets à la carrière embrassée dans sa jeunesse.
On remarquait combien Lucie paraissait se plaire aux
petites excursions maritimes sur le cotre d'André, et
quelle vaillance elle y déployait.

Un jour, on avait donné pour but à la promenade la visite d'un phare, construit sur un écueil à quelques lieues de la côte, et dont la lumière intermittente était aperçue la nuit des fenêtres de Coëtmeur, ce qui piquait d'autant plus la curiosité. La comtesse, qui ne s'était pas tirée à son honneur d'une précédente épreuve, redoutait le mal de mer et s'était dispensée d'accompagner sa fille. Le comte, comme la plupart des officiers de marine, avait l'appréhension des navigations de plaisance, et, jugeant que le temps n'était pas sûr, il avait hésité à permettre l'embarquement. Il n'avait cédé qu'aux instances de Lucie. On atteignit l'écueil sans encombre, et l'on gravit des degrés pratiqués dans le roc, qui se confondait avec la base de la tour. Deux chambres basses servaient d'habitation aux deux gardiens qui doivent se relayer pour entretenir et allumer le phare et pour veiller alternativement la nuit. L'un d'eux était venu à la rencontre des visiteurs. Aucun arbre, aucune culture, aucune plage même ne s'offrait à la vue. La mer battait de tous côtés les flancs de la tour, et le cœur de la jeune fille se serrait à l'aspect de ce séjour désolé. Elle monta l'escalier tournant de pierre, elle se trouva transportée dans un palais de cristal, dont elle n'avait pas soupçonné les vastes proportions, et dont le soleil faisait miroiter les facettes. Ce fut un véritable éblouissement. Le spectacle était banal pour le pauvre gardien, même pour André et pour le comte, quoique celui-ci admirât les progrès accomplis dans la merveilleuse industrie des phares. Tous trois donnaient tour à tour à la jeune fille des

explications qu'elle écoutait à peine. Son regard embrassait trop de choses, sa pensée davantage encore, et
elle éprouvait la sensation du vertige. Du côté de la
terre, à l'aide de la longue-vue du gardien, elle distinguait les flèches de vingt clochers, et elle reconnaissait
la façade de Coëtmeur. Sa mère était peut-être à la fenêtre. Autour d'elle, une centaine de barques de pêche,
secouées par la vague, croisaient leurs voiles blanches.
Plus loin, c'étaient des bâtiments à vapeur, avec leurs
panaches de fumée, c'étaient de grands navires, revenant peut-être des extrémités du monde, impatients d'entrer au port, et se guidant sur la haute tour qui, fanal
éclatant la nuit, est aussi le jour un précieux indicateur.

Je ne vois jamais s'allumer un phare, dans les bru-
mes du soir, sans un sentiment ému d'admiration pour
le génie de l'homme et plus encore pour sa grandeur
morale. Le phare représente un des chefs-d'œuvre de
la science et de l'industrie, et ce chef-d'œuvre est au
service d'une pensée d'attentive protection pour les
navigateurs de toutes les nations. Je songe aux temps,
ils ne sont pas trop éloignés de nous, où les naufragés
étaient des ennemis qu'il était licite de dépouiller, où la
barbarie avait assez déshonoré le langage et la loi elle-
même pour consacrer, sous le nom de droit de bris, la
justification du pillage. Il convient de chercher, à ces
coutumes sauvages, une sorte d'excuse historique dans
le ressentiment traditionnel des maux qu'avaient fait
souffrir aux habitants de nos rivages les incursions des
pirates normands et scandinaves. C'était par les routes
de la mer qu'arrivaient ces déprédateurs féroces, devant

15.

lesquels les populations fuyaient épouvantées. La mer était restée suspecte, ou, si elle apportait une proie, les descendants, en la saisissant, croyaient presque venger leurs aïeux. Aujourd'hui, l'humanité envoie de hardis pilotes à la rencontre des navigateurs égarés, l'humanité enflamme le dévouement de héros obscurs qui, lorsqu'un navire est en péril, s'élancent sur de frêles esquifs, au péril de leur vie, pour sauver celle des naufragés, et c'est encore l'humanité qui, appelant la science à son aide, dessine en traits de feu, la nuit, sous l'œil rassuré du capitaine, la carte géographique des rivages hospitaliers.

Il est permis de douter que l'esprit d'une jeune fille de dix-huit ans suivît, avec précision, l'enchaînement de ces pensées. Pourtant elles ne devaient pas être entièrement étrangères à l'espèce d'attendrissement dans lequel la contemplation avait plongé Lucie. Quand elle fut redescendue, à demi étourdie, et vit le rocher nu qui était le domicile du gardien, elle eut un autre mouvement, un mouvement de compassion pour le pauvre stylite. Elle se mit à l'interroger sur sa vie. Elle apprit qu'il avait une famille, mais qui habitait le petit port le plus voisin de la côte. L'hiver, l'état de la mer interrompait souvent les communications pendant des semaines entières, et il restait confiné sur son îlot, en épuisant ses provisions de biscuit, de viandes salées ou d'autres conserves. Elle apprit pour quel chétif salaire il acceptait cette existence.

« Au moins, dit-elle avec bonté, je vois que vous êtes deux.

— Oui, Mademoiselle, reprit simplement l'ermite. Nous sommes deux, mais nous ne nous parlons jamais. »

Grandeur de l'homme, misère de l'homme! faut-il répéter après Pascal. Deux êtres humains vivaient là, en face l'un de l'autre, sur un rocher, esclaves d'une consigne qui les obligeait à un service alternatif, tous deux veillant à la protection des marins, tous deux agents dévoués et fidèles d'une des plus hautes institutions de l'humanité, et ces deux hommes étaient ennemis! Une querelle, probablement une jalousie, les avait aigris. Ils ne se parlaient pas! Si l'un d'eux, malade, blessé par une chute sur les rochers ou tombant à la mer, avait eu un besoin immédiat de l'assistance de l'autre, qu'aurait fait l'autre? Laquelle des deux inspirations qui se combattent dans notre pauvre cœur eût été la plus forte? Je veux espérer, j'espère que c'eût été l'inspiration de la grandeur morale. Le collègue aurait soigné, relevé, recueilli, sauvé le collègue. Après quoi, ils seraient rentrés dans leur mutisme et dans leur inimitié.

Lucie méditait avec tristesse la réponse du gardien, et, tout à coup, sa pensée, faisant un bond en arrière, se trouva transportée, comme par un rêve, sur un autre îlot, sur un autre écueil, où se dressait aussi un fanal, sur le petit refuge des Champs-Élysées. Là, aussi, deux êtres humains s'étaient trouvés seuls, entourés des vagues de la foule, mais ils s'étaient parlé longuement. L'un d'eux n'avait pas oublié. Où était l'autre? Et avait-il oublié?

Je crois peu, je l'avoue, aux commotions électriques déterminant une passion à première vue, en enflammant deux cœurs, et tel n'avait pas été le résultat de la rencontre des Champs-Élysées. La passion, pour éclore, a besoin, si j'ose ainsi dire, d'être graduellement échauffée par une sorte d'incubation, plutôt que brûlée des ardeurs subites d'un soleil de midi. Je crois beaucoup aux traces que laisse un souvenir. Dans les cœurs légers, le temps les efface vite; dans d'autres, il les creuse, il les grave plus profondément chaque jour de son burin pénétrant. Je crois surtout à la puissance des comparaisons. Assurément Lucie, sa gaieté expansive en faisait foi, n'était pas restée troublée du souvenir d'Albert de Liré. Aucun engagement ne l'eût empêchée d'écouter des hommages auxquels elle aurait été sensible. Et, cependant, du moment où elle put soupçonner que les attentions d'André de Kerglaz étaient autre chose que de simples politesses, il lui fut impossible de ne pas comparer. André était plus grand, plus beau peut-être; Albert avait une physionomie plus expressive et des manières plus élégantes. André avait le ton un peu brusque et le rire bruyant; la voix d'Albert était douce. André paraissait avoir pris, sans regret, son parti d'une vie oisive. L'époque de l'ouverture de la chasse était prochaine, il s'en montrait très préoccupé, il commençait de parler avec animation de chiens et de lièvres; il avait annoncé qu'il allait laisser la *Sainte-Anne* au repos et congédier jusqu'au printemps suivant son petit équipage. Cette annonce l'avait un peu dépoétisé dans l'esprit de la jeune fille, qui songeait aux aspirations bien autrement élevées d'Albert et au but qu'il s'était donné. Elle était amenée à reconnaître, surtout par la comparaison, que la conversation d'André de Kerglaz était en définitive assez vulgaire, et il arrivait ceci, que les attentions d'un jeune homme ravivaient le souvenir d'un autre.

Elle n'eut que trop, ce jour-là, le loisir de se livrer à une comparaison dangereuse. Quand on voulut se rembarquer, la mer s'était retirée, et les matelots endormis avaient laissé la *Sainte-Anne* s'échouer sur une petite anse de sable, au pied de l'escarpement. Il fallait attendre plusieurs heures le retour de la marée. Plusieurs heures, ce serait la nuit; le vent fraîchissait de plus en plus, et l'apparence du temps devenait très mauvaise. André, bien vainement, exhalait des imprécations contre ses hommes; le comte inquiet, contrarié, avait grand'peine à faire, par politesse, bonne contenance; Lucie s'efforçait de prendre gaiement l'aventure, et elle y aurait réussi, si elle n'avait pas songé aux soucis de sa mère. Je crois que le gardien se réjouissait au fond du cœur, tout en témoignant ses sympathies. Il n'était pas accoutumé à passer la soirée en si aimable compagnie, ni à recevoir de pareils hôtes à sa table, car il fallait bien penser au dîner, et ce n'est pas lui qui faisait graver des cartes pour répandre la nouvelle provocante qu'il restait chez lui le soir. Il offrit ce qu'il avait, comme un montagnard écossais; mais, au lieu de laitage, de venaison et de genièvre, c'était du biscuit, du lard, des sardines, des pommes de terre que la femme lui avait appris à rissoler, quelques bouteilles d'un vin passable et un cognac plus douteux. Offrir des couverts d'argent et des lits aurait été plus difficile. La pluie tombait à torrents; le gardien était parti sous une casaque goudronnée pour visiter des engins de pêche, et il rapporta en triomphe un homard. L'assaisonnement pouvait laisser à désirer, mais l'on n'avait pas à craindre la famine.

Profitant de son absence, l'autre gardien s'était montré impatient de saisir l'occasion de converser avec des humains. Lucie eut une inspiration soudaine. De sa voix la plus douce, à laquelle elle sut pourtant donner un accent péremptoire, elle dit qu'elle voulait savoir le sujet de la querelle. Il se trouva que ç'avait été un turbot contesté. Le sénat romain ne s'était-il pas divisé, non pas même pour un turbot, mais pour sa sauce? Lucie déclara qu'elle exigeait une réconciliation, et quand le collègue rentra, elle saisit vivement deux rudes mains qu'elle plaça l'une dans l'autre.

« Allons, dit-elle, sainte Anne m'a envoyée ici tout exprès pour vous ordonner d'être bons amis. »

L'argument fut irrésistible, les mains se serrèrent, les deux vieux marins furent persuadés qu'ils avaient reçu la visite d'un ange.

Cette petite scène, qui avait ému le comte, répandit sur le repas une véritable cordialité. Les nouveaux amis, devenus très loquaces, croisaient d'interminables récits dont la forme pittoresque intéressait leurs hôtes, et les bouteilles se vidaient. Le jour baissait. Sans l'avertissement opportun du comte, on aurait oublié d'allu-

mer le phare. Pour la première fois, un devoir auquel
l'inimitié n'avait jamais manqué allait être négligé par
la réconciliation. Effrayant enchaînement des causes!
Peut-être un navire se fût brisé, peut-être des hommes
auraient péri, parce que, sur un écueil de l'Océan,
l'angélique intervention d'une jeune fille avait rapproché deux cœurs aigris!

L'avis du comte, fit bondir les deux gardiens. Ils
s'élancèrent en laissant leurs verres pleins, afin de
se prêter assistance, et le rocher s'illumina.

UNE DÉROUTE.

On peut juger quelles étaient, quelles furent toute
la nuit les anxiétés de Mme de Montuy. Elle avait envoyé au domicile d'André et au petit port d'embarquement des exprès qui n'avaient rapporté aucunes
nouvelles. Elle ne se coucha pas. Au point du jour,
éperdue, elle fit atteler sa voiture et se rendit elle-
même sur le quai. La tempête était calmée, mais la
mer encore fort agitée couvrait de ses embruns la
jetée et lançait des gerbes sur tous les récifs de la
côte. Au large, les vagues roulaient aussi des crêtes
écumeuses. On ne savait rien de la *Sainte-Anne*. La
comtesse s'avança jusqu'aux trois quarts de la jetée,
l'extrémité était inabordable; elle était accompagnée
d'un douanier qui tâchait de la rassurer en vantant
les qualités de la *Sainte-Anne* et s'échappait cepen-

dant en parlant avec moins d'à-propos de la témérité
de M. de Kerglaz. La marée montait, de nombreuses
barques de pêche, les voiles enflées, surgissaient au-
dessus des flots en cinglant vers le port; la comtesse
interrogeait du regard son compagnon, qui hochait
la tête et commençait à être inquiet. A la fin, tendant
la main dans la direction du phare, il s'écria :

« Voilà la *Sainte-Anne!*

— Où? » demandait la comtesse, qui ne voyait rien
de ce qu'avait distingué l'œil exercé du douanier.

« N'ayez pas peur, Madame, reprenait-il, je la reconnais; elle file vite, dans cinq minutes elle entrera;
tenez, regardez, elle vire de bord. »

En effet, à la cime d'une vague apparaissait le
cotre, sous une voilure réduite, pour s'enfoncer aussitôt comme s'il avait plongé dans l'abîme. La comtesse poussa un cri.

« Ce n'est rien, Madame, dit le douanier; la *Sainte-
Anne* est un peu secouée, mais elle en a vu bien d'autres, et sa patronne la protège; regardez plutôt. »

Le cotre reparaissait déjà grossi et approchait rapidement. La comtesse s'élança au bout de la jetée;
son compagnon la soutenait, elle était inondée par
les jaillissements de l'écume; le cotre rasant de très
près la muraille entrait dans le chenal; c'est toujours
le lieu des plus violentes secousses, et la mer sembla
l'envahir. La voile qui avait caché l'équipage s'a-
baissa, et, à une distance de quelques mètres à peine,
la comtesse, dans un éblouissement, aperçut Lucie
appuyée au bras de son père. Lucie l'avait dépassée,

quand elle crut reconnaître sa mère et agita un mouchoir. Brisée d'émotion, la comtesse était muette et
frappée de stupeur; elle doutait du témoignage de ses
yeux, elle restait immobile et tremblante.

Le douanier l'entraîna en la ramenant lentement,
lui répétant qu'il n'y avait aucun mal. Elle n'était pas
à moitié chemin du quai qu'elle voyait accourir à sa
rencontre Lucie et le comte; elle couvrit sa fille de
baisers, elle eut aussi de l'élan pour embrasser le
comte. On ne sait pas depuis combien d'années il ne
lui était pas arrivé de lui donner cette marque de tendresse.

Tous trois étaient mouillés de la tête aux pieds. Ils
n'avaient là aucuns vêtements de rechange et se hâtè-
rent de monter en voiture. André, qui avait tenu la
barre du gouvernail, vint à la portière recevoir des
remerciements qui ne lui parurent pas suffisamment expressifs, et les chevaux partirent au galop. On parla
peu pendant le trajet, la comtesse était encore trop
ébranlée. Lucie, qui avait eu le mal de mer après une
nuit d'insomnie sur une chaise, avait les traits flétris;
le comte s'accusait d'avoir permis la promenade et se
jurait bien que c'était la dernière fois qu'il autorise-
rait un pareil genre de divertissement.

Mais une toilette générale, des vêtements secs, des
pantoufles et un bon déjeuner servi exercent une influence très notable sur l'état moral. Je crois que la
philosophie la plus épurée ne pourra pas refuser cette
concession à des observateurs moins raffinés de la
pauvre nature humaine. On en fit bientôt l'expérience

à table. Jamais famille assemblée n'avait montré une plus affectueuse entente. La comtesse était avide de récits qui intéressaient vivement aussi le collégien, lequel avait été préservé des angoisses par la légèreté de son âge. Lucie, encore pâle, avait gardé une excitation qui la portait à la volubilité. Aux détails déjà connus du lecteur, elle en ajouta d'autres sur la manière dont avait été passée la longue nuit. On avait découvert des cartes crasseuses et un vieux damier. La jeune fille, attentive à ne pas témoigner de préférences, avait fait alternativement de nombreuses parties avec les deux gardiens, qui doutaient moins que jamais de la visite d'un ange envoyé par la bonne sainte Anne, et elle-même était presque aussi persuadée qu'eux de la mission conciliatrice que lui avait confiée la Providence. Elle avait trouvé très attachants ces braves gens, dont le comte avait généreusement rémunéré l'hospitalité, et, puisque tout est bien qui finit bien, elle était enchantée de son aventure. Elle parla peu d'André. On devait le revoir le soir. Il y avait un grand dîner au château, et l'on délibéra si l'on ne contremanderait pas les invitations. Ç'aurait été, une heure plus tôt, ce n'était déjà plus l'avis général; Lucie particulièrement ne voulait pas compromettre sa réputation de vaillance. Elle accepta seulement de se mettre au lit et goûta un sommeil réparateur, encore bercé par le balancement des vagues.

La réunion eut lieu; naturellement la visite au phare fut l'objet de bien des conversations et aussi de bien des commentaires. Les suppositions, les chuchotements, même quelques allusions indiscrètes la rattachaient à l'hypothèse d'un projet de navigation plus prolongée sur les flots agités de la vie, qui aurait perpétué André de Kerglaz dans ses fonctions de protecteur et de pilote; on l'observait et l'on observait la jeune fille. André n'était pas sans quelque trouble; il se demandait si ses chances étaient augmentées ou diminuées : il n'avait pas reçu un accueil très empressé, et il entendait le comte déclarer sa résolution de ne plus permettre les promenades en mer. Il se hâtait trop vite, et un peu maladroitement, de dire qu'il y renonçait pour longtemps lui-même, et qu'il avait déjà congédié ses matelots pour les punir d'avoir dormi si mal à propos. La sérénité de bonne humeur de Lucie déconcertait la curiosité, peut-être en ramenant des espérances qui s'étaient éloignées.

Après le dîner, comme on se répandait bruyamment au salon, André, qui était gêné, parcourut par contenance les journaux et rencontra une diversion qui fut pour lui malencontreuse.

« Avez-vous, » s'écria-t-il tout à coup en s'adressant au comte, « connu à Paris un de mes anciens camarades de collège, Albert de Liré?

— Beaucoup, dit le comte, il doit être en Afrique.

— Justement, reprit André, voici des nouvelles de son expédition, qui commence mal et ne peut que finir plus mal encore. »

La jeune fille, qui servait le café à la ronde, était restée pétrifiée. Elle semblait une statue d'Hébé.

« Lisez-nous cela, » dit le comte.

On fit silence, et André lut, à haute voix, une correspondance de Zanzibar annonçant que l'expédition du marquis de Liré éprouvait de grandes difficultés; que les fièvres avaient emporté une partie de son escorte; que lui-même était malade; que cependant il paraissait en voie de rétablissement et ne se décourageait pas... Ici Lucie essaya de continuer son office, mais sa main tremblait. Elle versa du café bouillant sur les doigts d'un jeune homme qui laissa échapper la tasse. Le liquide et les fragments de porcelaine couvrirent le parquet. On appela un domestique pour emporter les débris. Une dame s'apercevait que sa robe avait été maculée par les rejaillissements du café. Lucie, confuse, s'excusait; le jeune homme s'excusait aussi, en riant de bonne grâce, tout en essuyant ses doigts endoloris, de n'avoir pas eu la constance de Mucius Scævola.

Ce fut un petit désastre qui aurait vite fait oublier l'expédition du marquis de Liré à ceux qui ne le connaissaient pas, et plusieurs auraient passé sans transition à une conversation sur l'ouverture prochaine de la chasse, les perdreaux les intéressant plus que la géographie du centre de l'Afrique. Mais le comte avait pour Albert une sincère amitié; il avait saisi le journal et il achevait bas la lecture de l'article.

« Ce serait bien dommage, dit-il, qu'il arrivât malheur à ce jeune homme. C'est un noble cœur.

— Que va-t-il faire dans cette galère? reprit André. Il a toujours aimé à se singulariser. A quoi cela rime-t-il, quand on a sa situation, d'aller faire, au pays des singes, de la géologie, de la géodésie, de l'anthropologie, ou je ne sais quelle autre science qui fleurit dans le jardin des racines grecques? On revient de la guerre et l'on revient de la visite des phares : on ne revient pas de ces voyages-là. »

Le comte remarqua la physionomie contrariée de sa fille, et n'insista pas. Ce fut même lui qui parla des perdreaux, sur lesquels les conversations s'animèrent vite. Il donna d'ailleurs le signal de passer dans la salle de billard, où tous les hommes le suivirent en allumant des cigares et où le bruit des carambolages fit cliquetis avec celui des voix. Il ne fut plus question d'Albert de Liré. André était de première force sur les effets rétrogrades, et il triompha aisément. Il y avait une autre victoire, plus importante pour son avenir, qu'il n'avait pas remportée, et il était même loin de se douter de son irrémédiable défaite. Lucie venait de prendre le parti de repousser désormais toutes les attentions qu'il pourrait avoir pour elle. Il s'était entièrement ruiné par le ton de ses observations sur Albert de Liré.

Combien de fois une parole malsonnante, moins encore, l'accent d'une parole, a bouleversé des destinées, à l'insu même de celui qui l'a prononcée! Je sais une alliance concertée entre deux familles, désirée de deux cœurs qui se croyaient sympathiques, et qui était bien près de se conclure. Un mot, un seul mot, dit par la jeune fille au bal, à travers les banalités d'une contredanse, un mot dont elle n'a jamais soupçonné la gravité et qui ne lui a laissé aucun souvenir, un mot dont le jeune homme, aujourd'hui vieux, a gardé le secret, suffit pour le frapper d'épouvante en lui montrant un abîme. Ici, c'était le jeune homme qui avait dit le mot funeste. La veille, Lucie n'aurait peut-être pas eu d'objection à écouter ses vœux. Personne, dans tout le voisinage, ne pouvait lui convenir autant qu'André de Kerglaz. Il avait le nom, l'âge, la fortune, il ne paraissait pas déplaire, il intimidait d'autres prétendants, qui se seraient jugés téméraires de rivaliser avec lui. Maintenant, il s'était placé hors de combat, et il l'ignorait.

André, autant que le permirent les distractions de la chasse, continua pendant quelques semaines ses assiduités, et put se faire illusion sur le motif de la froideur qui les accueillait. Il avait la persuasion de ses avantages ; il était un peu gâté par les avances des mères, et la fatuité n'est souvent pas embarrassée d'expliquer favorablement la réserve d'une jeune fille. Il n'était pas d'humeur à jouer longtemps le rôle de Céladon. Il entendait des allusions qui, dans la bouche de ses amis, n'étaient pas toujours mesurées, qui devenaient plutôt des intimations, et il avait une mère qui le pressait. Il ne tarda pas à autoriser une démarche d'une intermédiaire. La comtesse s'y attendait et tint conseil avec son mari. Bien que sans enthousiasme, tous deux reconnaissaient que c'était une proposition trop sérieuse pour être examinée légèrement. Tous deux aussi s'apercevaient qu'ils étaient d'accord pour redouter l'épreuve qui les priverait de la société de Lucie. Or André de Kerglaz, fils aîné, en possession de sa fortune et du château

patrimonial, ne pouvait évidemment se marier que pour
y recevoir une châtelaine, et c'était donc d'une séparation qu'il s'agissait.

C'est un moment bien émouvant, bien solennel, que
celui où une démarche de ce genre se dresse devant les
parents d'une jeune fille, en appelant une réponse que
les bienséances obligent même de ne pas différer longtemps : il est si rare que tous les éléments d'une déci-
sion se concilient harmonieusement, qu'ils ne luttent
pas avec des influences contradictoires ! Il faut pondérer les motifs, peser le pour et le contre; quelle que
soit la tendresse qui préside à cette opération, il est
difficile que la personnalité ne mette pas son grain dans
la balance. Et ce n'est pas tout : il y a deux balances.
La mère en tient une, le père tient l'autre, et les pla-
teaux oscillent diversement. Quand la jeunesse, directement intéressée, est chargée du pesage, il y a des
entraînements, des omissions, volontaires ou involon-
taires, des tricheries, parfois inconscientes, qui préci-
pitent plus aisément le plateau. Un élan du cœur suffit
pour l'emporter, au risque des regrets. Heureux si l'on
ne découvre pas un jour qu'on a employé de faux
poids ! La raison n'a pas ces entraînements : elle vérifie,
elle compte les points, elle craint encore les erreurs
et les repentirs. Les juges ont souvent de cruelles perplexités, lorsqu'ils doivent prononcer leur sentence sur
le sort d'un prévenu. Ce prévenu n'est pas leur enfant,
ils seraient récusés, et des parents ne peuvent pas
se récuser devant le litige d'une demande en mariage.
Le seul moyen qu'ils aient de soulager leur responsabi-

lité est de le soumettre au jugement de leur fille, et ne leur reste-t-il pas la responsabilité du conseil?

La délibération dut aboutir à la nécessité de cet appel au jugement de Lucie. La comtesse se chargea de lui présenter la demande. Elle hésita deux jours, sa préoccupation était visible. Elle se décida enfin à proposer une promenade à Lucie, battit un peu les buissons, introduisit dans la conversation le nom d'André de Kerglaz et essaya de saisir une impression. La jeune fille n'en manifesta aucune. Sa mère, s'avançant davantage, dit qu'elle avait entendu parler d'un projet de mariage pour André. Elle guetta l'effet de ces paroles, et Lucie témoigna la même indifférence. La comtesse fit un pas de plus.

« Ma chère enfant, dit-elle, dans le bruit qui se répand à ce sujet, c'est de toi qu'il est question.

— Alors ce n'est pas sérieux, répondit la jeune fille.

— Pardon, reprit la comtesse, c'est très sérieux... puisque je suis obligée de pressentir tes dispositions.

— Qui vous y oblige, s'il vous plait, ma mère?

— Mais... il faut que je te dise tout : une démarche faite au nom de M. de Kerglaz lui-même.

— En vérité? Et c'est cela qui vous préoccupe depuis deux jours?

— Ne trouves-tu pas qu'il y a de quoi troubler ta mère?

— Non, vraiment, et vous vous seriez épargné ce trouble en m'en parlant plus tôt. Ma réponse sera courte : Jamais.

— Tu es aussi résolue que cela?

— Ma mère, dit la jeune fille d'une voix caressante, je ne vous demande pas d'explications ni de confidences. Permettez-moi seulement un mot. Est-ce que je n'ai plus de mission à remplir ici, auprès de vous? Le jour où j'y serai inutile, il sera temps de me proposer de vous quitter. »

La comtesse embrassa sa fille avec attendrissement.

« Je te comprends, je te remercie, reprit-elle, mais je ne veux pas t'imposer un sacrifice.

— J'espère, dit Lucie, que je saurais accepter pour vous et pour mon père tous les sacrifices. Aujourd'hui, rassurez-vous, je n'en fais aucun. »

La comtesse était impatiente de rentrer. Elle courut à la chambre du comte.

« Bonnes nouvelles! s'écria-t-elle, nous gardons Lucie. »

Encore vivement émue, elle raconta ce qui s'était passé, — elle avait un de ces ébranlements de sensibilité qui rendent expansif, — et n'omit pas la raison de piété filiale donnée par Lucie. Elle avait des larmes dans la voix, et vit que le comte s'attendrissait aussi.

« Je crains, ajouta-t-elle, que nous ne soyons pas dignes d'avoir une pareille fille.

— Nous le deviendrons, » répondit le comte.

Lucie entrait et se jetait dans les bras de son père.

« N'est-ce pas, dit-elle, que vous me pardonnez de vouloir rester auprès de vous? »

Après quelques épanchements, il fallut s'occuper d'un détail qui avait sa gravité, de la réponse à faire à l'officieuse, réponse qui devait nécessairement passer sous

16

les yeux d'André. C'est un genre de littérature qui n'est pas classé dans les traités de rhétorique. Il a ceci de particulier que, malgré tout le talent de style qu'on y déploie, il n'obtient jamais de succès. On a vu l'éloquence d'un plaidoyer charmer jusqu'à l'adversaire, ou plus souvent son avocat. Même dans les oraisons funèbres, les fleurs jetées sur une tombe ont un parfum de flatterie qui, s'il ne réjouit pas le défunt, peut chatouiller agréablement et presque consoler l'orgueil d'une famille. Je ne crois pas qu'on ait vu un jeune homme séduit par les artifices épistolaires qui lui rendent sa liberté. Et pourtant, il n'est pas d'occasion dans la vie où l'on s'attache à faire une plus grande dépense de politesse et de bonne grâce. Un recueil de lettres de refus serait une collection assez monotone de chefs-d'œuvre de courtoisie. Celle de la comtesse, qui aurait mérité un prix au grand concours, n'en fut pas moins trouvée mortifiante par André, dont le dépit n'était pas sans quelque irritation. Il s'abstint de reparaître à Coëtmeur, prétexta bientôt une invitation à de grandes chasses à courre en Champagne, et, en chevauchant à la poursuite des cerfs et des sangliers, il guérit plus aisément son cœur que sa vanité.

Un des désagréments de la province est que ces sortes de mésaventures y restent rarement ignorées. Il y a trop d'yeux ouverts sur la vie de chacun. Mme de Kerglaz n'était pas aimée. Elle avait paru dédaigner, pour son fils, toutes les jeunes filles de la contrée, et l'on n'était pas fâché qu'elle eût son jour de disgrâce. On avait commenté dans un sens la promenade au phare, on commenta dans le sens contraire le départ précipité d'André, et je n'affirmerais pas que l'officieuse eût réussi à être d'une absolue discrétion. Ce fut le sujet de toutes les conversations. On n'en témoigna pas moins d'empressement au château de Coëtmeur, mais l'automne s'acheva sans que d'autres prétentions osassent se manifester.

LE REVENANT.

A la fin du mois de novembre, la comtesse avait repris possession de son hôtel des Champs-Élysées. C'était devancer l'ouverture des salons. Elle s'étonnait d'arriver à Paris avec des dispositions bien différentes de celles qu'elle y apportait les années précédentes. Lucie était devenue sa société nécessaire et l'objet de sa pensée constante. Ce qui avait hâté son retour était le désir de perfectionner l'éducation littéraire et musicale de la jeune fille. Assurément le comte ne songeait pas sérieusement à donner suite à sa fantaisie de prendre des leçons de piano. Il avait, en peu de temps, assez retrouvé ses notes pour accompagner très passablement Lucie, dont la belle voix avait été admirée en Bretagne, mais cette voix avait besoin d'être cultivée et dirigée par de bons maîtres. La comtesse conduisait en outre sa fille à des cours du Collège de France, qu'elle ne s'attendait pas à suivre elle-même avec autant d'intérêt. On sait que le programme des cours de haute littérature est fort élastique, et permet bien des incursions sur le domaine du caprice, au gré de l'inspiration ou des études préférées du professeur. Un jour l'orateur avait pris pour sujet de sa leçon l'illustre et légendaire voyageur Livingstone, dont on n'avait pas alors retrouvé les traces et dont on ignorait le sort. Après lui avoir rendu des hommages mérités, il s'échappa en une péroraison éloquente.

« Honneur, s'écria-t-il, aux hommes que le mystère de cette glorieuse destinée attire par une émulation généreuse! Honneur en particulier à l'un de nos intrépides compatriotes, que j'ai d'autant plus de plaisir à célébrer dans cette chaire qu'il était, l'année dernière, un de mes auditeurs assidus! Je vois d'ici la place où se tenait attentif le marquis de Liré. »

Le geste du professeur, suivi des regards de l'assistance, désigna précisément le lieu où était Lucie, qui dut baisser les yeux.

« J'avais remarqué ce noble jeune homme. Il avait reçu du ciel toutes les faveurs qui excitent l'envie : la naissance, la fortune, l'intelligence, la force, jusqu'à l'éclat de la physionomie. Il n'avait qu'à se laisser vivre, partout fêté, partout aimé. Où est-il? Il est sur les traces de Livingstone. Celui qui vous parle a été le confident de sa pensée. L'oisiveté lui était un supplice, il était dévoré d'un feu sacré. Déjà, lors de nos douleurs patriotiques, il avait voulu payer sa dette en défendant nos foyers, et il l'avait payée avec son sang. Guéri d'une grave blessure, il a eu un autre courage, plus difficile et plus rare, et le voilà missionnaire de la science et de la civilisation chrétienne. Ce

sont bien des missionnaires qui pénètrent, au péril de
leur vie, dans ces contrées barbares, où la lèpre de
l'esclavage s'étend sous ses formes les plus inhumaines,
où la religion est cruelle, où le respect de la vie est
inconnu, où il semble que les hommes portent sur leurs
visages mêmes le deuil de l'humanité. Les conquérants
du Mexique et du Pérou allaient chercher de l'or.
Combien j'estime plus glorieux ces conquérants pacifiques qui s'en vont semant nos idées! L'or, le marquis
de Liré le possédait dans sa patrie, et son dévouement
le prodigue. Il reviendra, n'est-ce pas? Il y a quelques
mois, des nouvelles alarmantes avaient affligé ses amis.
Grâce à Dieu, ces bruits ont été démentis. Il a poursuivi son voyage, plein de vaillance et de confiance.
Il reviendra pour jouir du fruit de ses travaux, pour
encourager d'autres à les continuer. Que nos vœux
l'accompagnent! Il aura été l'un des héros de l'humanité, nous ne voulons pas qu'il en soit le martyr! »

Une salve prolongée d'applaudissements accueillit
les dernières paroles de l'orateur. Ce fut ainsi que Lucie
eut, pour la seconde fois, des nouvelles du voyageur, et
on lui pardonnera d'avoir pu en être émue. Je crois
qu'elle fut la seule personne de l'auditoire qui n'ap-
plaudit pas, car la comtesse, entraînée, avait battu des
mains. Elles montèrent en voiture. D'ordinaire elles
échangeaient leurs observations sur le discours. Il arriva
ce jour-là qu'elles n'en parlèrent pas et gardèrent longtemps le silence. Toutes deux étaient distraites, et la
comtesse n'avait pas été sans remarquer le regard ardent de sa fille pendant la péroraison du professeur.

16.

Au repas, le comte, suivant son habitude, interrogea Lucie sur le sujet de la leçon, et il fallut bien répondre. Il dit alors à son tour qu'il n'avait été question au jockey que de nouvelles de l'expédition d'Albert de Liré, parvenues au ministère des affaires étrangères par les consuls et que des secrétaires d'ambassade venaient de rapporter au cercle.

Ces nouvelles, plus détaillées que celles dont le professeur paraissait avoir eu connaissance, avaient même un caractère romanesque qui ne permettait de les accueillir qu'avec une certaine réserve. Albert, d'abord retenu en captivité par un potentat d'ébène, aurait séduit ce monarque, non pas en lui expliquant des songes, mais en le guérissant d'une maladie, au moyen des médicaments dont il était muni, et il était en grande faveur à la cour. Il n'y a rien de nouveau sous le soleil, et à trois mille ans de distance, sur cette même terre d'Afrique, c'était presque l'histoire de Joseph à la cour de Pharaon. On ne médisait d'aucune femme de Putiphar, mais on croyait que le roi poussait la tendresse envers le jeune Français jusqu'à vouloir se le donner pour gendre.

Peut-être un facétieux diplomate avait inventé ce détail pour l'agrément du cercle, ou peut-être le comte l'inventait-il lui-même, afin de juger de l'effet qu'il produirait sur Lucie. Elle essaya de sourire.

« Ce ne serait pas si risible, dit le comte. Les fantaisies d'un despote sont redoutables, et il n'est pas prudent de leur résister. »

Il ajouta que, ce qui était plus sérieux, le roi voulait

faire un traité d'amitié avec la France, et y renvoyer Albert, sous bonne escorte jusqu'à la côte et chargé de présents, pour négocier ce traité.

Les *rapporteurs* des journaux ont des intelligences dans les ministères et ne sont pas lents à y cueillir les primeurs des nouvelles. Si le lecteur n'est pas trop impatient, je lui demanderai de me permettre ici une petite digression de puriste. Je lis tous les jours qu'on donne le nom anglais de *reporters* à ces pourvoyeurs d'informations, comme s'il n'était pas plus simple de les appeler en bon français des *rapporteurs*. Notre pauvre langue est sans cesse altérée par l'introduction inutile de mots exotiques qui souvent lui ont été d'abord empruntés et lui sont rendus méconnaissables. C'est ainsi que lors de l'exposition universelle, j'ai eu des colères qui ont duré six mois contre les avis officiels qui nous infligeaient l'achat des *tickets*. Il n'était cependant pas difficile de nous vendre des *billets*, mot consacré par la pratique des chemins de fer, et il y a d'ailleurs ceci de remarquable que le *ticket* anglais n'est pas autre chose que notre *étiquette*. C'est encore ainsi qu'alors que nous avions le *carré* Saint-Martin, le *carré* des Halles et le *carré* Marigny, on est venu nous imposer la réexportation britannique du *square*. Je pourrais multiplier les exemples, et, en fils respectueux, j'implore plus d'égards pour ma langue maternelle.

Quand le comte sortit de table, les journaux du soir étaient sur la cheminée du salon. Il y trouva des articles emphatiques racontant l'expédition du marquis de Liré, ses aventures périlleuses, ses épreuves, et ses

succès à la cour du potentat noir. Ces articles passèrent
de main en main et furent lus avidement par Lucie.
Elle remarqua qu'ils ne mentionnaient pas le dangereux
roman de la fille du monarque. Elle soupçonna une
petite malice du comte, et se promit d'être d'autant
plus circonspecte dans l'expression de l'intérêt qu'elle
prenait au voyageur. Elle laissa donc la conversation
s'épuiser vite sur ce sujet, elle fit de la musique, après
quoi, comme la saison avançait, on agita la question
de sa présentation dans le monde. La comtesse n'avait
pas fait de visites, elle fermait sa porte, elle n'allait
pas au bois ni au spectacle, elle se plaisait dans son intérieur. Le comte aussi était moins assidu au cercle et
passait ses soirées en famille. Mais la société rentrait,
Lucie avait près de vingt ans, et l'on ne pouvait pas la
cacher. On décida une tournée de visites qui serait
suivie d'invitations à des sauteries de jeunes filles. Quand
la comtesse parcourut son livre d'adresses, elle s'a-
perçut que les femmes qu'elle avait vues le plus et
qu'elle appelait ses amies étaient précisément celles
dont elle désirait éloigner les relations. Quelques-unes
avaient des filles de l'âge de Lucie et lui semblaient
particulièrement à éviter, tandis qu'elle souhaitait de
se rapprocher d'autres femmes moins élégantes et
jusqu'alors assez dédaignées.

Ce n'est pas une médiocre difficulté, pour une maîtresse de maison qui ouvre un salon, que d'avoir à
faire ainsi un tri, au risque des susceptibilités et des
offenses. Encouragée par son mari, la comtesse s'y
exposa résolument. Il fut convenu qu'on donnerait aux

réunions un certain caractère d'intimité qui ne s'accommodait pas d'invitations trop nombreuses; mais l'exclusion de l'intimité est ce qui est jugé offensant. Chacun approuverait volontiers un choix sévère, à la condition de faire partie de l'élite.

La comtesse avait de l'esprit, elle se tira passablement d'affaire avec celles de ses anciennes amies qui n'avaient pas de filles. Autres temps, autres mœurs, leur disait-elle ; nous nous retrouverons peut-être l'année prochaine. Cette année je suis en retraite, c'est-à-dire que j'ai une fille à diriger.

« Entre nous, ma chère, déclara-t-elle un jour en souriant à la baronne de Verteil, vous n'avez pas la prétention d'être un modèle à lui proposer. Ces petites filles ont d'étranges influences. Chez moi, nous tournons tous provisoirement à la vertu. Croiriez-vous que mon mari a jusqu'à des retours de tendresse? »

La comtesse avait encore le respect humain des sentiments nouveaux qu'elle éprouvait. Elle cherchait à se les faire pardonner.

« Ah! mon Dieu, s'écria la baronne, serait-ce réciproque?

— Peut-être.

— Vous me faites peur. Ne craignez-vous pas que ce genre de maladie ne soit contagieux? Je n'oserais plus vous voir. Je me représente atteinte d'un accès tardif de tendresse conjugale. Serais-je assez ridicule !

— Je vous le parais donc?

— Sans doute, ma charmante, mais vous avez des circonstances atténuantes, que je n'aurais pas. Aussi je me rassure et ne pense pas qu'il y ait pour moi danger de contagion. Mon mari ne m'aime pas, et comme je le lui rends bien! Avec usure. C'est notre manière de nous entendre. Nous n'en sommes pas plus malheureux ni l'un ni l'autre.

— L'avez-vous jamais aimé?

— Moi? Je ne crois pas. Ce serait de l'histoire ancienne, si ancienne que je l'aurais oubliée. Et vous, ma chère, auriez-vous meilleure mémoire?

— Il ne me semble pas que ce soit une histoire qu'on oublie, dit plus gravement la comtesse.

— En vérité? C'est presque une confidence. On prétend que dans les cercueils des momies d'Égypte on trouve des graines qui, semées sur une bonne terre, germent encore et donnent des fleurs et des fruits. Semez et cultivez la graine, ma chère amie, tant qu'il vous plaira, je n'y ai pas d'objection, ou je n'en ai plus. Au fait, il est aimable, cet excellent comte, quand il le veut bien. Je vous confie à mon tour que j'ai eu pour lui un caprice... réciproque. C'est fini, et je ne serai pas une rivale. »

L'année précédente, la comtesse aurait entendu en riant ces propos. Elle ne riait plus. Elle ne jugea pas qu'il fût très opportun de mettre Lucie en relations avec une femme d'une expérience aussi dégagée. Elle allait ainsi, procédant par éliminations successives, car une autre difficulté se présentait, celle des invitations reçues, et, là aussi, la sollicitude maternelle avait de vives perplexités. Lucie semblait s'en désintéresser.

Les dîners qu'avait eu l'habitude de donner le comte,

une fois par semaine, avaient entièrement changé de
caractère. On y voyait des parents autrefois peu re-
cherchés, et régulièrement tous les Bretons de passage
à Paris. Quand un châtelain a un établissement à Paris,
la politesse du dîner offert aux provinciaux en voyage
est une des nécessités les plus impérieuses de la courtoisie; c'est par là que se maintiennent la bienveillance
et l'influence. La France a été privée de bon nombre
de législateurs qui avaient négligé ce moyen, et c'est
peut-être pour cela que nous n'avons pas de meilleures
lois. Les réunions étaient cordiales et ravivaient tous
les souvenirs de l'été. On n'y vit pas André de Kerglaz.
Le calme aurait régné à l'hôtel des Champs-Élysées, si
l'on n'avait pas eu à y délibérer plusieurs fois sur des
propositions de mariage. Quoiqu'on montrât peu
Lucie, elle n'était pas difficile à découvrir pour les
jeunes gens friands de belles dots, non plus que pour
l'espèce florissante des entremetteuses, et la comtesse
fut conviée à plus d'un interrogatoire. Il y eut bien
quelques avances qui lui parurent mériter réflexion,
mais, quand elle en parlait à sa fille, celle-ci répondait
toujours qu'elle était heureuse, et que rien ne pressait,
en sorte que les négociations aboutissaient constamment à un ajournement. Ni le comte ni sa femme n'étaient
d'humeur à s'en plaindre.

On arriva au mois de mai. Il y avait bien près d'un
an de la révolution intérieure qui s'était accomplie.
Les courses étaient dans toute leur fureur. Le comte
n'avait pas cru avoir de motif de renoncer à ses honorables fonctions, qui réclamaient un homme d'une ré-

putation de loyauté à l'abri de tout soupçon de complaisance. Il avait procuré des billets de la meilleure
tribune à une châtelaine des environs de Coëtmeur,
qui avait une fille; toutes deux insistèrent pour que
la comtesse voulût bien les accompagner avec Lucie,
et celle-ci exprima d'ailleurs le désir de voir une fois
la fête des courses, avant le départ pour la Bretagne,
qui était fixé au surlendemain. On se transporta donc à
Longchamps. Le temps était magnifique, l'affluence
énorme, et Lucie prenait véritablement plaisir à la
nouveauté du spectacle. Dans l'intervalle de deux
épreuves, après le brouhaha qui suit chaque victoire,
et quand déjà la cloche appelait la foule à se ranger
en laissant la piste libre, elle fut frappée d'une autre
agitation qui se localisait non loin d'elle. Des exclamations partaient d'un groupe d'hommes qui grossissait
sans cesse; des jeunes gens accouraient, le comte lui-
même quittait son poste et traversait la piste; on
montait sur les chaises, on interrogeait; toutes les lunettes des tribunes se braquaient vers le groupe qui
ondulait, et, de bouche en bouche, le bruit ne tardait
pas à se répandre qu'on se pressait ainsi autour du
marquis de Liré. Le comte regagna son observatoire,
un nouveau coup de cloche rétablit l'ordre, le groupe
s'ouvrit, et Lucie crut reconnaître en effet Albert qui
s'en détachait, encore assailli de poignées de main, et
disparaissait bientôt, entraîné par ses amis. La course
commença. Je n'oserais pas dire que Lucie fut très
attentive aux tournants, à la ligne droite ni à la couleur
des casaques. La comtesse, distraite elle-même, expli-

quait en quelques mots à ses invitées l'histoire sommaire du revenant. Lucie resta silencieusement plongée dans un long rêve... de quatre minutes ; l'immense acclamation de la victoire la réveilla en sursaut. Dans les émotions de gain ou de perte des coureurs et des parieurs, Albert était déjà oublié de ceux qui se disaient ses amis. Une jeune fille qui lui avait parlé une fois était certainement, de toute l'assistance, la personne qui demeurait le plus étourdie de son retour.

Elle fit effort pour cacher son trouble, demanda négligemment le nom du vainqueur et n'écouta pas la réponse. Albert reparaissait d'ailleurs, saluant les femmes qu'il connaissait et encore plus salué de paroles de bienvenue, allant de l'une à l'autre en échangeant quelques mots rapides. Lucie le suivait des yeux, il se rapprochait d'elle. Il se trouva tout à coup devant elle, il eut un tressaillement où un doute se mêlait au souvenir ; la vue de la comtesse dissipa ce doute.

« Je joins mes félicitations à tant d'autres, dit celle-ci en lui tendant la main. Ce n'est pas le moment de vous questionner ; j'espère que nous nous verrons plus à loisir. Cependant... il faudrait vous hâter, car je ne suis plus que pour deux jours à Paris.

— Pour deux jours, Madame ? Et où pouvez-vous aller, au mois de mai ?

— Au fond de la basse Bretagne, dans un vieux manoir. Oh ! je suis bien changée.

— Vous me permettrez de ne pas m'en apercevoir.

— Si changée, que je ne suis plus sensible aux compliments. Comment êtes-vous ici ?

17

— Débarqué hier à Marseille, arrivé à Paris il y a quelques heures, j'ai lu, sur les murs, une affiche des courses, je me suis jeté dans un fiacre, et me voici. Je n'ai pas de famille à embrasser, je n'aurais trouvé personne au cercle, tandis que j'étais certain de rencontrer ici tous mes amis. Pourtant », ajouta le jeune homme en se tournant vers Lucie et la saluant profondément, « je n'aurais pas espéré y rencontrer mademoiselle votre fille. Elle est changée aussi, si elle est devenue une habituée des courses. »

Lucie rougit et s'écria vivement :

« C'est la première fois que j'y viens... et la dernière ! »

Albert à son tour fut confus. Il sentait l'inconvenance de l'observation qui semblait avoir été prise pour un reproche. Malheureusement, il est plus facile de regretter le mot qui vient de s'échapper que de l'effacer, et la parole ne connaît pas les ratures.

« Pardonnez-moi, dit-il. Quand on a été absent, on ne sait plus rien. J'ai dû commettre vingt maladresses avant celle-ci. » — Puis, s'adressant à la comtesse : « Je n'ose plus vous demander ce que vous allez faire en basse Bretagne.

— Soigner mon potager et mes volailles. Vous ne voulez pas me croire, je vous dis que je ne suis pas reconnaissable. »

Albert craignit un persiflage. D'autres femmes, quittant leurs places, s'avançaient vers lui avec de vives démonstrations ; la cloche sonnait la dernière course, et les jeunes gens qui lui faisaient cortège l'entraînaient. Il se trouva séparé de la comtesse de Montuy.

CONSULTATION DE LA BARONNE.

Les tribunes commençaient à s'évacuer. La comtesse, alléguant la difficulté de retrouver sa voiture, donna elle-même le signal du départ. Ce ne fut pas en effet sans peine qu'elle réussit à se mettre en route. On sait l'étourdissant tohu-bohu d'un retour de Longchamps, par un beau dimanche de printemps. C'est une sorte de féerie sur laquelle bien des Parisiens, parmi les plus indifférents aux résultats des courses, ne se blasent pas. Elle était nouvelle pour les invitées de la comtesse, qui étaient tout entières à l'intérêt très réel de ce spectacle et ne songeaient guère à commenter l'incident de l'apparition d'Albert. Aussi Lucie put se remettre de son trouble, jaser avec sa compatriote bretonne et participer un peu elle-même aux distractions agitées du retour. Si l'on avait voulu regagner l'hôtel sans retard, il eût été prudent de rentrer par les routes d'Auteuil et de Passy en abandonnant les avenues directes, mais l'hospitalité envers les invitées exigeait qu'on ne les privât pas du couronnement de la fête. La calèche de la comtesse, après avoir contourné les lacs, s'engagea donc dans l'avenue du Bois de Boulogne où elle dut prendre le pas à la file, puis descendit celle des Champs-Élysées. Une voiture à quatre chevaux approchait, la comtesse reconnut aussitôt la livrée et fit remarquer à ses compagnes le somptueux équipage de l'ambassadeur d'Angleterre. Deux femmes occupaient le fond de la voiture. Devant elles, deux hommes, dont la position cachait le visage, n'attirèrent pas d'abord l'attention de Lucie; mais le brillant équipage gagna quelques pas, et rangea de si près la calèche que Lucie aurait pu tendre la main au marquis de Liré. C'était lui en effet qui était assis à côté de l'ambassadeur. On s'était disputé au pesage l'honneur de ramener le voyageur qui allait être illustre. L'ambassadeur ayant une place à offrir avait pris les devants. Un diplomate, dans les occasions les plus futiles, exerce toujours son métier. Il aurait causé, avant le ministre des affaires étrangères de France, avec le confident du potentat d'ébène; il aurait tâché d'avoir des nouvelles de Livingstone, et je ne doute pas qu'il ne se proposât, avant de dîner, d'expédier une dépêche au très noble lord du Foreign-Office.

On excusera Lucie de n'avoir pas approfondi ces perspectives. Elle en avait sous les yeux deux qui suffisaient à l'attacher. Elle voyait s'éloigner Albert, emporté dans l'éclat d'une sorte d'auréole de gloire naissante, et qui l'avait saluée en passant, avec un mouvement saccadé de surprise. Au même moment la calèche frôlait le bord du petit refuge d'asphalte. Cette fois l'ilot était désert. Il n'avait pas gardé les empreintes que conservait religieusement le souvenir.

La calèche descendit jusqu'à l'obélisque, avant de rentrer à l'hôtel où dînaient les invitées avec quelques autres amis. C'était un véritable repas d'adieux. On y parla beaucoup de la journée, conséquemment de l'incident d'Albert. La comtesse était impatiente d'è-

tre seule avec son mari. Elle ne le fut que vers onze
heures du soir, quand sortirent tous ses convives et
que Lucie elle-même se fut retirée dans sa chambre.
Elle retint alors le comte.

« J'ai à vous parler sérieusement, dit-elle. Vous
devinez peut-être de quoi?

— Je le soupçonne plutôt, répondit le comte. Serait-
ce le coup de théâtre de ce retour inopiné d'Albert de
Liré? J'ai cru surprendre une certaine émotion quand
on en parlait.

— Oui. Il est évident pour moi que Lucie est agitée.

— Tant pis. L'a-t-elle vu? »

La comtesse raconta les circonstances des deux rencontres.

« C'est grave, reprit le comte. Il n'y a rien là qui
m'étonne. M. de Liré a un vrai prestige, auquel les
jeunes filles les plus réservées peuvent être sensibles.
Pauvre enfant! Il est aussi impossible de blâmer son
vœu, si c'en est un, que de le satisfaire.

— Vous croyez donc que c'est impossible?

— Absolument. M. de Liré a bien autre chose en
tête! Il entre dans la renommée, il est enivré d'un succès, il va être assourdi d'éloges, vous l'avez vu déjà
caressé par l'ambassadeur d'Angleterre. Succès oblige,
il continuera ce qu'il a commencé. Il nous disait au
pesage qu'il retournerait avant trois mois en Afrique.
Voulez-vous qu'il emmène Lucie à la cour du roi noir?

— Ne seriez-vous pas d'avis... de différer notre départ, sous quelque prétexte?

— Au contraire, ma chère amie. Si le jour n'en

était si prochain, il vaudrait mieux avoir un prétexte de l'avancer. M. de Liré sait-il que vous partez après-demain ?

— Je crois le lui avoir dit.

— Alors jugez à quoi ressemblerait un changement de nos projets. Autant vaudrait lui offrir notre fille.

— Je crains que vous n'ayez raison. C'est singulier, quand on songe seule, on a l'esprit traversé de pensées qu'on croit pratiques, et qui cessent de le paraître quand on les communique. C'est comme un rêve qui se dissipe.

— Croyez-moi, partons. Lucie aime la Bretagne, elle y sera mieux qu'ici, exposée à rencontrer M. de Liré.

— J'ai bien observé la manière dont il la regardait. Je m'imagine qu'il voudra la revoir.

— Dès demain ? Il n'en aura pas le temps, et nous sommes convenus d'ailleurs que votre porte sera fermée.

— La jeunesse trouve toujours le temps... de faire ce que le cœur lui suggère.

— C'est assez juste.

— Si vous le permettiez... je ne fermerais pas ma porte.

— Comme il vous plaira. Vous risquerez d'avoir bien des importuns. »

Le comte se retira, enchanté de la docilité de sa femme, qui n'avait pas insisté pour différer le départ. De son côté la comtesse, qui avait si docilement cédé, pensa qu'elle avait obtenu ce qu'elle souhaitait, un consentement implicite à recevoir M. de Liré, et peut-être l'ajournement du départ, car l'idée qui s'est emparée de l'esprit d'une femme qui songe ne se dissipe pas aussi aisément qu'elle l'avait dit, et elle ne voulait pas douter de la visite de M. de Liré.

Elle continua donc de songer. Elle se proposa de provoquer cette visite par un billet affable, dont elle agita les termes avec de nombreuses corrections, mais cette fois ce fut bien un projet que dissipa le réveil. Elle n'osa pas, elle s'aperçut d'ailleurs qu'elle ignorait l'adresse de M. de Liré. Elle présida, dès le matin, à la confection des malles en ordonnant que tout fût prêt pour midi, sans cependant qu'on fermât les caisses. Au déjeuner, elle reçut du comte des louanges inaccoutumées sur sa diligence. Les caisses étaient disposées dans l'antichambre. Chacun aurait bien voulu ne pas parler de M. de Liré, mais c'eût été compter encore sans la plaie moderne du bavardage des gazettes. Lucie avait l'habitude, bonne à recommander à toutes les jeunes filles dont on ne voudra pas ternir l'imagination de scandales anecdotiques ou judiciaires, de ne jamais déployer un journal. Elle crut pourtant, en sortant de table, pouvoir sans inconvénient jeter les yeux sur le compte rendu des courses. On sait que, selon une observation qui est générale, quoiqu'elle semble au rebours de la curiosité naturelle, c'est toujours le récit de ce qu'on a vu qui intéresse davantage. Elle commença haut la lecture du bulletin, et balbutia tout à coup. L'ovation faite au revenant d'Afrique occupait une colonne entière; le chroniqueur avait été trop heureux de varier sa rédaction.

Le comte ne douta plus et sortit sous une impression pénible. Lucie prit ses cahiers de musique, et sa mère attendit. Le timbre annonça plusieurs fois des fâcheux... Albert ne parut pas. Vers la fin de la journée, on apportait deux cartes largement ployées. La comtesse y lut le nom du marquis de Liré. Elle s'informa aussitôt s'il était venu lui-même et s'il ne l'avait pas demandée. Le signalement correspondait bien. Un jeune homme descendant de voiture et paraissant très pressé avait remis ces deux cartes, mais il n'avait demandé personne et il était ressorti précipitamment. Il n'y avait plus qu'à terminer les préparatifs du départ.

Deux jours après, les malles étaient débouclées dans le vaste vestibule du manoir de Coëtmeur.

Mme de Montuy était dépitée et découragée. Tel n'était peut-être pas tout à fait le sentiment du comte, bien qu'il s'attachât à ne témoigner aucune préoccupation. Il ne disait pas qu'il avait vu Albert au cercle. Le jeune homme avait eu pour lui des attentions assez particulières et l'avait questionné, non sur sa fille, mais sur sa vie de châtelain en Bretagne. Il avait dû, deux ans plus tôt, se rendre dans cette province, sur l'invitation d'un de ses camarades de collège. Une circonstance fortuite avait fait manquer le projet, qu'il reprendrait volontiers si, ce qui était peu probable, il en avait le loisir. A quoi le comte avait répondu par une offre d'hospitalité qu'Albert avait exprimé le désir de pouvoir accepter. Ce pouvait n'être qu'un échange de politesses sans conséquence; ce pouvait être autre chose. C'était peu de moments après cette conversation qu'Al-

bert avait déposé les deux cartes. Le comte jugeait prudent de n'en rien dire à sa femme, qui aurait attendu
de jour en jour une visite assurément invraisemblable.
La comtesse ne lui avait pas parlé davantage de la
surprise qu'avait manifestée Albert de rencontrer Lucie
aux courses. C'est ainsi que, dans les confidences de l'intimité, il y a presque toujours quelques réticences.

Tandis que Lucie semblait retrouver sa sérénité au
milieu de la vie rurale qu'elle aimait, parmi les fêtes
de la nature et les occupations de la bienfaisance, Albert de Liré menait une existence plus agitée. Il s'é-
tait échappé huit jours pour aller embrasser sa sœur,
après quoi il était revenu à Paris. Il y était choyé partout, aux ministères, dans les ambassades, à la Société
de géographie, à l'Institut, au cercle et dans les salons.
Il était invité à toutes les réunions, pressé même de
raconter son voyage dans des conférences publiques. Il
était le lion de la saison, situation assez périlleuse
pour une jeune tête et qu'il est sage de ne pas trop
prolonger. Le monde se lasse vite des succès qu'il fait ;
il est souvent prompt à renverser ses idoles, et les
Athéniens de Paris s'ennuient aussi d'Aristide. Heureusement l'été amenait la dispersion de la société, et les salons se fermaient. Un des derniers ouverts était celui de
la baronne de Verteil, qui n'avait pas été la moins accueillante pour le voyageur à la mode. Il se trouvait un
jour seul auprès d'elle. Il l'avait connue partageant avec
la comtesse de Montuy le sceptre de la haute élégance,
et dirigea aisément l'entretien vers ces souvenirs.

« Oh ! dit-elle, cette pauvre comtesse a changé de

17.

peau, et nous sommes presque brouillées. Elle fait du beurre et elle élève des dindons. Au moment où je vous parle, je gagerais qu'elle rentre ses foins.

— En vérité?

— C'est à mourir de rire. Le plus drôle est un retour de tendresse pour son mari. Une lune de miel après vingt ans de mariage, qui ont eu d'autres phases. Vous vous rappelez ce cher comte, un touchant modèle de fidélité, n'est-ce pas? Je n'en disconviens pas, il était aimable. Il n'est plus bon à rien. Tombé dans la vertu tout de son haut, et le diable s'est fait ermite. Il y a temps pour tout, mais c'est trop tôt, et il n'est pas assez vieux.

— Et à quoi attribuez-vous ces changements?

— A une ingénue, Mlle Lucie, qui rougit en baissant les yeux. N'avons-nous pas été toutes des ingénues? Je me souviens que j'avais des modesties de violette et des pudeurs effarouchées de novice.

— Vraiment, baronne, vous vous en souvenez?

— Il me semble, marquis, que ceci est doublement impertinent. Mais, pour ne pas me fâcher, j'aime mieux être niaise, et ne pas comprendre. La petite est jolie. L'avez-vous jamais vue?

— Je crois l'avoir aperçue.

— Je crois... que vous voulez rivaliser de niaiserie. Vous l'avez aperçue, en effet, l'an dernier, sur une île déserte, et de plus recueillie. Eh bien, elle en est restée au même point de candeur. Elle ne va pas au spectacle, elle ne valse pas, elle suit des cours de littérature, où elle entend parler de vous...

— De moi ? Vous vous moquez.

— N'êtes-vous pas un personnage célèbre ? Elle suit aussi des retraites, accompagnée de sa mère ; elle chante des romances, ou des cantiques, accompagnée de son père, qui s'est remis au piano, ce cher comte. Et elle a, dit-on, une voix superbe, qui a remué et rapproché des pierres, jusqu'à en tirer des étincelles. Et, à la campagne, elle visite les pauvres et fait le catéchisme à des petites filles. Je connais cela, j'ai eu ces ferveurs.

— Permettez, Madame, je ne comprends pas bien. Est-ce une raillerie... ou un éloge ?

— Tout ce que vous voudrez, choisissez.

— Je suis tenté de choisir... l'éloge.

— Mon Dieu, je ne raille pas la jeune fille, c'est une effervescence de jeunesse comme une autre, et je vous répète que j'ai passé par là. Mais la comtesse est une sotte de ne pas la calmer. Croiriez-vous qu'elle ne m'a pas seulement amené sa fille ? A une aussi vieille amie ? Elle a eu peur de moi.

— Est-ce que vous vous considéreriez comme un calmant pour les jeunes imaginations ?

— Je vous prie de vous taire. La comtesse mériterait d'apprendre un de ces matins que sa fille entre au couvent. Quand elle resterait en tête à tête avec ce cher comte, nous verrions ce que vaudraient les doux rayons d'une vieille lune de miel.

— Est-ce que l'on conjecturerait, dit Albert un peu troublé, que Mlle de Montuy aurait cette pensée ?

— Qu'est-ce que cela peut vous faire ? reprit la baronne. Je n'en sais absolument rien ; mais c'est toujours

à craindre quand ces jeunes têtes s'exaltent et n'ont pas
un autre idéal... ou en ont un qui fuit. Je l'ai bien eue,
moi, la pensée d'entrer au couvent.

— Pour y mettre le feu, je suppose.

— Taisez-vous donc, vous êtes insupportable. Ma
conjecture, à moi, est que l'ingénue a dû ébaucher son
petit roman; mais l'un n'empêche pas l'autre, au contraire, et c'est souvent au couvent que se dénouent ces
imprudences. J'avais aussi mon roman.

— Dont le baron fut l'heureux héros?

— Pour le coup, s'écria la baronne en éclatant de rire,
c'est le comble de l'impertinence, et je ne veux plus
être niaise. Le baron mon héros de roman! Pour qui me
prenez-vous? Non, Monsieur, mon roman s'est envolé
vers je ne sais quel pays lointain, et ma vocation aussi,
qui n'était pas très solide, et l'on m'a mariée vulgairement, dot contre dot, selon toutes les règles de l'art et
de la convenance, et je me suis laissé faire, en fille docile et bien élevée, et il en arrivera probablement autant
à Mlle Lucie. Seulement, puisqu'on n'a pas voulu la produire à Paris, ni prier les vieilles amies comme moi de
s'intéresser à elle, et puisqu'on la mène aux champs,
elle comblera les vœux de quelque hobereau bas breton,
éleveur de bœufs et fouetteur de lièvres. Je lui souhaite
bien de l'agrément ; elle aura là un joli placement de
sa rêverie, et de ses leçons de chant, et de ses cours de
littérature. On a déjà cité un voisin qui a toutes les
qualités de l'emploi, un Kerlouarnec quelconque, attendez, j'y suis, un M. de Kerglaz.

— André de Kerglaz? s'écria vivement Albert.

— Justement », reprit la baronne, qui remarqua l'émotion du jeune homme. « Vous le connaissez donc?

— Je l'ai connu au collège, et revu quelquefois depuis.

—Eh bien! franchement, la petite mériterait mieux. Demandez plutôt à votre sœur.

— A ma sœur, dites-vous? Que peut savoir d'elle ma sœur?

— Elles ont été élevées ensemble. »

Ici une visite malencontreuse survint, interrompant le dialogue, et Albert se leva.

« Madame, dit-il, ce sont probablement de longs adieux.

— Vous ne retournez pas en Afrique, je pense.

— Peut-être.

— Allons donc! Vous auriez tort. Ce sont des folies qu'on ne fait pas deux fois. Quand elles ont réussi la première, on s'en tient là, et l'on se garde bien de tenter de nouveau la chance. Je vous conseille plutôt une autre sottise, qu'on ne fait qu'une fois aussi, même quand elle n'a pas réussi. Mariez-vous.

— Moi, Madame? Je n'y songe pas.

— Alors songez-y, ce n'est pas plus difficile que cela. Où allez-vous cet été?

— Je n'en sais rien encore. »

Albert était près de la porte. La baronne l'y suivit et lui dit à demi-voix :

« Tenez, je ne suis pas aussi méchante que j'en ai l'air, je suis même bonne. Vous en doutez? Allez en Bretagne. C'est un pays assez curieux, où l'on rencon-

tre ce qu'on ne trouverait pas ailleurs. — Au revoir,
cher marquis, ajouta-t-elle à haute voix. Suivez mon
conseil, qui est celui d'une amie. »

Albert sortit, étrangement impressionné de cette
conversation si légère dans la forme, et terminée
par des conseils si sérieux, au moment où il était
impossible d'en demander une explication plus ample.
Il repassait dans son esprit ce qui lui avait été dit de
Lucie, et sous le ton railleur ne découvrait que des
louanges. La baronne avait parlé d'un commencement
de roman. En savait-elle davantage, et voulait-elle
insinuer qu'il pourrait le dénouer? Il tâcha d'écarter
cette pensée qui lui aurait semblé de la fatuité. Et
cependant, il lui était singulièrement pénible d'envisager l'alternative du couvent ou d'André de Kerglaz.

Il erra, frappant, pour se distraire, à d'autres
portes qui étaient toutes fermées. Le lendemain, quoiqu'il sentît la gravité de cette insistance, il se surprit
à celle de la baronne. Elle ne recevait plus, et partait le soir pour les eaux des Pyrénées. Je ne sais
trop comment il se fit que le même soir, un peu avant
huit heures, muni d'une petite malle de cuir, il était
à la gare Montparnasse, devant le guichet. Quand
l'employé lui demanda où il allait, il hésita. La Bretagne est vaste, et il ne s'était pas avisé de se procurer
l'adresse de M. de Montuy. On s'impatientait autour
de lui; il se ressouvint de l'adresse d'André, que la
baronne avait indiqué comme un voisin, et dit : Lorient. Tout en prenant son billet, il réfléchissait qu'il
ne pouvait cependant pas aller s'enquérir auprès d'An-

dré d'une information plus précise. Quelques minutes
après, le train se mettait en marche.

EN CHEMIN DE FER.

Il n'y a, si j'en crois l'indicateur, que trois classes
de voyageurs de chemins de fer; j'en connais bien
davantage. Sans sortir de la première classe, que je
suppose préférée par la plupart de mes indulgents
lecteurs, je pourrais signaler à l'observateur bien des
subdivisions. Quoique tous les hommes se ressemblent
de plus en plus, les différences morales demeurent
là très tranchées, et je les rangerais volontiers dans
l'ordre de la loquacité. Sous ce rapport, il faut distinguer encore entre les voyageurs de banlieue et
ceux des grandes lignes, entre la nuit et le jour,
sans compter les nationalités, les professions, les caractères et surtout les habitudes de l'éducation. Dans
la villégiature bourgeoise des environs de Paris, on
est particulièrement bavard; les hommes parlent
bruyamment entre eux du cours de la Bourse, de
leurs affaires, de leurs travaux à la campagne, de
leurs familles, de leurs santés, citent des noms propres sans s'inquiéter des inconnus assis à côté d'eux,
discutent politique, commentent les nouvelles et ra-
content jusqu'à la consultation du médecin; trop
heureux quand M. Diafoirus en personne n'est pas du
voyage, et ne se livre pas doctoralement à un professorat de spécialisme. Je me souviens de m'être trouvé
en route pour Vernon, avec quatre gros bourgeois.

Au terme de ce voyage d'une heure et demie, je
savais leurs noms à tous quatre, leurs qualités, quelque sens qu'on donne à ce mot, leurs relations, où ils
se rendaient et ce qu'ils allaient faire. Bien que je
me fusse mêlé à la conversation afin d'en être moins
importuné, ils ne savaient rien de moi, et je dus leur
paraître un personnage mystérieux. Par un singulier
hasard, l'un d'eux me nomma, me parlant d'un de
mes écrits, en termes d'une parfaite bienveillance, sans
que je me révélasse. Il s'exposait et il m'exposait à
une moins heureuse rencontre.

Je prise beaucoup, quoique j'avoue ne le point pratiquer, le don quichottisme de certains batailleurs qui
affrontent les soucis, les frais, les inimitiés d'un pro-
cès dans l'intérêt public et pour l'honneur des principes, en faisant juger un litige d'un intérêt actuel
minime ou effacé. Je voudrais voir un de ces pourfen-
deurs d'abus soumettre aux tribunaux la question de
savoir s'il est licite d'importuner ses compagnons de
voyage en causant à haute voix. Je n'hésiterais pas,
si j'étais juge, à la résoudre en faveur des plaignants.
Une voiture de chemin de fer, tant qu'on n'en retient
pas les huit places, est un lieu public où il n'est pas
permis d'incommoder ses voisins. Il est interdit de fu-
mer, et je suis de ceux que la fumée incommode
moins que le verbiage des gens mal élevés. Quand
j'ai payé ma place, je prétends avoir le droit d'y lire,
d'y dormir, d'y méditer un roman ou un poème,
sans être forcé d'entendre des sottises, comme j'ai le
droit d'imposer silence à mes voisins, lorsque j'ai

payé ma place au spectacle. J'ai le droit de n'être
pas froissé dans mes croyances, irrité dans mes opi-
nions, blessé dans mes amitiés, inquiété dans ma
santé, troublé dans le recueillement de mes chagrins
ou de ma pensée. J'ai le droit de dire aux bavards qui
m'incommodent : Taisez-vous. Je voudrais qu'un rè-
glement, affiché dans l'intérieur de chaque caisse, me
reconnût expressément ce droit, en recommandant de
ne parler qu'à voix basse, toutes les fois qu'on voyage
avec des inconnus.

A l'heure où était parti Albert de Liré, et pour un
long trajet, il avait peu à redouter ce genre de fléau.
La nuit tombait; il n'avait d'ailleurs auprès de lui
qu'un seul voyageur, d'un âge avancé, qui ne tarda
pas à sommeiller. Étendu bien à l'aise dans son coin,
Albert fut livré à ses réflexions.

Où allait-il? L'invitation du comte avait pu n'être
qu'une de ces politesses banales qui ne tirent pas à
conséquence, et, dans ce cas, il était téméraire de s'y
rendre. Si, au contraire, elle avait une intention,
c'était plus téméraire encore; Albert sentait qu'il allait au-devant d'une déroute ou d'un engagement. Puis,
s'interrogeant, il craignait de n'être pas libre de s'engager. Son esprit, traversant les espaces, volait en
Afrique; l'honneur de sa vie n'était-il pas d'y retourner? Il était insensé, il était coupable, s'il conservait ce projet, de poursuivre dans sa retraite une
jeune fille qui s'était cachée. Puis, malgré lui, l'observation de sagesse égoïste de la baronne, qu'on ne
fait pas ces folies deux fois, lui revenait en mémoire.

Puis il scrutait dans son souvenir chacun des mots de la baronne, le roman supposé de Lucie, le couvent, André de Kerglaz, ce conseil impérieux d'aller en Bretagne dont il subissait l'influence; puis cet autre conseil, négligemment jeté, qu'il se reprochait tout à coup de n'avoir pas suivi, celui d'interroger sa sœur, et il se dit qu'il aurait dû au moins commencer par là. Cette pensée s'empara de lui, au point de lui faire désirer de revenir sur ses pas. Il crut avoir pris la ferme résolution d'interrompre son voyage à Rennes, il en éprouva un soulagement qui lui permit de s'assoupir quelques instants. Mais cet ajournement, qui l'apaisait, pouvait profiter à André de Kerglaz; Albert risquait d'arriver trop tard, en trouvant la jeune fille engagée depuis la veille. Ce fut la pensée jalouse du réveil, ç'avait été la souffrance plus aiguë du rêve, et Albert sentit sa résolution déjà ébranlée.

Le train roulait toujours; il s'arrêtait un peu avant quatre heures, et les employés criaient : Vitré. Le jour commençait à poindre. Le vieillard ouvrait les yeux, essuyait et adaptait ses lunettes, regardait attentivement les restes du château et des remparts, puis tirait avec précaution d'un petit sac un livre dont les feuilles jaunies et la reliure offensée attestaient l'ancienneté. Il ne lisait pas, il examinait tour à tour le titre, le revers, les feuillets à larges marges du volume, et paraissait se complaire dans cette contemplation. Albert était d'ordinaire de l'espèce des voyageurs silencieux; il éprouva ce jour-là le besoin d'essayer de converser pour se distraire.

« N'est-ce pas ici », demanda-t-il comme le train se
remettait en route, « la première station de la Bretagne?

— Oui, dit le vieillard, du moins pour les trains rapides. Aussi, chaque année, quand je reviens de faire
ma petite visite aux bouquinistes, j'y salue ma vieille
province. Voyez fuir ces belles ruines : les états de
Bretagne se sont tenus là, lorsque nous étions encore
l'ombre d'une nation, et que Mme de Sévigné se mo-
quait si agréablement de nous.

— Peut-on apercevoir, reprit Albert, le château des
Rochers, qu'elle a rendu si célèbre?

— Non, il est déjà loin, et d'ailleurs caché par des
collines. Vous n'êtes pas de notre pays?

— J'y viens pour la première fois, et un peu en curieux.

— C'est assez la mode, quoiqu'elle commence à
passer, de venir nous voir comme des curiosités, avec
ce qu'on appelle nos vieilles mœurs. Tout se nivelle,
et il n'en restera bientôt plus rien. Les touristes, en
les observant, et les gens de lettres, en les décrivant,
auront fort contribué à les détruire, sans parler des
chemins de fer, dont j'aurais tort de médire, puisque
j'en use. A quoi bon gémir? On ne remonte pas plus
le courant des choses que celui de l'âge. Si c'est la
curiosité qui vous amène, Monsieur, je crains qu'elle ne
soit pas satisfaite.

— Oh! je ne suis pas un touriste, en votre pays du
moins. En connaissez-vous les anciennes familles? »

L'antiquaire sourit.

« Si je ne les connaissais pas, dit-il, je ne sais pas qui les connaîtrait. »

Albert balança s'il continuerait l'interrogatoire. Après un silence, cédant à l'entraînement de sa pensée, il reprit d'un ton négligent :

« J'ai rencontré plusieurs fois à Paris un homme qui occupe, je crois, une position considérable dans un de vos départements... le comte de Montuy.

— C'est chez lui que vous allez? » s'écria vivement le vieillard, laissant tomber son livre sur ses genoux, et fixant sur Albert un regard qui s'enflammait.

Albert baissa les yeux et se sentit troublé. Il dit en balbutiant :

« C'est un nom dont le souvenir me revenait. J'ignore jusqu'au lieu de la demeure de M. de Montuy. » Puis, avec un effort visible, il ajouta : « D'ailleurs, je m'arrête à Rennes. »

Ce n'était pas une réponse. Le vieillard continuait de le regarder et dit tout à coup :

« Excusez mon indiscrétion, Monsieur. Seriez-vous le marquis de Liré? »

Il était plus difficile d'éluder une réponse expresse. Albert étonné fit un signe d'assentiment.

« Vous auriez tort de vous arrêter à Rennes, reprit le vieillard. Vous étiez attendu le mois dernier, et le temps presse peut-être. »

Le train se ralentissait en roulant avec le bruit saccadé de l'arrivée en gare; les employés criaient : « Rennes, quinze minutes d'arrêt; les voyageurs pour Redon, Lorient, Quimper changent de voiture. » Al-

bert et son compagnon descendirent, et se séparèrent
en se saluant gravement. Albert était éperdu; les
dernières paroles du vieillard : « Le temps presse peut-
être, » résonnaient dans son cœur et correspondaient
trop à son rêve. Il méditait cette autre parole, qu'il
avait été attendu le mois précédent. Il se demandait avec anxiété comment un inconnu l'avait appelé
par son nom. Une explication lui semblait nécessaire,
et celui qui pouvait la donner avait disparu. Il resta
immobile et bientôt seul sur le quai. Le flot des voyageurs s'était écoulé; un employé vint l'avertir brusquement de montrer son billet, et y lisant : Lorient, l'entraîna au buffet. Albert obéit presque machinalement,
et se retrouva près du vieillard. La cloche tintait.

« Pardon, Monsieur, dit-il, puisque je vous revois,
permettez-moi une question à mon tour. Iriez-vous
dans la direction de Lorient?

— Oui, et nous allons encore voyager ensemble,
n'est-il pas vrai? Suivez-moi. J'aurai soin que nous ne
soyons pas dérangés. »

L'inconnu se leva, entraînant Albert, et dit quelques
mots au chef de gare. La plaque *réservé* fut aussitôt appendue contre une portière, afin de protéger au besoin
les confidences.

Albert avait eu le temps d'étudier une contenance
plus assurée, et un exorde. Il attendit le départ.

« Permettez, dit-il alors d'un ton dégagé, je ne
comprends pas bien comment vous avez deviné mon
nom, vous ne trouverez pas mauvais... que je m'in-
forme du vôtre.

— C'est trop juste. Il ne vous rappellera rien, il est si obscur hors de mon canton! Je suis M. de Larvor, mais j'ai peut-être un meilleur titre à votre intérêt; j'ai été, pendant un demi-siècle, l'ami le plus intime du comte de Montuy, le père de celui qui vous est connu. C'était un gentilhomme de la vieille roche, un vrai chevalier, la grande figure de notre pays. J'étais aussi l'ami de son fils; je l'ai tenu sur mes genoux; j'ai été le témoin de son mariage. »

Il y eut une pause. Albert découvrait que le hasard l'avait trop bien servi. Il n'osait plus adresser de questions; il avait à veiller attentivement sur chacune de ses paroles. Ce fut le vieillard qui continua.

« La jeune femme était charmante, et lui apportait une belle fortune, trop belle peut-être. Les premières années ont été un enchantement, puis j'ai eu le chagrin de voir s'amonceler des nuages. La vie de Paris, le luxe, les succès du monde, les ont enivrés tous deux. Ils ont abandonné le vieux manoir, ils ont oublié les vieux amis. L'année dernière, j'ai eu la joie de les voir revenir comme des enfants prodigues, prodigues de leur bonheur qu'ils avaient dissipé. J'ai repris le chemin du manoir, j'ai assisté à un merveilleux travail de reconstruction morale, et savez-vous, Monsieur, qui a été l'architecte? C'est une jeune fille.

— Je vous comprends, dit Albert ému.

— Oui, reprit M. de Larvor en s'exaltant, c'est Lucie, et pour accomplir une pareille œuvre, il a fallu que le charme s'élevât chez elle jusqu'au génie.

— Ce n'est pas moi... qui contesterai la puissance
de ce charme.

— Sans doute, et votre présence ici en est la preuve.
A présent que l'œuvre est accomplie, il est bien juste
que Lucie ait sa récompense, et que la pauvre enfant
soit heureuse. Ce serait trop dommage qu'elle tombât
en des mains qui ne seraient pas dignes d'elle... comme
elle en est menacée. »

Ici l'on conviendra qu'il était difficile qu'Albert
restât fidèle à la résolution de ne point adresser de
questions.

« Vous me confondez, s'écria-t-il, comment savez-
vous tout cela? Comment savez-vous mon nom? Et
n'avez-vous pas dit que j'étais attendu?

— Vous ne l'êtes plus, répondit le vieillard. Les
journaux ont annoncé que vous étiez à Marseille, prêt
à repartir pour l'Afrique. Je sais tout, et même ce que
vous ignorez. J'ai su la rencontre des Champs-Élysées,
et les traces qu'elle avait gravées. Depuis le retour de
Lucie, j'avais observé des teintes de mélancolie, et je
l'ai interrogée. Ce qu'une jeune fille n'avouerait pas à
sa mère, elle l'avoue quelquefois aux cheveux blancs
d'un vieil ami. »

Il y eut encore un silence.

« Monsieur, dit Albert d'une voix mal assurée, il
faut donc que vous soyez aussi mon confident. Je cé-
dais, trop étourdiment peut-être, à ce charme dont
vous avez parlé; je venais revoir, je ne pensais pas
venir m'engager, je n'avais pas la présomption de me
croire attendu. Les journaux ont annoncé prématuré-

ment mon départ, mais je suis un homme d'honneur,
et vous ne voudriez pas que je cessasse de l'être. Je ne
suis pas certain d'être libre.

— Ah! mon Dieu, vous m'effrayez. Quelques folies
de jeunesse, d'autres engagements de cœur... Que
viendriez-vous faire ici? »

Le vieillard avait bondi sur le coussin, et son regard
s'enflammait.

« Rassurez-vous, dit Albert; je vous jure qu'il n'y a
rien de semblable.

— J'ai eu peur, dit M. de Larvor en se calmant.
Qu'est-ce donc?

— Moi aussi, j'ai une mission, moins noble que celle
de Mlle de Montuy, et qui n'est que commencée. J'avais
donné un but à ma vie; est-ce que je suis libre de m'en
écarter? Ne suis-je pas une sorte de Régulus? Je vous
rends juge de mon honneur, Monsieur. Est-ce que j'ai
le droit de ne pas retourner en Afrique?

— L'avez-vous promis? demanda le vieillard inquiet. Alors, en effet, vous ne seriez pas libre.

— Non, je n'ai rien promis; mais songez au bruit qui
s'est répandu déjà autour de mon nom; je ne m'appartiens plus, j'appartiens à une idée qui a sa grandeur;
on dira que je la trahis.

— Je ne vous propose pas de la trahir. Désormais,
vous la servirez mieux en restant en France qu'en vous
exposant à lui faire défaut par l'accident d'une fièvre;
vous serez l'inspirateur assidu, généreux d'explorations
nouvelles; vous fonderez une société que vous dirigerez;
ce sera encore le but et l'honneur de votre vie. »

M. de Larvor développa longuement ce thème à l'o-
reille un peu complaisante peut-être de son auditeur.
Puis, je ne sais si ce fut par habileté qu'il trouva une
transition pour amener la conversation sur André de
Kerglaz.

« Est-ce que c'est vraiment un prétendant sérieux ?
demanda vivement Albert.

— Très sérieux. » — Albert fit un mouvement. —
« Non pas dans le cœur de Lucie, continua le vieillard,
mais beaucoup d'influences enveloppent la jeune fille.
Il est persévérant; rebuté l'année dernière, il revient à
la charge avec insistance, et je ne suis pas sans inquiétude sur ce qui a pu se passer depuis huit jours. Songez
que Lucie ne vous attendait plus. Elle ne serait pas le
premier exemple d'une jeune fille qui aurait accepté
un mari par dépit... ou par obéissance. Et la comtesse,
qui redoutait la détermination du couvent, était devenue très pressante. »

On se souvient peut-être que Lucie avait dit : Jamais. Albert l'ignorait, et d'ailleurs la nomenclature
serait longue des femmes qu'on voit mariées à l'homme
à qui elles ont dit : Jamais. Il fut très frappé de la con-
cordance de ces graves avis avec les propos frivoles de
la baronne de Verteil; il en aurait été moins étonné,
s'il avait su que M. de Larvor avait vu à Paris la baronne. Le train s'arrêtait, et la voix enrouée des employés criait : « Hennebont ! »

« Nous descendons ici, fit le vieillard en s'interrompant.

— Pas moi, répondit Albert. je vais à Lorient.

18

— Qu'y faire, je vous prie? Nous ne sommes qu'à deux lieues du château qu'habite Lucie. »

UNE FACHEUSE RENCONTRE.

Albert fut encore entraîné. Il arrivait sous un soleil ardent, fatigué de la chaleur et de l'insomnie, les vêtements souillés de poussière, la tête brûlante; il avait besoin de recueillement; il sentait aussi qu'il aurait besoin d'autres conseils que ceux de l'inconnu dont il subissait l'ascendant. Il pensa tout à coup à sa sœur, à cette sœur bien jeune, mais déjà mariée, qui était sa seule famille et qui connaissait Lucie. Ne devait-il pas s'abriter au moins de son approbation? Et pouvait-il s'exposer de ce côté à un blâme? Il voulait revenir sur ses pas, et cependant il entendait résonner l'écho des paroles qui l'avaient ému : « Le temps presse peut-être. »

M. de Larvor ne lui laissa pas celui des longues réflexions.

« Suivez-moi, lui dit-il; j'ai une chambre à vous offrir dans ma maisonnette, car, depuis mon veuvage, il y a bien des années, je me suis retiré à la ville avec mes livres, mes derniers amis.

— Je vous supplie, répondit Albert, de me permettre de descendre à l'hôtel... j'y serai plus libre.

— Je vous jure, reprit M. de Larvor, de respecter votre liberté, mais il y a une chose que je ne prodigue pas,

qui ne m'a jamais été refusée : vous ne refuserez pas
mon hospitalité. »

Albert suivit en silence M. de Larvor. Sur leur passage
tous les fronts se découvraient. Au détour d'une rue, il
se trouva en face d'un jeune homme en costume de
cheval, botté, éperonné, qu'escortaient en gambadant
deux chiens de chasse, et qui poussa une exclamation
de surprise. C'était André de Kerglaz.

« Scipion l'Africain à Hennebont, dit André. Je te
croyais un personnage trop illustre pour daigner te
montrer dans notre pauvre pays, où tu n'es pas venu
quand je t'y invitais et quand tu étais moins célèbre.
De grâce, qui t'appelle aujourd'hui ?

— J'ai désiré, répondit Albert embarrassé, visiter la
Bretagne ; je me suis trouvé, par hasard, voyager avec
M. de Larvor, qui m'a engagé à m'arrêter ici pour
voir... sa bibliothèque. »

Les casuistes timorés décideront si cette réponse, qui
ne manquait pas d'exactitude littérale, était d'une absolue sincérité ; il convint à André de paraître, pour le
moment, l'accepter comme telle. Il reprit :

« Je reconnais bien là M. de Larvor. Sa bibliothèque
est la dame de ses pensées, mais il n'est pas un amoureux jaloux ; il détourne les voyageurs de leur route
pour les convier à partager son admiration. Il est vrai
qu'il n'a pas de rivaux à redouter. Moi, je compte aller
dans deux heures à Coëtmeur. T'y verra-t-on ?

— Je ne sais pas, » dit Albert, cette fois plus complètement sincère, » ce que c'est que Coëtmeur.

— Tu ne sais pas que c'est le château de M. de Montuy ?

— Je l'ignorais. »

André craignit une mystification. Il reprit d'un ton contraint :

« M. de Larvor te l'aurait probablement appris. Tu es bien mystérieux, et je n'aurai pas l'indiscrétion de t'interroger davantage. Si tu sais mieux le nom de mon habitation, ou si tu t'en informes, nous nous reverrons... peut-être. »

André siffla ses chiens et s'éloigna. Je conjecture qu'il se hâta de monter à cheval pour aller tenir conseil avec sa mère, et lui raconter qu'il avait fait dans les rues d'Hennebont une assez fâcheuse rencontre.

M. de Larvor n'avait pas articulé une parole.

« Voyez, dit-il en se remettant en marche, si vous étiez descendu à l'hôtel, c'est là que vous vous seriez trouvé en tête à tête avec M. de Kerglaz. Sa physionomie contrariée prouve que nous n'arrivons pas trop tard, mais j'avais raison, le temps pressait. Le hasard est bien ici l'incognito de la Providence. »

Albert ne répondit pas. Ils étaient à la grille d'une cour précédant une maison de construction ancienne, aux lucarnes de pierre de taille ornées de quelques sculptures, qui avait l'apparence d'un petit manoir. Ils furent reçus par un ménage de vieux serviteurs qui témoignaient une vive joie du retour de M. de Larvor, et par les jappements d'allégresse encore plus expressive d'un épagneul. Un escalier tournant de pierre les conduisit à la chambre de M. de Larvor. Elle était vaste, tapissée de boiseries de chêne lustré, et s'ouvrait sur un balcon ; les meubles étaient aussi en vieux chêne, tout

avait un caractère d'aisance et de propreté. Des portraits garnissaient les lambris. Albert reconnut ceux
du comte et de la comtesse de Montuy, rajeunis de
vingt ans ; il reconnut aussi avec émotion une belle
photographie, plus contemporaine, de Lucie.

« Maintenant, dit le vieillard, deux mots seulement,
pendant qu'on apprête la chambre d'ami qui est juste
à côté de la mienne. Elle n'est plus que très rarement
occupée ! J'ai bien des excuses à vous adresser, n'est-il
pas vrai? pour l'espèce de violence que je vous ai
faite depuis quelques heures qui me paraissent un
siècle. C'est à mon tour d'être docile. Je vous l'ai juré,
vous êtes libre, absolument libre, et je ne chercherai
plus à exercer sur vos résolutions aucune influence.
Recueillez-vous; dans une heure nous déjeunerons,
et puis je prendrai vos ordres. »

Albert, enhardi par cette attitude, avoua simplement
le scrupule qui l'avait envahi, et le besoin qu'il éprouvait de consulter sa sœur avant de faire une démarche
décisive.

« Vous avez raison, dit M. de Larvor, ce n'est pas
seulement de la prudence, c'est un devoir, et le grand
avantage des devoirs est d'affranchir des indécisions.
Vous ferez bien de repartir. Où habite madame votre
sœur?

— Dans le Midi; c'est bien loin, une absence nécessaire de quatre ou cinq jours. Y a-t-il ici un bureau
télégraphique? »

M. de Larvor sourit et reprit :

« Vous consulteriez votre sœur par le télégraphe ?

Réfléchissez que nos petites villes ne sont pas Paris, où la multiplicité des dépêches et la précipitation de leur transmission assurent le secret de chacune. Ici c'est autre chose, et il est bon de prendre garde à ses confidences. Votre dépêche sera reçue par une femme qui connaît tout le monde : je ne vous garantis pas sa discrétion. »

Albert se retira dans la chambre d'ami et prit une plume. Je ne crois pas que la voie du télégraphe ait souvent été employée pour obtenir des informations matrimoniales, non plus que pour exprimer une déclaration brûlante. Cela viendra. Les mémoires d'un buraliste pourraient être assez piquants, et je me suis quelquefois représenté un élan impatient de tendresse, certifié conforme par un rival avec l'exactitude professionnelle. Quand Albert essaya de formuler sa curiosité, il s'aperçut que ce n'était pas facile, à défaut d'un truchement convenu, sans en préciser l'objet et sans nommer en toutes lettres Lucie. Il tenta les périphrases, il écrivit quelques lignes qu'il raturait aussitôt. Je prie chacune des jeunes lectrices qui veulent bien suivre ce récit de s'ingénier à tracer à ma place le message d'Albert, en supposant que c'est elle qu'il concerne.

J'y renonce, et Albert y renonça. « C'est impossible, se dit-il. Il faut donc m'éloigner quatre jours, ou écrire et attendre quatre jours une réponse, et que faire de ces quatre jours... qui peuvent profiter à André ? »

Il vint tout à coup à penser que si le télégraphe est mauvais pour les interrogations, il est excellent pour les réponses. Un mot suffit, et un mot bien court. N'est-

ce pas avec ce mot si court qu'on engage sa vie?
Par là il gagnerait deux jours, il était dispensé de se
remettre en voyage. Enchanté de cette idée, il saisit de
nouveau la plume. On frappa en annonçant que le déjeuner était prêt. Il n'avait seulement pas ouvert sa
malle ni procédé aux ablutions indispensables. Il se
hâta de s'y livrer et descendit en s'excusant. Il dit
à quelle résolution transactionnelle il venait de s'arrêter.

« Comme il vous plaira, répondit M. de Larvor. Je
vous ai promis d'être docile.

— Ne serait-il pas bon, reprit Albert, que vous al-
lassiez seul chez Mme de Montuy, pour juger la position, et pour éviter qu'il n'y soit pris des décisions...
regrettables?

— C'était bien ma pensée, mais j'aurais attendu vos
ordres. »

On se mit à table. M. de Larvor était cordial et avait
la conversation abondante. Le nom de Lucie ne fut pas
prononcé. C'était une situation assez étrange que celle
de ces deux hommes, d'âges si différents, inconnus l'un
à l'autre au point du jour, et causant avec une familiarité confiante, en se taisant sur l'objet de leurs préoccupations communes.

M. de Larvor avait une petite voiture qu'il avait commandé d'atteler.

« A propos, » s'écria-t-il en y montant (l'auteur
remarque ici que lorsque l'on dit : A propos, c'est d'ordinaire à propos de rien), » suis-je autorisé à parler de
notre rencontre ?

— Sans doute... si c'est nécessaire. »

M. de Larvor partit. Albert, remontant dans sa chambre, courut au balcon et le suivit des yeux jusqu'à ce que la voiture eût disparu. Il vit se déployer un admirable paysage. Les petites rivières encaissées de la Bretagne, qui ont à peine un nom, deviennent près de leurs embouchures des fleuves magnifiques, quand la mer montante en a recouvert les vases. La rivière d'Hennebont est particulièrement belle. La mer était pleine, scintillant sous un soleil splendide. Plusieurs navires, déployant les pavillons de France, d'Angleterre et de Norwège, croisaient gracieusement leurs voiles enflées, entre les rives boisées du Blavet, dont la verdure se découpait pour montrer de jolies maisons de campagne. Albert n'avait pas soupçonné la beauté de ce spectacle. Il distinguait au loin, sur un coteau d'arrière-plan, la façade d'un vaste manoir, dans lequel son imagination voulait voir la demeure de Lucie.

Il ne s'arracha pas sans peine à cette contemplation. Il écrivit avec une rapidité fiévreuse une longue lettre, éloquente et passionnée. De la part d'un frère aîné, qui avait été tuteur, c'était peut-être moins demander un conseil que le dicter. Il ne s'en apercevait pas. Il venait de l'adresser et s'apprêtait à la cacheter quand il entendit rouler une voiture qui s'arrêtait à la porte. Étonné que M. de Larvor pût être déjà de retour, il courut au balcon, ayant le pli à la main. Il vit un phaéton, attelé de deux beaux chevaux, dont un homme de tournure élégante tenait les rênes en interrogeant les vieux serviteurs de la maison. Près de lui était assise une jeune fille qui leva les yeux, et les regards d'Albert de Liré rencontrèrent ceux de Mlle de Montuy. Dans son trouble, il laissa échapper la lettre, qui tomba aux pieds de Lucie.

ENCORE UNE ILE DÉSERTE.

Albert descendit précipitamment. L'étonnement de Lucie, qui le croyait à Marseille, était de la stupéfaction. Le comte n'était pas moins surpris de le trouver établi seul dans la maison de son vieil ami.

« Vous voyez, dit Albert avec embarras, que je n'ai pas oublié votre invitation.

— Et vous n'avez pas accompagné M. de Larvor ? répondit le comte. Ma femme l'aura certainement retenu. Je regrette de n'avoir pas une place à vous offrir, dans ma voiture peu hospitalière. Mais vous pourriez vous procurer un cheval pour nous escorter.

— C'est malheureusement impossible, reprit Albert en balbutiant. J'ai des affaires à Hennebont, qui me retiendront plusieurs jours.

— Vous avez des affaires à Hennebont pour plusieurs jours? Je n'en ai jamais eu que pour quelques heures. »

Albert était déconcerté de l'invraisemblance et presque du ridicule de cette défaite. Il ajouta :

« J'ai d'ailleurs promis à M. de Larvor de l'attendre ici. »

L'excuse était plus plausible et donna singulièrement à réfléchir au comte.

« Vous avez laissé tomber une lettre, » dit Lucie qui l'avait ramassée et la tendait au jeune homme.

Albert perdit complètement la tête, en voyant entre les mains de Lucie cette lettre qui était un panégyrique enthousiaste de la jeune fille.

« Ah! oui, s'écria-t-il, c'est une lettre que j'écrivais à ma sœur. Vous connaissez ma sœur, n'est-il pas vrai? Puisqu'elle est tombée entre vos mains, vous pouvez la lire, — ou l'emporter pour la faire lire à votre mère. »

Ceci s'engageait dans une rue, devant des domestiques, et quoique les passants ne fussent pas nombreux, le comte pensa judicieusement que le lieu et la position des personnes n'étaient pas précisément favorables à la continuation d'un entretien qui débutait ainsi.

« Ouvrez la grille, dit-il, nous allons entrer. »

On se trouva transporté dans le salon, qui était au rez-de-chaussée et donnait sur un jardin plein de fleurs. Lucie, les yeux baissés, tenait encore la lettre, qui tremblait. Albert la saisit tout à coup et la remit à M. de Montuy.

« Lisez-la, je vous en supplie, s'écria-t-il. Elle vous dira ce que je sens, ce qui m'amène. Je me retire, vous jugerez si je dois l'envoyer. Ce que je fais n'a pas de sens commun, mais il m'est impossible de me contraindre davantage. Vous me rappellerez pour prononcer mon arrêt... ou vous vous éloignerez sans me rappeler. Ce sera encore le prononcer. »

Il sortit et monta dans sa chambre.

« Faut-il lire? demanda le comte.

« — Tout bas, mon père, » dit la jeune fille.

Il déploya le papier, et lut. On entendait au-dessus du plafond les pas agités d'Albert. Il y eut quelques minutes qui furent longues. Le comte déposa un baiser sur le front de Lucie.

« Mon enfant, dit-il, tu peux aimer Albert; il est digne de toi, et il t'aime. Lis toi-même.

— Pas avant ma mère, répondit Lucie.

— Tu as raison, courons vite la rejoindre. »

Je crois en vérité qu'on allait oublier de rappeler Albert. Mais une voiture s'arrêtait encore à la porte. Albert s'était précipité au balcon, il avait reconnu la comtesse que ramenait M. de Larvor. Elle entra au salon, le vieillard grimpait essoufflé à la chambre d'Albert et lui montrait un visage radieux.

« Mon jeune ami, dit-il, je vous apporte la réponse de votre sœur.

— De grâce, Monsieur, ne raillez pas. Ce n'est pas le moment.

— Je ne raille pas. Reconnaissez-vous cette écriture? Convenez que Mercure lui-même n'était pas un messager aussi agile que moi. La Fable ne dit pas qu'il ait jamais rapporté une réponse... avant le départ de la question. »

Albert était abasourdi. Il se croyait le jouet d'un rêve. Et tandis qu'au-dessous de lui la comtesse émue, puis Lucie plus émue encore, lisaient la lettre d'Albert, celui-ci dévorait des yeux et du cœur une autre lettre, adressée par sa sœur à Lucie. La jeune femme, rappelant en termes affectueux les souvenirs de l'amitié, par-

lait de son ardent désir de retenir Albert en France
par un mariage. Elle s'informait si Lucie était libre et
ne consentirait pas à entrer dans le complot. Lucie
avait remis le matin cette provocation à sa mère, qui
venait de la communiquer à son tour à M. de Larvor, les
confidences ayant pris vite, sous la pression des circonstances, un caractère prononcé d'intimité.

« Eh bien, dit le vieillard en riant, n'est-ce pas la
réponse? »

On se réunit au salon. Il fut décidé que la lettre
d'Albert serait expédiée sans aucun changement, mais
avec un court post-scriptum... de la main de Lucie. La
politesse n'exigeait-elle pas que, sans tarder davantage, elle accusât réception des bons souvenirs d'une
amie? Les deux voitures étaient restées attelées. Les
chevaux du comte témoignaient plus d'impatience que
la vieille jument de M. de Larvor, laquelle dut cependant se résigner à les suivre, en reprenant la route de
Coëtmeur. Elle n'était pas le seul être de la création qui,
après bien des agitations et des fatigues, devait trouver
au vieux manoir un repos réparateur.

Le lendemain de cette journée d'émotions, Albert
et Lucie se promenaient, accompagnés de M. de Larvor.
Il dirigea la promenade vers un étang au milieu duquel
était une petite île de verdure, avec une cabane de
chaume. Une barque était amarrée à la rive, on y monta.
M. de Larvor prit les avirons et gagna l'îlot. Albert
sauta lestement à terre et tendit la main à Lucie pour
l'aider à y descendre elle-même. Le vieillard, donnant
un coup de rame, s'éloigna aussitôt avec la barque.

« Mes bons amis, dit-il en éclatant de rire, vous voici encore réunis sur une île déserte, et cette fois vous aurez beau vous appuyer l'un sur l'autre, vous ne vous en tirerez pas tout seuls. En attendant qu'il me plaise de vous secourir, les convenances ne vous interdisent pas d'échanger courtoisement quelques paroles, pour passer le temps. »

FIN D'UNE ILE DÉSERTE AUX CHAMPS-ÉLYSÉES.

19

ÉPREUVE

AVANT LA LETTRE.

ÉPREUVE

AVANT LA LETTRE.

Il faisait un violent orage et il tombait depuis deux heures des torrents de pluie. Seul sous le toit de son château, en Bourgogne, le comte de Noirville, de la fenêtre de sa chambre, contemplait l'horreur de ce spectacle. Il avait des raisons particulières d'en éprouver une certaine émotion, au moins une véritable impatience; sa femme et sa fille étaient sorties à pied aussitôt après le déjeuner, elles ne rentraient pas, et la pendule marquait quatre heures. Le comte ignorait la direction qu'elles avaient prise. Il avait envoyé la voiture les chercher au village de Reuilly, distant d'une demi-lieue, avec ordre de se détourner au besoin vers des hameaux isolés où des visites de charité attiraient quelquefois la comtesse, et la voiture ne rentrait pas davantage. Le comte était agité, il essayait de lire sans y parvenir, il ouvrait la fenêtre, que la bourrasque le forçait bientôt de refermer, et il avait beau écouter, il n'entendait pas d'autres roulements que ceux du tonnerre. A la fin, cependant, dans une courte trêve de la foudre, il crut distinguer un bruit de roues qui se rapprochait. Un carrosse se montra en

effet à l'extrémité de l'avenue, lancé au galop, mais
le comte ne reconnut pas la couleur de son cheval.

« Qui peut me faire une visite par un temps pareil?
pensa-t-il. Pourvu que cette précipitation n'annonce
pas un mauvais message. »

Il courut au perron, où s'arrêtait la voiture. Un
jeune homme inconnu en descendit d'abord lestement,
offrant la main à une jeune fille qui n'était autre que
Geneviève de Noirville. La comtesse descendait à son
tour. Les deux femmes étaient mouillées de la tête aux
pieds et leurs robes ruisselaient encore.

« Quelle aventure! s'écria le comte. Je vous le
disais bien, le temps était menaçant, et vous aviez tort
de vous éloigner. »

Le comte aurait mieux fait d'être tout entier à la joie
de les voir de retour, mais une inquiétude, même calmée, ne sait pas se refuser de s'exhaler par la petite
vengeance d'un reproche. Ils sont rares les hommes
qui ont assez de vertu pour ne pas prononcer ce mot :
Je vous le disais bien

« Bah! fit Geneviève en éclatant de rire, pourvu
que ma mère ne se soit pas enrhumée, ce n'est qu'une
aventure plaisante, que notre sauveur vous racontera.
Nous sommes trempées comme des éponges, et nous
allons vite changer de vêtements. »

Elle entraîna sa mère, tandis que le comte introduisait au salon l'inconnu.

« A qui, lui dit-il, ai-je l'honneur d'être redevable
dé ce service?

— A votre nouveau sous-préfet, M. de Villeneuve,

qui ne s'attendait pas à vous faire ainsi sa première
visite, sous les bienveillants auspices de ces dames.

— Je croyais, dit étourdiment le comte, avoir lu à
l'*Officiel* que notre nouveau sous-préfet se nommait
M. Le Borgne. »

Le jeune homme parut contrarié, et le sourire qui
avait animé sa physionomie se glaça un moment. Il
s'efforça de le ramener en reprenant :

« M. Le Borgne de Villeneuve, si vous le voulez
bien.

— Daignez recevoir mes excuses, monsieur de Villeneuve, et plus encore mes remerciements. Comment,
je vous prie, avez-vous rencontré ces dames?

— Blotties contre une haie, qui ne les protégeait
guère, je vous assure. Je revenais d'une course, et re-
gagnais la ville de toute la vitesse de mon cheval de
louage, lorsque je les ai aperçues ainsi, au bord de
la route; naturellement, je me suis fait un devoir de
les reconduire chez elles, en me félicitant de ce qui
devenait pour moi une bonne fortune.

— Je suis on ne peut plus reconnaissant de cette
attention.

— La chose la plus simple du monde et qui ne mérite pas un remerciement. Qui n'en aurait fait autant,
pour des femmes? Ce n'est pas vous, n'est-ce pas,
monsieur le comte?

— Je l'espère.

— Et puis, j'ai considéré comme un heureux présage
d'inaugurer ainsi des relations que je me proposais de
rechercher sans tarder, et que mes instructions me pres-

crivent d'ailleurs de cultiver. Je n'ignore pas que vous êtes un des hommes dont la bienveillance doit m'être le plus précieuse.

— Elle vous serait acquise, quand bien même votre courtoisie n'aurait pas commencé par la rendre un devoir de reconnaissance, mais elle est loin d'avoir la valeur que vous pensez.

— Je vous demande pardon, monsieur le comte, je sais ce qu'elle vaut, et l'administration est bien informée. Nouveau venu dans ce beau pays, j'y ai besoin d'appuis, surtout à la veille d'une crise électorale. Un membre du conseil général, maire de sa commune, président du comice agricole, et, par-dessus tout, un homme entouré de respects universels et n'exerçant son influence que par ses bienfaits...

— De grâce, monsieur le sous-préfet, attendez que vous me connaissiez un peu mieux.

— Je vous connais parfaitement, monsieur le comte ; je vous répète, et vous pouvez voir vous-même, que l'administration est bien informée. Il m'a suffi, d'ailleurs, de causer avec mon prédécesseur, dont mon vœu le plus ardent est de ne pas trop vous faire regretter le départ. Vous l'honoriez, je crois, de votre estime particulière ?

— Dites plutôt de mon amitié.

— En vérité ? La comparaison est d'autant plus redoutable pour le successeur ; mais je redoublerai d'efforts. »

Ici, le sous-préfet se leva et fit observer que, l'heure s'avançant, il était obligé de se remettre en route pour regagner la ville. Le comte le retint avec insistance. Il déclara qu'il ne lui permettrait pas de s'éloigner sans avoir pris part au repas de famille et qu'il allait donner ordre de dételer sa voiture. D'ailleurs, l'orage s'apaisait à peine. Le sous-préfet se laissa persuader. Au même moment la porte s'ouvrait, et Geneviève radieuse faisait son apparition.

« Me voici, dit-elle. Je n'ai pas pris trop de temps pour m'habiller, n'est-il pas vrai? Le plus long était de me débarrasser de vêtements mouillés et collés. Quel bain de santé! J'ai obtenu de ma mère qu'elle se mît au lit par prudence, et elle demande à vous voir, mon père; elle est très fatiguée, mais j'espère bien qu'elle ne sera pas malade. »

Le comte sortit et Geneviève resta seule avec M. Le Borgne de Villeneuve.

« Je vous renouvelle tous mes remerciements, dit-elle.

— Encore, Mademoiselle? C'est à moi de bénir l'heureuse chance de cette rencontre fortuite. Comment vous trouviez-vous, je vous prie, si loin de votre demeure et si loin même de toute habitation?

— Ma mère était allée porter des secours et des médicaments dans un pauvre hameau où règne en ce moment un commencement d'épidémie, et elle aime à faire à pied ce genre de courses; c'est ce qui m'inquiète un peu pour elle.

— Et vous ne vous inquiétez pas pour vous-même?

— Jamais. Je suis vaillante, grâce à Dieu, et je ne crains rien.

— Mon prédécesseur m'avait bien dit que vous êtes une sorte de sœur de charité.

— Vous connaissez votre prédécesseur, M. de Landelle?

— Fort peu, mais j'ai dû conférer avec lui à Paris, avant de venir lui succéder, comme j'ai renseigné mon propre successeur. L'administration a soin de recommander ces conférences qui sont très utiles.

— Vous venez donc d'un autre poste?

— Du fond des Hautes-Alpes. Mon envoi dans ce riant pays, que je ne juge pas par le temps d'aujourd'hui, a été une récompense dont, avant de vous avoir vue, Mademoiselle, je ne savais pas tout le prix.

— Vous êtes trop aimable, Monsieur. Ce n'est pas moi qui dirai du mal de l'administration, ni qui aurai le droit de lui faire de l'opposition. Il paraît qu'il est dans ma destinée d'être toujours sauvée par des sous-préfets.

— En vérité? Mon prédécesseur aurait eu le bonheur...

— Figurez-vous qu'il y a deux mois, M. de Landelle venait dîner au château, où nous le voyions très souvent. Je rentrais d'une promenade à cheval avec mon père; une branche tombe devant mon cheval qui s'effraie, se cabre, se retourne, prend le mors aux dents et m'emporte sans que je puisse le maîtriser. Mon père me suivait au galop, ce qui surexcitait encore l'animal au lieu de le calmer. J'approchais d'un ravin profond et me sentais en grand danger. M. de Landelle arrivait précisément à pied, il se jette à la tête du cheval et réussit à l'arrêter, non sans avoir été traîné sur les cailloux de la route et assez gravement contusionné.

— Vous me forcez à regretter de n'avoir pas même risqué une égratignure ni un rhume de cerveau; mais si vous voulez essayer une seconde fois de courir à la rencontre du sous-préfet sur un cheval emporté, je jure que vous ne trouverez pas l'administration moins dévouée.

— Vous me permettrez de n'être pas pressée de renouveler l'expérience. On l'envoie bien loin, M. de Landelle, si j'en crois le journal, car il n'a pas écrit à mon père depuis son départ, ce qui est très mal à lui.

— Un avancement notable et certainement mérité. L'administration ne consulte pas toujours nos convenances... personnelles, et nous sommes des esclaves; trop heureux quand la chaîne est cachée sous quelques fleurs, comme elle doit l'être ici. Je ne m'étonne pas que M. de Landelle m'ait paru chagrin de son déplacement, malgré les avantages qui en résultent pour sa carrière administrative.

— Ah vraiment! il vous a paru chagrin? C'est donc pour cela qu'il n'écrit pas. Que vous a-t-il dit? »

Le sous-préfet ne put pas s'empêcher de faire intérieurement l'observation que la jeune fille paraissait prendre à son prédécesseur un peu plus d'intérêt qu'il n'aurait souhaité, et que ce n'était pas seulement dans l'ordre administratif qu'il lui serait difficile d'effacer les bons souvenirs laissés par M. de Landelle. Il

était, en outre, obligé de reconnaître que, si opportun qu'eût été le secours de son carrosse de
louage, l'anecdote pâlissait devant celle du cheval
emporté. Un certain dépit était trop naturel pour
n'être pas excusable. L'interpellation de Geneviève le
provoquait à raviver des souvenirs qu'il aurait préféré éteindre. Allait-il mettre dans ses réponses une
abnégation généreuse, où ne réprimerait-il pas entièrement les suggestions du malin esprit? L'affectation
de la générosité envers un absent qui ne reviendra
pas est quelquefois de l'habileté, parce qu'elle appelle
la bienveillance. C'est ainsi qu'une veuve éplorée se
laisse toujours consoler par l'ami tendre qui vante
et pleure avec elle le mari regretté. Mais M. de Landelle pouvait revenir, ce qui rendait la sympathie plus
difficile, et il est difficile aussi, à l'effort même de la
volonté, de comprimer les petites protestations intimes, les sous-entendus, les réserves d'une bienveillance dont une pensée jalouse combat la sincérité.
Une malignité secrète, n'eût-elle pas conscience d'elle-
même, est comme l'huile. Elle suinte à travers les
fissures les plus cachées du cœur, elle se révèle en
altérant les nuances et, pour ainsi dire, la couleur du
langage.

On sera réduit aux conjectures sur ce que s'apprêtait à répondre le sous-préfet, qui peut-être ne
le savait pas bien lui-même, car le comte de Noirville se montra aussitôt. Geneviève se leva et se dirigea vers la porte pour le remplacer auprès de sa
mère, mais elle en fut empêchée; la comtesse s'as-

s'oupissait, et il convenait de la laisser se reposer.

« Monsieur le sous-préfet, dit le comte avant de se rasseoir, excusez ma distraction, je n'ai pas songé à vous demander si vous n'avez pas une famille qui vous attend et s'inquiète. Le temps s'est amélioré, je ferais partir un exprès pour la rassurer.

— Rassurez-vous vous-même, monsieur le comte. Je suis garçon, et n'ai pas seulement encore une cuisinière; je mange provisoirement à l'hôtel, et je ne redoute pas d'attaques de nerfs de mon hôtesse éperdue. C'est quelquefois commode d'être garçon; malheureusement on s'en lasse, et l'isolement devient pénible. Et puis c'est mauvais pour l'administration; une femme intelligente est une merveilleuse auxiliaire. Je prétends qu'elle devrait avoir un traitement spécial inscrit au budget. Je voudrais donner des dîners, quelques bals l'hiver; excellente occasion de rapprocher les hommes honorables de tous les partis. C'est l'intérêt de l'administration. Le moyen, quand on est garçon! Comment s'y prenait mon prédécesseur?

— M. de Landelle avait sa mère, interrompit Geneviève, par qui sa maison était tenue. Une femme d'un haut mérite et d'une affabilité rare. Aussi donnait-elle des soirées charmantes. Je n'ai jamais dansé qu'à la sous-préfecture; M. de Landelle mettait beaucoup de grâce et d'entrain à diriger lui-même le cotillon, et c'est avec moi qu'il l'a conduit la dernière fois. »

Le sous-préfet se pinça les lèvres et regretta son interrogation. Il pensa que décidément son prédéces-

seur n'était pas facile à remplacer. Il n'était pas dan-
seur, et songea aussi que des leçons de valse devraient
faire partie du programme des études administratives.
Il se demanda si son agilité aux élections ne pourrait pas suppléer d'autres pirouettes. Il répondit d'un
ton un peu dépité qu'il n'avait pas la même ressource,
sa mère n'étant pas libre de le suivre dans ses garnisons administratives.

« Vous serez condamné à vous marier, dit le comte
en souriant.

— Oui, monsieur le comte, par ordre de l'administration, et je suis très disposé à me résigner. Elle m'a
fait entendre que ce serait nécessaire avant d'être
promu à une préfecture.

— Vous songez déjà à nous quitter?

— Pour une préfecture, j'espère que vous auriez
l'indulgence de me le pardonner.

— Et croyez-vous avoir des chances prochaines de
cet avancement?

— Ah, monsieur le comte, cela dépendra du résultat des élections. Le succès, tout est là, dans la
carrière administrative ainsi qu'en beaucoup d'autres
choses. L'administration s'attache sans doute à dis-
cerner le mérite, et elle n'est pas, on le sait trop,
insensible à la faveur. Mais elle apprécie surtout le
succès. C'est comme à la guerre; les plus habiles généraux sont ceux qui gagnent les batailles. Et les
élections sont nos batailles à nous. Si je suis battu,
je tombe en disgrâce, et mes protecteurs eux-mêmes
m'abandonnent. *Væ victis.* Pardon, Mademoiselle,

malheur aux vaincus, aux vaincus des luttes électorales comme à ceux de toutes les autres rivalités.
Mais si je suis vainqueur, je trouve des appuis partout, parce que je suis déjà fort.

— Quelle vilaine parole! s'écria Geneviève. Il me
semble que c'est la faiblesse qui a besoin d'avoir des
appuis.

— Sans doute, mais c'est la force qui les trouve.
Vous apprendrez cela en avançant dans la vie.

— J'espère bien ne jamais l'apprendre.

— Vous me feriez souhaiter de rester faible, Mademoiselle. L'administration se dispense malheureusement d'avoir votre générosité, et, si je ne me
trompe, dans les tournois de la chevalerie elle-même,
c'était le vainqueur qui obtenait de la beauté le prix
de la lutte.

— J'aurais préféré secourir et relever le vaincu.

— Gardez ces sentiments pour la consolation de
ceux qui peuvent succomber, mais craignez, si vous
les exprimez, d'éteindre l'ardeur des combattants en
leur faisant désirer la défaite. Si, par exemple, ils
combattaient aux côtés de monsieur votre père...

— Que voulez-vous dire, Monsieur?

— C'est un peu prématuré, et je ne m'attendais
certes pas à traiter aujourd'hui cette question. C'est
vous qui m'y forcez. Il est clair que le meilleur candidat de l'administration aux prochaines élections serait le comte de Noirville.

— Alors tous mes vœux seraient pour le vainqueur.

— Vous voyez.

— Monsieur le sous-préfet, dit le comte, ceci ne peut être qu'une plaisanterie. Je suis résolu à rester obscurément dans mes champs. J'ai horreur des agitations de la vie politique, et je n'ai, Dieu merci, aucune ambition.

— Ce que d'autres recherchent par ambition, vous l'accepterez, vous le subirez au besoin par dévouement, monsieur le comte.

— C'était exactement, dit Geneviève, le langage de M. de Landelle.

— Je serais ravi, reprit le sous-préfet, de suivre ici toujours aussi bien... les exemples de mon prédécesseur, et ravi d'avoir, par mademoiselle, des intelligences dans la place. Vous serez contraint de vous rendre, monsieur le comte. Aucun nom n'aurait l'autorité du vôtre pour balancer les mauvaises influences. L'administration est bien informée, et vous ne voudrez pas l'exposer à un échec, qui serait désastreux pour les honnêtes gens. »

La jeune fille appuya vivement, en ajoutant que son père était digne de tous les honneurs.

« Tu es donc ambitieuse, toi? dit le comte. Pauvre enfant! Tu ne sais pas ce que coûtent ces honneurs, quand on les a obtenus, ni ce qu'il en coûte pour les obtenir. Rien que pendant la période électorale, sans aucune certitude du succès, je serais accablé de tracas et de déboires, poursuivi des calomnies du journal de Jules Martin...

— Ce malheureux que vous avez comblé de bienfaits depuis son enfance? interrompit Geneviève.

« — Tu es jeune, ma fille. C'est pour cela qu'il est irréconciliable. »

La curiosité du sous-préfet parut excitée. Il s'informa des antécédents de Jules Martin, au sujet desquels il avait besoin d'être exactement renseigné. Le comte était très réservé, mais Geneviève, s'emportant, raconta que Jules Martin, ancien gardeur de vaches de la ferme et orphelin, avait été recueilli au château; que le comte, lui trouvant de l'intelligence, avait payé toute son éducation et jusqu'à une première année de séminaire. Sur quoi, le sous-préfet fit l'observation qu'il ne s'étonnait plus que le séminariste défroqué fût dans son journal si acharné contre les cléricaux.

« Vous avez déjà lu sa feuille, dit le comte. D'après ce qu'on en rapporte, car je ne la lis jamais, je vous plains.

— C'est un devoir administratif, répondit le sous-préfet, de se tenir au courant de cette littérature. Jules Martin m'avait été signalé dès Paris, dans les bureaux du ministère, comme le rédacteur de la feuille venimeuse du lieu. Il y en a une dans chaque arrondissement, pour éprouver les nerfs du sous-préfet. Il n'a pas manqué de me souhaiter la bienvenue en me régalant d'injures. Nous devons être habitués à déjeuner ainsi d'outrages, en prenant notre café. On s'y fait. J'y suis peut-être moins sensible qu'un autre, ayant été un peu du métier, qu'il me faut bien continuer, car je suis obligé d'inspirer le journal de la sous-préfecture, le contrepoison. Par malheur il n'est jamais ingurgité par ceux qui ont bu le poison, ce qui nuit à

l'efficacité de l'antidote. Il me paraît fort, ce Jules
Martin, une plume habile, et bien enfiellée. Il est dangereux. Savez-vous qu'il sera votre compétiteur aux
prochaines élections?

— Jules Martin le compétiteur de mon père! s'écria
Geneviève rouge d'indignation.

— Rassure-toi, dit le comte. Non, il ne sera pas
mon compétiteur, par l'excellente raison que je ne serai
pas le sien.

— Alors, reprit le sous-préfet, vous voulez l'avoir
pour député. Je n'ai personne à lui opposer, avec autant de chances que vous en auriez. Comme l'administration redoute avant tout un échec, elle pourrait, si
vous persistiez dans votre refus, se rapprocher de Jules
Martin, tenter un compromis, tempérer ses ardeurs, et
désarmer graduellement son hostilité. Nous avons divers moyens de persuasion, et il ne serait probablement
pas intraitable. L'oubli des injures est quelquefois une
de nos vertus chrétiennes. Seulement, pour que ses
lecteurs ne s'aperçussent pas du marché, nous devrions
abandonner à sa polémique bien des choses qui vous
tiennent au cœur, et avec raison. Vous en souffririez,
vous regretteriez de n'avoir pas accepté la lutte ouverte
dans laquelle je vous soutiendrais avec vigueur, en
courant plus de risques que vous.

— Si je vous comprends, dit avec animation la jeune
fille, ce n'est certes pas M. de Landelle qui aurait employé de pareils arguments. »

Le sous-préfet était déconcerté. Il n'eut pas le temps
de répliquer. On avait entendu le galop d'un cheval,

puis des cris. Un homme aux traits bouleversés faisait
irruption dans le salon, apportant un message au
crayon qu'il remettait au comte. Celui-ci lut que la
rivière avait débordé au confluent de Reuilly en rom-
pant ses digues. Tout le bas village était inondé, les
eaux montaient encore, plusieurs maisons s'étaient
écroulées, d'autres étaient menacées, on suppliait le
comte d'accourir avec le plus de secours possible. Il
questionna le messager, qui était très ému et représentait le désastre comme plus grand qu'en 1859.

« Ah, mon Dieu! s'écria le comte. Pauvre village!
déjà presque détruit en 1859, et le désastre serait
plus grand. J'y cours... Et ma voiture qui n'est pas rentrée...

— J'ai la mienne, dit le sous-préfet, qui je crois est
restée tout attelée.

— Vous voulez bien me la prêter?

— Non pas, je vous y offre une place, je cours avec
vous sur les lieux. Ne suis-je pas le sous-préfet?

— C'est juste. Geneviève, fais préparer des lits dans
toutes les chambres et dans la grange, ainsi que des
boissons chaudes et des aliments. Dis à la ferme d'envoyer en toute hâte des charrettes avec des cordes,
des échelles et des couvertures. J'emporte ma boîte
de médicaments. Partons, monsieur le sous-préfet.

— Partons, monsieur le maire. Quel bonheur que je
me sois trouvé ici! Deux heureuses chances dans la
même journée.

— Vous prenez philosophiquement les choses.

— Hé! sans doute. Nous allons secourir de pauvres

gens, pour l'honneur de l'administration. On aurait commandé exprès cet affreux orage. Le candidat et le sous-préfet trouvent une occasion de se distinguer, à la veille des élections. Vous serez député, monsieur le comte, et je serai préfet. »

Ils furent vite rendus au village de Reuilly. Les deux petites rivières, grossies et confondues, couvraient d'une nappe jaune la vallée, roulant des débris, des meubles et des bestiaux. La confusion était extrême. Le curé, la soutane retroussée, aidé de quelques braves gens, présidait à des travaux de sauvetage qui n'étaient pas sans péril. Les enfants du cabaretier lui devaient notamment leur salut et avaient été recueillis au presbytère, avec d'autres bambins de l'école primaire et des femmes. La maison des sœurs abritait aussi un grand nombre d'inondés. On était plein d'angoisse pour le sort de quelques personnes réfugiées aux étages supérieurs ou sur les toits, et poussant des cris. La pluie avait cessé, le ciel était rouge et les rayons du soleil couchant éclairaient cette scène de désolation. Le comte arriva bien à propos pour relever le moral de chacun et introduire dans les opérations un ordre intelligent. Les barques manquaient, car les petites rivières n'étaient pas navigables; il utilisa des charrettes, des auges, il improvisa des radeaux retenus par des cordes. Il paya courageusement de sa personne, secondé avec vaillance par le sous-préfet, qui ne s'épargnait pas davantage. On vit celui-ci se jeter à la nage pour atteindre une maison et en ramener deux enfants, au milieu des applaudissements. Personne ne s'avisa de remarquer qu'en cet endroit l'eau était assez peu profonde pour qu'il eût pu se dispenser d'exhiber ses talents de natation. Le bain aurait suffi et n'eût pas été moins méritoire. Quand vint la nuit, les eaux commençaient à baisser, et le péril s'éloignait pour les habitations qui n'étaient pas encore évacuées. On se comptait, on répartissait, dans les maisons qu'avait protégées leur élévation, les malheureux sans asile. Le comte en avait successivement dirigé une vingtaine sur le château. Il n'y rentra luimême qu'à une heure très avancée, et lorsque tout danger eut disparu. Par bonheur, il n'y avait pas de victimes, mais le désastre matériel, dans la partie basse du village, était énorme. Vers minuit, le comte, qui n'avait pris encore aucune nourriture, après avoir changé de vêtements et affublé le sous-préfet d'une robe de chambre, put enfin lui faire les honneurs de sa table de famille. La comtesse s'était remise sur pied dès l'arrivée du sinistre message. Elle n'avait pas été inoccupée, non plus que Geneviève, et toutes deux avaient attendu avec une vive anxiété le retour du châtelain.

Le sous-préfet mangeait de bon appétit en témoignant une véritable gaieté. Peut-être n'était-il pas insensible à l'avantage qu'il venait d'acquérir sur M. de Landelle, lequel, dans la commune de Reuilly, n'avait certainement jamais eu occasion de sauver personne à la nage. La comtesse était encore trop ébranlée pour ne pas s'étonner de cette belle humeur, qui devint pourtant communicative. Il y a une joie qui s'impose dans la conscience des services rendus et du devoir accompli, et cette joie pouvait se manifester librement puisqu'on n'avait aucun deuil à déplorer. Le comte riait de son invitation à dîner, ajournée à une pareille heure, le sous-préfet riait de sa robe de chambre et de ses pantoufles; on demanda du champagne, et les réfugiés de Reuilly sommeillaient depuis longtemps dans leurs dortoirs tandis que des propos légers égayaient la vaste salle. Il fallut se retirer. Un grand feu avait été préparé à la cuisine pour sécher les vêtements de M. de Villeneuve, qui voulait regagner au point du jour la sous-préfecture, et prenait congé de ses hôtes.

« Je serais curieuse de savoir, dit Geneviève, comment s'y prendra Jules Martin pour raconter l'événement de Reuilly.

— C'est bien simple, dit le comte. Il n'en parlera pas.

— Détrompez-vous, dit à son tour le sous-préfet. Je connais mieux que vous l'espèce, si vous connaissez mieux que moi le personnage. Il en parlera, et il aura le talent de le faire d'une façon malveillante pour vous, pour le curé et pour moi. Vous verrez que l'orage aura éclaté par ma faute, ou par la vôtre. Autrement il ne serait pas bon journaliste et ne saurait pas son métier.

— Un métier infâme, dit amèrement la comtesse.

— Prenez garde, Madame, reprit en souriant le sous-préfet. Je l'ai exercé, je suis condamné à l'exercer encore, pour la bonne cause, à la vérité. Vous touchez à l'un de nos immortels principes, la liberté de la presse...

— La liberté du mensonge et de la calomnie, interrompit la comtesse.

— Je vous l'accorde, continua le sous-préfet, mais liberté sacrée, du moins aux yeux des journalistes. Pensez-vous que je serais si niais que de vanter, dans le journal de la sous-préfecture, un acte de dévouement de Jules Martin, afin d'augmenter son influence et ses chances électorales?

— Assurément, Monsieur, vous auriez tort si vous vantiez jamais un pareil homme.

— Vous voyez, madame la comtesse.

— Eh bien, moi, dit Geneviève, s'il pouvait être capable d'une bonne action, ce qu'il n'est pas, je la vanterais. M. de Landelle était d'avis d'être toujours sincère. »

Le sous-préfet se serait passé de ce rappel nouveau du nom de son prédécesseur, et sa physionomie devint plus grave lorsqu'il répondit :

« M. de Landelle n'était pas chargé d'assurer l'élection de monsieur votre père, Mademoiselle. »

On se sépara, non sans témoignages réciproques de courtoisie.

Comme il l'avait annoncé, le sous-préfet regagna de très bonne heure le siège de son gouvernement. Le journal de Jules Martin, qui s'intitulait *la Fraternité*, s'imprimant la nuit et paraissant le matin, tandis que celui de la sous-préfecture paraissait à la fin de la journée, il ne faisait aucun doute qu'il ne pût prendre l'avance pour raconter l'événement de Reuilly, et il se proposait de rédiger lui-même l'article. Aussi fut-

il déconcerté d'avoir été prévenu. « Il faut, se dit-il,
qu'un exprès soit venu cette nuit informer Jules Martin, peut-être le père des enfants que je me suis mis
à la nage pour recueillir. Nous allons voir comment
il me remercie, et comment m'arrange fraternellement
la Fraternité. »

Il s'assit dans le fauteuil de maroquin de son cabinet, alluma un cigare, prit connaissance de quelques
lettres que lui avait apportées la poste, puis déploya
le journal de Jules Martin, et lut ce qui suit, en s'interrompant fréquemment par des observations à haute
voix :

« La providence de l'administration a disposé tout
exprès une petite catastrophe anodine pour fêter la
bienvenue de notre nouveau sous-préfet. — Pas mal
débuté. — L'orage d'hier a causé quelques dégâts dans
le village de Reuilly, qui est encaissé au confluent de
deux ruisseaux, et régulièrement visité par ce genre
d'accident. — Quelques dégâts, Jules Martin aime l'eu-
phémisme, la moitié du village est détruit. Continuons.

« Il faut toute l'incurie de l'administration, — bon,
je le disais bien, c'est ma faute, — pour avoir laissé
rebâtir des maisons dans une situation aussi exposée,
mais le curé et son digne vicaire, le maire, trouvent
leur compte à entretenir la population dans la crainte
salutaire des châtiments du ciel. — Assez bien réussi.
— La Providence a conduit sur les lieux, quand il
n'y avait plus rien à faire, le maire titré de l'endroit,
flanqué de notre nouveau sous-préfet M. Le Borgne,
qui aurait été mieux à son poste. — J'aurai de la peine

à obtenir qu'on accepte mon second nom parmi ces gens-là... à moins d'être indulgent sur des choses plus graves. — Tous deux venaient de festiner copieusement ensemble au château tant que l'orage a duré, et ils ont eu ce divertissement pour dessert, lorsque le soleil s'est montré. — Quel mensonge! nous avons eu l'estomac vide jusqu'à minuit. — Ils ont eu la gloire de voir encore de leurs yeux le torrent emporter quelques chaises. On assure que M. le curé a déchiré un morceau de sa soutane, que recoudra sa gouvernante dodue, que M. le sous-préfet s'est mouillé les pieds, — voilà pour mon exercice de natation, l'informateur doit bien être le père des bambins, — et que M. le maire a failli attraper un rhume. Le grand roi Louis XIV avait bien failli attendre. Les victimes les plus maltraitées paraissent avoir été deux vaches et trois cochons, encore ces derniers étant bons nageurs se sont retrouvés gaillardement quelque part. Ce soir le journal de la sous-préfecture, imprimé en lettres d'or, devra exalter l'héroïsme des fonctionnaires de l'ordre moral. Le curé prépare son prône pour dimanche prochain, sur le mode des *Lamentations de Jérémie*. Il aura soin de faire remarquer aux dévotes que la Providence a miraculeusement préservé l'église, le presbytère et l'école des sœurs, lesquels, à la vérité, ont été prudemment bâtis à l'abri des plus hautes eaux, tandis qu'elle a surtout détérioré ces deux sentines d'impiété, le cabaret et l'école primaire, qui étaient juste au fond de l'entonnoir. Nous espérons qu'on plantera une croix de plus pour perpétuer le souvenir de ce miracle. En attendant, la comtesse et sa fille invoquent pieusement, dans l'oratoire du château, Notre-Dame des Élections, un vrai vase d'élection, comme disent les litanies de la très sainte Vierge. »

Le sous-préfet déposa le journal, et continua son commentaire. — « Le mot de la fin est assez piquant, mais il sent un peu trop son séminariste. N'importe, ce Jules Martin n'est pas le premier venu, et je lui ferais volontiers mon compliment, — entre gens de lettres. Pas d'injures, pas de violences, une pointe voltairienne assez agréable. Et voilà comme on écrit l'histoire, à quelques lieues, à quelques heures de l'événement. La vérité est que ç'a été un désastre local très émouvant, qu'il y a une centaine de personnes sans asile, et que s'il n'y a pas eu d'autres victimes que des bestiaux, on le doit bien au dévouement du curé, du maire, — et du sous-préfet. Les trois quarts du département croiront Jules Martin, qui n'y était pas et qui gobelottait au café. Les trois quarts de la France avaleront son récit, qui aura certainement l'honneur d'être reproduit par *le Siècle* et *le Rappel*. Toujours le sacerdoce de la presse, à défaut de celui dont n'a pas voulu Jules Martin. Quel coquin! *Che canaglia!* Bah! Voltaire n'était pas un moindre coquin, ce qui ne l'a pas empêché d'être une des gloires de l'humanité. Il y a de ces Martin partout, mais celui-ci est plus fort que son congénère des Hautes-Alpes, un ours mal léché dont je n'ai jamais rien pu faire. Il y a ici de la ressource. — Allons, à mon tour de prendre la plume, en commençant par un éreintement de Jules

Martin, puisqu'il a l'avance. Comme je ne signerai pas,
je pourrai faire mon éloge avec le lyrisme voulu, en
insistant sur les dangers que j'ai dû courir. Je serai
sobre au sujet du curé, afin de concentrer l'intérêt sur
le candidat. Vanterai-je les dames du château? Elles
le mériteraient bien, et cette jeune fille est charmante.
Elle m'agace avec son M. de Landelle. Je crois que je
la passerai sous silence. Un bon jeune homme, ce M. de
Landelle, doué de toutes les vertus, très tendre pour
sa maman, et très sincère. Presque niais. Ce n'est pas
avec cela qu'on fait de l'administration. »

Le sous-préfet avait pris en effet la plume, qui glissait rapidement sur le papier. Il se trouva entraîné à un
chaleureux éloge des soins prodigués aux inondés par
Mlle de Noirville. Tout à coup, avec un geste d'impatience, il biffa ce qu'il venait d'écrire. Il achevait son
article, quand on lui apporta une dépêche télégraphique. « Encore une dépêche, se dit-il. Ce maudit télégraphe a été inventé pour être le fléau des fonctionnaires. On n'a pas un instant de sécurité. Nous verrons
quelque perfectionnement qui ne nous permettra plus
de nous déplacer sans dérouler un fil fixé à un appareil de poche. » Il arracha l'enveloppe. La dépêche
était du préfet et portait ce qui suit :

« Dans une séance de nuit, le ministère a été en minorité. Évolution probable vers la gauche. Soyez très
prudent et suspendez toutes démarches en vue des élections. »

« L'avis arrive à propos, se dit-il. Que de ratures à
mon article! Il attendra. Je vais peut-être avoir à mé-

nager Jules Martin, sinon à m'entendre avec lui. Ce
n'est pas le bon M. de Landelle, malgré son habileté à
la valse, qui aurait ici la souplesse de jarrets nécessaire. Il ne serait pas à la hauteur de la situation.
J'avais bien raison de penser que le ministère n'était
pas très solide. Une majorité de quelques voix, c'est
si précaire! Heureusement j'ai des protecteurs dans la
gauche, même un cousin influent, avec qui j'ai eu le
talent de ne pas me brouiller. Je ne suis pas encore
compromis, et qui sait? On aura besoin de préfets ex-
périmentés. Ce qui m'ennuierait serait de redevenir
M. Le Borgne tout court. Nous verrons si c'est indispensable. N'importe, ajouta-t-il en frappant d'un coup
de poing la table, il faut convenir que nous faisons
là un vilain métier. Une table de sous-préfet doit être
en vérité une table tournante. »

Préoccupé, il parcourut des dossiers, essaya d'expédier quelques affaires purement administratives. Les
soucis de la politique l'absorbaient trop. Il sortit, se
promena quelque temps en rêvant, s'arrêta chez un
coiffeur, il était très soigneux de sa personne, alla déjeuner à l'hôtel et lut avidement divers journaux de
Paris, qui ne présageaient pas une crise aussi prochaine. Quand il rentra dans son cabinet, un homme
l'attendait et lui fit passer sa carte, sur laquelle il lut
le nom de Jules Martin, rédacteur en chef de *la Fraternité*. « Saurait-il déjà?... pensa-t-il; nous allons
voir. » Il cacha la dépêche dans un tiroir, et donna
ordre d'introduire le visiteur.

Petit de taille, grêle, assez malpropre, Jules Mar-

tin ne payait.pas de mine. Il avait les cheveux longs,
et portait toute sa barbe rousse en désordre. Il tenait
à la main un chapeau mou aux larges bords. Des
lunettes voilaient ses petits yeux gris. Son attitude
était humble. Le sous-préfet était grard et fort, avec
des traits réguliers et une mise recherchée. Dans un
pugilat, aussi bien que dans une rivalité de galanterie,
la lutte eût été trop inégale. Ce n'était pas de cela
qu'il s'agissait.

« Je suis charmé de vous voir, monsieur Martin, »
s'écria le sous-préfet sans se lever, mais en lui montrant un fauteuil. « J'ai été journaliste, et nous sommes
presque confrères. Êtes-vous fumeur? » — et il tendait
son étui au visiteur.

« Je fume plus volontiers la pipe, dit Jules. Pour
ne pas déshonorer un cabinet de sous-préfet, j'accep-
terai cependant un de vos bons cigares. »

Il en retira un de l'étui, puis, pendant que le sous-
préfet apprêtait une allumette, il ajouta :

« Je suis venu, en bon administré, faire une visite
de déférence à mon nouveau sous-préfet... et·lui demander s'il n'a pas été trop blessé de mon article de
ce matin.

— En aucune façon. Il est spirituel, il n'est pas
violent, et vous maniez bien l'ironie. Vous n'ignorez
pas qu'il est complètement erroné?

— Puisque vous avez été journaliste, vous savez que
c'est ce dont nous nous embarrassons le moins, pourvu
que l'article soit dans l'esprit du journal.

— Je le sais. Attaquez-moi tant que vous voudrez

sur ce ton. C'est votre état, pour le moment, d'attaquer l'administration, comme c'est le mien de la défendre. Je serai peut-être à mon tour un peu vif. Mais, dites-moi, ne pourriez-vous pas m'appeler M. de Villeneuve?

— De tout mon cœur, et même, si cela vous est agréable, M. le vicomte de Villeneuve.

— Non, non, pas encore. Je ne prends pas de titre.

— Vous avez tort. Cela coûte si peu, et rapporte quelquefois tant! Voyez votre prédécesseur. On ne l'appelait ici que le vicomte de Landelle.

— Ah! je l'ignorais.

— Seulement, je me moquais de sa couronne, comme je me moquerais de la vôtre, — comme je me moque de toutes les couronnes, ajouta Jules Martin d'un ton plus amer. Et je vous réponds que je m'inquiète peu qu'elles soient légitimes ou usurpées. Je ne fais pas de différence.

— Je n'attachais pas à la question tant d'importance, reprit le sous-préfet. Simple affaire d'euphonie. C'est ennuyeux de s'appeler M. Le Borgne. Et puis, je peux être désireux de me marier, et ce serait un désavantage. Il y a bien des jeunes filles qui ne voudraient pas être Mme Le Borgne, et qui consentiraient à être Mme de Villeneuve. Je n'y mets pas plus de vanité ni de malice. Vous êtes homme d'esprit. N'avez-vous jamais réfléchi, philosophiquement, à l'étrange puissance de ces deux ou trois syllabes juxtaposées, qui forment un nom? En soi, tout ce qu'il y a de plus futile au monde, comme les écriteaux qui désignent les chevaux dans une écurie ou les navires dans un port. Je vous demande un

peu ce que cela enlève ou ajoute à la valeur d'un cheval et à celle d'un navire d'être intitulé *Sganarelle* ou
Montmorency! En réalité, quand il s'agit des hommes,
c'est d'une conséquence énorme. On est élevé sur le
trône, pour un nom. On est envoyé à l'échafaud, pour
un nom. Dans votre propre parti, vous avez des personnages vulgaires qui n'ont de popularité que par leur
nom. Entre nous, comptez-vous réformer cela, et détruire le nom?

— Cela nous entraînerait bien loin, monsieur le sous-
préfet, si vous aviez le temps de causer.

— J'ai le temps, puisqu'on n'annonce personne.

— Croyez-moi, pendant que vous y êtes, au lieu de
vous arrêter au nom, prenez le titre, cela vous complé-
tera. M. le vicomte de Villeneuve! Cela fera bien dans le
paysage et dans l'ordre moral, si, comme votre prédécesseur M. le vicomte de Landelle, vous vous proposez
d'épouser...

— Qui doit épouser M. de Landelle? » interrompit
vivement le sous-préfet.

Les petits yeux gris de Jules Martin brillèrent sous
ses lunettes, et ses lèvres se plissèrent d'un sourire. Il
reprit :

« Pardon, je voulais dire tout simplement d'épouser
les passions de M. le comte de Noirville, qui sont celles
de tous les hobereaux et de tous les cléricaux du pays.
Pardonnez-moi d'avoir cru que vous aviez moins de
préjugés.

— Oh! je n'ai guère de préjugés, en effet, mais le
monde en a. Convenez que parmi vos amis on voit

plus d'une particule usurpée et même plus d'un titre porté avec complaisance.

— C'est vrai. Nous rions de ces gentilshommes de la démocratie qui ont leur rôle et leur utilité, outre que nous tirons d'eux de l'argent, par lequel ils s'imaginent se racheter. Ils nous servent à faire croire aux simples que nous ne sommes pas aussi subversifs que nous en avons l'air. Le type du baron radical est précieux, moins pourtant que celui du financier radical, lequel est, je vous le dis bien bas, voyez ma confiance, un des melons que nous cultivons avec le plus de plaisir dans nos serres chaudes. Je regrette que nous n'ayons pas un duc. Pour en revenir à votre question de tout à l'heure, il est clair que la logique de l'école devrait supprimer tout nom héréditaire, tout nom de famille, en supprimant la famille elle-même. Les hommes ne seraient que des individus désignés par des numéros ou des sobriquets; comme les chevaux et les navires dont vous parliez. Nous avons bien quelques fanatiques à principes d'aussi bonne foi que M. le comte de Noirville ou que son jeune ami qui voudrait être son gendre, M. le vicomte de Landelle...

— Vous pensez que mon prédécesseur a cette espérance? »

Jules Martin fit encore cligner ses petits yeux gris, et ne douta plus qu'il n'eût touché une corde sensible.

« Qu'il en ait le désir, reprit-il, c'est certain, et franchement, c'est bien naturel, je l'aurais à sa place. A la mienne, je n'ai même pas le droit d'avoir ce désir. Je me nomme Martin. Que ce soit une espérance fondée... je le croyais hier, je le crois moins aujourd'hui. »

Le sous-préfet pensa que Jules Martin devait savoir quelque chose. Il n'osa pas l'interroger et préféra le laisser venir.

« Je vous disais donc que nous avons quelques fanatiques à principes qui ne reculent devant aucune logique ; moi-même, il y a des jours où je m'échauffe, où je deviendrais fanatique, où je demanderais la destruction de la famille et de la propriété, de tout ce que je n'ai pas. Mais c'est trop fort pour les préjugés du public, cela ne réussirait pas. Or nous voulons réussir.

— Réussir à quoi, s'il vous plaît ?

— A monter en faisant descendre les autres. Entre confrères du journalisme, je puis l'avouer, je ne suis qu'un ambitieux... comme vous peut-être.

— Personne ne nous entend, continuez.

— Le moment serait mal choisi pour effrayer les gens, à la veille d'une élection ; aussi, nous allons être, je vous en préviens, d'enragés conservateurs. C'est M. le comte de Noirville qui est un factieux et un révolutionnaire, qui veut ramener l'ancien régime, la dîme, la corvée, l'inquisition, le droit du seigneur, les privilèges de la noblesse et du clergé. Je vais développer toutes ces rengaines, et, foi de Martin, j'en serai cru sur parole. La dîme surtout fait un effet merveilleux dans la perspective, et nous avons une variante qui vaut encore mieux : la guerre contre toute l'Europe, la jeunesse enlevée aux champs pour se faire écharper afin de rendre ses États au pape. C'est pain bénit de dauber sur les cléricaux.

Moi, au contraire, je veux la paix, je défends l'ordre social, l'égalité civile et les immortels principes de 89. Je parierais persuader à mes lecteurs que M. le comte de Noirville s'occupe de rétablir la torture et de relever ses potences de haute et moyenne justice.

— Ce serait un peu gros.

— Il n'y a rien de si gros en ce genre qui ne s'insinue par les yeux et les oreilles dans une cervelle d'électeur, avec l'aide de l'encre de la petite vertu ou la salive des orateurs de réunions électorales. C'est le chameau qui passe par le trou d'une aiguille. »

Le sous-préfet ne sut pas réprimer la tentation d'un bon mot.

« Mon cher confrère, dit-il en souriant, vous n'avez pas oublié votre séminaire. »

Jules Martin bondit et devint pourpre.

« Qui vous a déjà dit cela ? » s'écria-t-il d'une voix stridente, qui contrastait avec le ton jusqu'alors mielleux de sa conversation. « M. de Noirville, sans doute ?

— Ou sa fille.

— Ah ! Mlle Geneviève, reprit lentement Jules Martin en se rasseyant, oui, sa dévotion est implacable. »

Il se tordit la barbe, s'essuya le front et garda quelque temps le silence. Le sous-préfet comprit à son tour qu'il avait touché une corde sensible.

Les deux interlocuteurs causaient depuis une demi-heure sans avoir abordé l'objet de leur commune préoccupation. Le temps n'avait cependant pas été perdu pour faire assez amplement connaissance l'un avec l'autre. Ils s'étaient réciproquement estimés, en se méprisant. On entendit une voiture s'arrêter devant la sous-préfecture, puis la sonnette retentir dans l'anti-chambre. Jules Martin se leva.

« Venons au fait, dit-il d'un ton bref. Est-ce la guerre ou la paix? Allez-vous soutenir la candidature de M. le comte de Noirville, ou la mienne?

— Vous ne pouvez pas ignorer quelles étaient hier mes instructions.

— Oui, hier, mais aujourd'hui? Vous savez les nou-velles de Paris?

— Je les sais. L'administration est bien informée.

— L'opposition l'est souvent mieux et plus vite. J'ai mes dépêches aussi. Le ministère est renversé, la gau-che entre au pouvoir, la gauche modérée. Le pays n'est pas mûr pour l'autre. Je suis le mouvement, je mets une sourdine à mon radicalisme et deviens ministériel. Il dépend de moi d'être nommé sous-préfet à votre place. Vous serez alors parmi les disgraciés, et sans em-ploi. J'ai d'autres ambitions et préfère être député. Si vous me soutenez, je vous soutiens. Je n'aurais pas ap-porté ce bon avis à M. de Landelle.

— Je vous remercie. Oui, je crois que nous devons nous entendre, dans l'intérêt de l'administration... et des principes conservateurs.

— C'est convenu, donnez-moi la main. Vous avez à préparer votre journal pour ménager la transition; moi, au moyen d'un numéro extraordinaire, je vais rectifier mon article en ce qui touche M. de Villeneuve, et ren-dre justice au dévouement qu'il a courageusement dé-ployé dans la catastrophe de Reuilly.

— C'est cela. Mais vous m'appellerez M. Le Borgne.

— Au contraire, vous n'y êtes pas. Plus que jamais M. de Villeneuve. Ne sommes-nous pas les vrais conservateurs?

— Je l'oubliais. »

Jules Martin se dirigea vers la porte. Le garçon de bureau apportait une carte, sur laquelle le sous-préfet lut avec stupéfaction le nom du comte de Noirville.

« Quel contretemps! dit-il en la montrant au journaliste. Que faire?

— Le recevoir, parbleu! Est-ce qu'il vous intimiderait?

— En votre présence?

— Pourquoi pas? Je ne pourrais pas sortir sans être vu, et ne veux pas avoir l'air de m'esquiver.

— Vous ne préférez pas entrer dans ce cabinet?

— Comme au théâtre? Non, il pourrait l'apprendre, et c'est de là que je vous gênerais, en entendant peut-être des choses peu obligeantes. Il vaut bien mieux que j'échange quelques mots avec lui, je me retirerai ensuite. Soyez tranquille, tout se passera très bien, je le rencontre souvent et le salue.

— Et votre article de ce matin?

— Il ne l'a pas lu. Pensez-vous que M. de Noirville soit au nombre de mes abonnés?

— Comme il vous plaira. »

Le comte de Noirville fut introduit. Il avait la physionomie souriante; il se rapprochait du sous-préfet la main tendue, lorsqu'il reconnut, avec étonnement, le journaliste qui était resté debout.

« Ah! bonjour, mon ami, dit-il d'une voix bienveillante. Je n'abaisserai pas une main qui vous a toujours été offerte. »

Le sous-préfet était confondu de cet accueil. Jules Martin tendit sa main en rougissant.

« Je vous présente mes humbles respects, monsieur le comte, répondit-il. Me permettrez-vous de m'informer de la santé de madame la comtesse?

— Elle est un peu fatiguée, et retenue d'ailleurs avec ma fille par les soins à donner à nos inondés de Reuilly; autrement, ces dames m'eussent accompagné pour venir remercier M. de Villeneuve du service signalé qu'il leur a rendu.

— Vous y pensez encore? dit le sous-préfet. Nous avons eu depuis des choses plus importantes.

— Pour lesquelles je vous exprime aussi, comme maire, la reconnaissance de ma pauvre commune. »

Jules Martin annonça qu'il allait se retirer.

« Du tout, reprit le comte, c'est moi qui m'excuse de vous avoir dérangés, et je n'ai plus qu'un seul mot à dire, pour lequel vous ne serez pas de trop, car vous pourrez annoncer ma résolution comme l'ayant entendue de ma bouche. J'ai beaucoup réfléchi, monsieur le sous-préfet, à cette idée de députation. Décidément, malgré les ambitions de ma fille, je décline toute candidature. Je ne vous ai pas caché ma répugnance pour les luttes politiques, je ne puis pas me résoudre à risquer mon repos dans ces bagarres auxquelles je me sens peu propre. En ce moment surtout, je craindrais de donner l'apparence d'une

manœuvre électorale au peu de bien que je peux faire
à ma commune cruellement éprouvée. Ces dames m'ont
supplié de rebâtir les plus pauvres maisons du village,
et je vais m'entendre avec mon architecte pour
qu'on commence immédiatement le travail. Seulement
je ne veux pas qu'on les reconstruise au fond de la
vallée. J'ai un terrain convenable qui est mieux à l'a-
bri des eaux. »

Jules Martin se demanda si le comte aurait lu son article. M. de Noirville continua :

« Un maire peut faire ces choses-là, un candidat ne
le pourrait pas. J'aurai aussi à solliciter le concours
de l'administration...

— Que vous trouverez très empressée, interrompit
le sous-préfet.

— Autant qu'une administration est empressée, reprit le comte en souriant. Peut-être le serait-elle davantage pour un candidat, mais je ne veux pas que mes
démarches semblent intéressées. N'est-ce pas votre avis,
monsieur Jules? Vous allez être dispensé de m'attaquer.

— Je n'aurais pas la présomption, monsieur le
comte, d'influencer vos résolutions.

— Qui sait? Il n'est pas impossible que j'aie peur
de votre journal, quoique je ne pense pas céder
personnellement à ce sentiment. Votre talent a fait
une puissance d'une feuille qui était sans crédit, avant
que vous n'en prissiez la direction; je suis trop franc
pour ne pas exprimer le regret que vous employiez
ce talent à combattre la plupart des causes qui me

sont chères. J'excuse la fougue de la jeunesse. L'expérience de la vie, le succès même, auquel je voudrais applaudir sans inquiétude, vous rendront, je l'espère, plus modéré et peut-être plus juste. »

Jules Martin crut sentir sous ce dernier mot l'épine d'un reproche mérité.

« Il convient d'être indulgent, monsieur le comte, dit-il, pour l'improvisation du journaliste qui n'a pas toujours le temps de se relire. Je subis la loi d'une profession dont je n'ignore pas les écueils, et je ne sais pas souvent le lendemain ce que j'ai écrit la veille. Je vous proteste que s'il m'avait échappé à votre égard une offense personnelle, je serais prêt à la désavouer.

— Je ne la connaîtrais pas, reprit le comte, je ne lis jamais votre journal, et vous savez bien qu'on ne le reçoit pas chez moi. Je parlais en général. Je serais obligé de le lire, si j'étais candidat, et c'est seulement alors que je risquerais de me trouver offensé.

— Si votre résolution était moins irrévocable, observa hypocritement le sous-préfet, je ferais tous mes efforts pour la fléchir.

— Vos efforts seraient inutiles. Ma fille elle-même ne parviendra pas à me convertir. J'aurai toutes les peines du monde à lui faire entendre raison sur ce chapitre. Que voulez-vous? Elle est jeune aussi, et un peu passionnée à sa manière. Quand aurons-nous le plaisir de vous revoir au château, monsieur le sous-préfet?

— Je ne sais trop, je vais avoir beaucoup d'occupations, je ne suis pas encore installé, et votre refus oblige l'administration à se mettre à la recherche d'un autre candidat...

— Il ne sera pas difficile à trouver, et je souhaite pour lui que M. Jules ne le maltraite pas trop.

— Veuillez, je vous prie, présenter mes plus respectueux hommages à madame la comtesse.

— Vous ne me permettriez pas d'y joindre les miens? dit Jules Martin.

— Pourquoi cela, mon ami? répondit le comte. Je me charge au contraire volontiers de la commission. »

Il sortit, non sans s'étonner de cette conférence prolongée entre deux personnages qui lui semblaient plus faits pour se combattre que pour se concerter. Il pensa que si c'était là une des manipulations de la cuisine politique, il s'applaudissait d'autant plus de n'y pas collaborer. Il n'était pas sans remarquer aussi la froideur embarrassée de l'accueil du sous-préfet, si différente des empressements de la veille, mais il attribuait cet embarras à la présence du journaliste.

Les deux nouveaux compères n'osaient pas se regarder en face, mais ce n'était pas, comme les augures, de crainte de rire. Aucun d'eux n'en avait envie. Ils gardèrent quelque temps le silence. Ce fut le sous-préfet qui le rompit. Les gens de son espèce ont peine à croire à l'absolue droiture des autres.

« Ne s'est-il pas moqué de nous? dit-il. Il doit savoir la nouvelle, et avoir lu votre article.

— Lui? Vous ne le connaissez pas. Il est bien trop loyal.

— Alors, il a raison de fuir la politique. Il m'a tiré
d'un mauvais pas, j'avais tant insisté pour lui faire
accepter la candidature! Jugez de ma situation, s'il
était venu m'annoncer qu'il se rendait à mes instances.

— Vous lui auriez répondu que vous étiez aux ordres
de l'administration pour le soutenir.

— Et au besoin pour le combattre, comme le sabre
de M. Prudhomme. Eh bien, c'eût été ennuyeux d'avoir
à le combattre. Entre nous, mon cher confrère, ne
pensez-vous pas qu'il vaut mieux que nous?

— Beaucoup mieux, mais sa position est faite, et la
nôtre est à faire.

— C'est juste. Faut-il continuer de le louer dans
l'Écho, comme maire, à l'occasion de cet accident de
Reuilly?

— Modérément. Il n'est plus à craindre, on peut
l'ensevelir sous quelques fleurs.

— Tenez, voici la rédaction que j'avais préparée.
Emportez-la, corrigez, raturez, ajoutez librement. Vous
trouverez quelques attaques assez vives contre vous,
vous ne vous en fâcherez pas!

— Pour qui me prenez-vous?

— Mais j'y songe, tout le journal serait à refaire,
nous n'en avons pas le temps, et jusqu'à ce que nous
ayons la confirmation officielle du changement de ministère, il serait imprudent... Le mieux est] que le
journal ne paraisse pas à son heure. Je vais en donner
avis à l'imprimerie, pour qu'on attende.

— Vous voulez vous ménager dans tous les cas, et
n'êtes pas de ceux qui brûlent leurs vaisseaux.

— La dépêche du préfet me recommande seulement une extrême prudence. Mais vous verrez mon ardeur...

— Dès qu'il n'y aura plus de risque.

— Ne suis-je pas fonctionnaire? Ce n'est qu'une affaire de quelques heures peut-être, vous ne pouvez pas me les refuser. — Votre seul concurrent redoutable se retire, et vous allez devenir le candidat de l'administration. Vous serez député, mon cher confrère, et je serai préfet. »

Le comte, après quelques courses dans la ville, où la nouvelle de Paris n'était pas ébruitée, reprit le chemin du château en ramenant l'architecte. Il avait, lui, brûlé ses vaisseaux, et il en était joyeux. Il s'attendait à une bouffée de reproches de sa fille et aussi de la comtesse, laquelle était gagnée aux ambitions de Geneviève, mais il comptait, pour obtenir son pardon, sur l'effet de la rencontre faite dans le cabinet de la sous-préfecture. Après le dîner, il proposa de deviner entre mille quel personnage il avait trouvé et laissé en conférence intime avec le sous-préfet.

« Entre mille? s'écria Geneviève. Je parie que je devine du premier coup.

— Qui donc?

— Jules Martin. Vous n'avez pas remarqué comme, hier, il vous menaçait déjà de se retourner vers lui, si vous ne vous décidiez pas, et comme il a paru contrarié quand je lui ai dit vertement que M. de Landelle n'aurait jamais employé de pareils arguments? C'est votre faute, mon père.

— Ou peut-être la tienne, ma fille.

— Vous avez trouvé le sous-préfet, dit la comtesse
d'une voix courroucée, en conférence intime avec ce
renégat?

— Lequel m'a chargé de vous présenter ses respects,
ma chère amie.

— Je n'en veux pas, de ses respects, et je dé-
plore d'avoir accepté hier l'assistance de son digne
acolyte. Je préférerais être encore dans le fossé de
la grand'route.

— Permettez-moi de ne pas le préférer, dit le comte
en souriant.

— Qui s'assemble se ressemble, continua la comtesse
avec animation. Vous êtes trop indulgent pour un
homme dont le nom seul m'irrite tant, que j'évite de le
prononcer et qu'il m'est pénible de l'entendre, pour un
ingrat.

— Ma chère amie, n'êtes-vous pas en ce moment un
peu ingrate pour le sous-préfet?

— Oui, je souffre du petit service qu'il m'a rendu.

— Prenez garde. On souffre peut-être davantage des
grands services. Et je me demande en vérité si j'en ai
rendu un en faisant donner une éducation distinguée à
un pauvre paysan, s'il ne m'en veut pas de l'avoir
déclassé, s'il ne serait pas plus heureux à la queue de
la charrue qu'à la tête de son journal, qu'il ne le sera
même en devenant notre député.

— Notre député? Il deviendrait notre député? Que
dites-vous là?

— Ah! c'est vrai, vous n'assistiez pas à ma conversation d'hier avec le sous-préfet. Eh bien oui, ma chère amie, notre député. Comptez les abonnés de sa feuille; puisque les bulletins se comptent, vous verrez s'il n'a pas les chances.

— Plutôt déserter le pays et vendre notre terre que d'accepter cette honte! Combien nous avons perdu en perdant M. de Landelle!

— Assurément oui, dit Geneviève. Ce n'est pas lui que vous auriez trouvé en conférence avec Jules Martin. Mais j'espère bien que vous ne renoncez pas à la lutte.

— Pardon, mon enfant, répondit gravement le comte. J'y ai renoncé. Tu ne dois pas souhaiter que j'aille au-devant d'une défaite, et je désire qu'on ne m'en parle plus. »

L'architecte n'avait pris aucune part à ce débat. Quoiqu'il estimât autant le comte qu'il estimait peu Jules Martin, on ne sait pas au juste à qui il destinait son vote secret, et une interpellation aurait pu l'embarrasser. Après un moment de silence, la comtesse reprit :

« Ah! M. de Landelle. Lui aussi m'étonne, et l'on ne peut plus se fier à personne. Accueilli comme il l'a été ici, il n'a seulement pas donné de ses nouvelles depuis son départ.

— Occupons-nous de nos inondés, dit le comte. »

On passa le reste de la soirée à concerter des plans pour la reconstruction des pauvres maisons de Reuilly, tandis qu'à la ville le sous-préfet et le journaliste concertaient d'autres plans de reconstruction.

Le lendemain, le comte emmena de bonne heure

son hôte sur les lieux, afin de prendre avec lui des dispositions définitives. Il fut reçu au milieu des bénédictions. Les deux ruisseaux étaient rentrés dans leur lit, et la plupart des fugitifs dans leurs demeures. Le temps était splendide, tous les oiseaux chantaient, et la nature repentante semblait, à force de sourires, vouloir se faire pardonner le caprice d'une colère passagère. La bienfaisance, qui n'avait aucun pardon à demander, venait compléter l'œuvre réparatrice de la nature.

Le cabaret avait tenu bon et se remplissait de gens. Remis de son émoi, l'industriel ne voulait pas entendre parler d'en changer l'emplacement, qui, au point de jonction des routes qui longeaient et traversaient la vallée, était trop favorable à son commerce. Il préférait courir le risque d'une inondation nouvelle. C'est ainsi qu'après une éruption du Vésuve, ou une avalanche des Alpes, les habitants effarés qui avaient pris la fuite reviennent s'exposer aux mêmes périls. Au moment de la catastrophe, on avait blâmé leur imprudence. La lave se refroidit, le torrent s'écoule, le danger s'oublie, et les intérêts persistent, rappelant les hommes aux mêmes lieux où ils les avaient déjà groupés.

L'architecte regagna la ville, et le comte rentra déjeuner au château. La poste ne lui avait apporté aucune lettre. Il ouvrit les journaux et lut avec consternation l'annonce de la crise politique qu'il avait ignorée jusqu'à ce moment. Il comprit qu'elle avait dû être connue la veille du sous-préfet, et ne s'étonna plus de la conférence qu'il avait interrompue. L'émotion fut vive

chez lui et autour de lui. On devine que les commentaires de la comtesse et de Geneviève furent empreints
d'une médiocre bienveillance pour la souplesse du sous-
préfet. Le comte était profondément affligé de la tournure générale que prenaient les événements. Il s'efforçait de calmer des inquiétudes qu'il partageait, et la
journée, malgré tous les sourires de la nature, s'acheva
tristement au château. Geneviève exprima encore une
surprise qui n'était pas sans quelque dépit du silence
persévérant de M. de Landelle. Ce fut pour le comte
une occasion de faire la remarque que M. de Landelle
allait certainement être destitué ou, plutôt, donner sa
démission, et qu'il ne pourrait jamais servir le nouveau
ministère.

« Qui sait? dit Geneviève. Je voudrais être plus assurée de la fidélité de ses sentiments. »

Le comte ne répondit rien, mais il fut péniblement
impressionné des termes et plus encore du ton de
l'observation, et un nuage passa sur son front.

Le lendemain, le comte, impatient d'avoir des nouvelles, était dans son cabinet à neuf heures, contrairement à ses habitudes, quand il vit entrer Geneviève,
qui apportait un faisceau d'un volume inusité de lettres
et de journaux.

« Vous avez aujourd'hui, dit-elle, un courrier
énorme, et il y a enfin une lettre de M. de Landelle.

— Comment sais-tu déjà cela, mon enfant?

— Je m'amuse toujours à regarder les adresses, ainsi
que les timbres de la poste, et à chercher à deviner les
noms des signataires.

— C'est un amusement qui peut être indiscret.

— Il faut bien que je lise les adresses, puisque je suis chargée de recevoir le facteur et de procéder à la distribution.

— Par qui as-tu été chargée de ce soin? Ce n'est pas par moi.

— Par moi-même, peut-être. Il en est ainsi depuis mon enfance.

— Une grande réforme à faire dans ma maison, dit le comte en souriant, puisque tu as la curiosité de chercher à pénétrer les signatures.

— Quelle indiscrétion y a-t-il à cela?

— Je te l'expliquerai... quand tu n'auras plus besoin qu'on te l'explique. Il y a comme cela beaucoup d'explications qui ne sont opportunes... que lorsqu'elles sont devenues inutiles.

— Peut-être, par exemple, l'explication de ce que vous me dites là, car je n'y comprends rien.

— Précisément. J'ai envie de charger de ton service de distributeur... qui? Tout simplement un domestique.

— Vous croyez qu'un domestique sera toujours plus sûr, et moins curieux? Et s'il lui plaisait de supprimer une lettre, ou de l'égarer, après l'avoir lue?

— C'est juste, mauvaise combinaison. Eh bien, je donnerai ordre au facteur d'apporter le courrier dans ma chambre, ou de ne le remettre qu'à moi.

— Moyennant quoi toute la maison attendra votre retour, si vous êtes absent ou sorti, — et vous êtes presque toujours sorti, en courses ou à la chasse, à neuf heures.

— C'est encore juste. L'idéal devrait être de faire recevoir les lettres par un homme qui ne saurait pas
lire, mais je ne vois pas bien comment il s'y prendrait
pour les distribuer. Mon Dieu, comme la moindre réforme est difficile! Continue donc provisoirement ton
office, malgré ses graves inconvénients.

— Je suppose, mon père, que vous plaisantez.

— Sans doute, je plaisante, — sérieusement.

— Lisez plutôt la lettre de M. de Landelle. Je suis
très pressée de savoir ce qu'elle contient. C'est singulier
qu'elle soit timbrée de Paris et qu'il ne soit pas encore
à son nouveau poste, où il n'ira peut-être jamais.

— Cette fois, mon enfant, je ne plaisanterai pas en
te dictant un principe de conduite pour toute ta vie.
On ne doit jamais lire haut une lettre quelconque,
devant qui que ce soit, devant sa femme, son mari,
son meilleur ami, ou sa fille, avant de l'avoir lue bas,
à loisir et jusqu'à la dernière ligne. On a même presque
tort de l'ouvrir, quand on n'est pas seul.

— Pourquoi cela, mon Dieu?

— De peur de trahir une émotion par un cri, par
un geste, par un mouvement de physionomie, qui peut
être une indiscrétion. Il y a des lettres qui apportent
des nouvelles si navrantes, qui demandent tant de
ménagements pour être communiquées! Aussi leur
lecture réclame le recueillement de la solitude. Faute
d'observer ce principe, tu ne sais pas à quoi l'on s'expose.
J'ai vu des scènes déchirantes, j'en ai vu de bouffonnes.
Au milieu d'une phrase, le lecteur imprudent s'aperçoit
tout à coup que l'auditeur est nommé, pas toujours

d'une manière obligeante. L'intimité de la correspondance a ses coudées franches et ne se gêne pas. Il s'interrompt, il se trouble, il essaye de corriger, il patauge, il finit par être forcé de tout lire, ou de déclarer qu'il ne peut le faire, ce qui est encore pis. Voilà des gens brouillés, des illusions déçues, des inimitiés qui éclatent, et lequel est le plus sot, de l'auditeur ou du lecteur?

— Je vois, mon père, que vous craignez que M. de Landelle ne vous écrive du mal de moi.

— Cela t'étonnerait?

— Certainement. S'il en pensait, ce n'est pas à vous qu'il l'écrirait.

— Et crois-tu qu'il en pense?

— Pour être franche, dit Geneviève en baissant les yeux et en rougissant, cela m'étonnerait encore. »

Le comte ne put pas s'empêcher de réfléchir que Geneviève était bien occupée de M. de Landelle, et qu'il y avait là une situation d'une certaine gravité. Il résolut, l'occasion étant favorable, de pousser plus loin son enquête paternelle. Tenant la lettre par un angle et l'agitant, il reprit :

« La question est donc de savoir ce qu'il y a là dedans. Eh bien, veux-tu que je te le dise? Très probablement rien autre chose que de la politesse et de la politique.

— Alors dépêchez-vous de le savoir.

— Je ne suis pas si pressé, et d'ailleurs je ne manquerai pas à mes principes. J'y songe, ce pourrait être encore l'annonce de son mariage, dont la négociation l'aurait retenu à Paris. »

En prononçant d'un ton négligent ces paroles, le comte observait attentivement sa fille et la vit tressaillir. Il sembla qu'elle appréciait tout à coup la sagesse du principe.

« Je me retire, dit-elle. Ah! mon Dieu, j'entends une voiture, et vous allez être dérangé par une visite. »

Elle sortit. Resté seul, le comte s'aperçut que c'était à son tour d'être ému de la lettre de M. de Landelle, dont il n'osait pas rompre le cachet. Il comprenait que le bonheur de Geneviève pouvait en dépendre. « Nous avons eu tort, se disait-il, nous avons trop accueilli ce jeune homme, qui est charmant d'ailleurs, et précisément parce qu'il est charmant. Il était ici plusieurs fois par semaine, montant à cheval et faisant de la musique avec ma fille. Il est presque sans fortune; il aurait eu un bel avenir, mais voilà sa carrière brisée. Peut-être mon hypothèse de tout à l'heure est-elle fondée. Allons, lisons... Non, je n'aurais pas le temps, s'il m'arrive une visite. Jetons plutôt les yeux sur les journaux, j'y trouverai sans doute la liste du nouveau ministère. Pauvre pays!

Il avait à peine arraché la bande d'un journal, quand un domestique annonça monsieur le sous-préfet.

M. Le Borgne de Villeneuve paraissait très agité.

« Je suis confus, monsieur le comte, dit-il en entrant, de vous déranger à cette heure matinale, et de me présenter à vous en solliciteur.

— En solliciteur! s'écria le comte étonné.

— Hélas! oui, et bien humble, je vous assure. Dans une crise décisive pour ma carrière, vous ne me re-

fuserez pas une marque nouvelle de la bienveillance
que vous m'avez déjà témoignée. Vous seul pouvez me
sauver.

— Je ne vous comprends pas, monsieur le sous-préfet.
Ma bienveillance n'a jamais valu grand'chose, vous
savez mieux que personne qu'elle ne vaut plus rien et
serait même compromettante.

— Vous ignorez ce qui se passe à Paris?

— Je n'ignore pas que le ministère qui avait mes
sympathies a été renversé, et que le parti contraire est
au pouvoir.

— Vous n'avez donc pas lu les journaux? Tout cela
est changé. Les centres se sont retournés en voyant où
on les entraînait. Un commencement d'émeute, aussitôt
réprimé avec vigueur, y a aidé en effrayant la population. Un nouveau vote, à une grande majorité, a ré-
tabli la situation. Le ministère conservateur s'est re-
constitué et, ce qui est le plus caractéristique, s'est
fortifié en appelant au département de l'intérieur le
plus brillant adversaire de la gauche, un grand talent
et un grand cœur, votre ami particulier, je crois,
M. Deschamps.

— M. Deschamps serait ministre de l'intérieur?

— Je vous le jure, lisez plutôt. »

Et le sous-préfet déploya le *Journal officiel* qu'il mit
sous les yeux du comte.

Celui-ci était stupéfait.

« Oui, dit-il, un grand talent et, qui plus est, un
caractère. Un choix d'autant meilleur, que dans notre
pays, si affolé de préjugés antinobiliaires, son nom ne

donne même pas d'ombrages, et qu'il a l'avantage de
s'appeler M. Deschamps.

— Son prédécesseur était un peu mou, et ménageait
trop l'opposition. Ses instructions manquaient de
netteté.

— N'était-il pas votre protecteur?

— Sans doute, ce qui m'embarrassait davantage. Et
je ne me trompe pas, M. Deschamps est bien votre
ami?

— Le plus cher, depuis le collège.

— Voyez si j'ai raison d'implorer votre appui! Ah!
monsieur le comte, je viens de passer deux journées
cruelles, dans d'affreuses perplexités, sans instructions,
et une administration sans instructions est un navire sans
boussole, obligé d'écouter tout le monde. Jugez ce que
j'ai souffert d'être rencontré par vous en société de
Jules Martin, qui s'était introduit chez moi comme un
démon tentateur, et ne voulait pas lâcher prise. C'est
un drôle bien dangereux. Avez-vous lu son article sur
l'inondation de Reuilly?

— Épargnez-le, de grâce, quand il est à terre.

— C'est juste; j'oubliais de quelle générosité vous
l'avez écrasé. Mais j'ai peine à contenir mon indignation. et puis, un pareil contact peut me perdre, je serai
dénoncé, et, si vous n'intervenez pas auprès de M. Deschamps pour me sauver, je suis perdu. Je sens qu'il est
difficile que je reste ici. Obtenez que je sois replacé
ailleurs, sans disgrâce, avec M. de Landelle pour préfet,
par exemple. Je vous proteste qu'une administration
résolument conservatrice n'aura pas d'agent plus dé-

voué que moi. Songez que j'ai besoin de ma carrière et
que je n'ai d'espoir qu'en vous. Je me mets sous la protection des souvenirs de la journée de Reuilly, et sous
la protection de madame la comtesse. Adieu, monsieur
le comte, je rejoins en toute hâte mon poste, où je puis
recevoir des dépêches, et où j'attendrai avec confiance
l'effet de vos bontés. »

Il s'inclina profondément et sortit. On avait entendu
rouler une autre voiture. Sur l'escalier, il rencontra
Jules Martin.

« Vous ici? dit-il.

— Vous y êtes bien, monsieur le sous-préfet.

— Il y a plus longtemps, ce me semble, qu'on ne
vous y avait vu.

— En revanche, la maison m'est mieux connue. »

Inquiet, le sous-préfet sauta dans sa voiture, qui
s'éloigna rapidement, tandis que le journaliste péné-
trait dans le cabinet du comte.

L'attitude de Jules Martin était respectueuse, moins
humble cependant que celle qui lui était habituelle.
Sa mise aussi était plus soignée qu'à l'ordinaire, sa
barbe inculte avait été abattue, ses cheveux coupés, il
avait des gants noirs, et un chapeau neuf de haute
forme remplaçait le feutre mou aux larges bords. On
voyait qu'il s'était appliqué à se présenter avec une
certaine dignité. Peut-être aussi des motifs de prudence
n'étaient-ils pas étrangers à cette transformation.

« Monsieur le comte, dit-il, vous avez le droit d'être
étonné de ma visite, et vous auriez celui de ne pas la
recevoir.

— Non, mon cher Jules, répondit le comte en lui
tendant la main. Cette maison ne saurait vous être fermée.

— Merci. Elle ne saurait non plus m'abriter longtemps. Puisque monsieur le sous-préfet sort d'ici, et je ne
suppose pas qu'il m'y ait servi, vous êtes au courant de
la situation. Je ne me fais aucune illusion, mon parti
est vaincu sans combat. Il était fort, devant les hési-
tants et les faibles, il peut le redevenir. Mon journal
va être supprimé. C'était mon gagne-pain et le marche-
pied de mon ambition, qui était vaste. Que voulez-
vous? Je suis un déclassé. Je ne m'excuse pas, je
m'explique. Je suis extrêmement compromis, et m'attends à être arrêté. Je répugne à prendre la fuite comme
un voleur, au risque d'être arrêté à la frontière, et en
laissant derrière moi quelques dettes criardes. Pourriez-
vous me procurer, par le nouveau ministre de l'intérieur, que je sais votre ami, huit jours de répit pour
régler mes affaires, et un sauf-conduit pour gagner
l'étranger avec sécurité? C'est l'unique faveur que j'ose
solliciter.

— Avez-vous, dit le comte, le moyen de régler ces
petites dettes dont vous parlez? Je serais à votre disposition. »

Une vive rougeur monta aux joues pâles de Jules
Martin, qui s'écria :

« Ne m'accablez pas, monsieur le comte. Je n'aurais
pas l'impudeur de vous demander de l'argent, ni d'en
accepter désormais. J'en ai trop reçu. J'ai été élevé à
votre école, et, quoique vous puissiez penser que j'en

aie bien mal profité, j'ai encore de la fierté. Je vendrai mes meubles, je trouverai un acquéreur pour mon journal, qui a de la valeur, si on ne le supprime pas, et j'aurai de quoi subsister pendant les premiers mois d'exil. Je me résigne à l'exil, je ne vous demande que de m'épargner la prison, la transportation ou la fuite.

— Et que ferez-vous dans l'exil ? Grossir la liste de ces réfugiés qui se nourrissent de fiel ? J'ai tort de vous parler ainsi, quand vous êtes malheureux.

— Hélas! monsieur le comte, je n'ai pas le choix. D'ailleurs, on revient de l'exil, et l'on en revient glorifié. Il n'y a que les morts qui ne reviennent pas. »

Le comte parut réfléchir et garda quelque temps le silence. Il ouvrit un carton, et chercha parmi des papiers dont il retira une liasse qu'il tenait à la main. Jules Martin était fort intrigué. Le comte reprit :

« Voulez-vous un autre genre d'exil ? Voulez-vous aller en Amérique, et y faire sérieusement du commerce, en disant adieu à la politique ?

— Ce serait avec joie. Mais je ne sais pas le commerce, je n'ai pas de relations, et je n'ai pas de capitaux pour commencer.

— Je connais un négociant qui s'est établi au Mexique, et y a fait une assez belle fortune. Il ne possédait rien en partant, et il était comme vous un réformateur de la société. Il est en France. Il se propose de retourner pour deux ans encore au Mexique. Il cherche un jeune homme intelligent et laborieux, qu'il puisse initier à ses affaires, afin de lui en laisser la suite. Soyez cet homme. Je vous prêterai 30 000 francs pour entrer dans

l'association, mais vous me jurerez d'abandonner à
tout jamais les complots et la politique. »

Les traits de Jules Martin se contractèrent, et une
grosse larme glissa sur sa joue.

« Ah ! monsieur le comte, dit-il d'une voix mal assurée. J'étais déjà bien assez ingrat, que deviendrais-je,
grand Dieu !

— Parole amère, mon ami.

— Amère et tristement vraie, monsieur le comte. Ah !
si l'orgueil n'était pas blessé, si l'on ne désespérait
pas d'acquitter la dette d'un bienfait, la reconnaissance
serait facile. Mais l'orgueil saigne de se sentir insolva-
ble, et c'est cette souffrance qui rend ingrat. Savez-vous
le rêve insensé que j'ai fait quelquefois ? Dans le triomphe de mon parti, à travers les violences que je pré-
voyais, je rêvais de saisir l'occasion de vous rendre un
service éclatant, de vous sauver la vie peut-être, et de
m'apaiser en m'acquittant.

— Vous me jetteriez à l'eau pour avoir le mérite de
m'en retirer ? Permettez-moi de vous dispenser du
second acte, à la condition que vous vous absteniez du
premier. Vous vous apaiserez autrement, par le travail
honnête. Vous vous acquitterez autrement, comme
votre associé futur. Mon père lui avait prêté, lors de son
départ, les 30 000 francs que je vous offre, et s'est
trouvé avoir fait une bonne affaire. Ils vont m'être rendus, avec les intérêts accumulés. Je tiens là tous les
comptes. Je garde les intérêts. C'est le même capital
que je vous confie sans m'appauvrir, et qui retournera
fructifier par vos soins au Mexique. »

Jules, la tête dans ses mains, confondu des délicatesses de cette générosité, était impuissant à prononcer une parole.

« C'est convenu, continua le comte. Pas un mot de plus à ce sujet, nous le règlerons à loisir. Ce qui est urgent, c'est de pourvoir à votre sûreté, que vous croyez menacée. Je vais tracer une dépêche, vous l'emporterez pour l'expédier en rentrant à la ville. »

Il prit une plume et se dicta les lignes suivantes :

« Deschamps, ministre. Personnelle. Je réponds de
« Jules Martin, chef du parti ici et rédacteur de *Frater-*
« *nité.* Il est chez moi. Je demande qu'il ne soit pas
« inquiété. Je me charge de le faire partir pour l'Amé-
« rique. Ton meilleur ami, NOIRVILLE. »

« Voilà, mon cher Jules. Vous pouvez partir. »

Jules se leva, s'essuya le front qui ruisselait de sueur, s'essuya les yeux et reçut la dépêche. Ses mains tremblaient.

« Pardon et merci, dit-il.

— Partez, reprit le comte. Non, encore un instant. J'allais oublier notre pauvre sous-préfet, qui meurt de peur d'être destitué.

— Il le sera certainement. Je l'ai compromis.

— Donnez-moi un bon conseil. Est-il dangereux ? Puis-je intercéder pour qu'il soit placé ailleurs ?

— Si le gouvernement est fort, il le servira bien, et non sans habileté. Il vaudra mieux que beaucoup d'autres.

— Alors, un post-scriptum, dont vous partagerez le mérite, ou la responsabilité. »

Le comte reprit la dépêche et ajouta :

« Ne hâte rien à l'égard de mon sous-préfet. Je te demanderai pour lui un autre poste. Je t'écris. »

« Cette fois, partez, mon cher Jules. N'est-il pas singulier que ce soit vous qui protégiez notre sous-préfet ? Revenez demain, plutôt dès ce soir, si d'après l'agitation des esprits vous craignez la moindre chose. Voici ma carte, avec un mot pour sauf-conduit. Vous vous réclamerez de moi, vous direz au besoin que vous êtes logé chez moi. Je vais vous faire préparer une chambre, dans le pavillon extérieur, où vous pourrez entrer et sortir à toute heure sans être vu. On y laissera la clef. Partez donc.

— Vous m'accablez, » dit Jules.

Il baisa les mains du comte et descendit précipitamment, les yeux baissés, presque égaré. A la porte du vestibule, il heurta Geneviève qui rentrait d'une promenade et poussa un cri. Il se retourna.

« Ah ! mon Dieu, s'écria-t-il, c'est elle ! »

Et il se jeta dans la voiture.

Geneviève courut au cabinet de son père et le trouva fermé au verrou. Le comte dit à travers la porte qu'il avait besoin d'être seul pour faire sa toilette et pour lire son courrier. Ces derniers mots compliquèrent les émotions de Geneviève, qui, tout entière au trouble causé par la rencontre inattendue de Jules Martin, dont elle venait demander l'explication, en s'assurant si elle ne s'était pas trompée, en avait oublié la lettre de M. de Landelle. Elle chercha sa mère qui était sortie.

Elle questionna les domestiques. Le visiteur n'avait pas dit son nom, et ceux qui l'avaient aperçu ne le connaissaient pas. Il y avait plusieurs années que Jules Martin n'avait paru au château, et d'ailleurs, grâce à sa mise soignée, à son chapeau de soie et à sa barbe abattue, les informations recueillies sur son signalement ne concordaient aucunement avec l'image fixée dans les souvenirs antérieurs de la jeune fille. Elle crut donc à la possibilité d'une illusion; son anxiété était extrême, et elle était doublement impatiente de voir son père.

« Ce malheureux a bien souffert, pensait celui-ci. Ma combinaison me paraît excellente sous tous les rapports; je débarrasse le pays d'un homme dangereux, qui serait resté tel même dans une forteresse ou à Nouméa, d'où l'on peut revenir. Mais j'aurai de la peine à la faire approuver des passions de ces dames. Il y a des circonstances où il est prudent de ne pas consulter sa femme, et de ne lui annoncer que des faits accomplis. Il faut me décider à lire cette lettre. Bah! je devine maintenant, et elle ne méritait pas de m'émouvoir; il est évident que c'est encore un appel à mon crédit naissant. Et de trois. Et nous ne sommes qu'au commencement de la journée. M. de Lancelle a envie d'une bonne préfecture, et se souvient à propos que je suis l'ami du ministre. Ce ne peut pas être autre chose. Geneviève en sera un peu déconcertée. Je crois que j'aime autant cela. Pourvu cependant qu'elle n'en ait pas un véritable chagrin... Ah! les soucis des pères de famille! Ils effacent ceux de la politique. »

Il rompit brusquement le cachet et lut ce qui suit :

« Monsieur le comte, vous avez dû me reprocher
mon trop long silence; il était de l'embarras et de la
discrétion. Je jure que c'est aussi par discrétion que
j'avais demandé mon déplacement, quand j'ai senti que
mon cœur s'engageait témérairement. Je me reprochais
moi-même des assiduités qui devenaient pour moi un
danger. Croyant accomplir un devoir, j'ai eu le courage
de m'éloigner, je n'ai pas eu celui d'aller prendre congé
de vous; je redoutais trop des adieux. Je ne pouvais
pas non plus me résoudre à vous écrire de simples politesses. J'ai déchiré plus d'un brouillon ainsi préparé,
dont la froideur étudiée me choquait comme un mensonge. Avant-hier, ma carrière était brisée; je m'étais
hâté d'envoyer ma démission, j'avais l'intention de
m'expatrier en m'associant à un négociant qui retourne
au Mexique; vous n'auriez jamais entendu parler de
moi. L'évolution politique qui s'opère m'ouvre d'autres
horizons. Ma démission spontanée est un titre, le choix
entre plusieurs positions avantageuses m'est offert;
j'hésite, et le Mexique m'attire encore, si je dois,
comme c'est trop probable, renoncer à un rêve enchanteur. Il y a là une crise personnelle aiguë qui
m'excuse de rompre le silence et d'oser vous faire juge
de mes perplexités. Si, pardonnez la témérité de cette
hypothèse, votre réponse était encourageante, je n'as-
pirerais qu'à reprendre le poste que j'ai quitté avec
tant de regrets. Je ne saurais le solliciter sans votre
autorisation. Si, sur mon honneur je m'y attends, mon
rêve n'est qu'un rêve, je quitterai la France, emportant
le souvenir le plus reconnaissant de l'indulgence avec

laquelle vous m'avez accueilli et des bontés dont vous m'avez comblé. »

« Un brave jeune homme, se dit le comte en déposant la lettre sur son bureau ; celui-là ne demande rien à mon crédit. Pardon, il me semble qu'il lui demande quelque chose et même d'assez précieux. Il est prêt à partir pour le Mexique ; quelle folie de jeune tête ! Cela n'aurait pas le sens commun. Un homme de sa valeur!. Mon ami Deschamps ne le permettrait jamais, ni moi non plus. Et puis, j'ai besoin de sa place pour Jules Martin, car c'est évidemment la même. M. de Landelle avait vu ce négociant chez moi le mois dernier. Singulière coïncidence! Qui aurait dit que Jules Martin aurait pu être mon compétiteur pour la députation, avant d'être celui de M. de Landelle pour une association de commerce à la Vera-Crux ! D'un autre côté, revenir ici sous-préfet, c'est trop peu de chose ; encore un enfantillage d'amoureux. Et cependant... je ne me soucierais pas de voir ma fille préfette à Lille ni à Bordeaux. Si nous faisions de M. de Landelle... un conseiller d'État ! Me voici ambitieux ; on a bien raison de dire que les pères de famille sont capables de tout. Oui, Deschamps va me violenter, il me sera impossible de lui refuser d'être député, ce qui, dans le désarroi du parti contraire et après l'éloignement de Jules, ne sera pas difficile. Ma femme aime Paris, où nous nous rapprocherions de Geneviève, pour nous retrouver tous ici aux vacances. C'est un plan assez séduisant ; je ne l'entrevoyais guère... avant la lettre. Il y manque le consentement de Geneviève, qui ne m'inquiète pas beaucoup, et d'abord

22

celui de sa mère. Ce n'est pas là un des cas où il est sage de ne pas consulter sa femme. »

Il ôta le verrou, ouvrit la porte et se trouva en présence de Geneviève. Il tenait à la main la lettre.

« Encore toi, mon enfant? dit-il. J'aurais besoin de causer avec ta mère.

— Elle est allée à Reuilly et n'est pas rentrée. — Est-il vrai, mon père, que Jules Martin ait eu l'audace de venir ici? J'ai cru le reconnaître.

— Il a eu cette audace, mais je te réponds qu'il était fort timide.

— Et vous l'avez reçu? Vous ne l'avez pas renvoyé sans l'entendre?

— Je lui ai, au contraire, offert une chambre. Tu lui feras préparer celle du pavillon.

— Jamais; je ne me charge pas de la commission.

— Tu me désobéirais donc?

— Non certes, mon père, si vous me donniez un ordre. Mais il est impossible que vous ne plaisantiez pas pour me taquiner. Loger chez vous un pareil homme! J'en mourrais de peur.

— Rassure-toi. Je le fais partir dans quelques jours pour l'Amérique.

— Bon voyage. Pourvu qu'il n'en revienne pas! Il serait mangé par un requin que je ne le regretterais point.

— Charité chrétienne.

— Tout ce que je peux lui souhaiter chrétiennement, c'est une bonne confession.

— Au moment d'entrer dans la bouche du requin? Les confesseurs sont rares dans ces parages.

— Vous voyez bien que vous plaisantez, mon père.
J'aurai été trompée par une ressemblance. Quel malheur de ressembler à cet homme ! — Et la fameuse
lettre, l'avez-vous enfin lue à loisir ?

— Je viens seulement de la lire. »
Geneviève s'était tenue jusqu'alors sur le seuil. Elle
entra et referma la porte.

« J'espère que maintenant vous allez pouvoir me la
montrer.

— Non, pas avant de l'avoir montrée à ta mère. Tu
es trop curieuse.

— Mais c'est vous qui piquez ma curiosité.

— Pour la calmer, plutôt que pour la satisfaire, je
puis te dire une chose. Tu n'es pas nommée par M. de
Landelle, pas même pour te présenter ses respects. »

Le comte observait la jeune fille, dont les joues se
colorèrent vivement.

« Je l'aurais cru plus poli, dit-elle. De quoi vous
parle-t-il donc ?

— Comme je le pensais bien, il fait de la politique,
il parle du changement de ministère, et des changements qui en peuvent résulter pour sa carrière. Il me
demande à ce sujet mon avis.

— Vraiment ! et c'est pour cela que vous avez besoin
de consulter ma mère ? La voici. Je vous laisse avec elle,
et vous pouvez être certain que je ne vous interrogerai
plus. »

La comtesse entrait en effet, et Geneviève alla s'enfermer dans sa chambre.

La conférence fut assez longue. La comtesse ne savait rien des nouveaux événements qu'il fallut lui expliquer pour expliquer la lettre même de M. de Landelle. Son consentement ne pouvait pas être douteux, surtout lorsque le comte eut développé les perspectives du plan qui s'était présenté à son esprit. Onze heures sonnaient, et la cloche du déjeuner sonnait aussi à toute volée, quand la jeune fille fut rappelée. Elle était émue, et l'on voyait qu'elle avait pleuré.

« Mon enfant, dit le comte, maintenant que je suis en règle avec mes principes, prends cette lettre, et lis-la tout bas. »

Il n'est pas malaisé de deviner les impressions qui se reflétèrent sur les traits de la jeune fille à mesure qu'elle avançait dans cette attachante lecture, tandis que son père et sa mère la regardaient silencieusement avec une tendresse moins anxieuse que caressante. C'était un petit groupe de famille que la peinture reproduirait plus difficilement que les grandes scènes dramatiques. Il y manquait un personnage qui est déjà suffisamment connu, bien qu'il ait été constamment absent de ce récit que son souvenir a rempli. L'imagination peut se le représenter caché derrière un rideau qu'il entr'ouvre légèrement, contemplant la charmante lectrice, et, la respiration suspendue, attendant son arrêt. Il n'aurait pas eu cette indiscrétion, et c'était bien de loin qu'il attendait. Un jour viendra peut-être où la science, qui a supprimé la distance pour l'expression de la pensée, la supprimera pour le regard, où une optique nouvelle permettra que de son observatoire solitaire de Paris, M. de Landelle voie réelle-

ment Geneviève de Noirville lire sa lettre sous le toit
d'un château de Bourgogne. Pourquoi non? Le regard
ne plonge-t-il pas de plus loin dans d'autres étoiles?

Le papier oscillait comme la feuille du tremble entre
les doigts de la jeune fille, et, s'en détacha en tombant
sur le parquet. Elle le ramassa, et sans rien dire, baissant les yeux, elle le remit à sa mère en tendant son
front que la comtesse couvrit de baisers.

« Eh bien ! s'écria le comte, veux-tu que je le laisse
partir pour le Mexique ?

— Mon père, dit la jeune fille, je vous demanderais
la permission de le suivre.

— Je la refuse, reprit le comte en souriant. Pardonne-moi maintenant de t'avoir infligé cette longue
épreuve... avant la lettre. »

FIN DE L'ÉPREUVE AVANT LA LETTRE.

CONFIDENCE AU LECTEUR.

CONFIDENCE AU LECTEUR.

Contrairement à l'usage, c'est par l'annonce d'un mariage que commencera ce récit. On avait publié à Saint-Thomas d'Aquin les promesses réciproques du jeune comte Raoul de Montvert et d'Estelle de Gentilly. Cette alliance n'étonnait personne et n'était blâmée de personne. Elle n'avait pas été négociée par des intermédiaires, d'après des informations plus ou moins sûres. Les deux familles, du même rang, n'avaient rien à s'apprendre l'une sur l'autre. Les fiancés, d'âges correspondants, se connaissaient depuis l'enfance. Les fortunes devaient être à peu près égales, les agréments personnels étaient en parfaite harmonie, et si l'on ne donnait pas à l'union préparée le nom de mariage d'inclination, c'est qu'elle présentait trop de convenances pour qu'on eût besoin de l'expliquer par des considérations sentimentales. Une soirée de contrat avait eu lieu, avec étalage d'une riche corbeille et de cadeaux somptueux, et les invitations à la cérémonie étaient expédiées pour un jour très prochain.

Après la signature du contrat et la retraite des conviés, Raoul, qui avait fait très bonne contenance en recevant les félicitations, parut singulièrement gêné

ou souffrant, au moment où il se retirait lui-même
avec sa mère. Il déclara en effet, en rentrant chez lui,
qu'il se sentait indisposé. Le lendemain matin, il ne se
leva pas et se plaignit d'un violent mal de gorge.
Le médecin appelé constata de l'agitation et un peu de
fièvre. Il n'apercevait pas de symptômes d'une maladie
caractérisée; il put attribuer le malaise à la fatigue et à
un état nerveux, et prescrivit des tisanes d'une composition savante. Raoul était abattu, parlait peu et péniblement. A la fin de la journée, sa voix était presque
éteinte. Pourtant il se disait mieux et voulut se lever.
Il prit part d'assez bon appétit au repas de la famille
sans en prendre aucune à la conversation. On délibéra
s'il y avait lieu d'ajourner la cérémonie; il s'y opposa
en demandant d'attendre encore.

Le lendemain, sa mère frappa doucement à la porte
de sa chambre et ne reçut pas de réponse, bien qu'elle
entendit marcher. Ce fut Raoul qui ouvrit, en faisant
signe que l'extinction de voix était complète. Il remuait
les lèvres sans articuler aucune parole. En souriant tristement, il lui remit un papier qu'il venait d'écrire. Il
avait bien dormi, mais s'était réveillé en sentant l'impuissance d'émettre aucun son, ce qui, en l'absence de
toute souffrance, lui semblait une sorte de paralysie
locale. Il reconnaissait la nécessité d'ajourner la cérémonie.

On juge quelle fut l'émotion des deux familles. Il
fallut aller d'abord au plus pressé, faire jouer le télégraphe, contremander tous les préparatifs, lancer une
circulaire à l'adresse des invités pour les avertir de

rester chez eux. Mme de Montvert était impatiente de
provoquer une consultation de médecins, mais on ne
rassemble pas aisément les princes de la science. La
consultation ne put avoir lieu que deux jours après, au
moment même où aurait dû se célébrer le mariage.
L'état de Raoul n'avait pas changé. Il s'était déjà
précautionné d'une ardoise, et ne répondait aux questions que par écrit. Diverses hypothèses furent discu-
tées, et des traitements contradictoires furent successivement proposés. Un spécialiste de l'angine voulait cau-
tériser, séance tenante, des lésions que n'apercevaient
pas ses confrères ; un autre se prononçait pour l'hydrothérapie : il passait pour être intéressé dans l'établissement d'Auteuil ; un troisième recommandait les commotions électriques. Tous parlaient des eaux, sans
être d'accord sur quelles eaux. Sganarelle manquait ;
il aurait sans doute ordonné du pain trempé dans du
vin. Il fut impossible de s'entendre. Comme il n'y avait
pas péril en la demeure, le patient ayant fort bon visage, on ne se mit d'accord qu'en se donnant un nouveau rendez-vous à huitaine, ce que chaque docteur
inscrivit soigneusement sur son agenda, et l'on prescrivit des potions inoffensives de médecine expectante.
Dans l'intervalle, sur l'avis de sa future, Raoul con-
sulta en cachette un homéopathe, et s'administra
consciencieusement des globules.

A huitaine, ce fut à peu près la même chose, sauf
qu'il était convenable de conclure. A la pluralité des
voix, l'électricité l'emporta. Raoul attendit encore un
peu l'effet des globules. N'en obtenant aucun résultat,

il se décida, non sans peine, à se soumettre aux commotions de la pile. L'impression lui fut extrêmement désagréable. Pourtant, pendant plusieurs jours, il subit
vaillamment un grand nombre de décharges. A la fin
il se révolta, en déclarant qu'il préférait rester muet.
Il passa aux douches de l'hydrothérapie, qu'il ne
trouva guère moins déplaisantes, en attendant la saison
des eaux.

Les semaines s'écoulaient sans amener aucune amé-
lioration, et Raoul crut devoir écrire à Mme de Gentilly une lettre respectueuse par laquelle il lui rendait
sa parole. Infirme, atteint d'un mal peut-être incurable,
et dont en tout cas il ne prévoyait pas le terme, à la
veille de s'absenter, il ne pouvait plus la tenir pour
engagée; il avait le chagrin et le devoir de renoncer
au bonheur rêvé. Il y eut alors un combat de générosité. Estelle refusait la liberté offerte. En s'enga-
geant, elle n'avait pas ignoré les accidents divers
dont l'existence est constamment menacée; son mariage avait d'abord été fixé à une date antérieure, et
serait indissoluble, s'il avait été alors célébré. Elle
ne voulait pas que son sort fût changé par un retard dont elle avait été la cause, et elle se sentait assez
de dévouement pour accepter sans se plaindre la situation nouvelle. Raoul, en exprimant la plus profonde
reconnaissance, insista sur ce qui lui semblait un devoir impérieux de délicatesse.

Le printemps amena la dispersion de la société parisienne. Mme de Gentilly emmena sa fille dans son
château du Berri, et Raoul partit pour les eaux d'Al-

lemagne. N'en éprouvant aucun effet salutaire, il gagna la Suisse et ensuite le Levant. Il voulait à la fois se distraire et se cacher. Il était de goûts studieux et dessinateur très habile : deux grands bienfaits dans l'infortune qui l'avait frappé. Il écrivait à sa famille de longues lettres qu'il priait de lui conserver comme notes ; il adressait aussi à une revue des correspondances accueillies avec un empressement mérité ; il s'absorbait dans la contemplation de la nature et des monuments ; son crayon lui fournissait des ressources inépuisables. Être muet sans être sourd, il en vint à trouver que c'était une singularité très tolérable et qui avait ses avantages pour un observateur. A quoi sert la parole dans les pays dont on ne sait pas la langue ? Il n'aurait eu aucune prétention à se faire comprendre des Turcs, des Arabes ni des Indiens ; il s'était vite rendu plus adroit qu'un autre dans la langue universelle des signes, à laquelle au besoin le dessin venait en aide. Il remarquait qu'il serait dans d'excellentes conditions pour remplir certaines missions diplomatiques, qui demandent surtout d'écouter et de rendre compte de ce qu'on a entendu.

Pendant ce temps, Estelle, qui, avec une parfaite sincérité, avait témoigné un dévouement romanesque prêt à passer outre à l'accident survenu, commençait à subir, sans y trop résister, les influences et la pression de son entourage. On ne fut pas embarrassé de lui dire que c'était la Providence qui avait rompu si opportunément le lien auquel son imagination voulait rester fidèle. Quelle obligation avait-elle de refuser une

23

liberté qu'en s'éloignant Raoul lui avait restituée si entière? On intéressa la fierté de la jeune fille, qui se donnerait la réputation d'avoir eu le cœur assez profondément atteint pour porter le deuil éternel d'une espérance. Estelle s'aperçut qu'elle devenait sensible à cette suggestion d'abord repoussée, et elle craignit la lassitude d'un héroïsme trop persévérant.

« Prends bien garde, disait un père à son fils qui partait pour la guerre, de te laisser emporter un bras. Tu serais un héros un jour et un manchot toute ta vie. »

Estelle avait été une héroïne un jour, il ne lui semblait pas indispensable d'être une vieille fille toute sa vie. C'est ce que murmuraient à son oreille sa mère, ses frères, ses amies, et peut-être un conseiller plus intime encore.

Il y avait un grave détail matériel qui était resté en suspens et qui ne pouvait pas demeurer indéfiniment sans solution, celui de la corbeille. La famille de Raoul n'avait pas voulu prendre l'initiative de la réclamer, ni la famille d'Estelle celle de la renvoyer. La garder, c'était garder l'engagement; la renvoyer, c'était le rompre. Mme de Gentilly comprit la nécessité de s'y décider, lorsqu'elle jugea qu'il était temps de répandre autour d'elle que sa fille était libre; elle apprenait d'ailleurs, par des officieuses, que c'était la question qu'on se posait, à savoir si la corbeille avait été rendue. Ce ne fut pas sans émotion qu'Estelle regarda une dernière fois les bijoux qu'elle avait reçus avec tant de joie, les chiffres entrelacés et les armoi-

ries mêlées ; elle versa une larme, essuyée par la pensée
qu'il y avait dans le monde d'autres chiffres et d'autres
armoiries. Il est permis de se demander s'il lui aurait
été agréable d'apprendre, le lendemain du sacrifice
consommé, que Raoul revenait guéri ; si, au plus profond de son cœur, elle ne souhaitait pas que l'infirmité
fût incurable. Faut-il le lui reprocher ? Hélas ! notre
pauvre cœur est plein de reptiles hideux qui le mordent.
Quand Corneille nous montre Félix humilié des sentiments qui le déchirent, disant :

> J'en ai même de bas, et qui me font rougir,

ce n'est pas le père de Pauline qu'il dévoile : c'est
l'homme. Nous sommes faits ainsi. La volonté seule
est coupable lorsqu'elle ne repousse pas le serpent tentateur. L'homme se redresse, noble et glorieux, par
l'effort de la volonté qui dompte la pensée basse,
par l'acte qu'inspire la pensée élevée. Dans ce même
cœur qui accueillait un souhait cruel, Estelle eût
trouvé assez de dévouement pour se sacrifier encore.

Elle ne fut pas mise à cette épreuve. Les influences
continuèrent de l'envelopper. Quand elle revint à Paris,
le monde avait cessé de parler du voyageur oublié et
ne s'étonnait pas qu'elle l'oubliât elle-même. Un peu
plus d'un an après l'aventure qui avait fait tant de
bruit dans les salons, on annonça le mariage d'Estelle.
Il n'y eut pas de soirée de contrat ni de nouvel étalage
de bijoux, on aurait craint quelques observations mali-
gnes qui auraient cru reconnaître le trousseau. Du

moins, les invitations à la cérémonie ne furent pas
contremandées. L'assistance était nombreuse et brillante. L'officiant n'était pas dans la confidence du
passé. Il put célébrer avec toutes les hyperboles d'usage,
qui excitèrent çà et là plus d'un sourire, l'union de
deux jeunes cœurs qui semblaient avoir toujours été
destinés l'un à l'autre.

Raoul revint de ses longs voyages au château patrimonial, en Touraine, dans le courant de l'été suivant.
Il était très riche de notes, de collections, de dessins
et de photographies. Il avait rencontré, chemin faisant,
une expédition scientifique anglaise, à laquelle il s'était
attaché. Il se proposait de publier lui-même en France
le résultat de ses observations. Il avait pris philosophiquement son parti de son infirmité qui, disait-il, ou
plutôt écrivait-il, ne le gênait pas pour des travaux
qui étaient devenus l'intérêt capital de sa vie, et lui
était plutôt utile en lui assurant le recueillement de
l'étude. Il avait acquis une dextérité merveilleuse dans
le maniement de son ardoise, constamment appendue
sous son habit, et dans l'art de la pantomime. Il s'en-
quit des nouvelles de la province et du faubourg Saint-
Germain. Sans manifester aucune émotion, il témoigna
de la satisfaction en apprenant qu'Estelle avait fait un
bon mariage. Après quelques semaines données à la
famille, il partit pour Paris, afin de prendre des arrangements avec des éditeurs et des graveurs, puis il
rentra se consacrer à la rédaction de son ouvrage.
Pour s'en distraire il avait le cheval, et il eut bientôt la
chasse. Il avait aussi les soins de la propriété, qui

lui appartenait, mais dont la jouissance était laissée à
sa mère. Celle-ci étant une femme très entendue, il
était dispensé de s'en occuper autrement que dans la
mesure des loisirs qui lui seraient restés. Or il avait
devant lui du travail pour longtemps.

Il convient de dire ici en quoi consistait sa famille,
peu nombreuse. Il avait perdu depuis plusieurs années
son père. Il n'avait qu'une sœur de vingt ans, nommée
Lucie, jeune fille impressionnable et intelligente, qui
lui portait l'affection la plus vive.

Il était de taille élevée, avec des traits expressifs.
Son nom était extrêmement honoré, la terre belle et
la fortune considérable. Enfin il avait vingt-huit ans.
C'était accepter bien jeune l'espèce d'ostracisme dont
il était frappé, sans essayer d'en appeler encore à la
science. Cependant il se disait résigné et suppliait de
ne plus lui parler de médecine. Il avait encore peur
des commotions électriques et des douches. Il consentit
seulement à voir un guérisseur de campagne qui avait
la réputation de connaître les propriétés mystérieuses
de certaines plantes et proposait des remèdes pour tous
les maux. Il s'administra pendant un mois des infusions
et n'en éprouva aucun effet, ce dont fut très mortifié
l'Esculape de contrebande.

Les avantages qui lui restaient suffisaient peut-être
pour qu'il ne lui fût pas interdit de songer à fonder une
famille. Ici, avant de continuer ce récit, j'ouvre une pa-
renthèse pour interroger chaque jeune fille qui a bien
voulu en lire l'exposition, ou plutôt pour la prier de
s'interroger elle-même. Je serai plus certain de la sin-

cérité d'une réponse que je n'entendrai pas : à la vérité j'aurai le chagrin de n'en pouvoir profiter. Je vous demanderai donc, bien discrètement, Mademoiselle, et dans l'hypothèse où vous n'auriez pas ébauché un autre roman, — question sur laquelle je serai encore plus discret, — si le comte Raoul de Montvert, tel qu'il vient d'être représenté devant vous, avait la témérité de vous offrir ses vœux, dans quel sentiment accueilleriez-vous cet hommage? Réfléchissez. Je conviens qu'il est dur de se résoudre à ne s'entendre jamais dire qu'on est aimée. N'y a-t-il pas des lettres aussi brûlantes que des paroles? N'y a-t-il pas quelque chose de doux dans la pensée que vous comprendriez seule une autre langue, celle des signes ? Je ne veux pas vous faire remarquer que vous seriez affranchie de la crainte d'avoir jamais à souffrir d'une parole aigre ou irritée qui vous serait adressée, ni à souffrir, plus cruellement, d'une parole trop gracieuse qui serait adressée à une autre femme. A votre âge, qui est celui des illusions, on ne pense heureusement pas à cela. Quand on est un observateur vieilli, on est excusable d'y penser. En regardant bien autour de vous, vous ne serez pas sans pouvoir observer vous-même qu'après dix ans de mariage, ou moins encore, plus d'un ménage a cessé d'être tendre. Je préfère diriger votre attention, qui n'a sans doute pas besoin de cette suggestion, sur l'attrait pénétrant qu'a pour un cœur généreux comme le vôtre la mission de consolatrice.

Puis, n'oubliez pas, Mademoiselle, que le jeune homme qui vous demande de le consoler est noble et beau. Il vous apporterait un titre de comtesse bien authentique, un château et une grosse fortune. Il a une remarquable intelligence, des talents qui doivent lui faire un nom dans la littérature et les arts. Si vous permettez à ma franchise de s'aventurer en des régions qui ne sont pas celles de la poésie, peut-être votre réponse ne serait pas sans quelque dépendance d'un chiffre que j'ignore, et sur lequel je n'aurai pas l'indélicatesse de vous interroger.

Je vous dirai le sentiment de Lucie de Montvert, mais c'était celui d'une sœur. Elle ne comprendrait pas vos hésitations. Sa tendresse exaltée pour Raoul regrettait de n'être pas au temps des patriarches. J'ai connu par le monde une sœur qui, dans l'emportement des reproches qu'avaient mérités les incartades répétées de conduite d'un frère, lui adressait ces paroles dures : « Je me félicite tous les jours d'être ta sœur, parce que je suis certaine ainsi de n'être jamais ta femme. » Lucie pensait exactement le contraire. Si la consolatrice qu'elle rêvait pour Raoul ne se rencontrait pas, elle avait pris une résolution très arrêtée : elle aurait fermé son cœur à d'autres affections, pour vieillir auprès de lui.

Le voisinage était nombreux, on se visitait souvent, et les habitudes du château étaient très hospitalières. Raoul demanda qu'il n'y fût rien changé. Il n'avait aucune sauvagerie personnelle. Par égard pour sa mère et sa sœur, il les encourageait au contraire à voir du monde, et n'avait même pas d'objection à ce que l'on fêtât son retour. Il y eut donc surcroît d'invitations

reçues et rendues, et il s'appliquait à ne pas attrister
les réunions, auxquelles il apportait autant de bonne
grâce que le permettait son infirmité.

A six lieues environ habitait un propriétaire considérable, le baron de Lavaur, avec qui les relations
avaient été autrefois, sinon fréquentes, du moins
courtoises. Ces relations avaient entièrement cessé peu
de mois avant la mort du comte de Montvert, à la
suite d'une compétition électorale. Il est trop connu
que les élections brouillent les meilleurs amis, et les
deux rivaux ne s'étaient jamais donné ce nom. Ils
s'étaient réciproquement reproché d'avoir divisé les
voix du parti, ce qui avait fait passer le candidat du
parti opposé. Tel avait bien été le résultat, mais lequel des deux compétiteurs aurait dû s'effacer? C'était
naturellement le sujet de la discorde.

Depuis, une phase nouvelle de la politique avait
apaisé la querelle entre leurs partisans respectifs et
les aurait probablement rapprochés eux-mêmes. Mais
la mort du comte était survenue, et la comtesse était
restée sous l'impression d'un ressentiment d'autant
plus vif, qu'elle avait attribué la maladie de son mari
aux soucis et aux agitations de la lutte. Elle ne voyait
donc pas le baron. Elle était exposée à le rencontrer
dans des maisons tierces. Une rencontre avait eu lieu
à Paris, au commencement de l'année précédente, à la
soirée de contrat d'Estelle de Gentilly. Il y avait trop
de foule pour que ce fût gênant, et personne n'avait
remarqué, à l'exception du baron lui-même, la froideur décourageante avec laquelle la comtesse avait

accueilli le salut qu'il avait cru devoir lui adresser en
s'apprêtant à la féliciter. L'embarras serait bien autre
à la campagne et dans des réunions peu nombreuses.

Il arriva que la comtesse fut invitée à dîner, avec
ses enfants, au château de Maupertuis, qui était à peu
près à moitié chemin de l'habitation de M. de Lavaur.
Elle savait qu'on y recevait souvent et familièrement
le baron. Elle n'hésita donc pas à proposer de répondre par des excuses, et elle en dit le motif. Elle
fut très étonnée de voir que ce n'était pas le sentiment
de Raoul. Celui-ci écrivit sur l'ardoise : « Il ne me
semble pas qu'une brouille entre honnêtes gens doive
être éternelle. Si mon père vivait, je suis convaincu
qu'elle aurait pris fin depuis longtemps.

— J'en suis moins certaine, » dit la comtesse.

Raoul ajouta : « N'est-ce pas ton avis? » et montra
l'ardoise à sa sœur.

«Assurément, s'écria Lucie. Prenez garde, ma mère.
Est-ce que nous ne répétons pas deux fois par jour
dans notre *Pater* le précepte du pardon des injures?
Et je ne crois pas qu'il y ait eu injure. M. de Lavaur
a fait à plusieurs reprises des avances qui étaient
presque des excuses. Et puis, il a une fille de mon
âge, qui est charmante, et qui est bien innocente
d'une vieille affaire d'élections. Je vous avoue franchement que je regrette de ne pas la voir. »

La comtesse parut réfléchir.

« Si vous êtes tous deux contre moi, dit-elle en souriant, je ne serai pas la plus forte. Vous voulez donc
que j'accepte?

23.

— Sans doute, reprit Lucie, qui avait consulté du regard son frère. Et tenez, ma mère, pendant que nous sommes sous une bonne inspiration, je n'ai plus qu'une crainte, celle de ne pas rencontrer M. de Lavaur.

— Je le saurai bien, écrivit Raoul, acceptez d'abord. Je vais me charger de votre lettre, que je porterai à cheval. Suivant ce que j'apprendrai, vous serez encore libre d'avoir un empêchement. »

La précaution ne manquait pas de prudence. Il convenait que la comtesse fût avertie. Si, dans le cas où elle rencontrerait le baron, elle ne se sentait pas capable de lui faire bon visage, il valait mieux qu'elle ne s'exposât pas à empirer la situation.

Raoul sortit pour s'apprêter.

« C'est étrange, dit la comtesse, restée seule avec sa fille.

— Peut-être pas si étrange, reprit Lucie. Songez à Marguerite de Lavaur. Ce n'est pas pour moi que je désire la revoir.

— Comment, tu croirais possible que ton frère...

— Je crois tout possible; vous souvenez-vous comme elle était belle, quand elle fit son apparition dans le salon de Mme de Gentilly?

— Une apparition bien inattendue et bien courte, qui fut comme un mauvais sort jeté. Ne me parle pas de cette triste soirée. Je ne supporte pas la pensée du baron de Lavaur. Elle est associée à tous mes malheurs.

— Si je ne craignais d'être pédante, ma mère, je vous rappellerais la lance d'Achille.

— Mon enfant, il y a des blessures inguérissables, »
dit la comtesse en laissant tomber une larme.

Lucie se sentit gagner à l'attendrissement. Après un
moment de silence, elle reprit :

« Pardonnez-moi, ma mère. Si vous ne pouvez dominer cette impression, je n'insisterai pas. Je pensais
à d'autres blessures, guérissables peut-être. Du moins
j'aurais voulu essayer.

— Au risque de les envenimer davantage.

— J'ai plus de foi dans la Providence, et j'ai compris le regard de Raoul. Faut-il que j'aille lui dire de
ne pas compter sur la lettre qu'il attend? »

Il y eut encore un silence. La comtesse avait saisi
une plume et la trempait lentement dans l'encre.

« Allons, s'écria-t-elle tout à coup en embrassant
Lucie, tu vaux mieux que moi, tu es plus maternelle
que moi. Je suis prête à tout, même à serrer la main
du baron de Lavaur. Je t'obéis, mais tu ne sais pas ce
que j'ai souffert, ni ce qu'il m'en coûte. Que Dieu protège ton pauvre frère et lui épargne de nouveaux chagrins! »

Elle traça quelques lignes, cacheta vivement le pli
et le remit à Lucie. Celle-ci courut à l'écurie où
Raoul était déjà en selle. « Voici, dit-elle. Bon
voyage, et comme il partait au galop, elle ajouta :
« et bonne chance. »

Raoul fut vite rendu au château de Maupertuis. Il
ne se proposait de voir que le maître de la maison,
qu'il fit demander, en remettant sa carte. Le châtelain était au salon, où il recevait des visites. Il

montra la carte du comte de Montvert, qui excita un
vif intérêt de bienveillante curiosité. Il sortit, et sur
un signe interrogateur de Raoul nomma les visiteurs,
parmi lesquels étaient le baron de Lavaur et sa fille.
Raoul hésita un moment, puis entra résolument. Il
remit à la châtelaine la lettre dont il était porteur.

« J'espère que c'est une acceptation, » dit-elle.

Raoul fit un signe affirmatif.

« A merveille, continua-t-elle en s'adressant au
baron. C'est entendu, je compte sur vous. »

Le baron s'était rapproché du jeune homme, qui le
saluait, et il lui tendait la main. Son âge et le lieu
n'auraient pas permis une impertinence, mais l'é-
treinte de Raoul et le mouvement de physionomie
dont il l'accompagna étaient plus qu'un acte de simple courtoisie.

« Merci, mon ami, s'écria le baron. Un si long
malentendu m'a été bien pénible. Si j'ai jamais eu
des torts envers votre excellent père, pardonnez-les.

— J'ignorerai toute ma vie, écrivit Raoul, que
vous ayez eu des torts envers lui. »

Le geste par lequel il effaça ces mots à peine tracés fut singulièrement expressif.

Marguerite avait observé attentivement cette scène,
et si on l'avait observée elle-même, on aurait saisi
sur son visage des impressions successives qui passaient de l'anxiété à la joie. Raoul avait à peine dirigé
vers elle quelques regards à la dérobée. Il put alors
la saluer avec plus d'assurance.

« Je me réjouis, dit la jeune fille, de la pensée de revoir bientôt votre aimable sœur, et je souhaiterais de renouveler ce plaisir le plus souvent possible. J'ai gardé d'elle le meilleur souvenir, depuis les temps du catéchisme de Saint-Thomas, où nous étions voisines, et réunies par les grands honneurs des dignitaires. Nous vous avons suivi vous-même dans vos lointains voyages, grâce à vos charmants récits. Mon père est abonné à la revue qui les publie. Je ne lis guère d'ordinaire les articles de revue, c'est trop savant pour moi. Mais je ne manque jamais de lire les vôtres. »

De toutes les musiques, la plus douce à l'oreille d'un auteur est celle qui vient flatter sa vanité. C'est une sensibilité que l'âge même n'émousse pas chez les écrivains les plus gâtés du public, de quelque part qu'arrive le suffrage. Si l'auteur est un jeune homme, si la louange inattendue jaillit des lèvres d'une jolie jeune fille, elle a des harmonies particulièrement pénétrantes. On ne s'étonnera pas que, dans la circonstance, Raoul pût s'y complaire. Il abrégea cependant la visite et refusa de s'asseoir. Son cheval l'attendait au perron : il repartit au galop. Il n'avait pas à regretter son inspiration. En quelques minutes de silence, il avait obtenu deux grands résultats. Il avait scellé une réconciliation de familles, il avait peut-être jeté les fondements d'une espérance. Combien d'heures d'éloquence n'en obtiennent pas autant, et que pouvait-il attendre de plus de la prolongation d'une visite qui aurait été nécessairement gênée par son mutisme? Il avait raison de s'éloigner. Entrer à propos, c'est le triomphe de la chance. Sortir à propos, c'est le triomphe de l'habileté. Il laissait dans le salon qu'il avait traversé comme la trace d'une apparition, mais une trace indélébile.

Par une sorte de tacite accord, on gardait le silence en le voyant s'éloigner. Quand il fut caché derrière un détour de la route, on écoutait encore le galop de son cheval. Le bruit s'éteignit.

« Pauvre jeune homme! dit le baron. Si bien doué de tous côtés. Un esprit si orné, un si noble cœur! Faut-il qu'une pareille affliction soit venue le frapper! Il aurait tous les avantages.

— On ne les a jamais tous à la fois, observa Marguerite. Dans les contes de fées, il s'agit d'ordinaire de l'embarras des souhaits. Si nous avions le choix des afflictions, je suis portée à croire que l'embarras serait plus grand encore. La plus pénible paraît toujours celle que l'on a. Par exemple, au moment où nous parlons, M. de Montvert pourrait être renversé de son cheval, se casser un bras ou une jambe, rester défiguré ou estropié. C'est une infortune assez vulgaire, bien plus commune que la sienne. Pensez-vous qu'il accepterait volontiers cette situation, en échange de la parole recouvrée? En vérité, je ne sais.

— On guérit d'une jambe cassée, reprit le baron.

— Vous croyez donc, s'écria vivement Marguerite, qu'il ne peut pas guérir? »

Le baron hocha la tête.

« Je ne suis pas médecin, mais après dix-huit mois... Tu conçois qu'on a dû tout essayer, et il paraît que les médecins n'y ont rien compris.

— C'est précisément pour cela que j'espère, dit la jeune fille. Je m'imagine que cela finira tout à coup et sans qu'on sache pourquoi, comme c'est venu. Il m'est d'ailleurs arrivé une nuit de le rêver, et j'en veux croire mon rêve. »

Le baron se hâta de détourner la conversation, sauf à la reprendre quand il serait seul avec Marguerite. Quoiqu'il fût habitué à ses allures de franchise primesautière, il trouvait un peu risqué que, devant témoins, une jeune fille racontât qu'elle avait rêvé d'un jeune homme, et il se proposa de l'avertir d'être plus circonspecte. Cela lui donnait à réfléchir à lui-même. Après quelques entretiens sur des sujets indifférents, lorsqu'il eut pris congé et fut remonté dans sa voiture, il douta de l'opportunité de l'avertissement qu'il avait projeté, et attendit que Marguerite lui en fournît une occasion qu'il pensait devoir être prochaine. Mais la jeune fille ne parla plus de Raoul. Peut-être, elle aussi, elle attendait l'occasion. Peut-être elle s'était donné l'avertissement.

Élevée sans mère, par une institutrice assez romanesque, Marguerite, obligée de tenir la maison de son père et d'ailleurs naturellement douée d'une vive imagination, avait dans les manières moins de retenue que n'en ont d'ordinaire les jeunes filles qui ont grandi sous l'œil maternel. Il n'y avait pas à le lui reprocher, on rendait plutôt justice à la bonne grâce avec laquelle elle faisait les frais. Sa conversation était abondante, et son affabilité se relevait d'un tour d'esprit original qui produisait des saillies piquantes. Elle était fort ins-

truite et avait beaucoup lu. Dans l'intérieur, elle était
la joie de son père, qui l'admirait presque autant qu'il
l'aimait, et lui aurait demandé plus de confiance affectueuse que de respect. Le baron resta un peu préoccupé du rêve de Marguerite et se surprenait à rêver lui-
même. Au fond, se disait-il, l'aventure bizarre de Raoul
avait eu tant de retentissement dans le faubourg Saint-
Germain qu'il n'y avait rien d'étonnant à ce qu'elle eût
fait travailler l'imagination des jeunes filles. D'autres
sans doute s'y étaient intéressées, et seulement n'avaient
pas eu la candeur d'en témoigner publiquement.
N'était-il pas possible que le rêve se réalisât, et dans ce
cas que manquerait-il à Raoul pour être l'idéal d'un
gendre accompli, maintenant qu'avait si heureusement
cessé la mésintelligence des deux familles? Insensiblement, le baron en vint à se poser la question de savoir
si même l'objection présente était absolument péremptoire, et sa réponse fut que cela regardait surtout Marguerite. Il n'avait qu'à l'observer, il serait temps de
l'interroger après la réunion du jeudi suivant, où il
avait besoin d'ailleurs de voir la comtesse et de juger
si la glace était véritablement rompue. Jusque-là, il
n'avait rien à dire ni à faire.

Cette conclusion, qu'il n'y a rien à dire ni à faire, est
toujours bien accueillie dans les perplexités. Les journées s'écoulèrent jusqu'au jeudi, et parurent longues,
sans que ni le baron ni sa fille dissent un mot de Raoul.

Celui-ci était rentré si rapidement de sa course, qu'on
ne voulait pas croire qu'il l'eût achevée. Devant sa mère,
il rendit compte simplement de la rencontre du baron

et de la cordialité avec laquelle avait été improvisée une réconciliation qu'il lui demandait expressément de confirmer le jeudi suivant sans plus de phrases qu'il n'en avait prononcé, par la seule affabilité de.son accueil. Quand il fut en tête-à-tête avec Lucie, il fut un peu plus communicatif. Il vanta la beauté de Mlle de Lavaur, il raconta combien elle avait été gracieuse en louant ses récits de voyages. Lucie ne voulut pas avoir l'indiscrétion de lui adresser des questions. Elle croyait suffisamment comprendre, et à son tour elle supplia sa mère d'entrer dans le complot dont pouvait dépendre le bonheur de Raoul. La comtesse était résignée à la condescendance et n'opposa pas de résistance.

Raoul s'était remis à ses travaux. Un jour, comme Lucie entrait dans sa chambre, il cacha précipitamment sous d'autres papiers une feuille sur laquelle il crayonnait.

« Qu'est cela? s'écria Lucie. Tu as pour moi un mystère. »

Le jeune homme croisa le doigt sur ses lèvres et retira lentement le papier qu'il avait caché. C'était le portrait de Marguerite que son crayon habile essayait de retracer de mémoire.

« Je le reconnais, » dit Lucie.

Elle lui baisa le front, et essuya une larme.

La réunion du jeudi eut lieu, au château de Maupertuis. Elle était nombreuse. Les deux jeunes filles s'embrassèrent avec de grandes démonstrations. La comtesse tint parole, et tendit gracieusement au baron une

main qu'il ne se contenta pas de serrer. Elle fut placée
près de lui à table, et il y eut entre eux, sans aucune
allusion au passé, émulation d'amabilité. Ce n'est pas,
pour une maîtresse de maison, une petite étude que
de disposer les places de ses convives. Il y a souvent
bien des plans successivement tracés, raturés ou déchi-
rés. Elle doit respecter des privilèges d'âge parfois in-
décis et dont tous les invités, et plus encore toutes les
invitées, ne sont pas pareillement désireux d'éclaircir
les litiges. Elle doit ménager, pondérer d'autres susceptibilités de rang ou de situation. Tel prétendrait à la
place d'honneur pour son importance, qui la céderait
volontiers s'il avait à être interpellé sur son acte de
naissance. En notre siècle d'égalité, l'étiquette règne
encore dans une salle à manger bourgeoise comme elle
régnait à la cour de Louis XIV, comme elle régnait
dans la parabole de l'Évangile. Et puis, chose plus grave
encore, il faut prendre garde aux mésintelligences et
aux gens qui ne se parlent pas. Raoul ne parlait à personne; en était-il plus facile à placer? Je ne sais si la
bonne châtelaine était entrée dans le complot ou si ce
fut le résultat d'une combinaison moins réfléchie, mais
il se trouva que Raoul était à la gauche de Marguerite,
et il ne sembla pas que la jeune fille s'en plaignît. Elle
réussit à être fort animée. On a déjà dit que sa conversation était abondante. Elle mit un art délicat, dont
Raoul était reconnaissant, à éviter les questions auxquelles un signe ne suffisait pas à répondre. Elle com-
plimenta encore l'écrivain, en justifiant par des cita-
tions bien choisies de la sincérité avec laquelle elle

avait lu; elle exprima le plaisir qu'elle aurait à voir ces lointains pays, elle fit des récits de son seul voyage à l'étranger, qui était modestement le voyage de Suisse. Son voisin de droite, hobereau assez vulgaire, avait essayé d'être aimable et comptait sur des préférences dont il aurait eu sujet d'être médiocrement flatté. Il ne s'aperçut pas sans quelque dépit de son erreur. Il eut la ressource d'attribuer les attentions de la jeune fille à un sentiment chrétien, et puisa une autre consolation dans des flots de bourgogne.

Vers la fin du repas, à ce moment psychologique où, parmi la bonne compagnie elle-même, un peu de surexcitation et une sorte d'ivresse montent à toutes les têtes, la jeune fille félicitait Raoul sur son talent de dessinateur qu'elle avait entendu vanter, et témoigna le désir de posséder un de ses dessins. Il ne lui fut pas difficile d'obtenir un signe d'assentiment. Elle ajouta : « Je sais même que vous avez eu l'indiscrétion de faire mon portrait!... » Raoul manifesta un vif étonnement, et elle s'amusa quelque temps à le laisser chercher; puis elle dit : « Rassurez-vous, c'est votre charmante sœur qui vous a trahi tout à l'heure en me confiant votre témérité. Pour vous punir, je veux absolument que vous me donniez le corps du délit.» Raoul porta la main à son habit et montra le dessin, dont il avait eu la précaution de se munir. Il y eut là des correspondances muettes qui parurent singulièrement expressives aux yeux qui observaient. Ce n'étaient pas ceux du hobereau de droite, qui depuis longtemps n'observait plus.

On se leva, Raoul offrit son bras à la jeune fille, et

comme ils entraient ainsi au salon, il fut impossible
que tous les assistants ne fissent pas la remarque que
c'était un beau couple. Quel dommage! pensaient quelques-uns. Pourquoi pas? pensaient quelques autres.
De ces derniers étaient déjà le baron et la comtesse,
sans compter peut-être Marguerite.

Les observations du reste de la soirée ne furent pas
de nature à changer le caractère des impressions recueillies, qui se répandaient de plus en plus. Tout le
voisinage était là, on chuchotait, et les allusions commençaient à se produire à l'oreille même de la comtesse. Dès le lendemain, le baron jugea qu'il était à
propos d'avoir un entretien sérieux avec sa fille, tandis
que Lucie se livrait de son côté, envers son frère, à un
interrogatoire amical sur faits et articles. Les résultats
des enquêtes furent tels qu'a dû les pressentir le lecteur. La distance ne fut plus un obstacle à de fréquentes visites réciproques, et il ne se passa pas longtemps
avant qu'on annonçât le mariage du comte de Montvert
avec Mlle de Lavaur.

Les dispositions préparatoires n'eurent rien de particulièrement remarquables. Bien des gens trouvaient
que Marguerite avait de l'audace, et se demandaient si
quelque incident bizarre n'éclaterait pas encore avant
la cérémonie. Le mariage devait être célébré à la campagne. Le baron était maire et cédait à son adjoint
l'honneur de ceindre l'écharpe municipale. Ce dernier,
paysan à moitié lettré, était très pénétré de l'importance de son personnage, mais, fonctionnaire timoré,
il se préoccupait de la manière dont il recevrait les

serments d'un muet. Il lui fallut une consultation en
règle, avec des précédents cités, pour apaiser ses scrupules et lui persuader qu'il pourrait se contenter d'un
signe affirmatif accompagné d'un mouvement des lèvres.

Au jour fixé, on était réuni dans la vaste salle du
château de M. de Lavaur. Le maître d'école avait lu
avec volubilité le fatras des pièces de procédure et,
l'acte préparé, l'adjoint avait ânonné, d'une façon plus
risible que solennelle, le chapitre vi du titre « Du mariage » au code civil, sur les droits et les devoirs respectifs des époux. Il retrouva sa dignité pour interpeller
le comte de Montvert, d'un ton où perçait une bienveillance compatissante, Raoul, d'une voix nette et ferme
qui remplit la salle entière, répondit : Oui.

Ce fut un coup de théâtre. Il y eut une explosion de
cris et la cérémonie fut interrompue. La comtesse pleurait en embrassant son fils, Lucie levait au ciel ses
mains jointes, le baron accourait près de Raoul, qu'é-
treignait encore sa mère, les témoins s'agitaient, l'adjoint perdait la tête et ramassait ses papiers. Marguerite était radieuse et relativement calme.

« C'est mon rêve, dit-elle. Monsieur l'adjoint, veuillez continuer, c'est à mon tour. »

L'assemblée stupéfaite subit l'ascendant de ces mots.
Le magistrat campagnard, balbutiant plus que jamais,
renouvela l'interpellation. Marguerite, d'une voix aussi
ferme que l'avait été celle de Raoul, répondit : Oui. Ils
étaient unis devant la loi d'un lien indissoluble.

On entourait Raoul avec un mélange de joie et d'inquiétude, on craignait qu'il ne se fût épuisé par un violent effort.

« Rassurez-vous, dit-il en souriant. Je me sens entièrement guéri. J'ai cru le sentir depuis plusieurs jours. Il y a un bois écarté où je m'enfonçais pour m'exercer à la parole en éprouvant ma guérison, où j'ai dû acheter une fois la discrétion d'un bûcheron. Je pouvais redouter une rechute, qui aurait été plus cruelle que la continuation de l'état auquel je m'étais résigné. Aussi je n'osais parler à personne. Et puis, vous l'avouerai-je, Mademoiselle, car je vous appellerai de ce nom jusqu'à ce que nous soyons unis devant Dieu, j'étais pénétré d'une si profonde reconnaissance pour la compassion que vous avez eue de mon infortune, j'en étais si fier en même temps, qu'il ne me déplaisait pas de savourer quelques jours de plus cette satisfaction orgueilleuse. Pardonnez-moi, si j'ai eu tort. »

Ce n'était guère le moment des reproches. On s'émerveillait plutôt d'entendre Raoul s'exprimer avec cette aisance. La nouvelle ne tarda pas à se répandre dans le village et tous les environs. On ne sait pas comment elle était parvenue au château de la comtesse avant le carrosse qui l'y ramenait. Les fermiers s'assemblaient en poussant des cris et en tirant des coups de fusil. Il y eut le soir des feux de joie. Raoul allait de l'un à l'autre en confirmant la bonne nouvelle, chacun voulait avoir un mot de lui et le colporter en s'en vantant. Dans l'espace d'une demi-heure, il se trouva qu'il n'avait pas parlé en particulier à moins de mille personnes. Les légendes se croisaient. Le bûcheron, sans dire quel prix avait payé son silence, racontait qu'il avait vu dans le bois une apparition et avait reconnu M. le comte monté sur un grand cheval blanc et parlant tout seul. Une bonne femme avait fait une neuvaine, et une autre un pèlerinage, à l'intention du jeune comte. Le guérisseur se rengorgeait et ne permettait plus de douter de la vertu de ses herbes. Je crois en vérité que, lorsque la guérison fut connue à Paris, l'homéopathe, l'électricien, le docteur en hydrothérapie, voire même le spécialiste de l'angine, oubliant qu'on avait refusé ses opérations, s'en attribuèrent tous le mérite, et que chacun d'eux cite au nombre de ses exploits la cure de Raoul.

Il y eut aussi quelques autres légendes qui plaçaient ailleurs que dans l'organisme les causes de l'infirmité temporaire de Raoul. Bien qu'il se soit écoulé plusieurs années depuis cette aventure et que le comte de Montvert soit aujourd'hui un père de famille justement honoré, heureux près de sa charmante femme, n'ayant éprouvé aucune rechute de mutisme, ni donné aucune marque d'originalité de caractère, jamais il ne lui a échappé un mot qui autorise la supposition d'une feinte. Le lecteur qui voudrait admettre cette hypothèse serait donc réduit aux conjectures de son imagination, si je n'avais à lui faire une confidence. Le romancier est par état très indiscret. Il scrute jusqu'aux replis les plus cachés du cœur humain, pour y découvrir parfois ce que le cœur ignore lui-même. Il est moins difficile de pénétrer, lorsque le comte de Montvert est absent, dans son cabinet de travail, d'ouvrir au moyen d'un passe-

partout son secrétaire, et de saisir au fond d'un tiroir
un pli cacheté. Il n'est pas très malaisé non plus, on le
sait en diplomatie, d'amollir l'empreinte de cire et de
la rétablir sans apparence d'offense, après avoir pris
copie d'un document qu'on a intérêt à connaître. Ainsi
ai-je fait, non par curiosité personnelle, ce que les gens
scrupuleux trouveraient blâmable, mais par dévouement pour le lecteur, qui, j'espère, m'excusera, qui me
louera peut-être, comme les gouvernements louent la
dextérité de leurs honnêtes agents. Voici donc la copie
transcrite à son intention sur l'original qui repose
à l'abri d'un large cachet blasonné, que le comte croit
inviolable, et sous la clef d'une serrure de sûreté.
L'enveloppe porte la suscription suivante : *Mémoires
secrets.*

« J'ignore quand il pourra être opportun de montrer
ces notes, autour de moi ou après moi. Elles vont expliquer une page obscure de ma vie, qui m'a donné un
renom de bizarrerie auquel je n'aurais voulu avoir aucun droit. Un devoir impérieux de délicatesse, qui dure
encore, m'a imposé la loi d'une discrétion absolue. Ce
devoir peut cesser. Alors il sera devenu à propos que
j'aie retracé mes souvenirs, tandis qu'ils sont présents
à mon esprit dans tous leurs détails.

« Je n'ai jamais été muet. J'ai feint de l'être pendant
près de deux ans. Ma franchise naturelle a beaucoup
souffert de cette feinte prolongée.

« Lorsque ma femme bien-aimée était une jeune fille
de seize ans, j'en avais vingt-deux. Je la rencontrais

assez souvent. Je me sentis attiré vers elle par un charme puissant. J'eus l'imprudence de ne pas lui cacher ce sentiment, la joie de croire qu'il était partagé. Il n'avait pas été confié à mes parents ni aux siens.

« Un véritable désastre vint fondre sur ce qui était dès lors une espérance. Mon père et celui de Marguerite se trouvèrent rivaux dans une lutte électorale. On sait les ardeurs et les entraînements de ces luttes. On sait combien elles sont aigries par les excès de zèle des agents respectifs et les polémiques intempérantes de la presse locale. Électeur pour la première fois, passionné moi-même pour la cause que mon père me paraissait l'homme le plus digne de représenter, je me jetai dans la mêlée avec toute la fougue de mon âge. Un article de journal, qui essayait de ternir la réputation sans tache de mon père, mit le comble à mon exaspération. La piété filiale me condamnait à être l'ennemi du père de Marguerite.

« Mon père ne fut pas élu, non plus que le baron de Lavaur. L'adversaire déclaré de notre cause profita de la division des voix. Les irritations réciproques s'exhalèrent en récriminations violentes.

« C'est trois mois après que j'eus le malheur de perdre mon père. Dans l'emportement de sa douleur, ma mère, qui avait déjà très profondément ressenti ce qu'elle avait appelé une offense, alla jusqu'à faire remonter aux passions de la lutte récente, et conséquemment au baron de Lavaur, la responsabilité de son veuvage.

« Pouvais-je rechercher encore Marguerite? Non,

24

c'eût été une impiété. Quand mon imagination me représentait ses charmes, son nom accusateur se dressait aussitôt comme un spectre. Elle était la fille du baron de Lavaur. Je m'efforçai donc de l'oublier, ainsi qu'on oublie tant de caprices de jeunesse. Je me livrai à l'étude en cultivant particulièrement les arts du dessin, pour lesquels j'avais une sorte de vocation. Quand mon deuil fut fini, je me répandis dans le monde des salons où je trouvai d'autres distractions.

« Ma mère désirait vivement me marier et m'en parlait sans cesse. Je n'étais pas pressé, et je laissai s'écouler quatre années. Cependant, parmi les relations de ma famille, avait grandi une jeune personne fort bien douée, Mlle Estelle de Gentilly. Je ne saurais mentionner qu'avec le plus profond respect le nom de cette femme, belle jeune fille alors, aujourd'hui femme d'un haut mérite. Elle faisait brillamment son entrée dans le monde. Je la rencontrais partout. Elle était loin de me déplaire, et j'avouerai que je fus attentif pour elle. Le cœur humain a tant de mystères! Je m'essayais peut-être à effacer ainsi ce qui pouvait me rester du souvenir de Marguerite.

« Il me sembla que j'y avais suffisamment réussi. Mes assiduités avaient été remarquées. Je ne tardai pas à être pressé par ma mère et enveloppé d'influences qui furent irrésistibles. Il y avait tant de convenances que je n'aurais pas su articuler une objection, à moins d'opposer celle de Marguerite, qui n'en était plus une à mes propres yeux. Je m'engageai sans enthousiasme, mais sans trouble. Je considérais que

j'accomplissais presque un engagement d'honneur, à
la suite des attentions que j'avais témoignées. Et puis, à
défaut de l'enthousiasme de la passion, qui est rare,
il y avait quelque chose de particulièrement doux dans
la pensée que l'union que j'allais contracter était l'objet d'une approbation universelle, dans l'accent de sincérité chaleureuse des félicitations que je recevais de
tous côtés.

« J'en demande pardon à ma femme bien-aimée. Si
elle ne s'était pas montrée à la soirée de contrat, —
j'ignorais qu'elle y était invitée et ne la croyais d'ailleurs pas à Paris, où on ne la voyait plus depuis plusieurs années, — je serais le mari d'Estelle de Gentilly,
et il est probable que je goûterais auprès d'elle ce
bonheur calme que tant d'hommes doivent envier. Je
n'aurais pas connu la plénitude d'allégresse dont mon
cœur est encore inondé.

« Ainsi se balance la destinée humaine, suspendue
aux fils d'araignée de mille incidents fortuits. J'avais
signé d'une main ferme, et Mlle de Gentilly avait signé.
J'avais le sourire aux lèvres en accueillant les étreintes
qui se multipliaient, quand j'aperçus, fendant avec
peine la foule, le baron de Lavaur suivi de Marguerite,
de Marguerite transformée, ayant remplacé par une
éclatante beauté les charmes de l'adolescence. Tout
mon sang reflua sur mon cœur. J'évitai le regard du
baron, j'aurais voulu éviter celui de Marguerite. Elle
me cherchait, elle s'avança vers moi, elle me tendit
la main, et avec une grâce enchanteresse, d'un ton
qui ne contenait aucun reproche, elle me dit ces sim-

ples paroles qui vibrent encore dans mon cœur :

« J'ai voulu vous féliciter, Monsieur. Je suis re-
« venue exprès de la Touraine. Personne ne fera de
« vœux plus sincères que les miens pour votre bon-
« heur. »

« Elle fendit de nouveau la foule. Je vis qu'elle se
dirigeait vers la table où se déposaient les signatures
du contrat. Elle ôta son gant et signa. Puis elle embrassa Estelle, dont elle était, ce que j'avais ignoré,
une parente éloignée.

« J'étais éperdu, humilié de n'avoir rien répondu.
Ne sachant ce que je faisais, je réussis à me rapprocher de Marguerite, et me penchant à son oreille, je
dis : « Je vous jure que ce mariage n'aura pas lieu. »
A mon tour, je m'esquivai sans attendre une réponse.

« Je fus comme soulagé par ce serment et parvins à
reprendre assez bonne contenance. Le baron, que ma
mère avait mal accueilli, ainsi que je l'ai su depuis, ne
tarda pas à sortir avec sa fille. Ce fut encore un soulagement. J'avais épié si Marguerite se retournerait vers
moi en sortant. Elle ne se retourna pas.

« La soirée s'acheva. Je rentrai chez moi. On peut
juger si ce fut pour y dormir d'un sommeil paisible.
Je me considérais comme lié par le serment que je venais de prononcer. Je ne le regrettais pas, il me paraissait absolument impossible que je donnasse suite au
mariage annoncé. Mais comment le rompre? Je pas-
sai la nuit à en agiter les moyens.

« Maintenant encore je ne sais pas s'il y en avait un
meilleur que celui auquel je m'arrêtai. Il y a un grand

préjugé en sa faveur, c'est que tous les buts, même lointains, que je pouvais souhaiter, ont été heureusement atteints. Le sentiment qui me dominait était un sentiment d'honneur. Je devais sauvegarder entière, à l'abri de tous les commentaires de la malignité, la réputation de Mlle de Gentilly. Qu'avais-je à lui reprocher? J'éprouvais pour elle, en l'abandonnant, une sympathie plus profonde peut-être qu'alors que je lui vouais ma vie. Or la rupture d'un mariage le lendemain du contrat signé, quand les invitations étaient lancées, c'était un esclandre dont la malignité s'emparerait infailliblement; c'était presque une trahison, si je ne parvenais pas à lui donner une apparence qui ne fît de tort qu'à moi-même. Je ne trouvais que la maladie, ou plutôt, car il est difficile de feindre longtemps la maladie, que l'infirmité durable. Parmi les infirmités, je n'avais pas beaucoup de choix. Je choisis le mutisme, qui avait un précieux avantage, celui de me dispenser des explications verbales. Il était plus aisé de ne pas parler qu'il ne l'eût été d'être constamment maître de ma parole dans les épanchements de la conversation avec ma famille et mes amis, ou vis-à-vis des médecins, si j'avais adopté un autre prétexte. Il eût été dur de mentir sans cesse, de mentir à ma mère et à ma sœur, de mentir pressé de questions, de mentir avec l'accent de la vérité. L'écriture n'a pas d'accent, elle a le droit du laconisme et le loisir de la réflexion.

« Quelques-uns penseront peut-être que j'avais une autre ressource, ordinairement la meilleure, celle de

24.

dire la vérité. Je dus repousser ce moyen, qui compromettait deux jeunes filles au lieu de n'en compro-
mette qu'une. J'aurais affiché Marguerite. On l'aurait
accusée d'être venue se jeter comme une aventurière
à la traverse d'un mariage qu'elle voulait rompre,
d'avoir embrassé Mlle de Gentilly pour la trahir. Non,
me réfugier personnellement dans la vérité eût été
un crime.

« Mon excuse, si j'ai besoin d'une excuse, a été de
n'avoir rien trouvé de plus généreux. Elle a été aussi
d'avoir envisagé et accepté toutes les conséquences
possibles. Il est clair que je devais me mettre entre les
mains de la médecine, me résigner à des traitements
pénibles, rester incurable aussi longtemps que Mlle de
Gentilly ne serait pas mariée et même au delà de cette
échéance incertaine. Les chances que je me réservais
du côté de Marguerite étaient extrêmement faibles; je
n'avais pas d'elle le plus léger encouragement, elle
pouvait être engagée ailleurs, son père était brouillé
avec ma famille, j'aurais été insensé d'espérer qu'elle
m'attendrait. Je me rends le témoignage que si mon
cœur bouleversé accueillait vaguement par moments
ce rêve de l'insomnie, c'était bien un rêve et non point
un espoir ni un calcul. Tenir mon serment, rompre un
mariage devenu impossible, de la manière la plus
plausible aux yeux du monde, la plus discrète et la
plus généreuse pour Mlle de Gentilly, je ne poursuivais
en réalité rien au delà.

« Il m'en a beaucoup coûté de ne point confier mon
secret à ma mère ni à ma sœur. J'ai considéré que

c'était nécessaire. Ce n'était pas défaut de confiance. Elles n'auraient pas été maîtresses de n'en rien laisser transpirer dans les interrogatoires dont elles devaient être assaillies, et le succès de ma feinte exigeait qu'elles demeurassent sincères.

« On s'étonnera qu'il ne me soit jamais arrivé, pendant près de deux ans, de me livrer moi-même par l'échappée d'une étourderie. J'ai redouté d'abord ces échappées. J'ai voyagé au loin, afin d'en diminuer le danger. J'ai reconnu qu'une volonté ferme, tendue vers un but défini, a une bien grande puissance. On a d'assez nombreux exemples de simulations, faites pour être exempté du service militaire, qui n'ont pas eu moins de persévérance et qui étaient peut-être plus difficiles. Une autre grande puissance est celle de l'habitude contractée. On rencontre des hommes taciturnes qui s'accoutument à parler de plus en plus rarement. On comprendrait fort bien qu'ils cessassent absolument de parler. Je pourrais citer le lieu où réside, au bord d'une plage bretonne, dans une maisonnette entourée d'un petit jardin qu'il cultive, un personnage étrange qui ne parle jamais. Il n'est pas sourd et il a parlé longtemps. Est-il muet? On en doute. Cet homme a probablement son secret, comme j'ai eu le mien, et la médecine ne l'a pas pénétré davantage.

« J'ai très familièrement connu un autre exemple. En l'absence de tout secret, un homme, avec qui j'ai souvent conversé depuis, s'est guéri d'une maladie de poitrine en observant pendant deux années un silence absolu.

« Il est certain que l'habitude ne tarda pas à devenir pour moi une seconde nature. Quand j'étais au fond des montagnes du Thibet, dans une excursion solitaire, j'aurais pu sans inconvénient jeter ma voix aux échos. Je n'en éprouvais pas la tentation, j'avais plutôt un effort à faire pour vérifier si je saurais retrouver la parole. Le son de ma voix m'était désagréable, et l'aspect des humains me rendait à mon mutisme comme à un état plus naturel.

« Une des joies de ma vie a été d'apprendre à mon retour que Mlle de Gentilly avait fait un excellent mariage. J'étais affranchi d'un remords, j'allais recouvrer ma liberté, mais me démasquer aussitôt eût été encore une indélicatesse. Une autre joie, accompagnée de grands troubles, fut d'apprendre que Marguerite était restée libre. La mésintelligence entre ma famille et la sienne durait encore. Je la revis, en un jour béni, et Dieu sait quelle fut la céleste indulgence de son accueil! Était-ce le moment d'éclater? Je n'osais pas. J'avais peur du baron de Lavaur, dont la bienveillance empressée pouvait n'être qu'une compassion pour mon état; j'avais peur de ma mère qui pouvait me reprocher de lui avoir manqué de confiance, et avoir les plus vives répulsions pour une alliance avec le baron. Et puis, il me semblait que je ne devais prononcer que devant elle ma première parole. Je crus sage de temporiser.

« D'ailleurs les sentiments multiples et divers qui m'agitèrent alors étaient si croisés, si mêlés, que j'aurais été incapable de m'en rendre un compte exact à moi-même.

« Je voyais bien dans mon cœur une image resplen-
dissante. Autour de cette image, par un effet d'éblouissement, tout était confus et obscur. Marguerite était
la seule personne qui pût posséder mon secret. Étais-
je assuré qu'elle le possédât elle-même? Il ne m'aurait
pas déplu d'en douter. Elle savait bien que j'avais juré
de rompre le mariage; mais dans le bruit qui s'était
fait à l'occasion de mon infortune, on avait surtout
parlé de paralysie, et l'on avait beaucoup disserté
sur les conséquences d'une émotion violente. Marguerite connaissait l'émotion violente et pouvait admettre
la réalité de la conséquence. Si elle daignait néanmoins être ma consolatrice, je n'en étais que plus touché au fond du cœur, ou, si l'on veut, plus flatté dans
ma vanité, qu'elle avait eu l'attention de caresser. Il
eût été doux de récompenser le dévouement par une
révélation retardée jusqu'au moment où elle serait dé-
sintéressée. Peut-être n'était-ce pas du désintéressement. Peut-être ma mère serait-elle moins disposée à
une réconciliation, si j'avais recouvré tous les avantages
que m'attribuait son orgueil maternel. Peut-être son
ressentiment avait-il encore besoin d'être calmé par
les inspirations d'une tendresse compatissante.

« C'est ainsi que je me trouvai amené à différer de
jour en jour, jusqu'au moment où, n'apercevant aucun
motif de différer davantage, heureux de l'assentiment
de tous, devant ma mère, devant le baron de Lavaur,
devant Marguerite qui allait m'engager sa foi, je lui ai
engagé à haute voix la mienne.

« On a pu soupçonner la feinte, je ne l'ai jamais

avouée. J'ai découragé la curiosité des interrogations, je n'ai donné à personne l'explication que je consigne ici. Le bruit s'est éteint dans la persistance du mystère. J'estime que l'honneur d'un homme doit garder avec ce soin respecteux et jaloux tout secret qui intéresse une femme. »

Ces dernières lignes ne sont pas sans troubler un peu le copiste et sans lui faire éprouver des scrupules. Afin de les apaiser, il supplie le lecteur de lui garder à son tour un inviolable secret et de considérer cette communication comme une confidence, jusqu'à ce que Raoul de montvert ait publié lui-même ses Mémoires.

FIN DE CONFIDENCE AU LECTEUR.

LE
ROMAN D'HÉLÈNE.

LE

ROMAN D'HÉLÈNE.

En 1874, parmi les habituées d'un des cours de littérature institués à la Sorbonne à l'usage des femmes, on remarquait une jeune fille d'une assiduité particulière. Elle paraissait avoir plus de vingt ans, peut-être près de vingt-cinq. Ses traits étaient régulièrement beaux, avec une teinte prononcée de sérieux, sinon de mélancolie. Elle était constamment vêtue de noir, non point cependant en deuil. La fraîcheur et la qualité des étoffes attestaient l'aisance, et l'ensemble de la toilette avait un caractère d'élégance de bon goût. Une taille assez élevée, bien prise, ne nuisait pas à ce caractère. La jeune fille était accompagnée d'une femme d'une cinquantaine d'années, dont la tenue et la tournure, sauf la différence des âges, avaient à peu près le même aspect. Ce n'était pourtant pas une mère, il n'y avait aucune ressemblance de traits, et, bien que les deux compagnes ne se parlassent qu'à voix basse, la curiosité qui les observait avait constaté que les interpellations échangées étaient celles de madame et de mademoiselle. Toutes deux n'entraient et ne sortaient que voilées, et elles n'adressaient jamais la parole à

25

personne. Quand on la leur adressait, elles répondaient avec politesse, mais assez brièvement pour dissuader de lier une conversation.

On sait que dans les réunions fortuites où des inconnus se rencontrent souvent, comme aux eaux, aux bains de mer, ou tout simplement dans les voitures d'un chemin de fer, on remarque tous les degrés de la loquacité, depuis la familiarité indiscrète jusqu'à la réserve systématiquement taciturne. Question d'éducation et aussi un peu de tempérament. C'est dans les chemins de fer de la banlieue de Paris, journellement parcourus, et aux mêmes heures, par les nomades réguliers de la villégiature, que la remarque est le plus sensible. J'appartiens à cette nombreuse tribu. Je ne réussis pas toujours à éviter les bavards en titre d'emploi qui parlent à la cantonade de leurs affaires et de celles de la politique, de leurs santés, des incidents grands et petits de leur vie de famille, et qui lisent haut le journal en le commentant. Ils sont, à mon avis, les fléaux spéciaux de la villégiature parisienne. J'ai fait l'observation que, contrairement à leur réputation, les femmes sont en pareil lieu beaucoup moins loquaces que les hommes, ce qui me porte à rechercher les voitures où sont déjà entrées des femmes, afin de pouvoir lire ou me recueillir en paix. En revanche, il m'arrive de voyager souvent avec un voisin de campagne qui s'est donné l'originalité du mutisme absolu et qui a eu le talent de parvenir à la faire respecter.

Les deux habituées du cours de la Sorbonne avaient à peu près atteint ce résultat. Leur existence éveillait

une curiosité qui avait essayé vainement d'en découvrir
le mystère. On avait appris seulement, c'était bien peu
de chose, que la plus jeune était inscrite sous le nom
de mademoiselle Lefebvre, et demeurait avec sa compagne dans un couvent du quartier de l'Observatoire
qui recevait des pensionnaires. L'appariteur interrogé
n'en savait pas davantage.

Le professeur, M. Gustave Dupré, était un homme
de trente-cinq ans à peine. Brillant élève de l'École
normale, doué d'une physionomie agréable, d'une voix
sonore et sympathique, il avait la parole facile et parfois éloquente. Son cours était fort suivi, et sans doute
aurait été fort applaudi, si les convenances n'interdisaient les manifestations bruyantes à un auditoire
féminin. C'est pour le professeur, comme pour l'orateur
sacré, une privation très considérable. Les applaudissements, outre ce que leur musique, peu mélodieuse
pourtant, a de particulièrement doux à l'oreille, en-
couragent, soutiennent, enflamment. Une sorte d'électricité rejaillit des auditeurs sur l'orateur, qui se sent
animé d'un feu nouveau. Les acteurs de bonne foi vous
avoueront qu'ils préfèrent encore les suffrages gagés
dont ils connaissent le salaire au silence glacé de la salle.
Le professeur d'un cours à l'usage des femmes a des
compensations qui ne sont pas sans charme et peuvent
n'être pas sans danger. L'approbation de son auditoire
n'a pas besoin d'être bruyante pour se manifester. Il
saisit le mouvement des physionomies, attentives ou
ardentes, parfois l'émotion attendrie, les respirations
suspendues, puis les vagues murmures qui s'exhalent,

les sourires qui cherchent des sourires voisins ; il voit
des lèvres roses entr'ouvertes comme pour livrer avidement passage à l'expression de sa pensée. Des yeux
de jeunes filles sont pendant une heure de suite fixés
sur ses yeux. Dans les rencontres qui en résultent, les
uns ou les autres s'abaissent, se détournent, se retrou-
vent avec des timidités alternatives ou simultanées. Si
le professeur est jeune lui-même, d'âge et surtout de
cœur, il est difficile que son regard erre toujours au
hasard en conservant une parfaite justice distributive,
et ne se laisse pas souvent ramener vers une direction
préférée.

Gustave Dupré, sans le vouloir et avant de s'en
apercevoir, dirigeait donc souvent son regard vers le
banc qu'occupait un peu à sa gauche Mlle Lefebvre,
mais il dut bientôt renoncer à rencontrer celui de la
jeune fille. Elle prenait des notes et gardait constamment cette attitude penchée. Le professeur en éprouva
d'abord quelque dépit, puis un mélange indéfinissable
d'autres impressions. Il était flatté de l'attention qui
recueillait chacune de ses paroles, il pouvait plus librement contempler une figure attachante et belle, mais
il en trouvait le marbre bien impassible. Il lui arriva
parfois de se livrer à une sorte de ruse qui avait l'avantage d'atteindre en même temps plusieurs buts. Quand
il se sentait en verve et comptait sur une période à
succès, il se tournait vers le côté droit de l'auditoire,
qui lui savait gré de cette préférence. Il se livrait avec
chaleur à son inspiration. L'effet attendu étant produit,
il jetait rapidement un coup d'œil furtif sur Mlle Le-

febvre. Toujours impassible, elle continuait de prendre
des notes.

Quelques-unes des jeunes élèves avaient l'habitude
de rédiger soigneusement une analyse de chaque cours
qu'elles envoyaient au professeur en sollicitant des
observations ou des corrections, ce qui les mettait en
rapports directs avec lui. Gustave Dupré remarquait
que Mlle Lefebvre s'abstenait de ces communications.
Un jour il reçut sous une enveloppe à son adresse un
cahier qui n'était pas seulement une analyse, qui sur
un point spécial était une sorte de discussion et proposait quelques objections historiques, non sans une
grande recherche de modestie et de courtoisie. Il fut
très frappé du style élevé de ce mémoire, et en remontant aux sources il dut reconnaître que les objections
étaient fondées. Emporté par l'improvisation dans une
digression, il avait commis les erreurs indiquées. Le
cahier n'était pas signé, et l'écriture sans ratures paraissait celle d'un copiste calligraphe bien plutôt qu'un
original. La probité du professeur demandait une réparation. Peut-être un autre motif le porta-t-il à donner
à la réparation une véritable solennité. Il en fit le sujet
d'une leçon tout entière. Il commença par lire haut le
mémoire anonyme. Il avait un grand talent de lecteur
et le cahier ne perdit rien à être ainsi interprété. Avec
beaucoup de grâce et de délicatesse il en loua, il en
remercia l'auteur, exprimant le regret de ne pouvoir
le nommer, de n'avoir même pas le droit de chercher
à pénétrer le mystère. Ce fut l'occasion d'une spirituelle digression sur les limites des droits des corres-

pondances anonymes. Puis il aborda nettement le point
controversé, ajoutant un faisceau de nouveaux témoignages à ceux qui, disait-il, avaient suffi pour l'ac-
cabler.

La leçon fut brillante. Mais vainement le professeur
répéta son manège, et, tourné vers la droite, dirigea
de l'autre côté un regard à la dérobée. Il ne parvint à
saisir aucune impression compromettante sur le visage
penché de Mlle Lefebvre.

Il y eut à la sortie, dans la cour de la Sorbonne, bien
des chuchotements, des commentaires, des interrogations même. Les deux compagnes voilées s'étaient,
suivant leur usage, esquivées.

Le cours de la saison était près de sa fin, et il s'a-
cheva sans autre incident. Gustave Dupré s'étonna de
rester plus préoccupé qu'il n'aurait pensé de l'image
de la belle inconnue, qu'il n'était probablement destiné
à revoir jamais. Il sentait confusément qu'il manquerait
quelque chose à l'intérêt de sa vie et de ses travaux. Il
questionna de nouveau l'appariteur, demandant à la
fois des informations sur plusieurs élèves inscrites,
comme s'il craignait que l'honnête subalterne ne devi-
nât le but d'une interrogation plus précise. Il n'apprit
rien autre chose que le nom du couvent où passait pour
résider Mlle Lefebvre. Le digne homme, vieilli dans la
profession, habitué depuis plus d'un quart de siècle à
voir tous les ans des figures nouvelles, et devenu sourd,
sommeillait au cours. Il n'était pas de l'espèce des observateurs malins et des inquisiteurs. Un jour, Gustave
Dupré, promenant sa rêverie dans le jardin du Luxem-

bourg, fut entraîné à la prolonger jusqu'à l'Observatoire, puis se trouva transporté à la porte d'un couvent. Il rêvait encóre en appuyant ses doigts sur l'anneau d'une grosse chaîne d'ancien régime. Une cloche retentit, il tressaillit, rappelé au sentiment de la réalité.

Que venait-il faire là ? Il n'en savait rien. Il se serait volontiers enfui, mais la porte s'ouvrait et une vieille sœur tourière montrait sa face assez rébarbative.

« Ma sœur, dit Gustave; Mlle Lefebvre est-elle encore à Paris?

— Nous ne connaissons pas Mlle Lefebvre.

— Vous n'avez pas eu, le mois dernier, une pensionnaire de ce nom?

— Aucune, » reprit la tourière, en refermant la porte.

Gustave regagna son logis, déconcerté, confus, et se promettant bien de ne pas renouveler des tentatives aussi saugrenues.

Il était lié d'une étroite amitié avec un ancien compagnon d'études, Maurice de Berville. Depuis l'épreuve, subie le même jour et avec des succès égaux, du baccalauréat, les deux amis s'étaient séparés, suivant des voies bien différentes. Maurice était capitaine aux chasseurs d'Afrique. L'amitié, entretenue par la correspondance, avait persisté. On était arrivé à la saison des vacances. Maurice, en congé dans sa famille au fond du Morvan, s'empressa d'engager le professeur à venir employer auprès de lui, sous le toit du marquis de Berville, la plus grande partie possible de ses loisirs. Gustave fut heureux d'accepter. Mauvais chasseur et mauvais cavalier, il ne comptait pas s'associer souvent aux plaisirs du capitaine. Mais il aimait la nature; il admirait les cimes agrestes, les vallées profondes, les châtaigniers gigantesques du Morvan. D'ailleurs, il n'était pas gênant. Il avait emporté des livres pour continuer ses travaux, pour préparer son cours de l'année suivante, et il se livrait lui-même à la composition d'un volume d'érudition littéraire.

Il jouissait depuis une semaine d'une hospitalité à tous égards précieuse, quand Maurice reçut du comte de Louvières, dont le château était à cinq lieues de là, l'invitation de venir prendre part à l'ouverture de la chasse. La lettre, très cordiale, se terminait par ces mots : « Si vous avez chez vous un hôte que puissent tenter nos perdreaux rouges, ne manquez pas de l'amener. » Maurice proposa donc à son ami d'être de la partie. Celui-ci s'excusa d'abord. « Je ne suis pas digne, disait-il, et ne veux pas donner à une réunion nombreuse le spectacle de ma maladresse. Je resterai achever un chapitre.

— Impossible, répondit Maurice. C'est une occasion parfaite pour un Parisien de voir ce qu'il y a de plus curieux dans la contrée. Le château de Louvières est une forteresse moyen âge soigneusement restaurée qui vaudrait seule le voyage. Le paysage est superbe. Tu verras un assortiment de nos hobereaux, parmi lesquels quelques bonnes têtes. Tu aimes les beaux arbres. Tu verras un châtaignier invraisemblable dont le tronc a douze mètres de tour, et près duquel les nôtres sont des allumettes. Et puis tu verras une autre merveille, la perle du Morvan, Mlle Hélène de Louvières. »

C'étaient beaucoup de séductions à la fois, et Gustave se laissa aisément persuader. Le jour dit, les deux amis partirent donc de grand matin dans une voiture légère attelée de deux postiers, que conduisait Maurice. Le rendez-vous était à dix heures. Les mœurs de l'endroit, bien connues du capitaine, étaient qu'un déjeuner réunissait tous les invités, guêtrés et en tenue de chasse. A midi on se mettait en campagne. Une chambre numérotée était assignée dans le vaste château à chaque invité, qui, en rentrant, s'y nettoyait de ses souillures. L'étiquette exigeait qu'on se présentât au dîner en frac et cravate blanche.

A moitié chemin, on apercevait déjà le château qui se dessinait au sommet d'un mamelon boisé, entouré d'une ceinture de pics plus élevés. On le perdait souvent de vue, la route s'enfonçant dans une succession de ravins. A mesure qu'il s'en rapprochait, Gustave était plus frappé de l'aspect pittoresque et monumental de l'édifice, que flanquaient quatre tours à mâchicoulis et aux toits pointus d'ardoises. L'arrivée, par une avenue assez courte, mais de six rangées d'arbres magnifiques, produisait un effet théâtral. Gustave était dans l'admiration. Il pensait à ses études du moyen âge, il se serait senti inspiré pour improviser une leçon, que n'aurait pas écoutée très patiemment un auditoire de chasseurs, un jour d'ouverture. La voiture entra dans la basse-cour, où des palefreniers attendaient et dételaient les chevaux. Gustave remarqua une femme vêtue de noir qui paraissait donner des ordres et présider à quelques apprêts. La tournure et

même les traits, un moment entrevus, lui rappelèrent
la compagne de Mlle Lefebvre, et la rêverie, qu'il
croyait dissipée, l'envahit tout à coup de ses brouil-
lards. Il s'efforça de repousser cette impression. Ce ne
pouvait être évidemment qu'une illusion ou une ressemblance fortuite. Mais quand, introduit dans le salon, où une réunion déjà bruyante s'assemblait, il fut
présenté par Maurice au comte et à la comtesse de
Louvières, puis à leur fille aînée, l'illusion n'était plus
possible : il était bien en face de Mlle Lefebvre.

Il était stupéfait. Il sentait qu'aux yeux de la jeune
fille son apparition devait être une hardiesse presque
impertinente. Il brûlait de se disculper. Devant témoins, c'eût été peut-être une indiscrétion. Il ne trouvait pas une parole à prononcer. Après une salutation
profonde et gauche, il se dirigea vers une fenêtre ouverte pour respirer, pour s'appuyer, et, l'expression
ne fut jamais plus juste, pour contempler le paysage.

Heureusement le brouhaha des arrivées successives
avait empêché que son trouble fût remarqué. Le capitaine, que les garnisons, les campagnes, son séjour
en Afrique avaient éloigné depuis plusieurs années,
échangeait des poignées de main avec tous les hobereaux du voisinage et ne s'occupait pas du professeur.
Ce fut Hélène qui lui vint en aide.

« Hé bien, Monsieur, dit-elle en se rapprochant de
lui, que pensez-vous de nos sauvages montagnes? de
nos collines ou plutôt de nos taupinières, si vous avez
voyagé en Suisse. Ne les dépréciez pas trop; je vous
préviens que je suis une Morvandelle un peu exaltée.

— Sur mon honneur! s'empressa de dire Gustave à voix basse, j'ignorais que je vous trouverais ici.

— Je vous crois, reprit Hélène en baissant aussi la voix. Pas un mot de nos rencontres de Paris. A l'exception de mes parents et de mon ancienne institutrice, personne ne sait ce que j'y allais faire. Mais, ajouta-t-elle très gracieusement, j'ai le droit de vous connaître par vos charmants livres, qui ne sont pas un secret, et je pourrai vous en parler. »

Que ce compliment, bien inattendu, chatouillât agréablement le cœur de Gustave, il n'y a pas un auteur qui ne le comprenne.

« Vous reverrai-je à Paris? osa-t-il se hasarder à demander.

— Jamais, » reprit Hélène. Et elle rentra se mêler aux divers groupes. On annonça bientôt le déjeuner, qui était de vingt couverts. Le comte de Louvières, de haute taille et de bonne mine, était un superbe président de table. La comtesse, bienveillante et douce, faisait peu de frais de conversation. Elle était accostée du président du tribunal et du sous-préfet, qu'il était de tradition d'inviter à l'ouverture de la chasse, quand il leur plaisait de manier un fusil et quand la phase de la politique leur permettait de hanter le château, ce qui était la phase du moment. Hélène avait une sœur de dix-neuf ans, qui n'était pas dépourvue des agréments de son âge, à un bien moindre degré cependant. Julie de Louvières était effacée par sa sœur aînée, elle le savait et elle en souffrait peut-être. Elle n'avait rien qui appelât particulièrement

l'attention et il suffit de la mentionner ici, dans le tableau de la famille, que complétait un écolier de
douze ans, assisté d'un précepteur ecclésiastique. Il
serait injuste pourtant de ne pas nommer parmi les
membres de la famille Mme Dumesnil, qui, depuis
vingt ans, n'avait pas quitté Hélène. Gustave Dupré se
trouva placé à table entre le capitaine et Mme Dumesnil. Était-ce une surveillante qui lui était donnée? Il
le craignait. La discrétion dont il avait reçu l'ordre ne
lui semblait pas exiger cette garantie. Il crut devoir
s'abstenir d'adresser le premier la parole à sa voisine,
mais celle-ci le provoqua presque aussitôt avec une
grande aisance de ton et de manières. Gustave vit qu'il
avait affaire à une personne intelligente et distinguée,
bien maîtresse d'elle-même. L'amour-propre de l'auteur fut de nouveau caressé, et il s'engagea là un
aparté littéraire qui contrastait singulièrement avec la
plupart des autres conversations, dont la chasse était
le sujet dominant. Maurice, le voyant si bien lancé, ne
s'occupait pas de lui, et racontait à un voisin ses
chasses d'Afrique.

 Tout en causant, le professeur observait Hélène,
dont l'animation le frappait d'étonnement. C'était pour
lui une sorte de transfiguration. La belle jeune fille
n'avait plus ce visage de marbre dont il avait si souvent contemplé les lignes pures. Elle était vive, enjouée, souriante, ce qui montrait des dents charmantes. Ses grands yeux noirs jetaient des éclairs; ses
mots, qu'il n'entendait pas, étaient accueillis autour
d'elle par de gros rires d'approbation. C'était le coin

de la table où l'on témoignait le plus de gaieté. Ses interlocuteurs grisonnants n'étaient cependant pas faits
pour exciter la jalousie, et elle semblait se livrer simplement sans contrainte au naturel que Gustave aurait
soupçonné le moins. La métamorphose était telle, le
lieu, le cadre si différents, qu'il voulait douter encore
de ses yeux ou de ses souvenirs, malgré l'écho profond des paroles prononcées près de la fenêtre.

On se leva, on regagna le salon. Hélène se mit en
devoir d'offrir le café à la ronde. Elle paraissait avoir
pour chacun une grâce particulièrement attentive.
Quand ce fut le tour de Gustave, midi sonnait à la
pendule.

« L'heure du drame, s'écria le comte. Allons!
Messieurs, à vos armes. Nous ne sommes pas ici pour
nous amuser.

— Nous saurons ce soir, Monsieur, dit en souriant
Hélène, dans l'attitude d'Hébé, si vous êtes adroit.

— A la chasse, Mademoiselle?

— Sans doute.

— Oh! je ne suis qu'un humble débutant, timide
et sans malice. Je ne suis pas un présomptueux, là ni
ailleurs. Soyez assurée que les perdreaux auront beaucoup à se louer de ma discrétion.

— La discrétion peut être de l'adresse, » dit la jeune
fille. »

On s'ébranla en tumulte. Au bas du perron attendait une armée auxiliaire de gardes tenant des chiens
en laisse, de porte-carniers et de rabatteurs, et l'on
se mit en route. Je ne décrirai pas les péripéties

d'une battue de plaine en plusieurs actes, suivie d'une battue de bois. La terre était vaste, le gibier abondant, et il y avait là des tireurs émérites. Le jour baissa quand on rentra au château en rapportant des dépouilles opimes. Gustave avait tenu ses promesses de modération; le sous-préfet lui avait cependant épargné l'humiliation du dernier rang, et en paraissait extrêmement contrarié, pour l'honneur de l'administration. Le capitaine était le roi de la chasse, ce dont il témoignait une joie d'enfant. Chacun se hâta de grimper dans la chambre qui lui était assignée, et, une demi-heure après, le salon, brillamment illuminé, se remplissait d'une foule transformée. Les dames étaient elles-mêmes en toilette, et, sauf quelques coupes d'habits qui n'étaient pas irréprochables, on eût dit les apprêts d'une réception de Paris.

Hélène félicita le triomphateur, puis, s'adressant à Gustave :

« Serait-ce à mon tour d'être discrète? demanda-t-elle.

— Oh! moi je n'ai pas de secrets, répondit Gustave. J'ai pris un véritable plaisir de spectateur à une scène que je voyais pour la première fois, et je ne suis pas celui qui conserverai le souvenir le moins durable des incidents de cette journée. Mais mon rôle d'acteur a été ce qu'il devait être, des plus humbles.

— Vous avez été encore plus heureux que moi, interrompit en grommelant le sous-préfet.

— En vérité? reprit Hélène. Cela se rencontre mal, car j'ai des suppliques à vous soumettre; vous savez

que j'ai toujours les poches pleines de placets importuns, et j'avais compté que le moment serait favorable. J'ai remarqué que plus un chasseur a été
cruel, plus il a le cœur disposé à l'attendrissement.

— La règle n'est pas générale, dit Gustave.

— Mademoiselle, répondit le sous-préfet, en s'efforçant d'être galant, procurez-moi l'occasion de vous
être agréable; ce sera ma plus douce consolation.

— Merci, dit Hélène. On n'est pas plus aimable. Malgré cela, je ne veux négliger aucune habileté de solliciteuse, et je ne vous attaquerai qu'après le champagne. »

Le dîner fut somptueux, les vins excellents, les conversations un peu tapageuses. Les places étaient les
mêmes que le matin et Gustave fit les mêmes observations. Il était près de neuf heures quand on sortit de
table. Il y avait un billard où se répandirent les fumeurs. Gustave ne fumait pas, il resta au salon, regardant Hélène qui, accomplissant sa menace, s'était
absorbée dans la savante attaque du sous-préfet.
Celui-ci, pour se défendre, imagina de la prier avec
instance et à haute voix de chanter. Elle s'excusait, ne
voulant pas déranger les carambolages, ajoutant d'ailleurs que Mme Dumesnil, qui était un peu souffrante,
s'étant retirée, elle n'avait personne pour l'accompagner.

« Si vous le permettez, dit Gustave, j'essaierai de
la suppléer.

— Vous êtes musicien? s'écria la jeune fille. J'aurais dû le deviner à certain chapitre qui m'a vivement
intéressée sur la musique du moyen âge.

— Cette leçon n'est pas encore imprimée, » reprit étourdiment Gustave. Il s'aperçut aussitôt de sa distraction, en remarquant un nuage sur les traits de la jeune fille. Il rougit, perdit contenance, et balbutia ces mots :

« Pardon, je me trompe sans doute. Je vous disais bien que je ne suis pas adroit.

— Vous devez vous tromper, en effet, repartit la jeune fille avec un sourire d'une bienveillance compatissante, puisque je pourrais vous montrer le chapitre. Imprimé ou non, peu importe. Mettez-vous au piano. Monsieur le sous-préfet, je vous obéis, vous n'aurez plus à votre tour rien à me refuser. » Puis, feuilletant ses cahiers de musique, elle ajouta : « Que préférez-vous ? Du gai ou du triste ? Nous avons de tout à vous offrir.

— Il y a des jours pour l'un et pour l'autre, dit Gustave. En ce moment, je préférerais un morceau triste. »

Hélène déploya la romance de Marie Stuart, de l'opéra de Niedermeyer. A peine eut-elle lancé les premières phrases, Gustave put se convaincre qu'à ses autres séductions elle joignait celle d'une voix sympathique et vibrante, dirigée par une méthode magistrale. Assurément le choix du morceau avait été tout fortuit, et rien ne ressemblait moins à la situation d'une jeune reine partant pour l'Écosse que celle d'un professeur de littérature en joyeuses vacances. Et cependant, ce cri d'adieu pour toujours, jeté par la cantatrice, paraissait déchirant à l'accompagnateur, qui se souvenait du mot *jamais,* prononcé près de la fenêtre.

Les fumeurs du billard, sans partager la même émotion, avaient laissé là les queues et les cigares pour rentrer dans le salon. Un tonnerre de bravos accueillit la fin de la dernière stance. Hélène fut priée de chanter encore, mais en même temps un domestique malencontreux annonçait, d'une voix moins applaudie, que les voitures étaient avancées. La pendule marquait dix heures; plusieurs des invités avaient à gagner une station de chemin de fer, et l'on sait qu'une locomotive n'a pas d'oreilles. Ce fut donc le signal obligé de la dispersion. Pendant le petit tumulte qui en résulta, la jeune fille, en refermant le piano, dit à Gustave :

« Je vous remercie, et je vous félicite, Monsieur. Vous m'avez admirablement accompagnée, et je vois que vous avez un talent de plus, ajouté à ceux que je vous connaissais déjà.

— De grâce, ne me félicitez pas, répondit Gustave. Au moment où je m'éloigne, cela me semblerait une ironie. »

On échangea les adieux, les salutations, les politesses. Le comte reconduisit ses hôtes jusqu'au bas du perron, et une dizaine de carrosses roulèrent à la fois, ébranlant les échos répercutés des montagnes, tandis que s'éteignaient successivement les lumières dans le château silencieux.

La nuit était sombre. Enveloppé dans son manteau, et plus encore dans ses réflexions, Gustave n'était pas pressé de causer. Maurice avait à s'acquitter avec vigilance de son office de cocher sur une route dont la

pente était rapide et dont d'épais feuillages augmen-
taient l'obscurité. Les deux amis gardèrent assez longtemps le silence. Mais quand les chevaux prirent le
pas pour monter une côte escarpée, le capitaine s'écria
brusquement :

« Eh bien, mon cher ami, que penses-tu de la perle
du Morvan ? »

Gustave fit un mouvement, comme s'il se réveillait
en sursaut.

« Je pense... que c'est une sirène.

— Je te le disais bien. Et encore je ne l'avais pas
entendue chanter.

— En vérité ?

— Que veux-tu ? Je suis presque toujours absent. Il
y a au moins deux ans que je n'avais vu cette enchanteresse, et l'on ne parlait pas alors de son merveilleux
talent. C'est donc ce talent qu'elle va cultiver à Paris.

— A Paris, dis-tu ?

— Eh oui. Elle disparaît chaque année du pays
pendant trois ou quatre mois. On prétend qu'elle va
s'enfermer dans un couvent, dont on pense toujours
qu'elle ne reviendra pas. Ce n'est pourtant pas au couvent qu'elle apprend à exécuter ainsi la musique théâ-
trale.

— Sais-tu quel âge a Mlle de Louvières?

— J'ai un rapprochement mnémonique qui ne peut
pas me tromper. Elle a jour pour jour dix ans de moins
que moi. Je n'aime déjà plus dire mon âge, mais tu
peux conclure.

— Vingt-quatre ans et demi. Et elle est riche ?

— Son père est le plus gros propriétaire de la contrée, et elle possède une fortune personnelle, léguée par une tante qui l'adorait et dont elle était la filleule.

— Et elle n'est pas mariée !

— C'est le mystère. Elle a découragé toute la jeunesse de notre province et de plusieurs autres, et l'on n'ose plus se présenter. Il y a une légion des éconduits qui n'est pas la Légion d'honneur. — Ma foi, si j'osais, je mettrais bien à ses pieds mon épée, car je me sentirais ce soir en humeur de devenir amoureux.

— Cela ne m'étonne pas. Il faut oser, mon cher ami ; si j'étais à ta place....

— Je ne suis pas si présomptueux. Je ne veux pas augmenter la légion. Et puis ma carrière est un obstacle. Je te demande un peu si je pourrais songer à promener dans les garnisons d'Afrique une pareille femme. Je serais jaloux comme un tigre.

— Tu aurais la ressource de donner ta démission.

— Ma démission? A la veille d'être nommé chef d'escadron, car j'ai la certitude d'être de la prochaine promotion, quand j'aime passionnément mon état, pour traîner une vie oisive, pour tirer éternellement des perdreaux et des lièvres? C'est charmant de tirer des perdreaux, oui, un jour de congé, quand on est autre chose qu'un chasseur. Comment ! tu me conseillerais de donner ma démission ?

— Non pas certes; seulement... je comprendrais tous les sacrifices offerts à Mlle de Louvières.

— Je gage, dit le capitaine en riant, que nous sommes rivaux.

— Oh! moi, répondit d'un ton amer Gustave, je suis un pauvre professeur de littérature, un pédant. Je ne compte pas, je n'existe pas. »

On était arrivé au haut de la côte. Les grelots des chevaux lancés au grand trot, le bruit de leurs pas et des roues ne permettaient pas de continuer le dialogue. Le capitaine réfléchissait à l'amertume des dernières paroles, qui semblaient révéler une souffrance aiguë. Jamais il n'avait entendu son ami s'exprimer ainsi. Gustave, que ses études littéraires et historiques avaient au contraire amené à professer un grand respect pour les anciennes institutions et les anciens noms de la France, aurait-il été l'objet, dans le salon du comte de Louvières, non d'une impertinence intentionnelle, mais d'un de ces propos inconsidérés qui échappent parfois à la sottise vaniteuse? Aurait-il été trop hardi en manifestant son admiration pour la jeune fille, et serait-ce celle-ci qui lui aurait fait sentir la distance sociale qui les séparait? Gustave, de son côté, se reprochait ces mêmes paroles. Il avait été si bien accueilli de tous, si gracieusement traité par la jeune fille, qu'il reconnaissait qu'elles étaient absolument sans justice.

Après un quart d'heure d'une course précipitée, il fallut encore ralentir la marche. Le capitaine, embarrassé, craignant d'appuyer sur un point douloureux en provoquant une explication, restait silencieux. Gustave, comme s'il prolongeait l'entretien, s'écria tout à coup :

« Pardonne-moi, mon ami : ce que je viens de

dire n'a pas le sens commun et n'a pas d'excuse.

— Tu me soulages. J'avoue que tu m'avais un peu inquiété. Il y a tant de sots! — Le temps se charge de plus en plus, et je crois bien que nous ne rentrerons pas sans un orage. Nous sommes heureux d'avoir été si favorisés toute la journée.

— Tu n'as pas besoin de détourner la conversation pour parler de la pluie et du beau temps. Nous pouvons la continuer sur un sujet plus intéressant. Mlle de Louvières a été parfaitement aimable pour moi.

— Tant mieux, ou tant pis. Prends garde à toi, mon cher ami, c'est une charmeuse.

— Je ne l'ignore pas. Elle doit avoir eu un roman dans sa vie?

— C'est probable, à moins qu'elle n'en ait eu plusieurs.

— Oh! plusieurs, tu la calomnies.

— Ah çà! mon ami, je crois que tu en commences un toi-même. C'est comme cela que tu t'enflammes, à première vue?

— Ce ne serait pas à première vue. Pendant quelques mois, j'ai pu la contempler bien souvent à mon aise; apprends qu'elle assistait à mon dernier cours. Ah! mon Dieu, je perds la tête, et c'est un crime ce que je dis là.

— C'est un crime de dire que Mlle de Louvières assistait à ton cours?

— Oui, puisqu'elle s'en cachait.

— Elle se cachait en assistant en plein jour à un cours public? Tu perds la tête en effet. »

Gustave, malgré sa profonde confusion, se trouva obligé de s'expliquer. Des réticences, en ouvrant le champ aux conjectures, auraient été plus indiscrètes qu'une confidence à un ami sûr. Il raconta donc simplement comment il avait été en présence de Mlle Lefebvre sans lui parler jamais, et comment Hélène lui avait demandé de ne pas la reconnaître.

« C'est étrange, dit le capitaine. Je n'aime pas voir un mystère, avec changement de nom, dans la vie de cette jeune fille, et un mystère qui n'a pas le sens commun, car il est évident que la moindre rencontre pouvait en faire le secret de Polichinelle.

— Il ne va guère de jeunes filles du Morvan à la Sorbonne, reprit Gustave, et tu conviendras qu'il n'y avait guère de chance non plus pour que le professeur vînt ouvrir la chasse à Louvières. Sans cette circonstance, personne ne saurait rien, et j'oublierais Mlle Lefebvre.

— Tu as raison. N'importe, c'est incompréhensible. Je ne doute pas qu'il ne soit très attachant de l'entendre, mon cher ami, mais quitter sa famille et se cacher pour cela, de la part d'une jeune fille qui a reçu l'éducation de Mlle Hélène, cela me dépasse.

— Je ne suis pas si fat que de penser que ce fût le but de son séjour à Paris. Elle devait en avoir un autre.

— Lequel alors?

— Il paraît qu'elle ne le dit pas. Mais un souvenir me frappe à l'instant. Un de mes amis, examinateur à la Sorbonne, m'a conté le mois dernier qu'après de brillantes épreuves une jeune personne du grand monde, en possession d'une grosse fortune, et qui avait prié de ne pas dire son nom, avait été reçue institutrice du degré supérieur. Ce doit être elle.

— De plus en plus fort. Tu veux me persuader que Mlle de Louvières va se faire institutrice?

— Tu ne comprends pas, c'est un grade. Tous les ans, un certain nombre de jeunes filles de la meilleure société prennent aujourd'hui, en terminant leurs études, un brevet d'institutrice, comme les jeunes gens se pourvoient du diplôme de bachelier. Seulement elles ne s'en vantent pas. Fort peu vont plus loin, à moins de se destiner à l'enseignement, et c'est même encore rare. Ce que nous appelons le degré supérieur est une espèce de doctorat. Mlle de Louvières aura voulu aller jusque-là, voilà tout.

— Ma foi, je t'en demande pardon, mon cher ami, cela me la dépoétiserait un peu. Je n'aime pas les femmes savantes. Mlle de Louvières serait un docteur en chambre! Mes très humbles respects à son bonnet, qui surmonterait bien la coiffe de sainte Catherine.

— Plus que jamais, dit gravement Gustave, je me reproche mon indiscrétion.

— Oh! sois tranquille, reprit le capitaine. Je lui garderai le secret, et je serai bientôt en Afrique. »

Il se mit à fredonner le refrain de la romance de Marie Stuart. Les chevaux, cinglés d'un coup de fouet, prirent le grand trot, d'une allure même surexcitée qu'ils ne quittèrent plus. Le tonnerre éclata, la nue se creva, et des torrents de pluie inondèrent les voya-

geurs. Il était plus de minuit quand ils arrivèrent ruis-
selants au terme de leur course. Tout le monde était
couché, à l'exception d'un domestique qui attendait
dans le vestibule. « Bonsoir, mon ami, dit le capitaine. — Bonsoir, » dit Gustave. Sans échanger d'autres
paroles, les deux amis, prenant chacun un bougeoir,
montèrent précipitamment dans leurs chambres.

Ni le capitaine ni le professeur n'eurent un sommeil
paisible. Le premier, malgré son goût pour la chasse
et son triomphe de la journée, pensait peu aux perdreaux abattus. Il avait à peine adressé quelques mots
polis, sans la moindre galanterie, à Mlle de Louvières.
Aussi s'étonnait-il de rester si préoccupé de l'image et
de la voix de la jeune fille. Il éprouvait une sorte d'impatience du mystère dont il se trouvait le confident.
« Une femme savante, se disait-il, une institutrice de
je ne sais quel degré, ce n'est pas possible. Ce serait
bien la peine d'être la plus jolie fille et la plus riche
héritière du Morvan. Je crois en vérité que je lui par-
donnerais plutôt d'être emportée par la folie de la musique jusqu'à se faire cantatrice. Quelle adorable diva
serait Mlle Lefebvre! Car ce serait bien le cas de changer de nom. Il y aurait quelque chose de bien plus sensé
et de bien plus simple que tout cela. Un jeune chef
d'escadron, qui a de beaux états de service et serait
en passe d'être bientôt un jeune colonel, qui dirait
adieu à l'Afrique, à moins d'y retourner général, qui
obtiendrait facilement d'être placé à Paris, qu'elle connaît depuis l'enfance, qui est son égal en naissance et
en fortune, qui est le fils d'un ami de son père, vau-

drait bien, ce me semble, tous les brevets d'institutrice, et serait fier d'une telle femme. »

Ces pensées se succédaient dans un désordre auquel
la fatigue et la somnolence n'étaient pas étrangères et
se continuèrent par de véritables rêves, sans que la
transition fût bien tranchée. Le capitaine voyait Hélène tantôt débuter sur la scène de l'Opéra italien,
assaillie de bouquets et accueillie par de frénétiques
applaudissements, tantôt s'agenouiller à l'autel à côté
d'un jeune chef d'escadron en brillant uniforme, tantôt partageant avec un professeur la direction d'un
pensionnat de jeunes filles. Cette dernière image lui
était particulièrement désagréable et devenait un cauchemar.

Gustave n'était pas moins troublé, et s'endormit très
difficilement. « Jamais! se répétait-il. Je ne la verrai
plus, je ne l'entendrai plus. Quelques heures, quelques
lieues seulement nous séparent. Il ne tiendrait qu'à moi,
si je voulais, de la revoir dès demain, ou plutôt dès
aujourd'hui. Ce serait insensé, ce serait coupable et ridicule. Jamais! il faut que j'accepte cet arrêt, que sa
bouche a prononcé. Que suis-je venu faire ici? Je l'oubliais ou n'avais d'elle qu'un souvenir empreint d'une
poésie douce. Je pouvais la rencontrer encore. Et puis,
il ne m'était pas interdit de rêver de Mlle Lefebvre.
Mais Mlle de Louvières, c'est bien jamais! Il n'en est pas
de même pour Maurice. Je vais partir, et le plus sage
est de hâter mon départ. Il reste, lui; il a le droit, il a
le devoir de retourner à Louvières, il est libre d'y aller
souvent, il est libre, je ne le suis pas, de chercher à

plaire; il a tout ce qu'il faut pour y réussir, il sera aidé, encouragé par deux familles... Une idée traverse mon esprit. Le roman de Mlle de Louvières, il en est peut-être le héros sans le savoir. Oui, il y a quatre ans, c'était la guerre, qui exaltait toutes les imaginations de jeunes filles. Maurice s'y est distingué, a été blessé, prisonnier en Allemagne, autant d'excitations. Au retour il a couru en Afrique, il avait toute la fougue militaire, il sentait vivement l'humiliation de la défaite et de la captivité, il voulait se relever, batailler, avancer, ce n'était pas le moment de la galanterie. La jeune fille avait vingt ans, l'âge de faire un choix, et si elle avait choisi, elle attend depuis. L'étude a été pour elle... ce qu'elle va être pour moi, une dissipation, un besoin de s'échapper. Ainsi tout s'explique, et cette partie de chasse elle-même, à laquelle le hasard m'a mêlé, n'a peut-être été, dans la pensée de deux mères, qu'une occasion de rapprochement. Je crois à la bonne foi de Maurice, il ne songeait pas hier matin à Mlle de Louvières. Je crois qu'il y songe aujourd'hui, et comment le lui reprocherais-je? Il est digne d'elle. Je devrais me réjouir du bonheur de mon meilleur ami, et cependant... il serait cruel d'être invité à ce mariage. Non, plutôt jamais. J'aurai une excuse. »

Quand il s'endormit de lassitude, il eut aussi son cauchemar. Il rêva qu'il se retrouvait au château de Louvières, assis au piano, exécutant les morceaux les plus enfiévrés du répertoire de Strauss, tandis que Maurice entraînait la jeune fille dans le tourbillon de la valse.

Les deux amis se levèrent tard, et mirent plus de

temps qu'ils n'avaient l'habitude à leurs toilettes. Ils n'é-
taient pas pressés de se revoir. Maurice sortit pour visiter l'écurie et s'assurer que les chevaux n'avaient pas
souffert de leur course. Gustave essayait de continuer
un chapitre commencé. Il ne parvenait pas à s'appliquer à son sujet, l'encre se séchait à sa plume, ou bien,
mécontent de ce qu'il écrivait, il le rayait à mesure. Il
se rendit lentement à l'appel de la cloche du déjeuner,
quand il entendit que ses hôtes étaient déjà rassemblés
au salon. Là, les deux amis n'étant pas seuls purent
se serrer la main avec la désinvolture apparente de la
cordialité. Gustave n'échappa pas à l'interrogation
bienveillante et banale de la marquise sur la manière
dont il avait passé la nuit, et n'y répondit que par un
remerciement. A table, on parla naturellement de la
partie de la veille. Le marquis, qui était un chasseur
émérite, mais s'abstenait des déplacements fatigants,
voulait des détails circonstanciés. Il avait d'ailleurs
ses principes, qui n'étaient pas ceux de M. de Louvières, et ses jalousies de voisin. Maurice décrivit tous les
incidents de la journée, nomma tous les invités, dut
indiquer, autant que sa mémoire les lui rappelait, les
prouesses de chacun. De la jeune fille, il ne fut longtemps pas question, et Gustave, confirmé dans ses conjectures, pensa que ce silence était significatif. Cependant, comme au sortir de la table il offrait le bras
à la marquise, celle-ci s'écria :

« A propos, Monsieur, comment avez-vous trouvé
Mlle Julie?

—Mademoiselle... Hélène, je crois, dit Gustave étonné.

— Non, reprit la marquise, dont l'accent ne sembla pas exempt de quelque dépit. Hélène a été certainement une assez belle personne, mais elle est aujourd'hui perdue pour le monde, et son esprit s'est tourné en originalités trop singulières. Elle quitte de temps en temps ses parents et disparaît du pays sans qu'on sache ce qu'elle fait ni où elle va. Elle habite des régions trop élevées pour moi, et je m'intéresse davantage à sa sœur cadette, qui au moins n'a pas la tête dans les nuages. »

Gustave était confondu. Il avait si peu remarqué la sœur cadette qu'il ignorait son nom.

« Mademoiselle.... Lucie, balbutia-t-il.

— Julie, dit la marquise. Ah! monsieur le savant, vous n'êtes pas galant pour les jolies filles, si vous n'avez même pas retenu son nom. On voit bien que vos préférences sont pour le moyen âge.

— Je me serai trompé, pensa Gustave, et je n'y comprends plus rien.

— Ma foi, ma mère, interrompit le capitaine, je vous avoue que je suis un peu comme Gustave. Je n'ai guère fait attention à Mlle Julie, qui m'a semblé n'être ni mieux ni plus mal que la moyenne des ingénues de son âge.

— Tu as eu tort, mon fils. Elle a beaucoup embelli depuis l'année dernière, et elle embellira encore.

— Hé bien, je vous garantis, ma mère, qu'il lui reste du chemin à faire avant d'approcher des charmes de sa sœur. mais il ne faut désespérer de rien, cela viendra peut-être. »

La marquise parut très contrariée. « J'espère, dit-elle d'un ton pincé, qu'elle ne l'imitera pas en tout.

— Qu'avez-vous ce matin contre Mlle Hélène? » s'écria le capitaine, qu'irritait cette sorte de malveillance. Lui-même accueillait dans son cœur quelques murmures contre la jeune fille, mais il ne supportait pas de l'entendre accuser par d'autres.

« Absolument rien. Elle est majeure, et depuis assez longtemps pour avoir le droit de se livrer à ses goûts d'indépendance. D'ailleurs, si sa mère le trouve bon, cela ne me regarde pas.

— Elle n'est peut-être pas aussi perdue pour le monde que vous le pensez, ma mère. Elle avait la conversation très gaie, très animée. Elle faisait les honneurs de la maison avec infiniment de grâce. Je vous déclare qu'elle est charmante. Elle a eu même la complaisance de nous chanter des airs d'opéra, et d'une voix admirable.

— Il ne lui manquait plus que cela pour l'achever, » dit la marquise.

Gustave écoutait silencieux et gêné, se sentant de trop dans le débat inattendu qui éclatait. Il croyait commencer à comprendre l'aigre dépit de la marquise. N'aurait-elle pas fait, sans mandat, et à l'insu de Maurice, des ouvertures agréées peut-être par les parents de la jeune fille, mais que celle-ci aurait découragées? Le roman d'Hélène ne serait donc pas ce qu'il avait cru et resterait à découvrir. Les mères ont en pareille occurrence des ressentiments qui ne les portent pas précisément à la bienveillance. Il y avait tant de convenances

de voisinage et de fortune que la marquise, autorisée
sans doute par Mme de Louvières, essayait de se rabat-
tre sur Julie. Maurice ne paraissait pas en disposition
de lui prêter un concours très empressé et s'exaltait au
contraire pour la sœur aînée, ce qui devait contrarier
doublement la marquise. Le cœur humain est ainsi fait
que Gustave éprouvait malgré lui un soulagement à la
pensée qu'il n'était pas en présence du héros du roman
d'Hélène. Il se reprochait cette joie secrète comme un
outrage à l'amitié, et, par un retour de sympathie plus
avouable, il n'entrevoyait pas sans peine qu'un chagrin
allait probablement envahir la vie de Maurice. Il n'avait
ni aide ni consolations à lui offrir, et il embarrassait
les épanchements de la famille. S'éloigner, fuir ces lieux
troublés, où il n'était qu'un trouble de plus, il lui sembla que c'était un besoin et un devoir.

On sonna le facteur rural, qui n'arrivait au château
qu'au milieu de la journée, et l'on apporta le courrier.
Il y avait une lettre à l'adresse de Gustave. Il saisit ce
prétexte pour annoncer qu'une circonstance imprévue,
sur laquelle il ne s'expliquait pas, le forçait, à son
grand regret, de partir le soir même. Il y eut des exclamations, dont le ton ne lui sembla complètement sincère que de la part du marquis, personnage très effacé
dans cette histoire et peut-être dans son ménage, mais
homme excellent. Le tête-à-tête prolongé avec sa femme
était un peu monotone, et il avait pris goût à la société
de Gustave.

« Vous nous donnerez jusqu'à la fin de la semaine,
dit-il. La politesse exige que vous alliez faire une visite

à Louvières, et cette fois c'est moi qui vous accompagnerai. »

Gustave à ces mots craignit d'être ébranlé. Il réprima vite la tentation et répondit :

« Impossible, monsieur le marquis, vous aurez la bonté de vous charger de mes excuses. Il faut que je sois demain matin à Paris, et je suis confus d'être obligé de vous prier de vouloir bien me faire conduire à la gare.

— Alors vous nous promettrez de revenir?

— Ce n'est pas probable.

— Aurais-tu reçu quelque mauvaise nouvelle? demanda Maurice.

— Mon Dieu, non. Mais mon avenir est intéressé à ce brusque départ.

— L'avenir d'un homme de votre âge, dit assez gracieusement la marquise, c'est, comme pour votre ami, un bon mariage, et vous ne vous êtes même hâtés ni l'un ni l'autre. J'espère que vous ne tarderez pas à nous annoncer que vous donnez l'exemple à Maurice, et soyez assuré que nous prendrons un intérêt bien affectueux à votre bonheur. Ne pourriez-vous pas nous faire à l'avance une petite confidence? nous la mériterions.

— Je vous remercie, madame la marquise, répondit Gustave avec un sourire triste. Il n'est pas question de cela, et je vous proteste que je n'y ai jamais moins songé. Je suis obligé de vous demander la permission d'aller m'occuper de ma valise. »

L'heure pressait en effet pour gagner la gare du

petit chemin de fer qui correspondait avec la grande
ligne. Maurice donna ordre d'atteler et voulut reconduire lui-même Gustave. Les adieux au château, pleins
de courtoisie, furent un peu précipités. La route descendait presque constamment et fut rapidement fran-
chie. Les deux amis n'échangèrent que des paroles
sans importance. Gustave ne disant pas le motif qui
le rappelait à Paris, le capitaine croyait devoir se
dispenser de l'interroger. Le train arrivait en gare en
même temps que la voiture, ce qui abrégea aussi la
dernière effusion, et le capitaine reprit pensif le chemin du château.

Le soir, la marquise voulut avoir avec lui une explication formelle. Elle lui fit l'aveu de la démarche
qu'avait devinée Gustave. Hélène avait déclaré péremptoirement sa résolution de ne pas se marier. La
marquise ne sut pas s'empêcher de s'exprimer encore
à ce sujet d'une façon désobligeante pour la jeune fille
aux habitudes bizarres.

« Si vous la jugez si sévèrement, s'écria Maurice
impatienté, pourquoi donc la recherchiez-vous pour
belle-fille ? »

La marquise ne répondit pas, et préféra vanter les
mérites de Julie, qui, conseillée par sa mère, avait
paru très docile. Maurice n'avait qu'à parler, il était
certain d'être agréé.

« Hé bien, dit le capitaine, vous auriez dû commencer par me consulter moi-même, et vous avez en-
trepris là une bien malheureuse campagne, qui est
devenue une déroute. Mlle Hélène ne m'avait pas vu

depuis longtemps et me connaissait à peine. J'avais besoin de mon côté de la connaître mieux et d'éclaircir les points obscurs de sa vie ou de son caractère. Savez-vous si je n'aurais pas réussi à lui plaire et à la fléchir? Maintenant il est trop tard. Vous m'avez compromis, et vous avez compromis Julie. Vous me rendez impossible de me remontrer à Louvières, où je serais ridicule, car je vous jure sur mon honneur que je n'épouserai jamais cette poupée. Je n'ai plus qu'une chose à faire. J'aurai, comme Gustave, un motif urgent ou un prétexte. Demain je serai reparti pour l'Afrique. »

Il se leva et gagna sa chambre, laissant la marquise abasourdie. Pendant ce temps, Gustave, fatigué de ses réflexions, s'assoupissait dans le wagon qui l'emportait vers Paris, où il allait reprendre, pour y terminer ses vacances entre ses souvenirs et ses livres, son petit appartement solitaire du quartier latin.

Si j'écrivais un roman, ce qui précède n'en serait que l'exposition. Le lecteur, s'intéressant plus ou moins aux trois personnages que j'ai mis en scène, attendrait le développement des péripéties dramatiques ou même tragiques, selon le goût, que j'estime détestable, du public. Par exemple, il ne serait pas bien difficile de dénouer dans un duel amené par la jalousie une amitié qui avait été indissoluble pendant vingt ans. Le lecteur demanderait aussi le roman antérieur d'Hélène, qui n'est pas seulement ébauché. Mais j'écris une histoire véritable, et elle approche de sa fin, du moins à la date présente, car je ne prétends pas prévoir l'avenir. Dieu merci, la vie réelle n'a que rarement des incidents tragiques, et plût au ciel qu'elle n'en eût jamais! Aussi est-ce à mon avis une dépravation d'imagination que de se complaire au récit des catastrophes et des émotions violentes. Les journaux recherchent avidement celles de la vie réelle, les romanciers s'évertuent à en inventer, s'ils ne vont les puiser dans les archives de la police et des cours d'assises, et ils s'ingénient même à trouver un titre qui promette une ample pâture de scandales aux appétits excités. Mes regards sont chaque jour blessés de titres d'une crudité grossière qui s'étalent placardés sur les murs de Paris et qui affriandent, paraît-il, la foule sinon l'élite des lecteurs de feuilletons. Je sais un auteur qui personnellement est un homme des mœurs les plus douces, honnête père de famille, se plaisant dans son intérieur respectable et contemplant la mer du haut d'un chalet agreste. Il s'occupe à fouiller les annales du crime et de l'infamie, afin d'arranger des fictions bien assaisonnées de piment et de cantharides, et c'est ainsi qu'il entretient l'aisance de son ménage.

L'écrivain contemporain le mieux doué peut-être pour écrire le roman comme je le comprendrais et l'aimerais est M. Octave Feuillet. Il a la finesse, l'observation et le style. Lui aussi sacrifie trop souvent au mauvais goût de la foule, en abaissant son talent aux vulgarités du mélodrame.

Pendant trois mois, Gustave, qui s'absorbait dans ses études, n'eut des autres personnages de cette histoire aucune nouvelle quelconque. Un matin, la poste lui apporta une double lettre de faire part non cachetée qu'il déplia négligemment. C'était l'avis du mariage de Mlle Julie de Louvières avec le vicomte de Fougeray. Il crut se souvenir que c'était le nom d'un des invités de la partie de chasse. L'adresse était tracée d'une écriture élégamment féminine. Il la conserva soigneusement, pensant que ce devait être celle d'Hélène, touché en même temps que troublé de ce souvenir. Deux mois après, il reçut une véritable lettre cachetée dont la suscription était de la même écriture. Cette fois il fut très ému. Ce ne fut pas négligemment qu'il rompit le cachet et jeta les yeux sur la signature, qui était celle d'Hélène de Louvières. La lettre était ainsi conçue :

« Je vous ai demandé, Monsieur, un secret qu'il n'y a pas lieu de garder davantage. Je n'ai plus à cacher le but que j'avais donné à des études dont la persévérance semblait une bizarrerie qui m'eût été reprochée. Ma sœur est mariée, dans les conditions que je souhaitais pour elle et pour mes parents, avec qui elle reste habiter Louvières. Je suis désormais inutile ici, et risquerais d'y devenir gênante. Ce n'est pas vous qui vous étonnerez que je ne veuille pas mener une vie inutile. Je ne me marierai pas, et je crains de n'avoir pas de vocation religieuse. Aidée de mon excellente amie, Mme Dumesnil, ou plutôt l'aidant moi-même, j'ose fonder à Autun une institution pour l'éducation des jeunes filles de la province. Ce sera de l'enseignement laïc et souvent gratuit, s'il n'est pas obligatoire. L'immeuble est acheté déjà, grâce aux

libéralités testamentaires d'une tante. Les couvents
consacrés à l'éducation sont nombreux; ils sont l'objet
de préventions dans quelques familles, ils sont menacés par la politique. Il m'a semblé qu'en prenant tous
les brevets universitaires j'avais plus de chances d'assurer la stabilité à une institution. Faites des vœux,
Monsieur, pour le succès de mon audacieuse tentative.
Je n'aurai d'abord que de véritables petites filles. Elles
grandiront, et quand j'aurai une classe en âge de vous
entendre, j'espère que vous ne refuserez pas de venir
lui donner quelques-unes de ces leçons brillantes dont
Mlle Lefebvre a tiré tant de profit. »

Gustave laissa tomber une larme sur le papier. Il
était pénétré d'une admiration respectueuse, il était profondément attendri, il sentait cependant que l'annonce
du mariage d'Hélène lui aurait causé une émotion d'une
bien autre nature. Il essaya de répondre, il ratura
plusieurs brouillons dont aucun ne le satisfaisait. C'é-
tait trop froid, ou c'était trop expressif. Il dut reconnaître qu'il fallait ajourner à un moment plus calme
l'accomplissement de ce qui était pourtant un impérieux devoir. L'idée lui vint tout à coup d'écrire à
Maurice, ce qu'il n'avait pas fait depuis leur séparation.
Pour cela il n'y eut ni brouillon ni ratures. La plume
courait avec une confiance sans bornes et une brûlante
éloquence, le torrent avait rompu ses digues. C'est par
cette communication, qui lui rendait un ami, que sous
une tente du désert, au milieu d'une expédition, le chef
d'escadron de Berville, entouré de ses cavaliers, apprit la résolution d'Hélène.

Il y a de cela près de quatre ans. Ni Gustave ni Maurice ne se sont mariés. Le premier est membre de l'Institut, professeur titulaire de littérature au collège de France. Les étudiants et aussi les gens du monde se pressent à son cours, dont la salle est trop étroite. Les applaudissements éclatent librement, et chaque leçon est presque une ovation. L'orateur a droit d'être fier de ce triomphe. Il ne lance plus de regards furtifs sur aucun point particulier de son àuditoire. Maurice, cité pour plusieurs actions d'éclat, est colonel et commande un vaillant régiment. L'institution d'Autun a obtenu un merveilleux succès et est vantée comme un établissement modèle.

Aux dernières vacances, les deux amis, dont une correspondance fréquente a maintenu l'intimité, se sont retrouvés sous le toit du marquis de Berville. Ensemble ils ont fait une visite au château de Louvières où ils ont revu Hélène, vive, enjouée, paraissant heureuse, gracieusement accueillante, et dont la gaieté les a frappés. Elle dorlotait avec des caresses maternelles deux jeunes enfants de sa sœur. Elle a seulement résisté à toutes les instances qui la pressaient de chanter. « Je ménage ma voix, a-t-elle dit en riant, pour ma chapelle et pour ma classe de solfège. »

Et le roman d'Hélène ? demandent les lecteurs désappointés. — Je crois bien qu'il a existé ; je crois aussi qu'il n'est connu que d'elle seule.

FIN DU ROMAN D'HÉLÈNE.

27

TABLE.

—

DU MÊME AUTEUR :

Un nom (roman), un volume.

Proverbes de salon, un volume.

Typographie Firmin-Didot. — Mesnil (Eure).

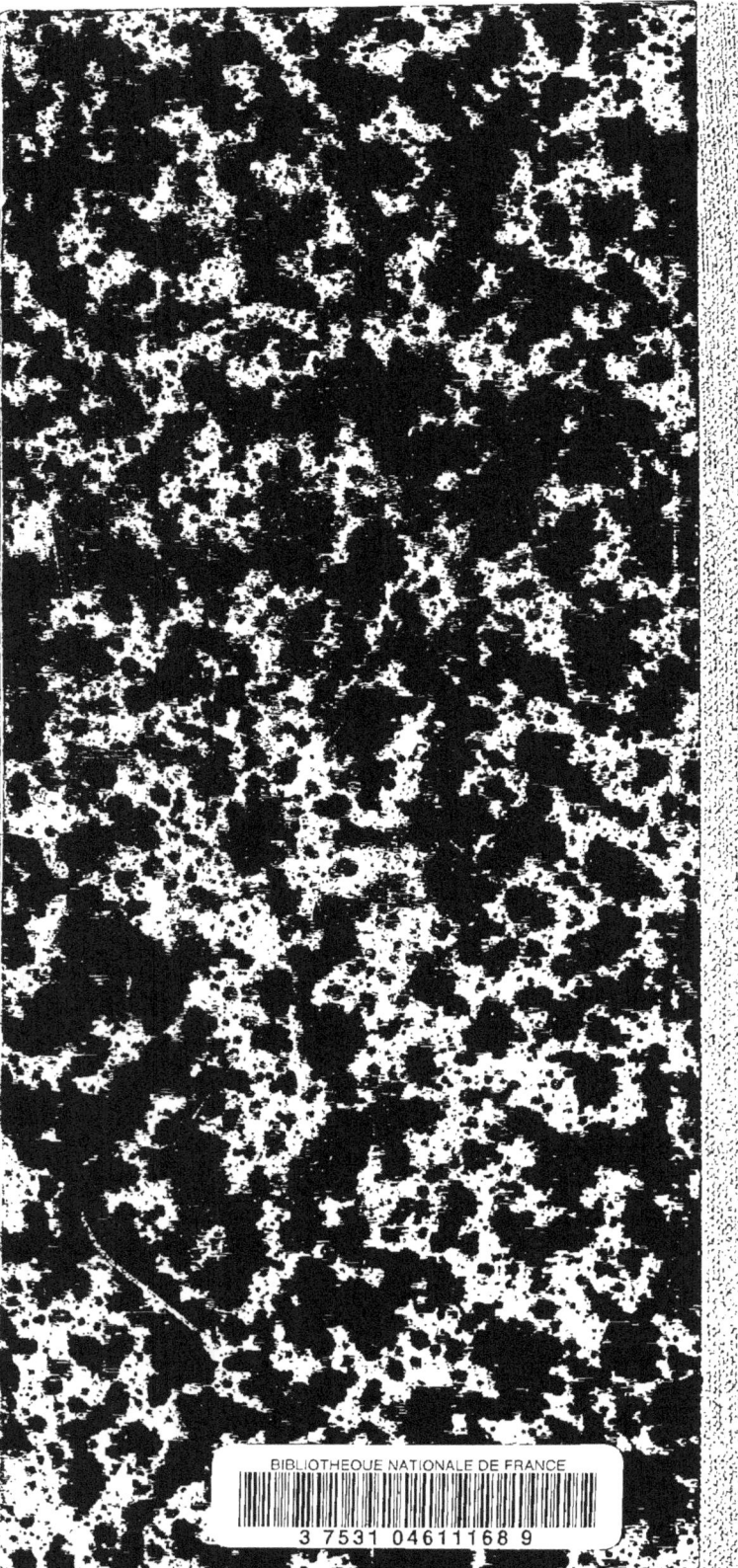

BIBLIOTHEQUE NATIONALE DE FRANCE

3 7531 04611168 9

www.ingramcontent.com/pod-product-compliance
Lightning Source LLC
Chambersburg PA
CBHW061034030726
47504CB00002B/369